B. HORST FEUER

HEIMAT-ERDE

EIN FAMILIENROMAN

G. BRAUN

„... das im Dunkeln sieht man nicht ...“
nach Mackie Messer aus der „Dreigroschenoper“ von B. Brecht

Dank an „Mela“ und „Bernward“, an
Claudia, Andreas, Katrin, Steffi und Bernd

Endlich Stille im dunklen Zimmer. Begleitet von dem vertrauten Geräusch der Schlafmaske, kommt Mela nun langsam zur Ruhe. Erschöpft und missmutig versucht sie in den Schlaf zu finden:

Seit Tagen, immer wieder Diskussionen und Streit wegen diesem Fest.

Während sie sich noch ärgert und dann doch langsam wegdämmert, trägt sie der Schlaf bald davon, irgendwohin. Sie träumt, Gegenwart und Vergangenheit mischen sich, sie leidet, es schmerzt. Später schaukelt sie angenehm dahin, eine leise Stimme redet von fern, wie durch einen dämpfenden Schleier, ruhig auf sie ein, ein langer Gang führt sie zu hellem Licht, und sacht und angenehm umfängt sie Geborgenheit und Wohlgefühl.

Ihre Mutter ist bei ihr, die gebrochene, leidende, stille und demütige Frau, düster und trauernd, das Gesicht unter dem dunklen Kopftuch, kaum je ein Lächeln, immer nur Leid. Auch ihr Vater, ihr Fels, ihr Halt ist dabei, wohlig schmiegt sie sich an ihn, genießt seine Nähe. Sie gehen durch das Dorf, schieben den alten Kinderwagen mit dem Säugling. Mela fühlt sich heute wohl, die Mutter hat einen ihrer besseren Tage, das Wetter ist schön, der Junge im Wagen plappert, und sie denkt an die Geschehnisse der letzten Wochen: Viel ist passiert, manches läuft gut, das Glück scheint seinen Weg gefunden zu haben.

Wer hat sie in die Röhre geschoben? Wieso liegt sie in einem Rohr? Es ist nicht eng, sie könnte sitzen, es ist angenehm, schirmt sie ab und schützt. Sie liegt auf dem Rücken, still und starr, wie in einem Versteck. Sie hat Mühe, sich zu bewegen, ein Bein, ja selbst die Augenlider, seltsam bleiern und wie beschwert. Sie fühlt sich, als ob etwas Dickes, Zähes sie überdeckt und abschirmt, etwas wie Kleister, nein, Krötenlaich, wie damals im Teich bei Romartow. Dieses Mal muss sie aufpassen, wohin die Krötchen verschwinden, diesmal will sie mit!

Sie glaubt, sie könnte mit einem Ruck den Schlapper durchstoßen, aber sie will nicht, er ist angenehm, schützt sie und hält Störungen ab. Die Vergangenheit, das Denken an früher ist gegenwärtig und leicht, und sie kann die Bilder herholen, locker, einfach so. Sie findet sie hinten, am Anfang des Rohres.

Komisch, denkt Mela, *jahrzehntelang nichts und jetzt alles so einfach und klar!*

Sie denkt sich weg, horcht in die Zeit, muss ordnen, braucht Struktur, einen Beginn. Da sind ihre Eltern wieder, und es erscheinen die Tage ihrer Geburt. Sie sieht sich selbst, sie taucht ein, selig, wie neugeboren.

Mela

1932

Ottenhausen / Galizien

Seit Wochen hatte der galizische Winter Dorf und Landschaft unter der dicken, die Bewegungen und Geräusche mild dämpfenden Schneedecke begraben. Das blendende Weiß schlitzte die Augen, und das zischende Wispern des eisigen Ostwindes trieb dünne Schneenebel um die tief geduckten Häuser. Nach ukrainischem Brauch hatten auch die Deutschen ihre Häuser im Oktober wieder mit einer mannshohen Bretterverschalung, der „Sachate", umbaut, die, mit Laub und Stroh gefüllt, einen wärmenden Mantel für die Steinwände bildet, um die eisigen Temperaturen von oft bis minus dreißig Grad zu mildern. Trotz dieses Schutzes überzog die Steinmauern in besonders kalten Zeiten wie diesen sogar innen eine dünne Eisschicht. Nachts hörte man das Heulen der hungrigen Wölfe vom Wasserloch her und tagsüber waren die Krähen krächzend und klagend auf der Suche nach Futter. Es war der letzte Mittwoch im Januar 1932, als Mutter mithilfe ihrer Schwägerin Irene, der Hebamme, mich, ihr fünftes Kind zur Welt brachte. Tante Irene war wegen des vielen Schnees bereits am Montag von Weißenberg herübergekommen, um ihr beizustehen, und meine älteste Schwester Anni ging ihr schon zur Hand, auch weil Vanda, unsere Magd, seit Weihnachten nicht mehr bei uns war. Sie hatte einen Witwer mit zwei Kindern in Dowersteen geheiratet und auch Wassili, unseren alten, treuen Knecht, aufs Altenteil mitgenommen, wo sie den Verwandten als Hilfe auf dem Hof und zur Beaufsichtigung der Kinder gut gebrauchen konnte. Meine Eltern hatten sich entschieden, wegen der Kosten und weil meine älteren Geschwister schon viel mithelfen konnten, keine Bediensteten mehr einzustellen; es waren ja so schon acht Mäuler zu stopfen.

Ich war ein klein gewachsenes, schmales Mädchen, und meine neue Welt war der Hof Nr. 12 in Ottenhausen. Hier war ich zuhause, auch wenn ich als lebhaftes, neugieriges Kind bald viel unterwegs war und mich zu einem richtigen „Streuner“ entwickelte. Während meine drei älteren Schwestern Anni, Hedwig und Hella die Arbeiten in Haus und Hof bewältigen mussten, war ich frei und musste kaum helfen. Ich konnte fast ungehindert auf dem Hof, später in der Nachbarschaft und sogar im Dorf unterwegs sein, Verwandte besuchen, mich mit anderen treffen oder spielen. Ich verlebte eine Kindheit, wie sie in den Dörfern der deutschen Bauern in Galizien nicht gerade üblich war, denn die allermeisten der Kinder waren in die täglichen Arbeiten in der Landwirtschaft, beim Viehhüten, beim Wasserholen und vielen anderen Aufgaben fest eingebunden. Ich aber durfte herumstromern, hatte viele Freiheiten und nutzte und genoss Haus, Hof und Umgebung. Ich war neugierig und hatte Gefallen daran, dies und das zu entdecken, zu fragen, und manchmal wurde mir bewusst, dass ich auch lästig war.

Wie auch mein vier Jahre älterer Bruder Josef, der nach drei Mädchen endlich der ersehnte und erhoffte Hoferbe und Stammhalter war, wurde ich ganz besonders von unserer opferbereiten Mutter, der Strenge und Strafen gänzlich fernlagen, schon verwöhnt. Auch der milde und nachsichtige Vater trug seinen Teil dazu bei, dass in unserem Hause eine friedvolle, von christlicher Demut und Nachsicht geprägte Stimmung herrschte. Überhaupt mein Vater: Er hieß zwar Josef, aber er war mein Fels, mein Rückhalt und der Mittelpunkt der Familie. Er half mir, ich konnte immer zu ihm kommen, immer wusste er Rat, er wurde nie wütend oder unbeherrscht, konnte mir alle Fragen beantworten. Mit ihm, so glaubte ich, konnte mir nichts geschehen.

„Mahle, mahle, dahle, fahre uff de Markt, kaufe ä Kiche un ä Kälbche, hott ä Schwänzche, macht dille, dille, länzche!“ Langsam und beschwörend gesprochen und mit dem Zeigefinger auf der Handinnenseite zärtlich kreisend bestärkt, folgte zum Abschluss ein juchzend begrüßtes Durchkitzeln, und ich genoss das kribbelnde Gefühl von Spaß und Zuwendung. Ich mochte diese Liebkosung, Mutter hatte es gern, wenn ich es mit ihr machte, und bald wurden auch die kleinen Brüder in diesen Spielreim mit einbezogen.

Zu meiner Kindheit gehörten auch Mutters blinder Onkel Peter und Rudolf und Viktor. Die Brüder, zwei und vier Jahre jünger als ich, vervollständigten unsere Familie. Ohne sie konnte ich mir unser Zusammenleben gar nicht vorstellen, obwohl ich mich selten wirklich um sie kümmerte, sie gehörten einfach wie selbstverständlich dazu. Mutter und die großen Schwestern waren wohl Betreuung genug, ich hatte ja keine Zeit, ich war lieber unterwegs. Manchmal, wenn sie krank oder weinerlich waren oder nicht schlafen wollten, bekamen sie einen „Mohnschnuller“. Ich drängte mich danach, die „große“ Schwester zu spielen, das Beruhigungsmittel zu richten und ihnen zu verabreichen. In ein kleines Sacktuch gab ich ein Löffelchen Mohn, drehte es zusammen, eine der älteren Schwestern band es mit einem Zwirn ab, ich lutschte es kurz an und steckte es dem Brüderchen in den Mund. Tatsächlich half es nach einiger Zeit, und ich fühlte mich groß und wichtig, ich konnte schon helfen, die Buben zu beruhigen und zum Schlafen zu bringen.

Etwas Besonderes waren für mich Gerüche, ja, Gerüche und Düfte. Wenn ich als Kind von vier, fünf Jahren im Winter morgens in die Küche kam, standen da die frisch gewichsten Schuhe meiner älteren Geschwister, irgendwann in der Nacht von Mutter eingewachst und poliert. Wie sie so aufgereiht auf die Füße der Geschwister warteten, um mit ihnen zur Schule zu laufen, durchströmte der Geruch von Fett und Öl und vielleicht ein wenig ein Hauch von Weggehen und Freiheit den Raum; auch ein Gefühl von Sauberkeit und Ordnung und Geborgenheit, von Familie und Vertrautheit konnte ich wahrnehmen. Das gehörte für mich zu meinem Daheim, solange das morgens so war, war alles in Ordnung und gut. Ich genoss die morgendliche Ruhe und Einsilbigkeit, und in Erwartung der älteren Geschwister begann langsam das geschäftige Treiben des neuen Tages.

Nur sonntags war es anders. Wenn man sich morgens zum Kirchgang richtete, schlich ich mich unauffällig in die Stube auf den Dielenboden und glitt in Strümpfen über die wie von Koboldhand seit Samstagabend geschrubbten und gewachsten Bretter. Ihr Honiggelb, mit einem leicht rötlichen Schimmer, gefiel mir. Sie waren wunderbar glatt und rochen herrlich und ein wenig betäubend nach Blüten und Terpentin. Dann tanzte und schwebte ich mit weit ausgebreiteten Armen durch den Raum und drehte mich, bis mir schwindelte und ich mich schnell auf den Rücken niederlegte und die kreisende Decke langsam wieder zur Ruhe kam. Ich wendete mich bäuchlings zum Boden und schnupperte die Wohlgerüche, die sich besonders in der Hitze des Sommers ganz betörend um mich ausbreiteten. Das gefiel mir, das war schön, ich hätte ewig tanzen können, liegen und tanzen, immer weiter tanzen!

Doch dann fuhren wir, im Sommer mit dem Wagen, im Winter mit dem Schlitten, hinüber nach Weißenberg zur Kirche. Ich freute mich immer ganz arg darauf, ich mochte es, durch die Landschaft, vorbei am großen Wald, zu fahren, die Weißenberger Dorfstraße entlang, da und dorthin grüßend und winkend, Einzug zu halten. Es hatte etwas Erhabenes und Feierliches, das gefiel mir. Fuhrwerk und Pferde wurden bei den Großeltern gerade gegenüber eingestellt und dann die heilige Messe besucht. Ich ging gern in die Kirche und auch der anschließende Besuch in der Hauskapelle des Elternhauses unserer Mutter gehörte für mich zum sonntäglichen Ablauf, zumal ich ganz stolz darauf war, dass wir als Einzige weit und breit eine eigene kleine „Kirche“ hatten.

Vor Ostern wurden bei uns die Stube und die Kammern im Haus, der Stall und auch die Außenwände geweißelt, denn die alten Farben waren abgewaschen und verschmutzt. Die Kalkfarbe sollte auch desinfizieren und überhaupt alles wieder hell und schmuck machen. Ich war gerne dabei, ich mochte auch den säuerlichen Duft des Kalks, wenn er ins Wasser eingerührt wurde. Wenn er dann, Blasen blubbernd, wie ein kippendes Boot unterschwappte und später aus der wässrig grauen Brühe, nach einigen Stunden an der Wand, strahlend frisches Weiß wurde, war ich immer wieder erstaunt, es erschien mir wie ein Wunder. Auch wie Mutter die „Weißelbürste“ immer wieder selber herstellte, beeindruckte mich. Aus gedroschenen Hirserispen, die sie geschickt bündelte und zusammenschnürte, entstanden ein großer Pinsel, ein Quast und ein kostenloses Werkzeug, dessen nur kurze Lebensdauer leicht zu verschmerzen war.

Und dann das Brotbacken, herrlich. Morgens wachte ich auf, „hmmm“, frisches, gerade gebackenes Brot, ein unwiderstehlicher Duft im ganzen Haus, schnell sprang ich aus dem Bett und aus der kleinen Kammer direkt hinüber zur Mutter und zu Onkel Peter in die Küche, wo der Blinde immer auf der Eckbank schlief. Vater war dann schon lange im Feld oder Wald, Anni, Hedwig und Hella waren meist schon da, Josef wurde immer wieder gerufen und erschien dann irgendwann, wenn die Mädchen schon fast mit dem Frühstück fertig waren. Wenn sie dann alle aus dem Haus waren, saß ich mit Mutter bei einer Riwwelsupp oder einem Borscht, nicht dem roten, sondern dem weißen, sauren, mit kalten Pellkartoffeln, abgeschmeckt mit wenig Fett und selten ein paar Grieben. Nach langem Betteln bekam ich eine Scheibe des frischgebackenen Brotes, obwohl es doch immer hieß, erst muss das alte gegessen werden, bevor das frische auf den Tisch kommt. Wenn die Geschwister das mitbekamen und sich beklagten, sagte Mutter:

„Ihr seid doch schon verständig, die Mela is doch noch zu kleen.“

Auch der blinde Onkel unterstützte mich immer, erzählte mir viele Geschichten von Geistern und Sagengestalten, und oft ängstigten und bedrängten die darin vorkommenden Figuren mich stark. Manch schweres Einschlafen und manch unruhigen Traum habe ich ihm wohl zu verdanken. Besonders die Geschichte vom „Geest vom Steenbruch“, dessentwegen man auf keinen Fall in der Dämmerung oder Dunkelheit sich dort aufhalten oder durchgehen darf, ängstigte mich, denn wir spielten gerne in den Felsen. Auch wenn wir in der Wereszyca baden wollten, mussten wir da durch und ich hatte immer Angst, zu spät zu sein.

Ganz besondere Düfte durchzogen unser Haus auch dann, wenn „geschlacht“ wurde, wenn der Metzger kam und eines der Schweine dran glauben musste. Schon am Tag zuvor richteten Mutter und die Schwestern Geschirr, Schüsseln, Eimer und Schneidbretter, Zwiebeln, Knoblauch und allerlei Gewürze, und im Schopf wurden der Zuber und eine kleine Leiter gereinigt. Früh am Morgen dann ging's los, meist wurde ich vom lauten, ängstlichen Quieken des Opfers geweckt und bis ich, schnell aus dem Bett und angekleidet, im Hof war, lag die arme Sau auch schon im Zuber, wurde mit einem gelben Pulver bestreut und mit heißem Wasser abgebrüht, damit die Borsten sich leichter entfernen ließen. Nachdem dem toten Schwein die „Schühchen“ abgezogen waren, wurde es an der Leiter aufgehängt. Der Schlachter schlitzte den Bauch von oben bis unten auf. Ich war immer wieder fasziniert, wenn die dampfend warmen Innereien in den verschiedenen Rosa- und Rottönen zum Vorschein kamen und, nach geübtem Schnitt des Metzgers, in diesem oder jenem Behältnis landeten, je nachdem, wofür verwendbar. Auch die wie Perlmutt schimmernden Gedärme, violett und bläulich glänzend, die wie aufgepumpt und eingeschnürt aus dem Bauchraum herausquollen, wurden vom Schlachter aufgefangen und in einem Eimer geborgen.

Dann ging ich meist in die Küche, wo die Frauen schon mit dem Schneiden von Zwiebeln, Knoblauch und allerlei Kräutern beschäftigt waren und auf dem Herd Graupen gekocht wurden und jede Menge heißes Wasser vorgehalten wurde. Bald wurde Fett ausgelassen, Grieben entstanden, und wenn dann der Metzger die Därme gesäubert hatte und die Würste gefüllt waren, durchzog ein herrlicher Duft von Knoblauch, Thymian, Majoran und vor allem geröstetem Koriander, abgeschmeckt mit einem Hauch von Fett und Schwarte, den Raum und das ganze Haus. Es roch nach Sattsein, nach Wohlergehen, nach Festen und Feiern und Tanzen, das hatte ich gern.

Mit Freude dabei war ich auch, wenn am Karfreitag die Ostereier gefärbt wurden. Bestimmt zwanzig Stück hatte Mutter gesammelt, und nachdem sie abgewaschen und getrocknet waren, war es Vaters Leidenschaft, sie mit Bienenwachs zu bemalen. Er hatte ein Stückchen dünnes Blech zu einem kleinen Trichter geformt und mit einem Draht als Haltegriff versehen. Dort hinein gab er nun das Wachs, über einer Kerze erwärmte er es und begann die Eier mit dem nun flüssigen Wachs zu bemalen. Ich durfte nah dabeisitzen, die Eier reichen, zuschauen, Malvorschläge machen und den angenehm weichen Duft des Bienenwachses genießen. Vater versah jedes Ei mit einem anderen Dekor, er machte Kringel und Schlangenlinien, Sterne und Blüten, auch nur Punkte oder ganze Flächen, und manchmal, wenn ich darum bettelte, durfte ich auch probieren und war mächtig stolz. Wenn dann fast alle – einige blieben ganz ohne Wachs – bemalt waren, legte Mutter sie in einen großen Topf mit Wasser und vielen Zwiebelschalen, worin sie gekocht und gleichzeitig gefärbt wurden. Später fischte sie die Eier heraus und befreite sie von den anhängenden Schalen. Es war wie ein kleines Wunder, ich war immer wieder begeistert, in wie viel Tönen und Schattierungen, von zart Rosa bis Blutrot, die Eier sich dann präsentierten. Und erst das Wachs: Das vom Erhitzen bräunliche, oft sogar angeschwärzte Material war im kochenden Wasser weggeschmolzen und hatte leuchtend gelbe Spuren hinterlassen, wirklich wunderbar. Die noch warmen Eier durfte ich mit einer Speckschwarte abreiben, damit sie glänzten, und dann legte ich sie in ein Körbchen, das ich zuvor mit Heu ausgepolstert hatte. Da konnten sie dann noch die zwei Tage bis zur Auferstehung des Herrn warten, was ihnen sicher leichter fiel als mir.

Auch der Waschtag roch, duftete. Immer dienstags wurde gewaschen, und schon, wenn Mutter am Montagabend einweichte, den großen Waschtopf mit Wasser füllte, die Leibwäsche hineingab und das Seifenpulver darüberstreute, roch ich diesen Hauch von Sauberkeit und Frische. Wenn am nächsten Morgen dann der Topf auf den Herd gewuchtet und das Wasser erhitzt war, rührte Mutter dann und wann mit einem Holzschlegel die Wäsche; mit dem Wasserdampf verbreitete sich der Seifenduft im ganzen Haus und durch die im Sommer offenen Fenster verriet er Mutters Schaffen sogar Nachbarn und Vorübergehenden. Selten, nämlich bei Regenwetter, blieb ich in der Küche dabei und sorgte mit fleißigem Rühren für eine besonders starke Verbreitung des guten Geruchs.

Im Oktober, dem Rosenkranzmonat, war unsere Stube abends oft voller fremder Leute, meist ältere Frauen; alle knieten auf „meinem“ Boden, rochen nach Schweiß und muchligen Kleidern, hatten einen Rosenkranz in den Händen und beteten murmelnd – manche auch rhythmisch mit dem Kopf nickend – zur Muttergottes. Da war mir unheimlich zumute, es war so ernst und machte mir etwas Angst und Beklemmung.

Da gefiel mir das Laubsammeln im Wald viel besser. Zusammen mit den Geschwistern schoben wir in unserem Wäldchen hinterm Hof das Laub zu Haufen zusammen, und, wenn die Geschwister auch manchmal meckerten: Ich ließ mich rücklings und mit ausgebreiteten Armen in die Berge hineinfallen und juchzte dabei, so ein schönes, leichtes Gefühl war das. Dann luden wir das Laub auf einen Karren, Fuhre für Fuhre landete so in der Sachate. Ich war als Kleinste für das Feststampfen zuständig, denn in den nur schmalen Verschlag kamen die Großen nicht hinein. Ich fühlte mich wichtig und war stolz wie ein Grenadier.

Überhaupt war unser Wäldchen ein Ort vieler Geheimnisse und Schauplatz mancher meiner Vorstellungen von Sagen und Geschichten; voller Gruseligkeiten und mein geheimer Ort, wo Hexen und Feen, wo Tod und Teufel hausten. Allein getraute ich mich nicht hinein, am Rande trieb ich mich aber öfter herum, horchte und schaute, versteckte mich hinter dem ersten Baum, und in meiner Fantasie hörte ich Zwerge und Trolle und erzählte meine Beobachtungen dem kleinen Rudolf, der mit offenem Mund und gläubigem Staunen mir jede Geschichte abnahm. Einmal hatte ich die Idee, gleich nach den ersten Bäumen ein Loch zu graben, um dem Teufel in der Hölle da unten auf den Kopf zu schauen. Natürlich brauchte ich Rudolf dazu, er musste mir zur Hand gehen, ich benötigte ihn als Angstschutz und als Zeugen und Bewunderer, wenn es soweit war. Wir nahmen eine Art Maurerkelle und die kleine Schaufel, mit der Mutter immer die Asche aus dem Herd holte, und dann ging es los. Nachdem wir uns, vorsichtig umherspähend, versichert hatten, dass keine Zuschauer vorhanden waren und die Stelle von Laub und Moos befreit war, begann ich zu graben. Nach ein, zwei Stunden reichte das Loch schon bis zu meinen Hüften, aber wir waren müde, legten das Werkzeug dort ab und gingen zum Haus zurück. Ich schärfte Rudolf ein, ja nichts zu erzählen. Nachts träumte ich dann von Teufel und Hölle und dass ich mit Rudolf durch das Loch stürze und wir in einem riesigen Ofen verbrannt werden. Als Rudolf am nächsten Morgen wieder weitermachen wollte, erwähnte ich nur so nebenbei, dass der Platz dort wohl völlig falsch sei und wir so niemals Erfolg haben würden. Ich ging mit ihm zurück, um das Werkzeug zu holen, und ohne das Loch wieder zuzuwerfen, griff ich mit langem Arm Kelle und Schaufel, und wir verließen fast fluchtartig den Ort. In den nächsten Tagen hatte ich doch ziemlich Angst und machte eine Zeit lang einen großen Bogen um das Wäldchen. Im Herbst, als wir wieder Laub holten, sah ich, dass das Loch immer noch da war.

Ich liege so blöd, es drückt, kann mich nicht bewegen, Arme, Beine oder Kopf nicht anheben, irgendwie wie festgeschnallt, alles wie Blei.

Während des Sommers und im Herbst fuhren Vater und Mutter manchmal mit Kartoffeln, Butter und anderem nach Lemberg auf den Markt. Noch halb in der Nacht machten sie sich auf den Weg, denn die Fahrt dauerte fast drei Stunden; trotzdem lohnte es sich, denn dort in der großen Stadt waren die Preise viel höher und der Verdienst besser. Auch kauften sie dies oder das ein, das Angebot war natürlich vielfältiger, und so wartete ich immer voller Ungeduld auf ihre Rückkehr, in der Hoffnung, ein Mitbringsel zu bekommen; meist gab es etwas Süßes, ein Backstück, selten etwas zum Spielen, etwa Murmeln oder manchmal einen Malstift. Ich fragte Vater auch regelmäßig ein Loch in den Bauch, weil seine Berichte und Beschreibungen von den schönen Gebäuden, dem Bahnhof, dem Theater oder der Universität, vom Markttreiben und den vielen unterschiedlichen Menschen mich fesselten, und ich bat und bettelte schon lange, endlich mitfahren zu dürfen. Ich ließ nicht locker, und als ich mitbekam, dass sie wieder fuhren, bearbeitete und nervte ich Vater so lange, bis er mir die Mitreise in die Großstadt erlaubte. Am Vorabend musste ich ganz früh ins Bett, vor lauter Aufregung und Vorfreude konnte ich aber lange nicht einschlafen. Noch bei Dunkelheit ging es dann los, und obwohl ich fest entschlossen war, nicht zu schlafen, fielen mir die Augen zu, und so bekam ich von der Fahrt wenig mit. Doch als wir Lemberg erreichten, weckte mich Vater, damit ich nichts verpasste. Ich war ganz hin und weg, riesige, prachtvolle Häuser, vier, fünf Stockwerke hoch, ohne Lücken aneinandergereiht, unendlich scheinende gepflasterte Straßen, Fuhrwerke und Droschken und an den Plätzen komische Lampen mit einem unheimlich ruhigen Licht, das weder flackerte noch rußte. Vater erklärte mir, dass die Leuchten elektrisch seien und mit Strom funktionierten. Er wusste auch nicht genau, was das war, aber der floss durch dünne Schläuchchen, die Kabel hießen. Ich konnte damit nichts anfangen, aber egal, es sah eindrucksvoll aus. Mehrere Kirchtürme konnte ich erkennen; komisch, wir in Ottenhausen hatten überhaupt keinen und hier so viele? Auf dem Markt waren unzählige Händler mit dem Aufbau und den Vorbereitungen beschäftigt. Ich half den Eltern ein wenig, und nachdem die erste Kundschaft bedient war, begann sich mein Entdeckergeist zu melden. Ich rang Vater die Erlaubnis ab, mich auf dem Platz ein wenig umsehen zu dürfen, und versprach, seinen besorgten Ermahnungen folgend, mich ja nicht zu verlaufen. Es war beeindruckend: Ein Stand oder Wagen reihte sich an den anderen. Da waren Bauern aus der Umgebung mit allerlei Feldfrüchten, Babaijagas mit alten Kopftüchern verkauften Obst, Gemüse und Backwaren, ein alter jüdischer Buchhändler im abgeschabten Kaftan hatte verschlissene Zeitschriften und Gebetbücher, und überall tummelte sich ein Heer von Käufern und Menschen. Ein babylonisches Gesumme und Gewirr, es konnte einem schwindelig werden. An den Straßenecken standen Schuhputzer, Lastenträger und Bettler, zerlumpt und jammernd, mit bleichen, hungrigen Gesichtern. Es gab Knöpfe und Bürsten, Zündhölzer und Schuhwichse, Sacktücher und vieles, vieles mehr.

Halt, wo bin ich denn? Von der Neugier und dem Erstaunen über so viele Menschen und Dinge verführt, hatte ich doch etwas die Richtung verloren und mit ein wenig Bauchgrummeln versuchte ich, mich zu orientieren.

Nur ruhig bleiben, machte ich mir selbst Mut und ging einige Stände zurück. Leichte Panik stieg in mir auf, als ich mit großer Erleichterung meinen Vater auf mich zukommen sah. Ich war froh, erweckte aber den Eindruck, gerade auf dem Rückweg zu sein, und versuchte meine Verwirrung zu verbergen. Zurück bei Mutter begannen wir bald darauf einzuräumen; Kartoffeln und Butter waren verkauft und gegen Mittag erstanden wir noch etwas Backwerk für die Rückfahrt. Leider verschlechterte sich das Wetter, dunkle Wolken ließen ein Gewitter erwarten, und ohne weiteren Aufenthalt machten wir uns auf den Heimweg. Ich sah zum ersten Mal Automobile, vierrädrige, gummibereifte Blechwagen, deren Mitfahrer hinter Fensterglasscheiben saßen; einer drehte an einem Rad, und die Wagen fuhren ganz von selbst, ohne Pferde oder sonstige Zugtiere. Was für eine Welt! Bald schon fing es an zu regnen, ich musste unter eine Plane kriechen, und obwohl Donner und Blitze nicht wirklich nahekamen, regnete es sich ein, und ich versank mit dem Gesehenen und den Erlebnissen in ein schaukelndes Schlummern und Dösen. Die Faszination der Großstadt umfing mich, und ich träumte davon, später hier zu leben. Noch Tage danach war ich ganz benommen von den vielen Eindrücken und Neuigkeiten der großen Stadt.

Im Winter gingen wir kaum aus dem Haus; selbst der sonntägliche Kirchgang fiel für uns kleinere Kinder oft aus, und große Vorfreude auf das Weihnachtsfest stellte sich ein, wenn Mutter, Anni und Hella die ersten Kuchen und Plätzchen backten. Ich war nur noch in der Küche, ließ mich von den Schwestern auch nicht verscheuchen und war tapfer und fleißig ständig bereit, Schüsseln und Löffel abzulecken und mit den Fingern auszustreichen. An Heiligabend wurde bei uns bis vier Uhr nachmittags gefastet, dann beteten wir gemeinsam, und Vater hielt eine kleine Ansprache mit Rückblick aufs Jahr und den besten Wünschen für die Zukunft. Wir dankten Gott und baten um Beistand und Schonung vor Krankheit, Tod und bösen Überraschungen. Das war ganz feierlich, und ich fand, dass diese Augenblicke die schönsten im ganzen Jahr waren. Die Stube war warm und der Tisch festlich gedeckt, alle waren da, alle waren zusammen, alle gehörten zusammen. Es war so anrührend, so schön, und ich schaute immer hinüber zur Krippe, zur Heiligen Familie. Nur Josef tat mir ein wenig leid, weil sein Hut angebrannt war und er mir auch etwas teilnahmslos und fremd erschien.

Aus der Küche zog der Duft von Birogi, Sawewancher und dem gekochten Dörrobst herüber, und nachdem Vater die geweihte, vom Messner aus Weißenberg in den Vortagen in den Häusern verkaufte Hostie gebrochen hatte, wurde sie an alle verteilt. Ich liebte diese feierlichen Momente, ich genoss ehrfürchtig die Hostie, drückte sie mit der Zunge nach oben gegen den Gaumen, wo sie sich sacht und dort festklebend langsam auflöste. Ich kam mir groß und erwachsen vor, die heilige Kommunion zu empfangen, in einem Alter, in dem dies eigentlich noch nicht erlaubt war.

Danach wurde gegessen, und dann, endlich, kam die Bescherung: Plätzchen, Nüsse, Äpfel und ein Lumpenpüppchen. Ich musste es gleich dem kleinen Viktor, unserem Jüngsten, in die Wiege strecken. Als er aber danach griff, zog ich es schnell zurück und sprang, es hochhaltend, in der Stube herum, hintendrein unser Rudolf, der, noch etwas wacklig auf den Beinchen, mir nachlief und ebenfalls das Püppchen wollte, obwohl er doch selbst eines bekommen hatte. Bis um zehn Uhr durfte ich aufbleiben, dann hüllten sich Vater, Mutter, Onkel Peter und die Schwestern warm ein und fuhren mit dem Schlitten zur Christmette hinüber nach Weißenberg. Josef, Rudolf und der kleine Viktor blieben mit mir zurück, und ich musste dann schlafen gehen. Es war wohlig und kuschelig im Bett auf dem Strohsack zu viert, zwei am Kopf- und zwei am Fußende. Ich freute mich schon auf den nächsten Tag, wenn wir hinauf zu Onkel Bernhard Rau zu Besuch gehen würden, wo ich meine Base Hanni treffen sollte. Mit ihr konnte ich spielen, und ich bekam auch noch ein Geschenk.

Am Weihnachtsmorgen war ich schon ganz früh in der Stube, tanzte und spielte mit Josef und Rudolf mit der Krippe und den Figuren. Rudolf durfte nur zuschauen und, wenn er allzu sehr bettelte, vorsichtig eine der Figuren halten. Sonst war es eigentlich verboten, mit den uralten Erbstücken zu spielen, weil sie Vater und Mutter furchtbar wichtig waren. Sie seien ganz alt, von den Vorfahren, und man müsse aufpassen und das sei nichts zum Spielen, aber es machte doch so Spaß, und weil wir wirklich ganz, ganz behutsam waren, drückten die Eltern ein wenig ein Auge zu. Ich liebte die Holzfiguren, ich betastete und streichelte sie, und besonders der heilige Josef bekam meine ganze Aufmerksamkeit, wegen des Hutes und weil er so ein trauriges Gesicht machte.

Ach, wie mir die Figuren fehlen. Ich spüre sie geradezu in meinen Händen, herrlich. Später, in Windschläg, als die Kinder klein waren, hatten wir Figuren aus Gips, bald zerbrochen, geklebt, die Schäfchenbeine durch Streichhölzer ersetzt, Gott, wie waren die alten Holzfiguren schön!

Am Nachmittag gingen wir dann zu Onkel Bernhard hinauf ins Oberdorf, und nachdem Tante Johanna uns geherzt und beschenkt hatte – ich bekam selbst gestrickte Handschuhe – spielte ich mit Hanni, Rudolf und einem Buben aus der Nachbarschaft auf der Ofenbank, und wir bauten mit Kissen und Tüchern Bettchen für die Püppchen. Der Bub war sechs, also ein Jahr älter als ich, hieß Bernward Flamm und war ein Patenkind meines Onkels. Er war groß und blond, ein bisschen schüchtern und still und spielte lieber mit mir als mit Rudolf. Er kam mir verängstigt und gehemmt vor, aber ich mochte ihn um mich herum. Als wir beim Dunkeln heimgingen, lief Bernward mit, um gleich zwei Häuser weiter zum

Elternhaus abzubiegen; ich winkte ihm noch nach und war ein wenig traurig.

In den Winternächten hörte ich vom nahen Wald öfter die Wölfe heulen, und wenn es besonders lange kalt war, kamen die Tiere vom Wasserloch her bis zum Hof. Das Geheul war so erschreckend nah, dass ich fürchtete, sie könnten ins Haus kommen. Wir trösteten uns dann gegenseitig, rückten noch näher zusammen, und am Morgen zeigte mir Josef tatsächlich die Spuren der nächtlichen Besucher. Sie machten mir Angst, und die schlimmen Geschichten, welche die Erwachsenen erzählten, die Ereignisse mit gerissenem Wild, Hofhunden und Federvieh taten ein Übriges, Wölfe als Inbegriff des Gefährlichen zu betrachten.

Wenn wir Kinder an Fasnacht unterwegs waren, von Haus zu Haus zogen und mit unserem Spruch „Hahn rappel Hahn, die Fasnacht fängt schon an …“ nach Gaben heischten, war auch Bernward dabei, und es war mir besonders wichtig, oft in seiner Nähe zu sein. Die Erwachsenen feierten die Fasnacht im Deutschen Haus, sie machten „Redoute“ und lachten, sangen und tanzten bis spät in die Nacht. Ich war ganz traurig, dass ich nicht auch dabei sein und vor allem nicht mittanzen konnte. Auch daheim ging es abends bei uns oft lustig zu. Zwei Vettern, Viktor Kübler und Anton Rau, spielten mit der Geige und der Klarinette, man tanzte und sang; alle waren gut gelaunt. Wir Kinder durften länger auf sein und hatten unseren Spaß, und ich tanzte voller Inbrunst und Leidenschaft, bis ich ganz verschwitzt und erschöpft war und schließlich jemand sagte: „Die Mela tanzt wieder wie ein Lump am Stecke.“

Ja, tanzen; das Tanzen war mir doch das Liebste. Manchmal spielten wir auch „Blinde Kuh“, und die Stube war erfüllt von „pst, heiß, kalt“ und Lachen und Fröhlichsein. Die Eltern saßen zufrieden dabei und freuten sich über das unbeschwerte Treiben der jungen Leute und von uns Kindern.

In der kalten Jahreszeit wartete ich jeden Abend auf Vater, wenn er oft erst im Dunkeln aus dem Wald zurückkam. Ich horchte dann schon auf das Schnauben und Scharren der Pferde draußen im Hof, und wenn sie im Stall und versorgt waren, kam Vater dick vermummt herein, klopfte die Stiefel an der Türe ab. Schnell war ich bei ihm, nahm seine Tasche ab, um nach „Hasenbrot“ zu schauen. Brot, das er übrig gelassen hatte und für uns Kinder zurückbrachte; ich mochte es so, dieses Brot zu essen, es gab mir das Gefühl, Anteil an seinem Tagwerk zu haben und ihn zu unterstützen. Manchmal war es, besonders wenn Vater zwei Tage weg gewesen war, schon ein bisschen angeschimmelt, aber Mutter meinte: „E bissche Schimmel macht nix, des gebt scheene blaue Aue.“ Natürlich blieben meine Augen braun. Ich saß dann gerne eng an Vater geschmiegt am Tisch, er erzählte Geschichten und ich löcherte ihn mit allerlei Fragen, auf die er immer Antworten wusste, und ich genoss seine Nähe und Zuneigung. Vater konnte wunderbar erzählen, und ich war eine aufmerksame und wissbegierige Zuhörerin. Doch die wohlige Wärme der Küche schläferte Vater, nachdem er den ganzen Tag draußen in der Kälte gewesen war, zuverlässig ein. Bald wurde seine Stimme schwer und Mutter erlöste ihn, schickte den Plaggeist, wie sie mich dann nannte, ins Bett.

Meine große Stunde schlug an den Sonntagnachmittagen im Winter, wenn die Schwestern außer Haus, bei Verwandten und Freunden im Dorf, waren und Josef bei Onkel Peter in der Küche hockte und irgendwelche Sachen bastelte. Dann begann Vater mir von früher zu berichten, von der Auswanderung aus der Pfalz nach Galizien und von den Anfängen hier in Ottenhausen.

Auswanderung

1785

Börrstadt / Pfalz / März

Jakob Rau ist unterwegs, der Schnee knarzt unter seinen Lindenholzschuhen, als er, mit großem Schritt, den mit schillernden Eisplättchen gesäumten Wasserlauf des Röderhofgrabens überspringt, um seinen Weg zum elterlichen Gehöft, dem Herfingerhof, fortzusetzen. Es dunkelt schon, und überm Donnersberg erscheint gerade die blasse Sichel des Mondes. Sein Herz pocht, die Gedanken an das heute wieder Gehörte machen ihn schier benommen, tausend Dinge schwirren surrend und erregend in seinem Kopf.

„Dieses verfluchte Wetter", bruddelt er vor sich hin. Es ist März, und ein weiterer Kälteeinbruch hat wieder Frost und Schnee gebracht. Nasskalt ist es, die schneefeuchte Luft hängt neblig zwischen den Bäumen und in den dürren Ästen. Seit Monaten, nein, seit Jahren scheint sich der Himmel gegen die Menschen verschworen zu haben. Lange, nicht enden wollende Winter und kühle, völlig verregnete Sommer lassen schon im dritten Jahr nacheinander Krummbeere und Hafer im Boden und auf dem Halm verfaulen, die Scheunen und Keller sind leer, das bisschen Vieh teils geschlachtet, teils in klapprig schaurigem Zustand. Auch die Menschen hungern, und für das neue Jahr sieht es nicht besser aus: „Was soll nur werden?"

Die ewigen Kriegszüge der Franzosen mit Mord und Totschlag, Raub und Verwüstung, haben das Land ganz und gar ruiniert. Kaum eine Dekade in den vergangenen hundertfünfzig Jahren, in der die Pfalz nicht von Truppen geplündert und gebrandschatzt worden ist.

Seit die Grafschaft Falkenstein, zu der Oberbörrstadt gehört, 1782 zu Vorderösterreich kam und Kaiser Joseph II. in Wien der neue Landesherr ist, sind in den vergangenen drei Jahren Hunderte, ach was, Tausende von Pfälzern in die polnischen und ungarischen Lande gewandert. Auch jetzt, seit Wochen, gibt es wieder ständig Geschichten und Gerede über Auswanderer und Kolonisten, die in die österreichischen Länder ziehen, wo sie wer weiß was bekommen, und ein neues und sorgloses Leben möglich sein soll. Die Auswanderung soll wieder aufgenommen sein, und Werber ziehen durch das Land.

Jakob war heute in Winnweiler, wo der Oberamtmann Camuzi die Bauern der Grafschaft zu einer Versammlung empfangen hat. Ein Abgesandter des kaiserlichen Residenten Röthlein aus Frankfurt war erschienen, um das neue „kaiserliche Ansiedlungspatent“ bekannt zu machen und die Werbetrommel zu rühren. Kurz hält Jakob inne, atmet tief ein, schüttelt die Nässe aus der Mütze und bemerkt dabei ein Licht, das durch den nahe gelegenen Eichbosch zu kommen scheint. Könnte vielleicht sein Bruder Josef sein, den die Mutter, die sich doch ewig Sorgen macht, ihm entgegengeschickt hat. Während er weiterstapft, schwankt das Licht tatsächlich größer werdend auf ihn zu. Es ist dann keine Überraschung mehr, als Josef erkennbar wird und halb erleichtert, halb verdrießlich und etwas brummig: „No endlich, wo bleibsch denn", bruddelt. Da fällt Jakob ein, dass es bestimmt nicht nötig gewesen war, dass die Mutter den Bruder geschickt hat, sondern dass der, wohl wissend, wo Jakob war, und ebenso gespannt auf die zu erwartenden Neuigkeiten, es zu Hause sicher nicht mehr aushielt und ihm lieber entgegenging.

„Un verzehl", bricht es sogleich aus Josef heraus, und Jakob erwidert, dass sie sich dort vorne, beim Wegkreuz, niedersetzen sollten, damit er besser erzählen könne. Beide wissen, dass es im Hause wohl bequemer und vor allem wärmer wäre, aber das, was sie jetzt zu besprechen haben, sollen Vater und Mutter nicht hören.

Wann immer das Gespräch auf Umsiedlung und das Verlassen der Heimat kommt, und das ist in diesen Zeiten der Not und der Berichte von Kolonisten aus den neuen Ländern der österreichischen Gebiete, wo ja „Milch und Honig fließen sollen", ständig der Fall, ist die Einstellung und Meinung der Eltern, besonders des Vaters, hart und eindeutig: Seit die Raus vor mehr als vier Generationen aus Tirol hier in die Pfalz gekommen sind, kämpfen sie ums Überleben, und nochmals eine neue Heimat suchen, wieder von vorne anfangen, wieder Fremde sein, nein, das kann und soll nicht sein.

Jedes weitere „Gered" hat sich der Vater streng verbeten, und so stecken die beiden Brüder nachts in ihrer Kammer flüsternd und wispernd die Köpfe zusammen, um das fast täglich Gehörte auszutauschen und heimliche Pläne zu schmieden. Besonders seit Jakob auf der letztjährigen Kerb mit der Anna Grün aus dem Dorf eine Liebelei begonnen hat und sie sich jeden Sonntag nach der „Kerch" besprechen, ist das Planen der Zukunft für Jakob zu einem immer drängenderen Thema geworden.

Am Kreuz angekommen, wischen sie die Stufen frei und setzen sich, trotz Nässe und Kälte, eng aneinander und sich gegenseitig wärmend auf das Fundament.

„Un, jetz verzehl.“ Erwartungsvoll und ungeduldig eröffnet Josef wieder das Gespräch. Jakob lehnt sich an das Kreuz und dann sprudelt und springt es aus ihm heraus: „Für mich ist klar, ich geh nach Galizien!“

Josefs große Augen blicken ihn fragend an. Und Jakob erzählt, was er heute erfahren hat. Viele sind schon gegangen, man bekommt mindestens neun Hektar Land, zehn Jahre Steuerbefreiung, ein neues Haus, die wichtigsten landwirtschaftlichen Geräte, Vieh und die Reisekosten inklusive Verpflegung und Unterbringung ab Wien und das so lange, bis die Wirtschaft eingerichtet ist; auch sind die Siedler und ihre ältesten Söhne vom Wehrdienst befreit. Ungläubig starrt Josef den Bruder an, doch bevor er weiter fragen kann, rät Jakob ihm, den Docht der Lampe runterzudrehen:

„Wenn jemand das Leuchten am Kreuz sieht und Geistergeschichten die Runde machen, kommt unser Gespräch ans Licht, und das muss nicht sein.“

Jakob ist wie aufgedreht, rotwangig und mit heißem Herz, trotz Schnee und Kälte spricht er voller Begeisterung von Aufbruch und Neubeginn, von neuer Heimat und einer Zukunft mit Auskommen, ja Wohlstand. Es fällt ihm nicht schwer, Josef zu überzeugen, der schon von klein auf an seinen Hosenbeinen hängt.

„Und die Anna?“ Was als Hinderungsgrund gemeint ist, sieht Jakob voller Zuversicht.

„Wir sind uns einig, dass wir uns ehelichen wollen, aber hier wäre das kaum möglich, wie und wovon sollten wir leben?“ Jakob berichtet, dass erzählt wird, dass viele junge Kolonisten aus Zeit- und Geldmangel die Gelegenheit des Aufenthaltes in Ulm nutzen, um zu heiraten. Der Ulmer Rat hat eigens dafür eine Kirche bestimmt, die ohne Aufgebot Trauungen vollzieht. Er ist sich mit Anna bereits einig, diese Möglichkeit zu nutzen, auch weil junge Ehepaare bei der Ansiedlung bevorzugt berücksichtigt würden.

„Un was mach ich?“ Josefs fast erschrockene Erwiderung zeigt, dass er fest davon ausgeht, dabei zu sein, aber als Lediger vielleicht gar keine Berücksichtigung findet.

„Dann musst du halt ein Weibsbild finden, werden wohl auch einige Jungfrauen dabei sein“, feixt schmunzelnd der „Hochzeiter“ und knufft das Brüderchen in die Rippen: „Ist doch klar, dass wir zusammenbleiben, dann wird es auch für die Alten leichter.“ Natürlich müssen sie möglichst viel Geld verdienen: Die Kosten der Reise bis Wien und für die weitere Ausrüstung sind hoch und ein Grundstock für den Anfang in der neuen Heimat natürlich unabdingbar, zumal die Größe des dort zugeteilten Landes auch vom Besitz der Kolonisten abhängt. Wer mehr hat, bekommt mehr Land.

Da gereicht es zum Vorteil, dass sie bisher sehr sparsam gewirtschaftet haben und mit ihrer zusätzlichen „Handwerkerarbeit“, dem Herstellen von Holzschuhen, im Laufe der letzten Jahre doch einige Gulden zur Seite legen konnten. Onkel Franz, der alte „Holzer“ aus dem Kirchwinkel im Dorf, hatte ihnen schon vor Jahren die Fertigkeiten beigebracht und kurz vor seinem Tod trockenes Holz und die Stemm- und Schnitzeisen übergeben. Wann immer sie Zeit haben, sitzen sie im Futtergang und sägen, schneiden und schnitzen, neben Schuhen auch Stöcke oder allerlei Kinderkram, wie ihr Vater oft verächtlich meint.

Die beiden Brüder fühlen eine angenehme Verbundenheit und Wärme, grad scheint es so, als ob das Wetter umschlägt und ein leichter Föhn tatsächlich den nahenden Frühling ankündigt.

„Wann geht es los, wer sagt es den Alten?“, haucht Josef in die wohlige Stimmung.

„Bald, so schnell als möglich, aber jetzt lass es gut sein für heute, es ist schon spat, und die Mutter wird sich sorgen, lass uns gehen, morgen ist wieder ein Tag!“, meint Jakob, und ächzend erheben sie sich, mit kalten, steifen Knochen im Gegensatz zum heißen Herz und Kopf.

Wenig später erreichen sie den Hof und schleichen huschend in ihre Kammer, irgendwie hängt schon ein Hauch von Abschied und Wehmut in der Luft.

Sonntag, Palmsonntag, der Schnee ist fort, der warme Wind der letzten Tage hat ihn weggeleckt, versumpfen lassen in den nun morastigen Wiesen, Feldern und Wegen. Jeder Schritt hinterlässt einen schmatzenden Abdruck, der sich schnell mit zusammenfließendem Wasser füllt. Die kräftige Frühjahrssonne hat mit Wärme und Licht die Menschen und ihre Hoffnung gestärkt, dass es doch wieder gut werden kann, und das inbrünstige Beten der sonntäglichen Kirchgänger um gutes Wetter und Schutz vor Unheil und Krieg hat lange nicht mehr so kräftig und erwartungsvoll geklungen wie heute.

Doch für die Rau-Brüder steht fest, sie werden Kolonisten, und ihr Ziel sind die neuen Kronlande in Galizien. Heute will Jakob mit seiner Anna sprechen, und Josef soll sich ausnahmsweise im Wirtshaus umhören, was so „geredt" wird und was es Neues gibt. Eine halbe Stunde vor Mittag wollen sie sich dann hinter der Kirche treffen, um zum Mittagessen bei der Mutter zu sein. Nach dem Mittagsschlaf des Altbauern werden sie sich dann schweren und bangen Herzens mit den Eltern besprechen.

Als Jakob Anna auf der Kirchentreppe möglichst unauffällig begrüßt und ein nur kurzer Händedruck auch dem aufmerksamen Beobachter ihre besondere Beziehung nicht verraten soll, spürt Anna erschreckt an Druck und Blick, dass mit Jakob etwas passiert ist. Die junge Frau, deren dunkles Haar gut zu ihrer Hautfarbe und den tiefbraunen Rehaugen passt, betritt ganz verwirrt das Kircheninnere. Während der ganzen Messe schielt sie verstohlen und möglichst unauffällig zur Männerseite, um durch forschende Blicke und gegenseitige Zeichen vielleicht Hinweise und Aufklärung zu erhaschen; es ist nicht auszuhalten, was ist nur? Gedanken und Neugier halten sie gefangen, und der Gottesdienst erreicht sie nicht. Nach dem Segen des Pfarrers kann sie nicht schnell genug den rückwärtigen Teil des Kirchplatzes erreichen, wo die Dorfjugend, die ledigen Mädchen und Burschen zusammenstehen. Dies ist, außer an den seltenen Festen und Familienfeiern, eine der wenigen Möglichkeiten sich „anstännig" zu treffen und miteinander reden zu können. Es fällt beiden sehr schwer, nicht aufzufallen. In wenigen dürren Worten versucht Jakob dem Mädchen über den Entschluss, auszuwandern, die Heirat in Ulm und vieles andere zu berichten. Mehrmals erfasst Anna ergriffen die Hände des ganz Verstörten, lässt sie aber erschrocken wieder los, aus Angst vor Aufsehen. Anna bedeutet Jakob, er solle auf Umwegen zur Scheune ihres Hauses schleichen, sie werde dort auf ihn warten.

Wenig später schlüpfen die beiden durch das windschiefe, gefährlich schräg hängende Tor. Die Scheune wird zum Schauplatz eines Eheversprechens und Ort des gemeinsamen Planes, zusammen mit Josef die Auswanderung nach Galizien zu wagen und das neue Leben mit Mut und Gottvertrauen anzugehen. Die beiden halten sich lange an den Händen, drücken und küssen sich, und mit einem festen Blick verabschieden sie sich voneinander, nicht ohne den festen Vorsatz, dass Jakob seine Eltern und Anna ihre Tante, bei der sie seit dem Tode der Eltern lebt, in ihre Pläne einweihen wollen.

Gleichzeitig treffen die Brüder hinter der Kirche ein, und Jakob erkundigt sich gleich nach Josefs Neuigkeiten. Der hat nichts Wichtiges erfahren, aber das halbe Fürstentum sei in Aufruhr, und überall in der Pfalz seien wohl Siedler bereit, ihre Heimat zu verlassen und als Kolonisten ihr Glück in Galizien zu suchen, und so sei Eile geboten. Schnellen Schrittes, nun schweigend und voller Kummer wegen des bevorstehenden Gesprächs mit den Eltern, gehen sie dem gemeinsamen sonntäglichen Mittagsmahl entgegen.

Am Wegkreuz angekommen, will Josef dann doch wissen, was nun mit der Anna sei. Da antwortet Jakob, dass sie sich einig seien und er sich erkundigen werde, welche Papiere und Formalitäten von Nöten seien und welche Vorbereitungen sonst noch zu treffen wären.

Nun denn, nach dem Mittagessen, dann müssen sie es den Alten sagen, es muss sein. Flau im Bauch und mit ordentlichem Zittern beginnt Jakob nach dem Essen, bevor der Alte sich auf der Bank zu einem Schläfchen ablegt, ihr Vorhaben anzusprechen. Kaum hat er begonnen, unterbricht ihn die Mutter: „Der Herrgott mög eich behüten, es tut uns weh, aber wir sehen schon lange, dass ihr hier kein Auskommen und keine Zukunft habt, so geht mit Gott, es muss wohl sein!" Die beiden sind vor Erleichterung wie betäubt, die Angst, Vater und Mutter zu kränken, ja Zorn und Geschrei zu ernten, ist wie weggeblasen. Die Eltern lassen, wenn auch schweren Herzens, von ihren Buben und wollen ihnen, wenn auch mit der Bitte zusammenzubleiben, keine Hindernisse in den Weg legen. Zu offensichtlich die Zustände, zu unsicher die Zukunft und zu verlockend die Aussicht, dort im „gelobten Land" doch Brot und Auskommen zu finden.

Die Mutter leidet spürbar, und der Schmerz des nahen Abschieds überdeckt die folgende Zeit. Die nächsten Tage sind erfüllt mit der beginnenden Feldarbeit, doch in jeder freien Zeit sind die Brüder und Anna beschäftigt, Unnötiges und das noch vorhandene trockene Holz zu Geld zu machen. Auch der Hoferbe und die Eltern steuern noch etwas bei, und endlich dann sind die neuen Kolonisten in Winnweiler, um sich auf dem Oberamt die Aussiedlungspatente ausstellen zu lassen.

Mitte Mai soll die Reise beginnen, über Frankenthal zur Registrierung nach Mannheim, von dort durch den Kraichgau nach Heilbronn und den Neckar hinauf bis Esslingen und dann über die Alb nach Ulm. So wird es ihnen auf dem Amt erklärt, und staunend und ungläubig den Erklärungen des Beamten folgend hören sie Namen, die ihnen gänzlich fremd sind.

„Ho und Hü, hüscht und hott.“ Die Fuhrknechte dirigieren die „Gail“ und die Wagen; ruckelnd und polternd rumpeln die Fuhrwerke durch die gerinnten Wege, wo sie in Untiefen oft gefährlich in Schräglage kommen und das eine und andere Mal unvorhergesehen eine Kiste oder einen Spankoffer verlieren. Dann heißt es für die zu Fuß hinter den Wagen gehenden Männer, flink für das weitere Mitkommen des Gepäcks zu sorgen.

Ein kleiner Treck, bestehend aus zwei Wagen aus Otterberg und Niederkirchen und einem dritten aus Winnweiler, erreicht am 10. Mai Oberbörrstadt und wird hier erweitert durch zwei Wagen mit neun Siedlern, darunter Jakob und Josef Rau und Anna Grün. In wenigen Kisten oder Koffern sind der spärliche Hausstand, das bisschen Bekleidung und die speziellen Werkzeuge der beiden Brüder verpackt, und auch Anna hat wenig dabei. Man will ja ein neues Leben beginnen und nur das absolut Notwendigste mitschleppen, zumal die Fuhrpreise nach Größe und Gewicht berechnet werden und bis zur Ankunft in Ulm die Kolonisten selbst für die Kosten aufkommen müssen. Im Übrigen ist ihre persönliche Habe ohnehin sehr bescheiden. So achten sie darauf, dass die Wagen möglichst hoch beladen und voll ausgelastet sind, während die gesunden

Männer und Jugendlichen zu Fuß gehen, um Platz zu sparen.

Die letzten Tage, ja Wochen hat es wieder viel geregnet, und die glitschigen Wege machen Mensch und Tier zu schaffen. Auch die Seitenblicke auf die bearbeitet liegenden Felder lassen für die Erntezeit wieder einmal nichts Gutes ahnen, obwohl doch alles grünt und blüht und die Heimat sich zum Abschied saftig herausgeputzt hat. Nach einer anstrengenden, fast achtstündigen Fahrt erreicht die kleine Kolonne das Dorf Beindersheim, die ersten gut vier Meilen sind zurückgelegt.

„Müde und zerschlagen schon nach einem Tag, Herrgott, wie soll das werden?“ Vielleicht sind es ja nur die neuen Schuhe und die Beklemmung und Unsicherheit, ob es auch richtig ist, so ein Wagnis auf sich zu nehmen.

„Aber nein“, nimmt sich Jakob vor, „weg mit den düsteren Gedanken, nach vorne schauen, es kann doch nur besser werden, und wer nicht wagt, der nicht gewinnt – Mut machen, heißt die Devise.“

Wagen und Pferde werden in einer Herberge eingestellt, und die mit Kolonisten bereits erfahrenen Herbergsleute verstehen es, mit einer einfachen, deftigen Suppe und frischem Brot die Auswanderer zu stärken. Ebenso hebt die Nachricht des Wirts, dass auch aus Beindersheim sich am nächsten Morgen acht weitere Siedler anschließen werden, die Stimmung und so fallen die jungen Leute müde, aber doch zufrieden in das Stroh ihres ersten Nachtquartiers auf dem langen, ungewissen Weg in eine neue Heimat, in ein neues Leben. Jakobs prüfender, tastender Griff streift vor dem Schlafengehen noch über die rechte Brustseite seines Kittels, wo ein Teil seiner Gulden eingenäht ist. Dabei spürt er das Amulett in der Obertasche, das ihnen die Mutter beim tränenreichen Abschied ein wenig verstohlen zugesteckt hat.

„Amulett“, so nennen sie ein kleines, geschnitztes Holzmedaillon mit der plastischen Abbildung der Muttergottes und des Jesuskindes, das noch aus der alten Heimat der Raus, aus Tirol stammt. Die Vorväter haben es als gutes Omen und Wegbegleiter auf ihrer Auswanderung in die Pfalz gebracht, und nun soll es sie auf ihrem ungewissen Weg in wieder eine neue Zukunft begleiten, sie beschützen und Erinnerung und Bindeglied an daheim und die Lieben sein. Ein weiteres kleines Geheimnis hat Jakob dabei. Schon ein paar Tage vor der Abreise hat er eine Handvoll Erde vom Garten hinterm Haus geholt und sie auf einem Brettchen in der Scheune getrocknet. Eingefüllt in einen kleinen, kaum faustgroßen Leinenbeutel geht sie, versteckt zwischen seinen Habseligkeiten, mit auf die große Reise. Falls ihm unterwegs etwas zustoßen sollte, will er die „Heimaterde“ mit ins Grab gelegt bekommen. Erzählt hat er bisher aber niemand davon.

Anna steht am nächsten Morgen bereits am Brunnen, als Jakob schlaftrunken und sich die Augen reibend in den Hof tritt. Die Sonne erscheint jungfräulich über dem Dach der gegenüberliegenden Stallung, und Himmel und Gefühl versprechen einen schönen, hellen Maientag. Auch die Wege nach Mannheim sollen nun besser werden, und die neuen Mitreisenden, unter ihnen ein hübsches lediges Mädel, scheinen zur Gruppe zu passen und tragen zur guten Stimmung bei.

Besonders Josef ist von Barbara Fink ganz beeindruckt, er kann kaum den Blick von ihr lassen und geht ihr zur Hand, wo immer es möglich ist. Das hübsche, hochgewachsene

Mädchen hat die langen blonden Haare zu einem dicken Zopf gebunden, und mit ihren hellen, blauen Augen schaut sie recht fröhlich und naseweis in die Welt. Kein Wunder, dass Josef von ihr ganz eingenommen ist. Heute werden sie zum letzten Mal den Luxus der Pferdefuhrwerke genießen, denn ab Mannheim müssen sie dann mit den mitgeführten abgeschlagenen Handwägelchen, ja einige sogar mit Schubkarren und natürlich zu Fuß den Weg Richtung Ulm fortsetzen.

Wie kann man nur freiwillig weggehen, ich wäre nie freiwillig gegangen, nein, nie! Das ärgert mich so, dass mir ganz schlecht ist, Kopfschmerzen und Übelkeit, überhaupt, irgendwie bin ich schon stolz auf die zwei, und doch kann ich es mir nicht wirklich vorstellen, nein, man geht doch nicht von daheim weg, freiwillig!

Ein lichter, warmer Spätfrühlingstag umfängt die Schar der Heimatlosen auf ihrem weiteren Weg Richtung Rhein und Mannheim. Sie genießen die letzte Fuhrwerksfahrt, denn als Bewohner der Grafschaft Falkenstein gehören sie ja zum Reichsteil „Vorderösterreich", sind also Untertanen desselben Kaiser Josephs in Wien, zu dessen Reich auch ihre neue Heimat Galizien gehört. Deshalb sind ihnen die Privilegien des freien Transports bis Mannheim und die unentgeltliche Übergabe der Losscheine zuteilgeworden, die andere Siedler nur gegen einen Teil ihres Vermögens erhalten können.

Es ist heute ein hoffnungsfroher Tag, und die dreiunddreißig Auswanderer, zwölf Männer, elf Frauen und zehn Kinder, sind frohen Mutes unterwegs. Die liebliche Landschaft der „Woipalz", der herrliche Blick ins Rheintal und hinüber zum Odenwald beleben die doch bedrückten Seelen, und Hoffnung und guter Mut beflügeln ihre Schritte. Josef und Barbara sind ständig beisammen, ziehen den Handwagen der Finks, und ihre Zuneigung und Sympathie schweben wie ein Bienenschwarm um sie herum. Barbaras Eltern sehen dies wohl nicht ungern, ja, sie scheinen sich sogar zu freuen. Sie sind die Ältesten im Zug, und ihre siebzehnjährige Tochter war von dem Vorhaben, die Heimat für immer zu verlassen, nicht sehr angetan, ja, sie hatte sich lange Zeit sogar geweigert. Dabei hatte ihre Zuneigung zu einem jungen Burschen aus Hessheim eine für die Eltern belastende Rolle gespielt. Dieser war als Tunichtgut und Schuldenmacher verschrien, und es hatte die Alten alle Mühen gekostet, ihre Tochter umzustimmen. So sind sie froh und erleichtert, dass Barbara in Josef so schnell einen „Gefährten" gefunden hat, und ihre Fröhlichkeit und ihr Lachen ist Labsal für die von Schmerz und Unsicherheit verdunkelten Seelen der Eltern.

Nachdem man in Frankenthal eine Rast gemacht, die Pferde getränkt und mit Hafer versorgt hat, erreicht die Kolonne über Studernheim, Oggersheim und Friesenheim schon bald nach Mittag den Rhein. Für die Auswanderer ist es ein ehrfürchtiges Erleben, den Rhein, den viel besungenen, großen Strom der Deutschen, zu sehen und das im Bewusstsein: einmal und nie wieder.

Nach dem Überqueren der Brücke, einem noch nie gesehenen „Wunderwerk", wird am Rande des Schlossgartens in dort zur Verfügung stehenden ehemaligen Gesindehäusern Quartier bezogen. Nachdem die Pferdefuhrwerke abgeladen sind, werden die Rosse versorgt, die Fuhrknechte stärken sich ebenfalls, und nach einer belebenden Mittagsruhe machen die Fuhrleute sich schon auf den Weg, um einen Teil der Rückfahrt noch zu bewältigen.

Die Siedler haben heute nur viereinhalb Wegstunden, also etwa zweieinhalb Meilen, zurückgelegt, und so möchten sie die verbleibende Zeit nutzen, um die österreichische Residenz, die in P5 liegen soll, auszukundschaften, um dann morgen dort gegen ihre Losscheine einen „Reichskommissariatspass" zu bekommen, der ihnen den Weg nach Ulm und die Mitfahrt auf einer der „Ulmer Schachteln“ bis Wien ermöglichen wird. Alles hier ist zum Staunen, die vielen Häuser, die Straßen und das Schloss. Als die drei „Kundschafter“, unter ihnen Jakob Rau, die Residenz gefunden haben und dort vorsprechen, müssen sie erfahren, dass so viele Siedler unterwegs sind, dass sie erst am übernächsten Tag mit der Abfertigung rechnen können. Doch Jakobs Unmut und Ungeduld wird von Anna und den anderen Frauen nicht geteilt, im Gegenteil, sie sind froh, auch wegen der Kinder und der anstehenden Strapazen, eine Verschnaufpause einlegen und am nächsten Tag auf dem Markt der großen Residenzstadt Proviant und das eine oder andere Ausrüstungsteil erstehen zu können.

So erleben die Kolonisten einen Ruhetag. Die Frauen und Kinder sind auf dem Markt, die Männer beschäftigen sich mit der Ausrüstung und den Handwagen, während Barbara und Josef sich unauffällig davonschleichen, um am nahen Rheinufer niederzusitzen und sich an den Händen haltend, noch schüchtern und unsicher und wohl selbst mehr als erstaunt über ihre sich so schnell ergebende Vertrautheit mit hölzernen Worten sich ihre gegenseitige Zuneigung zu eröffnen. Es surrt in Bauch und Kopf, ein angenehmes Wohlgefühl durchströmt die beiden jungen Menschen, und der erste Kuss wäre unvermeidlich, wenn nicht in diesem Moment der Vater von Barbara laut rufend auf der Rheinwiese erschiene. Nun denn, ein anderes Mal.

Nachmittags wollen einige, darunter auch Jakob, Josef, Anna und Barbara, das viel erwähnte Schloss, das dem badischen Großherzog gehört, in Augenschein nehmen. Staunend stehen sie vor dem prächtigen Bauwerk, dessen ehemaliges Opernhaus aber seit dem Beschuss der Österreicher auf die von Franzosen besetzte Stadt, im Jahre 1792, immer noch in Trümmern liegt. Ja, ihre Heimat ist seit vielen Jahrzehnten ein schwer von Kriegen geplagtes Land. Die ständigen Heeres- und Raubzüge vor allem der Franzosen haben die Pfalz ausgeblutet und ausgezehrt, ihre Bevölkerung in Hunger und Not getrieben. „Auch vor den Schlössern machen sie nicht Halt, trotzdem ein schwacher Trost“, meint Jakob.

Am nächsten Morgen machen sich die Haushaltsvorstände und die ledigen Erwachsenen mit den Losscheinen aller Aussiedler auf den Weg zur österreichischen Residenz; nach vier langen Stunden sind die Formalitäten endlich erledigt, und kurz nach Mittag kehren sie zu den erwartungsvollen Mitreisenden zurück. Der Pass garantiert ihnen Zoll- und Mautfreiheit und weist sie als Auswanderer nach österreichischen Landen aus.

Nach kurzer Besprechung ist man sich einig, den Weiterzug erst am nächsten Tag zu beginnen; dann soll nach sechseinhalb Wegstunden Sandhausen das nächste Tagesziel in Richtung Ulm sein.

Als die Maiensonne am frühen Morgen Jakob weckt, ist sein Bruder schon auf und bei den Finks, um ihnen beim Beladen ihres Karrens zu helfen, und so übernimmt Jakob schmunzelnd die Aufgabe, Annas und sein und Josefs Zeug auf ihrem gemeinsamen Handwagen zu verstauen und diesen reisefertig zu machen. Auch Anna bemerkt wohlwollend die Verbindung.

„Ich glaub fast, dein Bruder hat auch ein Weib gefunden“, sagt sie, nimmt lächelnd seine Hand und drückt sie fest. „Ja, wer weiß, vielleicht sind wir beide, Josef und ich, bei der Ankunft in Galizien schon verheiratet“, gibt Jakob zurück, und freudige Erwartung huscht über sein Gesicht. Der Weg heute ist wieder beschwerlich und die Steigungen nach Wiesloch, Dielheim und Balzfeld verlangen doch einiges an Kraft und Ausdauer. Manche der Kinder haben Blasen an den Füßen, wohl auch, weil sie das Tragen von Schuhen nicht gewohnt sind. Die Kleinsten werden natürlich in den Wägelchen gefahren und dann und wann auch getragen.

Tage später, es ist regnerisch und trüb, nähert sich der Trupp Cannstatt, der Oberamtsstadt, die, wie sie unterwegs erfahren haben, schon seit vielen Jahren ein vor allem beim Adel beliebtes und viel besuchtes Heilbad ist. Den zahlreichen Quellen werden heilsame Wirkungen zugeschrieben, und so kommt es vielen in der Gruppe gar nicht ungelegen, als am nächsten Morgen der Regen wieder satt und unaufhörlich fällt, die Fortsetzung der Reise zu verschieben.

Ein Ruhetag wird allen gut tun, Wundblasen können gepflegt, Kräfte gesammelt und die Heilwasser der Stadt getrunken werden. Das wird allen helfen, und übermorgen, am Freitag, wird dann mit neuen Kräften und hoffentlich gutem Wetter der Weiterweg begonnen. Anna, Jakob, Barbara und Josef machen sich am Nachmittag auch auf zu den Heilquellen. In der Trinkhalle kommen sie beim Schlürfen des hoffentlich helfenden Nasses auf die Hochzeit in Ulm und die Verbindung von Barbara und Josef zu sprechen.

„Ha, das war uns schon länger klar, dass das mit euch was werden könnt", platzt es da aus Anna heraus.

Mit glänzenden Augen fragt Barbara nach, ob sie das ernst meinten.

„Ja, warum denn nicht, so wie ihr zueinanderpasst und aneinanderhängt? Auch eure Ansiedlung würde um einiges leichter, und ihr würdet mehr bekommen, wenn ihr verheiratet seid. Was sagen denn die Eltern dazu?" Barbara und Josef schauen sich groß an:

„Daran haben wir noch gar nicht gedacht, mit ihnen zu sprechen."

„Und du, Josef, hast du schon mit deinem großen Bruder gesprochen, ob der damit einverstanden ist?", unkt Jakob und versucht ein ernstes und gewichtiges Gesicht zu machen.

„Du, du, oh, du Ochse," juchzt da der jüngere und schubst den großen Bruder zur Seite, denn er begreift augenblicklich, dass Bruder und Braut nichts dagegen einzuwenden hätten.

„Ihr müsst aber mit den Eltern reden, und zwar bald, denn dann könnten wir in Ulm eine Doppelhochzeit feiern."

„Tri tra trallala, tri tra trallala ...". Lustige Kinderstimmen empfangen die vier jungen Leute, als sie von ihrer Trinkkur zum Lager zurückkehren, wo zwei der Mütter mit den Kindern wohl Spiele machen. In froher Runde sitzt man zusammen, und eine der Frauen ist mit Freude dabei, aus heute in der Stadt erstandenen Stoffresten kleine „Lumpepüppcher" für die Mädchen zu machen. Mehrere der bereits fertiggestellten Figuren sind schon zum Leben erweckt und zappeln in den Händen der stolzen und strahlenden Mädchen.

Als Jakob die etwas verhalten dabeisitzenden Buben sieht, kommt ihm eine Idee.

„Komm, Josef, wir holen unser Werkzeug raus und schnitzen den Kindern ein paar ‚Perdche', damit können sie dann auch spielen." Zusammen mit den Buben wird bei einer in der Nähe gesehenen Schreinerei ein wenig Abfallholz erbettelt, und schon sitzt man zusammen, und die ersten Späne fliegen den Kleinen nur so um die Ohren. Im Nu sind die ersten Pferdchen fertig, und mit Hü und Hott „galoppieren" und „traben" die lebendig gewordenen Figürchen, geführt von den krabbelnden Kindern, durch den Raum.

Nach den anstrengenden Tagen und der ängstigenden Unsicherheit über Weg und Ziel erlebt die Gruppe heute, auch durch die Kinder, eine wohlig aufbauende Stimmung, die Balsam für Seele und Körper ist, und das, obwohl draußen der Regen noch immer unaufhörlich wässert.

Am Morgen hat es dann doch tatsächlich aufgehört zu regnen, und auch wenn natürlich noch alle Wege und Stege tropfnass und matschig sind, macht man sich auf den Weg, die für heute geplante Strecke entlang des Neckars über Esslingen und Altbach nach Plochingen anzugehen, dann der Fils entlang über Göppingen und Geislingen, immer das Ziel Ulm vor Augen.

Anstrengend ist es schon, man muss gute Schuhe haben, Wanderschuhe. Warum habe ich eigentlich nie im Leben Wanderschuhe gehabt? Weil wir nie gewandert sind? Keine Ausflüge, keine Einkehr, kein Urlaub – also wozu? Habe ich Schuhe an? Unter dem Laich kann ich es nicht erkennen, und spüren tue ich nichts, gar nichts – bin gefühllos, fußlos, spurlos?

1785

Ulm / Donau / Mai

Der letzte Tag vor Ulm ist angebrochen, heute soll die Stadt an der Donau das erste große Ziel und das berühmte Münster heiß erwarteter Blickpunkt für die Kolonisten sein. Mit beflügeltem Schritt und frohem Mut nimmt man die fünfeinhalb Wegstunden zur alten Reichsstadt unter die Schuhe, und bei herrlichem Sonnenschein liegt bald Dornstadt vor ihnen.

Vorbei am Lerchenberg und an der Siedlung Himmelweiler öffnet sich den „Pälzern" der Blick hinunter ins Donautal, wo, noch etwa eine Meile entfernt, der Münsterturm von Ulm den Schritt beschleunigt; dabei hat er seine geplante Höhe von über 160 Metern noch gar nicht erreicht, denn seit mehr als 250 Jahren sei der Weiterbau eingestellt, so hat man es gestern in der Poststation gehört. Dennoch, ein mächtiger und imposanter Anblick.

Sie sind froh und erleichtert, den ersten schweren Teil der Reise geschafft zu haben, auch weil der selbstständig zu findende Weg die Emigranten immer wieder vor Entscheidungen stellte und so die Führung, die Versorgung und das Unterkommen allein in der Hand der Siedler selbst war. Während der Donaufahrt und auf dem weiteren Weg von Wien erhoffen und erwarten sie sich Hilfe und Unterstützung durch die kaiserliche Verwaltung.

Bald sind sie in der Stadt, und je näher sie dem Münster und dem Marktplatz kommen, umso stärker wird der Strom der Menschen. Er ergießt sich durch die Gassen und Straßen, dass es den Angekommenen ganz „summsig“ zumut wird. Sie hören da und dort sogar heimische, pfälzische Worte, und schon ist zu erfahren, dass sich wohl einige Hundert Kolonisten in der Stadt befinden, die auf die Weiterfahrt mit dem Schiff nach Wien warten.

Unten an der Donau, von den Ulmern „Donauschwabenufer“ genannt, in der Nähe von Henkersgraben und Fischergasse, sind für die große Zahl der hier seit Jahren immer wieder erscheinenden Siedler geräumige Lager eingerichtet. Da wird man eingewiesen und versorgt und mit drängenden Fragen der Registrierung, der Kosten, des Transports und, und, und ... auf morgen und die nächsten Tage vertröstet.

„Seien wir doch geduldig“, meint Jakob zu den seinen, „bis hierher ist doch alles so gut gegangen, wenn nur unsere Alten daheim das wüssten und sich nicht sorgten.“

Viele „Pälzer“ sind in den Lagern, aber auch Schwaben und einige Badener befinden sich unter den Kolonisten. Die meisten sind wie die Börrstadter zu Fuß und mit Handwagen gekommen, andere aber haben den Luxus des Pferdefuhrwerks genossen. So trifft Jakob einen Huber aus dem badischen Schutterwald, nahe dem elsässischen Straßburg, der für 15 Gulden seine etwa fünf Zentner schwere Habe transportieren ließ. Seine beiden Kinder durften dabei öfter mitfahren, während die Erwachsenen auch zu Fuß gehen mussten. Mit so einem Betrag hätte Jakob ein Drittel seines Besitzes verbraucht. Er ist froh, es auch so geschafft zu haben.

Schon bald erfahren sie, dass Unterbringung und Kost recht billig sind, da die österreichische Regierung einen beträchtlichen Zuschuss beisteuert, und so wird ein etwas längerer Aufenthalt nicht zu belastend auf die Reisekasse drücken. Wieder hören sie, dass viele Siedler tage-, ja wochen- und monatelang in der Stadt sind, um sich durch Dienste und Verkäufe die Reisekasse aufzubessern. Ganz erstaunt sind die Emigranten, als ihnen die „Badhäuser" gezeigt werden, wo man einmal in der Woche sich gründlich und erquickend in warmem Wasser baden kann.

Am zweiten Abend machen Jakob und Josef die Runde, um sich nach den Möglichkeiten der Heirat und eventuell Gleichgesinnten zu erkundigen.

„Oh, do braucht er nett lang zu suche, do gebbts einige, die schun geheirat hann odder noch wolle", war zur Freude der beiden zu erfahren. Wie Jakob schon in Winnweiler vom Oberamtmann gehört hatte, sind sie keine Ausnahme, es gab und gibt wohl ziemlich viele, die aus unterschiedlichen Gründen die Gelegenheit des Aufenthalts in Ulm nutzen, um hier zu heiraten, und der Rat der Stadt hat tatsächlich dafür sogar Ausnahmegenehmigungen ohne Aufgebotsfristen erlassen.

Sie erfahren, dass manche, wie sie, in der Eile des Entschlusses keine Zeit mehr daheim hatten oder, wie Josef und Barbara, sich erst unterwegs kennengelernt hatten. Manche wollen die Kosten für größeres Gefeiere sparen, und sie hören, dass der Wiener Hof die Einwanderung von ledigen Personen nicht gerne sieht und dass Ehepaare bei der Landzuweisung bevorzugt werden.

Die katholische Augustinerstiftskirche „Zu den Wengen"

wird ihnen genannt, sie hat als Einzige das Privileg zur „Kopulation“ solcher Personen, die „für immer“ die Heimat verlassen.

„Doch gute Nachrichten“, denken die zwei und wollen ihre Bräute so schnell wie möglich an der Freude teilhaben lassen, allerdings werden sie auf dem Rückweg von Geschrei und Gezänk aufgehalten. Eine Gruppe von Kolonisten streitet sich mit einigen einheimischen Handwerkern, und als Josef sich einmischen will, kann Jakob ihn gerade noch zurückhalten. Er zerrt ihn grob mit und zischt: „Misch dich nicht ein, wir haben unsere eigenen Sorgen.“

Zurück im Lager finden sie Anna und Barbara bei den anderen Frauen, die eifrig und emsig dabei sind, zu nähen, zu flicken und andere nötige und unterwegs nicht zu erledigende Arbeiten zu machen. Auch Lumpenpüppchen werden wieder „geboren“, und so erwacht bei Jakob und Josef auch die Idee, die Tage zu nutzen, um sich Pappel- oder Lindenholz zu besorgen und Schuhe, Pferdchen und Löffel zu fertigen. Wenn man dann auf dem Ulmer Markt den Handwagen feilbietet, könnte man versuchen, neben den Püppchen auch ihre Holzarbeiten zu verkaufen, und die Reisekasse damit etwas aufbessern. Freudig erregt winken sie die Bräute zu sich und sprudeln nur so heraus; bald ist Hochzeit und alles scheint unter einem guten Stern zu stehen. Sie sind sich einig, sich gegenseitig Trauzeugen zu sein, und heute Abend noch will Barbara mit ihren Eltern sprechen und ihnen die Neuigkeiten erzählen.

Die Männer wollen morgen zum Pfarramt „Zu den Wengen“ gehen, um die Hochzeit anzumelden und den Papierkram zu erledigen.

Heute waren alle im „Einwanderungszentrum" in der Fischergasse, um sich registrieren zu lassen und sich für den Schiffstransport anzumelden. Dabei haben sie erfahren, dass es zwei Möglichkeiten der Einteilung gibt: die Eiligen, die möglichst schnell nach Wien wollen, und die anderen, die aus den verschiedensten Gründen gegen einige Tage Aufenthalt nichts einzuwenden haben. Manche warten nämlich auf Verwandte, die noch unterwegs sind und die sich in Ulm treffen wollen, oder Kranke brauchen die Zeit, um sich zu erholen oder sich durch Ärzte oder im Spital behandeln zu lassen, und wieder andere wollen sich durch Dienste oder Verkäufe etwas dazuverdienen.

Wie die jungen Leute heute gehört haben, wird ihre Hochzeit einige Tage Wartezeit erfordern und so finden sie sich damit ab, die Zeit in Ulm zu verweilen und so die bisher angenehme und kameradschaftliche Gemeinschaft der Mitsiedler aufgeben zu müssen. Ein wenig Wehmut schwebt im Raum; Betroffenheit und Schmerz mischen sich dazu, als Anna und Barbara erzählen, dass sich am Nachmittag der Zustand des Offerberger Säuglings plötzlich so verschlechtert hätte, dass er zusammen mit der Mutter ins Spital musste und das Schlimmste zu befürchten sei. Der Vater hat wie von Sinnen gezetert und ward seither nicht mehr gesehen. Hoffentlich wird das ein gutes Ende nehmen.

Am nächsten Morgen machen sich Jakob und Josef, gerüstet mit den Falkensteinschen Entlassungsbriefen, dem Entlassungsbrief von Barbara aus Beindersheim und den in Mannheim ausgestellten Hofpässen auf den Weg zum Pfarrhaus, um ihre Hochzeiten anzumelden. Geschlagene drei Stunden müssen sie dort warten, obwohl nur wenige vor ihnen sind; erst kurz vor Mittag werden sie vorgelassen und können ihr Anliegen vorbringen.

Nachdem sie die Formalitäten ohne Beanstandungen erledigt haben, müssen sie die „Stolgebühren“ im Voraus bezahlen, und als Termin wird ihnen der Dienstag der nächsten Woche genannt.

Nun, da sie den Heiratstermin kennen, wollen sich die beiden gleich im Einwanderungszentrum oder im Schifferkontor erkundigen, ob für den Donnerstag oder Freitag der kommenden Woche noch Plätze auf einer Zille, oder, wie hier genannt, einer Ulmer Schachtel frei sind. Im Schifferkontor erfahren sie, dass die „Ordinarischiffe“ regelmäßig montags, mittwochs und freitags nach Wien abfahren und freitags noch genügend Platz sei. Auf ihre weiteren Fragen nach diesem und jenem erwidert ihnen der Konduktor: „Es ist Freitag, kurz vor Mittag, gerade wird eingeschifft, geht doch runter ans Ufer und schaut euch alles selber an!“

Nach wenigen Schritten schon sehen die beiden Brüder das schwarz-weiß gestrichene flache Schiff an der Donau liegen. Am Ufer und auf dem mit drei Planken begehbaren Boot wuseln die Passagiere ameisengleich geschäftig hin und her. Neben den Siedlern und ihrem Gepäck werden auch andere Waren, Kisten und Säcke geladen. Tatsächlich, das Schiff hat etwas von einer Schachtel, etwa eineinhalb Meter hohe Bordwände ringsum und in der Mitte eine große Holzhütte, worin sowohl regenempfindliche Waren und Gepäck als auch Passagiere Schutz finden können.

Josef spricht einen der mutmaßlichen Schiffer an, die an einer der Planken stehen und Anweisungen geben, und fragt, wie viele Passagiere denn auf dem etwa 30 Meter langen Schiff Platz fänden.

„Bis zu 300“, antwortet der und erzählt ihnen dann, dass sie jedoch nur 200 mitnehmen, weil ein überladenes Schiff ein großes Risiko sei und deshalb auch immer wieder Unglücke mit Toten und Verletzten vorkämen. Wie lange die Fahrt nach Wien denn dauere, möchte Jakob noch wissen, und wie hoch denn der Preis sei.

„Fünf bis sechs Tage, je nach Strömung und Wetter“, meint der Schiffer, und für einen Passagier mit normalem Gepäck koste die Beförderung einen Gulden und 30 Kreutzer. Nachdem Jakob und sein Bruder noch eine Weile dem Treiben zugeschaut haben, gehen sie zurück ins Quartier, um zu berichten und zu beratschlagen, wann und mit wem der weitere Weg Richtung Wien fortgesetzt werden soll.

Im Lager wird fleißig gearbeitet. Wer kann, ist emsig bemüht und voller Hoffnung, auf den Märkten der Stadt etwas zu verkaufen, um an Geld zu kommen; man wird es wohl brauchen können.

Jakob setzt sich mit dem Bruder, mit Anna, Barbara, deren Eltern und den anderen Börrstadtern, einem Ehepaar mit vier Kindern, zusammen, und sie erzählen, was sie gesehen und erfahren haben. Sie sind sich bald einig, als Gruppe zusammenzubleiben und gemeinsam die Fahrt nach Wien anzutreten. Zum einen will man nicht zu viel Zeit verlieren, zum anderen hält man die Gruppengröße für günstig, und die vier noch unverheirateten jungen Leute können den alten Finks und vor allem den vier Kindern wichtige Stützen sein.

So machen sich die Männer noch am späteren Nachmittag auf den Weg zum Schiffskontor, um die Plätze zu reservieren und die Fahrtpreise, wie üblich, im Voraus zu bezahlen.

Am Samstag sind Anna und Barbara auf dem Münstermarkt, um ihre Lumpenpüppchen und anderes feilzubieten, während die Brüder, unterstützt von Vater Fink, ihre Holzarbeiten fortführen. Auch den Sonntag werden sie nach dem Kirchgang nutzen, um ihr Sortiment zu vergrößern, mit dem sie dann auf dem Handwerksmarkt am Montag auf gute Geschäfte hoffen. Da wollen sie auch den Handwagen, der ihnen ein wichtiger Begleiter war, verkaufen.

Nach Mittag kommen die Frauen zurück, und ihren Gesichtern ist zu entnehmen, dass ihre Geschäfte nicht ganz ergebnislos waren. Zwar sind nicht alle Teile verkauft, aber sie sind doch zufrieden, und nicht ohne Stolz und mit freudigem Glanz in den Augen präsentieren sie ihre Einnahmen: Einen Gulden und acht Kreutzer zählen sie den beeindruckten Gefährten vor, und als diese sie dankbar in die Arme schließen, schwebt ein Hauch von Lebensfreude durch die Kammer. Auch die alten Finks sind erfreut und werfen sich einen zufriedenen Blick zu.

Am Abend sitzt man noch ein wenig, auch andere sind dabei, zusammen. Es wird gesungen, Geschichten und Gerüchte über Auswanderer und ihre Schicksale machen die Runde, Gutes und Schlimmes, und entsprechend schwankt die Stimmung zwischen Melancholie und Freude, zwischen Hoffnung und Befürchtung.

Nach dem Kirchgang wollen die vier jungen Auswanderer noch kurz das Münster besuchen; als evangelisches Gotteshaus ist es ihnen eigentlich „unbetretbar“, aber sie haben so viel davon gehört, dass sie es doch sehen wollen. Es ist ein monumentaler Bau, auch wenn, wie sie erfahren und wie sie auch sehen können, Turm, Seitentürme und Seitenschiffe unvollendet sind. Seit Generationen steht der Bau unverändert und unfertig da; für die Emigranten kein gutes Omen, wenn ein Haus zur Ehre Gottes nicht fertig wird, aber es ist ja eine evangelische Kirche, damit haben die Katholiken nichts zu schaffen.

Der „große Markttag" ist da; mit dem Handwagen, beladen mit Holzschuhen, Pferdchen, Löffeln und Schüsselchen ziehen die vier jungen Leute erwartungsfroh vorbei an der Adlerbastei zum Marktplatz. Es ist noch früh, die Stadt ist noch nicht erwacht, und fröstelnd erreichen sie den Marktmeister, der ihnen gegen eine Gebühr von 20 Kreutzern einen für durchziehende Händler bestimmten Bereich zuweist. Sie versuchen ihre Waren etwas zu präsentieren, und bald beginnt sich der Platz zu beleben – erst einzelne, dann mehr und mehr, und bald herrscht reges Treiben. Das Wetter ist gut, und die langsam über die Dächer kletternde Sonne wirft ihren wärmenden Schein sacht und wohlig über die Stände. Schon gegen zehn Uhr sind der Handwagen, viele Schuhe und die meisten der Löffel und Pferdchen verkauft. Gegen Mittag, als der Marktmeister das Ende beim Glockenschlag zwölf Uhr anmahnt, bleiben nur wenige Löffel und drei Pferdchen übrig. Die vier sind stolz und glücklich und beschließen, in einer Schenke auf dem Heimweg einen Schoppen zu trinken und ihren Erfolg ein wenig zu feiern. Dort setzen sie sich, um nicht aufzufallen, in eine Ecke und verstohlen zählen sie ihren Erlös: Drei Gulden und 44 Kreutzer haben sie eingenommen; wenn davon die 50 Kreutzer, die sie für das Holz zahlen mussten, abgehen, bleibt ein Gewinn von fast drei Gulden. Zusammen mit den Einnahmen der Frauen haben sie so die Fahrt nach Wien bezahlt und auch die „Stolgebühren" für die beiden Trauungen beglichen. Welch freudiger Tag, und der morgige soll noch schöner werden.

Im „besten Staat" erscheinen Anna, Barbara, Jakob, Josef und die alten Finks zu angegebener Stunde auf dem Pfarramt des Stifts „Zu den Wengen", und in kurzer, ganz unfeierlicher Weise sind die vier jungen Menschen vermählt und beginnen ein neues, gemeinsames Leben. Zusammen gehen sie ja schon länger, und Neues bringt für sie jeder Tag. Trotzdem freuen sich alle mächtig, denn in dieser Zeit ist es für alle gut, nicht allein zu sein, gemeinsam lässt sich vieles leichter ertragen und bewältigen.

Zurück im Lager bereiten die Frauen ein kleines Festmahl, zu dem auch die Weggefährten aus der Pfalz, die noch in Ulm verweilen, eingeladen werden, und so ergibt sich doch noch eine kleine Hochzeitsfeier, und singend und tanzend wird es spät in der Nacht. Die Hochzeitsnacht erleben die beiden Paare im schützenden Dunkel der gemeinsamen Unterkunft. In dem mit all den unterschiedlichen Schlafgeräuschen, dem Atmen, Stöhnen, Röcheln und Schnarchen erfüllten Raum fallen die mit aller Macht unterdrückten heimlichen und versteckten Laute des ersten Zusammenseins nicht wirklich auf. Am nächsten Morgen steht allen vieren das Glück ins Gesicht geschrieben.

Während die Frauen sich um das Besorgen, Tauschen und Einkaufen von Proviant und Ausrüstung kümmern, haben sich die Brüder mit zwei Weggefährten, die noch länger in Ulm bleiben werden, abgesprochen, ihnen in diesen beiden Tagen nochmals Schuhe und Löffel zu machen, die diese dann auf dem Markt verkaufen können. Entsprechend dem Verkauf vom Montag bieten sie ihnen die Ware günstiger an, sodass die Zurückbleibenden ebenfalls einen Verdienst damit haben. So ist allen gedient, und die beiden Jungverheirateten tragen nochmals etwas für die Haushaltskassen bei.

Am Donnerstagabend sitzen alle vier dann mit einem Ulmer Lehrer zusammen, der für einige Kreutzer bereit ist, ihnen zu helfen, einen Brief an die Eltern und die Tante daheim in Börrstadt aufzusetzen. Obwohl Jakob leidlich lesen und schreiben kann – während seiner Ministrantenzeit hatte ihn der Pfarrer immer wieder nebenbei unterrichtet – traut er sich nicht, einen „Brief zu stellen", weshalb sie nach einem Pfarrer oder Lehrer gesucht haben, der diese Fertigkeit beherrscht. Es ist den Aussiedlern ein Bedürfnis, die Alten zu beruhigen und die Nachricht zu bringen, dass bisher alles gut geht und ihre Kinder verheiratet und guten Mutes sind.

Mit den herzlichsten Grüßen, auch von der ihnen unbekannten Schwiegertochter Barbara, schließt der Lehrer und verspricht, den Brief am nächsten Morgen zur Postkutsche zu bringen.

Ja, da ging es dem Jakob mit dem Schreiben nicht viel besser als mir. Den wenigen Unterricht, den ich während meiner Kindheit hatte, konnte man vergessen, und ich habe ja zeitlebens darunter gelitten, nicht anständig schreiben zu können!

Ein verregneter Morgen empfängt die zwölf Passagiere auf dem Weg zur „kleinen Donau“, wo die „Zille“, wie die Boote in Wien genannt werden, bereitliegt, um Ladung und Passagiere aufzunehmen. Die Nässe und Feuchtigkeit kriecht schnell in die Kleidung, und bald ist der Raum in der Holzhütte inmitten des Schiffes erfüllt vom Geschrei und Gedränge der Menschen. Mithilfe einiger jüngerer Passagiere, darunter auch Jakob und Josef, befestigen die Schiffer große Planen längsseits unter dem Dach der Hütte und spannen diese über die seitlichen Planken, sodass zwei weitere überdachte und damit etwas geschützte Plätze für Mensch und Ladung entstehen.

Dicht gedrängt sitzt man dort zusammen, als kurz nach Mittag das Schiff abstößt und die Fahrt flussabwärts Richtung Wien beginnt. Zwei Mann mit Ruderblättern am Heck und zwei mit Stangen arbeitende Männer vorne am Bug sind für das Steuern des Bootes verantwortlich, und die etwa 200 Passagiere, die meisten Emigranten nach Ungarn und Galizien, begeben sich ängstlich und frierend in ihre Hände.

Schade, dass es so schüttet, die liebliche Landschaft des Donaurieds, die seichten Uferbereiche, die sich weit in die flache Landschaft erstrecken und deren Schilf und Röhricht, von der Nässe tief gebeugt, ein Gefühl von Trauer und Ergebenheit vermitteln, werden von den unter den Planen kauernden Siedlern kaum wahrgenommen. Vorbei an Leipheim und Günzburg schaukelt die „Schachtel“ gen Donauwörth.

Schon bald ist Mithilfe auf dem Schiff nötig, denn an den tiefsten Stellen beginnt sich das Regenwasser zu sammeln und muss mit speziellen Eimern, die an einer Seite wie eine Kehrschaufel abgeflacht sind, aufgeschöpft und über die Bordwand geschüttet werden. Wieder kommen die jüngeren Männer zum Einsatz, sich abwechselnd rauscht Eimer für Eimer in die Donau hinab. Anna ist die Erste, die, einem menschlichen Bedürfnis folgend, sich auf die Suche nach einem entsprechenden Örtchen macht und im hinteren Bereich des Schiffes fündig wird. Hinter einem kleinen Verschlag stehen zwei Kübel, in die man sich erleichtern kann, um diese dann ebenfalls in den Fluss zu entleeren. Schon jetzt, nach kurzer Fahrt, sind der Gestank und der Schmutz lästig, und Anna denkt mit Ekel an die nächsten Tage, wenn die „Sauerei“ wohl ständig zunehmen wird.

Es regnet unablässig weiter. Bei Einbruch der Dunkelheit machen die Schiffer an einem Steg bei Blendenheim fest. Alle bleiben auf dem Boot, um ihre erste Nacht auf den Bänken hier zu verbringen. Am nächsten Morgen regnet es immer noch, auch wenn die Bindfäden sich nun in einzelne Tropfen gewandelt haben und das Wasserschöpfen nur noch sporadisch nötig ist.

Neben dem Abort ist ein zweiter Verschlag, wo mit zwei an Seilen befestigten Eimern Wasser aus der Donau gezogen wird, um sich selbst oder auch Geschirr oder Windeln oder sonst etwas zu waschen. Trinkwasser gibt es zwar in festgelegten Mengen aus bereitgestellten Fässern, aber seine Verwendung muss kontrolliert werden. Um sich nicht selbst darum kümmern zu müssen und um Unannehmlichkeiten und Streitereien aus dem Weg zu gehen, bestimmen die Schiffer einen der Emigranten zum „Wassermeister". Es ist wohl kein Zufall, dass ihre Wahl auf Jakob Rau trifft, der schon in den ersten Stunden auf dem Schiff durch seine besonnene, ausgleichende Art auffällt und durch Zuspruch und Mithilfe vielen Leidensgenossen zur Hand geht.

Gegen Mittag hört es auf zu regnen. Bei Donauwörth fließen drei Flüsschen der Donau zu und lassen das Wasser deutlich breiter werden. Vor Neuburg bilden Stromschnellen für die unerfahrenen Passagiere eine beängstigende Barriere, und das Knirschen und Ächzen des Schiffes beantworten viele durch Schreie und krampfhaftes Anklammern an der Bordwand, an Gegenständen oder dem Nächsten. Auch hier zeigt Jakob wieder Umsicht und Mut und hilft mit anderen, da und dort losgerissene Gepäckstücke wieder einzusammeln und zu verstauen. Josef ist immer in der Nähe des Bruders, doch es ist deutlich, dass er der Führung und Leitung des Älteren bedarf, und Barbara scheint dies schon länger zu bemerken oder zu spüren.

Nachdem sie sich zuerst etwas darüber geärgert und etwas stichelig und eifersüchtig gegen den Schwager „gered" hat, scheint sie nun die Wesensunterschiede hinzunehmen, zumal sie sich gegenüber ihrer Schwägerin Anna, die eine ruhige, häusliche Art an den Tag legt, in ihrem lebhaften und Menschen zugewandten Wesen überlegen fühlt. Sie erkennt darin einen Ausgleich, der nicht zu ihrem Nachteil ausfällt. Schon in Ulm hat sie gemerkt, dass Anna bei der Herstellung der Lumpenpüppchen viel geschickter und auch ausdauernder ist, aber auf dem Markt ist es ihre Offenheit und Ausstrahlung, die den Verkauf befeuert. Und ihren Spaß dabei konnte jeder spüren.

Bei Marching, „Auf der Holzländ“, legt man an. Passagiere und Besatzung versuchen, eingewickelt in immer noch feuchte und klamme Tücher und Decken, Ruhe zu finden, und hoffen auf besseres Wetter für die nächsten Tage.

Nach dem Passieren des Donaudurchbruchs und vorbei am mächtigen Kloster Weltenburg erscheint Kehlheim am linken Ufer. Unterwegs sind Lech und Altmühl der Donau zugeflossen und haben mittlerweile für viel Wasser gesorgt. Die Ängstlichen beeindruckt der breite Strom sehr, auch der bisher gute Verlauf ist für sie kaum Trost. Das Wetter hat sich wie erhofft gebessert, der Himmel ist zwar noch verhangen, aber es wird wärmer, im Westen bläut es, und ab und zu dringen erste Sonnenstrahlen durch die zunehmenden Wolkenlücken. Obwohl heute Sonntag ist, muss der Kirchgang natürlich ausfallen, da für die Schiffer die Weiterfahrt unabdingbar ist, und so müssen die Gläubigen still und jeder für sich ihre Glaubenspflicht erfüllen. Die schweren Regenfälle haben für viel Wasser gesorgt. Braune Strudel in den ständig sich verbreiternden Wassermassen machen einen mächtigen Eindruck und sorgen für angstvolle Gesichter. Die Schiffer zeigen sich davon wenig beeindruckt, im Gegenteil, mit Aussprüchen wie: „Wartet nur bis Regensburg, wenn Naab und Regen dazukommen, dann wird es erst gefährlich“, tragen sie nicht gerade zur Beruhigung der Zaudernden bei. In großen Schleifen wälzt sich der träge und breit gewordene Fluss der alten Reichsstadt Regensburg zu, und schon hören die Siedler den freudigen Ruf: „Schaut, der Dom!“

Kurz vor der Stadt kommt Barbara von den Eltern zu Jakob, Josef und Anna, um besorgt zu berichten, dass es dem Vater nicht gut gehe, er schon seit gestern nichts gegessen habe und unter schwerem Durchfall leide. Anna erzählt, dass sie ebenso seit gestern bei mehreren Kindern bemerkt habe, dass auch diese Durchfall hätten und erbrächen, darüber hinaus würden viele über Bauchschmerzen klagen.

„Das kommt von dem dreckigen Flusswasser“, ist sich Jakob sicher, und beschließt, mit der Ausgabe des Frischwassers etwas großzügiger zu sein. Er bittet seinen Bruder, seine Frau und die Schwägerin ruhig und unauffällig mit den Leuten zu reden und ihnen klar zu machen, auf keinen Fall Flusswasser zu trinken. „Kann aber auch von verdorbenem Essen sein“, meint Barbara, „Vater kann ja nichts wegwerfen, und selbst halb verdorbene Reste muss er noch essen.“ Nun ja, die Nahrung wird ja tage- und wochenlang mittransportiert, da kann schon was verderben. Wenig später legen sie in Regensburg an, und mit der Hoffnung auf eine erholsame Nacht und Besserung bei den Kranken betten sich die Reisenden auf das Lager.

Herzerwärmend klettert die Junisonne schon am frühen Morgen über die Dächer der Stadt und weckt die Erwartung auf einen schönen Tag. Leider ist der Zustand der Kränkelnden nicht besser geworden, und ein Paar mit zwei kleinen Kindern beschließt die Reise abzubrechen, um in der Stadt Hilfe zu erhalten, denn der Säugling im Arm der Mutter ist schon mehr tot als lebendig. Anna schenkt dem größeren der Kinder noch eines der übrig gebliebenen Holzpferdchen, und die trüben, traurigen Kinderaugen zeigen kurz ein freudiges Leuchten. Auch drei, vier anderen Kindern geht es schlecht. Barbaras Vater, schon seit Beginn der Reise schwach, gibt ebenfalls weiter Anlass zur Sorge. So begibt man sich doch gedrückt und besorgt auf die Fahrt. Jakobs Lippen schicken eine lautlose Bitte gen Himmel. Es geht gut voran; nach dem Durchfahren einiger enger Schleifen bei Osterhofen gibt es zwar eine kurze Verzögerung, als die Schachtel, getrieben von dem starken Wasser, bei Pleinting auf eine flache Insel mitten im Fluss auffährt, aber mit Kraft und Geschick der Schiffer und der Mithilfe der Männer geht es bald unbeschadet weiter. Bei Einbruch der Dunkelheit landen die Auswanderer in Passau an.

Der alte Fink kann kaum mehr laufen. Gestützt von Tochter und Schwiegersohn erreichen sie das Nachtquartier; die Mutter ist ganz aufgelöst, jammert und betet ununterbrochen, und auch einem der Kinder geht es sehr schlecht. Zusammen mit dem Kindsvater macht sich Jakob auf den Weg zu einem Medikus, und bald erscheinen sie im Lager. Der Doktor gibt Tropfen und Tee, aber auch er macht dabei ein sehr besorgtes Gesicht. Josefs Hinweis auf das schmutzige Wasser und die schlechten Verhältnisse auf dem Boot nimmt der Arzt nickend zur Kenntnis. Jakob hat das Gefühl, dass diese Art von Erkrankungen der Emigranten für den Mediziner hier nicht unbekannt ist. Sie verbringen eine schlimme Nacht, gegen Morgen stirbt der Säugling, und Vater Fink beginnt im Delirium zu stöhnen und zu fabulieren. Die Familien stehen vor der Entscheidung: weiterfahren oder hierbleiben? Doch selbst die Mutter ist entschlossen, den Weg gemeinsam fortzusetzen, und so bringt man den todkranken Vater zur Weiterfahrt auf das Schiff. Kaum unterwegs, bietet der Zusammenfluss von Ilz, Inn und Donau ein beeindruckendes Schauspiel, der Strom verbreitert sich zum Doppelten und das milchig trübe Wasser des Inn ergießt sich in immer länger werdenden Streifen, bis der ganze Fluss die wenn auch verdünnte Farbe annimmt. Das schöne Wetter und die schon früh wärmende Sonne verkünden einen heraufziehenden Sommertag. Wenn die Gedanken an das verstorbene Kind und die Sorge um den alten Fink nicht wie ein Mühlstein aufs Gemüt drückten, könnte heute die Stimmung der Pälzer ganz ungetrübt und zufrieden sein. Die Schiffsleute sind entsprechend guter Dinge. Trotz einiger Stromschnellen und Untiefen und dann unruhiger und schaukelnder Fahrt kommt man flott voran. Jakob ist froh, dass ihre Schiffer wohl zu den zuverlässigen und besonnenen gehören, was er schon angesichts der beschränkten Anzahl der mitgenommenen Passagiere erhofft hat. Zwar hat er argwöhnisch aufgepasst, ob die Männer saufen, aber Gott sei Dank keinen Anlass zur Besorgnis. In Ulm hatte man nämlich gehört, dass es immer wieder zu Unglücken komme, weil die Schiffer betrunken seien und so ihre Plätze nicht besetzen oder ihre Arbeiten nicht mehr ausführen könnten. Erst im letzten Jahr seien dabei 40 Passagiere ums Leben gekommen und die Schiffer vom Rat der Stadt schwer bestraft worden.

In großen Schleifen fließt die Donau nach Südosten. Vorbei an Obermühl und Aschach schaukelt man Linz entgegen. Barbara und die Mutter sitzen still bei dem ganz ruhigen Alten, der, gebettet auf einer Bank, seit Betreten des Schiffes am Morgen keine Regung zeigt. Für Josef ist die Stille und

Ungewissheit unerträglich. Er bedauert, dass sie kein Holz haben, um sich durch Arbeit ablenken zu können. Er läuft immer wieder unruhig herum, und auch das Zuwinken von Bauern, die bei der Feldarbeit sind, bringt nur kurze Ablenkung. Seine Gedanken gehen für einige Momente zurück in die „Palz", zu den Eltern und dem Bruder: Wie wird es ihnen gehen, was macht die Arbeit auf dem Feld?

Am späten Nachmittag erreicht die Ulmer Schachtel Linz, und es erscheint Jakob, Anna, Josef, Barbara und der Mutter wie ein Geschenk Gottes, als sie erfahren, dass am morgigen Mittwoch ein Ruhetag eingelegt wird. Die Reisepapiere, die sie in Regensburg hätten erhalten sollen, werden erst morgen hier eintreffen. So hofft man, sich mit medizinischer Hilfe um den Alten kümmern zu können.

Direkt an der Donaulände, mit Blick auf die Dreifaltigkeitssäule, das Rathaus und den Dom ankert das Boot. Nachdem alle das Schiff verlassen haben, tragen Jakob und Josef den Kranken ins nahe Lager in der Badgasse und erkundigen sich bei den Wirtsleuten gleich nach einem Arzt oder Bader. Josef macht sich sofort auf den Weg. Vorbei am „Goldenen Anker", wo er ihre Schiffer in lebhaftem Gezeter mit anderen sieht, kommt er bald zur beschriebenen Adlergasse und findet auch schnell das Haus des Medikus. Nach einigem Gebruddel und Gefluche ist der dann, nachdem ihm Josef das Salär im Voraus bezahlt hat, bereit, mitzugehen und den Kranken zu behandeln. Doch seine Betastungen des ganz ausgemergelten Kranken lassen ihn den Kopf schütteln: „Das sieht nicht gut aus, wenn er bis morgen nicht ankommt, dann wird er wohl sterben", meint er flüsternd zu Barbara, die er etwas zur Seite genommen hat. Er drückt ihr ein Fläschchen Medizin und einen Kräutersaft in die Hand. Mit der Bemerkung, ihm stündlich davon einzuflößen und mit feuchten Wickeln das Fieber zu lindern, wendet er sich zur Tür.

„Mehr können wir nicht tun, höchstens beten“, meint er und mit dem Versprechen, morgen früh nochmals vorbeizuschauen, verlässt er das Lager. Bleierne Schwere drückt auf das Gemüt der Besorgten.

Kaum hat man sich etwas gestärkt und den Kranken versorgt, ist der Raum erfüllt von dem mit großer Inbrunst und großem Ernst gemeinsam leise gebeteten Rosenkranz. Nach den Gebeten verspüren die gläubigen Bittsteller Gelassenheit und Stärke, und mit zuversichtlichem Hoffen begibt man sich zur Ruhe. Die Frauen werden den Kranken versorgen, und alle hoffen auf eine Wende zum Guten.

Schon vor Morgengrauen weckt Barbara ihren Mann und den Schwager. Flüsternd berichtet sie mit freudiger Erregung, dass es dem Vater besser gehe und er nach Speis und Trank verlangt habe. Anna ist jetzt bei ihm und flößt ihm eine Schleimsuppe ein, hoffentlich wird doch noch alles gut. Gegen neun Uhr erscheint tatsächlich der Doktor, und nachdem er den Kranken beäugt und gesprochen hat, meint er, dass das Schlimmste überstanden sei und der Vater nun wieder zu Kräften kommen müsse. Mit der Empfehlung, dem Kranken ein Hühnchen zu kochen, verabschiedet er sich, nachdem er von Josef die geforderte Entlohnung erhalten hat. Bald danach machen sich die jungen Frauen auf zum Markt, wo sie die Essensvorräte ergänzen und ein Huhn kaufen wollen. Josef und Jakob begeben sich zum Schiff. Die Schiffer wollen heute dort an einem der Ruder eine Reparatur durchführen, um zwei gebrochene Streben zu ersetzen. Die beiden haben gestern zugesagt, dabei zu helfen.

Bei schönstem Wetter finden die beiden die Männer schon bei der Arbeit, und frohgemut und mit erleichterter Seele tauchen sie ein in diese „Männerwelt“. Die Bedrückung und die Sorgen der letzten Tage lösen sich auf wie die Nebelschwaden über dem Fluss.

Zu Mittag bleiben sie bei den Männern, werden eingeladen und hören gespannt zu, wenn Geschichten über Auswanderer und Rückwanderer erzählt werden. Sie hören, dass die Fahrt mit den Pferdefuhrwerken von Wien nach Galizien etwa einen Monat dauert und die Ansiedlung wohl Wochen, ja Monate in Anspruch nimmt, da die Behörden bei der Menge der Emigranten völlig überfordert wären. Manche berichteten von nicht eingehaltenen Zusagen, unfruchtbarem Land und Krankheiten. Jakob und Josef schauen sich dabei immer wieder an, aber sie scheinen sich einig zu sein: „Geredt wird viel, mer losse uns nett verrickt mache.“

Zurück bei den Ihren ist der Raum noch erfüllt vom Duft des Suppenhuhns. Der Alte sitzt tatsächlich wieder am Tisch und lächelt mit spitzer und bleicher Nase den Brüdern zu. Ein schöner Empfang, alle sind froh, und ein gutes Gefühl von Zuversicht und Erwartung spielt in den Gesichtern der Familien.

Am nächsten Morgen gleitet das Boot sanft schaukelnd mit den Auswanderern bei schönstem Sonnenschein flussabwärts; tags darauf soll Wien, das nächste große Ziel, erreicht werden. Von dort, der prächtigen Residenz des Kaisers, vertrauen die Siedler dann auf die von den Behörden geplante Beförderung und Unterstützung. Auch wenn noch ein weiter Teil vor ihnen liegt, die Hälfte des Weges ist geschafft, und bis hierher ist es ihnen doch recht gut ergangen.

Vater Fink erholt sich schnell, gut umsorgt von den drei Frauen, und am Nachmittag des nächsten Tages gibt es fast ein Gedränge am Bug, als der Ruf: „Wien, Wien, da vorne ist der Stephansdom", ertönt und viele zum Vorschiff laufen, um den erhofften Blick auf die sagenhafte Stadt zu werfen. Bald gleitet man vorbei an Strebersdorf und Brigittenau, um am Kaiserkai festzumachen. Dort beginnt das Entladen des Bootes. Nachdem das Gepäck und die Siedler selbst das Schiff verlassen und sich letztere von den Schiffern verabschiedet haben, erscheint schon ein kaiserlicher Beamter, der ihnen einige Schiebekarren anweist, mit denen das Gepäck zum Rudolfplatz gebracht werden kann, wo die Unterkünfte für den Aufenthalt in der Hauptstadt sind.

1785

Wien / Juni

Wie schon auf der Donau besprochen, wollen die „Börrstadter“ mindestens eine Woche in Wien verbleiben, um alle Formalitäten zu erledigen. Sie wollen nochmals, wie in Ulm, Sachen herstellen und auf dem Markt zur Aufbesserung der Reisekasse verkaufen und auch einige Einkäufe machen. Besonders die Frauen möchten noch Kleidung und das eine oder andere erstehen, wovon sie denken, dass es später auf den Dörfern nur schwer zu bekommen sei. Zuerst kümmern sich die Brüder um Holz für ihre Arbeit. Anna und Barbara gehen auf den samstäglichen Markt, um Reststoffe für ihre Püppchen zu kaufen. Vater Fink hat sich gut erholt und geht seiner Frau, die sich um das Essen kümmert und einige Stopf- und Flickarbeiten erledigt, schon wieder zur Hand. Bald am Nachmittag sind die jungen Leute bei der Arbeit, und während die Frauen der alten Fink helfen, fliegen bei den Brüdern bereits die ersten Späne.

Das tagelange schöne Sommerwetter setzt sich auch am Sonntag fort, und so wollen die jungen Leute den Tag nutzen, um den Gottesdienst im Stephansdom zu besuchen und sich die Stadt und die Hofburg etwas anzuschauen. Anna hat Jakob und Josef bereits am Morgen daran erinnert, dass sie nun schon über einen Monat unterwegs sind, mit dem glücklichen Erreichen Wiens ihre Planungen mehr als erfüllt haben und dafür auch der Muttergottes dankbar sein müssten. Mit einem „Wir wärn jo sowieso in di Mess“ nimmt Jakob sie an der Hand, und gut gelaunt machen sich die vier auf den Weg. Vorbei am Bauermarkt und durch die Kramergasse erreichen sie den Stephansplatz, wo der mächtige Südturm staunenswert in den Himmel zeigt und das farbenprächtige Kirchendach die Blicke einfängt. Welch herrliche Kathedrale, solch eine Kirche haben die „Pälzer“ noch nie gesehen. Staunend und mit langen Hälsen erreichen sie das Westportal, das „Riesentor“. Auf der linken Seite befinden sich in der Mauer zwei Eisenstäbe, die Tuch- und Leinenelle, rechtsgültige Längenmaße für das ganze Reich. Jeder Bürger kann hier nachprüfen, ob die Abmessungen von Waren richtig sind. Mächtig, kühl und beeindruckend empfängt der weite Kirchenraum die eintretenden Gläubigen. Die vielen Menschen, die in den Bänken knien, beugen die Köpfe vor der vom Bischof gerade zur Wandlung emporgehobenen Hostie, dem Leib Christi. Schnell fallen unsere Siedler auf die Knie und bekreuzigen sich, um nach der Wandlung still und unauffällig in eine Bank zu schlüpfen.

Nach der Messe lassen sich die vier noch ein wenig im sich langsam nach außen auflösenden Strudel der Kirchgänger treiben, um sich dann den wenigen anzuschließen, die, wie sie gehört haben, Richtung Hofburg schlendern. Die Besucher sehen den Peterplatz, und durch die Habsburggasse öffnet sich ihnen das weite Rund mit den alten Bastionen, hinter denen mit majestätischer Pracht die Residenz der österreichischen Kaiser liegt. Eine Vielzahl von Gebäuden bildet einen großen Komplex. Die Betrachter sind betroffen und ehrfürchtig berührt bei dem Gedanken, dass da der verehrte Kaiser residiert und das riesige Land, das ja bis ins heimatliche Börrstadt reicht, von hier aus regiert wird. In der Nähe sitzen die jungen Leute ein wenig nieder, genießen den für sie wohl einmaligen Blick auf das Zentrum des Reiches und träumen von sich und dem Leben in der neuen Heimat.

Auf dem Weg zum Lager begegnen den Siedlern viele Menschen. Staunend und verwirrt gehen sie durch die surrenden Ströme auch ganz fremdländischer Bewohner. Menschen aus allen Teilen des Riesenreiches in nie gesehenen Trachten und mit oft ganz fremdem Aussehen erstaunen unsere „Pälzer". Viele sehen düster und bedrohlich aus, andere farbenfroh und fröhlich. Auch die vielen Juden sind ein ungewohnter Anblick, eben eine fremde Welt, das könnte sich daheim keiner vorstellen. Und überhaupt, solch eine Stadt, Häuser über Häuser, Gasse an Gasse, unendlich und unübersehbar, dass es so etwas gibt – die vier sind sich bewusst, dass sie so eine Stadt wohl nie mehr in ihrem Leben sehen werden.

Nach der Rückkehr und dem gemeinsamen Abendessen gesellen sich Barbara und Josef zu einer Gruppe von Kartenspielern. In ausgelassener und fröhlicher Stimmung wird gespielt, gelacht und Fez gemacht. Josef und besonders Barbara fühlen sich bei den jungen Leuten wohl, Barbaras Lachen und Gurren dringt immer wieder bis zu den Eltern herüber. Zufrieden schmiegt sich die Mutter an den alten Fink, ihr Blick spiegelt ihre Erleichterung wider und die Hoffnung, dass alles gut verlaufen wird.

Anna und Jakob nutzen den lauen Sommerabend, um einen Spaziergang an die Donau zu machen. An der Salztorbrücke empfängt sie ein im Dämmerlicht träge und leise murmelnd dahingleitender Fluss. Die sich langsam über die Stadt senkende Dunkelheit legt sich wie ein schwebend sinkendes Netz über Häuser und Menschen und dämpft das Treiben und die Geräusche. Das Wasser glitzert metallen und fischschuppenartig, und die riesige Stadt wandelt sich in eine dunkle, verschattete, ja etwas bedrohliche Kulisse. Ihre „Schachtel" liegt nicht mehr am Ufer, und Jakob meint, dass sie wohl schon als Brennholz geendet sei. Die Schiffer hatten ihm erzählt, dass die Boote nur flussab benutzt und an den Bestimmungsorten als Brennholz verkauft würden. Jakob hält Anna im Arm, und eng umschlungen machen sie sich auf den Heimweg. Kaum biegen sie in die Salztorgasse ein, folgen ihnen drei dunkle Gestalten. Im Nu haben diese sie erreicht, da schreit ein Messer schwingender Spitzbube: „Geld her!" Jakob will sich gerade auf ihn stürzen, als zwei um die Ecke kommende Garnisonssoldaten die Ganoven schleunigst in die Flucht schlagen. Anna ist ganz aufgelöst, und auf dem restlichen Weg, den die beiden fast im Laufschritt zurücklegen, drückt sie wie verrückt Jakobs Hand. Sie verabreden, den anderen nichts davon zu erzählen, um sie nicht zu beunruhigen, aber Jakob erinnert später die Finks und seinen Bruder eindringlich daran, immer ein wachsames Auge auf das wenige Hab und Gut zu haben und vorsichtig zu sein. In so einer großen Stadt seien auch immer viel Gesindel und Gauner unterwegs.

Die nächsten Tage sind ausgefüllt mit der weiteren Arbeit mit Holz und Lumpen; für den samstäglichen großen Markt will man gerüstet sein, und alle hoffen, mit guten Geschäften Einnahmen zu erzielen, auch um die noch notwendigen Einkäufe machen zu können.

Am Montagmorgen machen sich die Sechs, wie viele andere auch, auf zur Hofagentur, wo sich alle Siedler melden müssen, um in entsprechende Consignationen aufgenommen zu werden. Nach kurzer Wartezeit sind sie an der Reihe, und nach Abgabe der in Mannheim erhaltenen Papiere, wird ihnen ein neuer Hofpass ausgehändigt, der ihnen als Kameralansiedler die freie Reise mit Zoll- und Mautfreiheit garantiert. Auch müssen sich die Auswanderer hier entscheiden, ob sie nach Galizien oder ins Ungarnland wollen; für die Siedler aus Börrstadt und Beindersheim keine Frage, ihr Ziel ist und bleibt Galizien. Die Hofagentur verständigt das Gubernium in Lemberg, und auch die Kreisämter erhalten Nachricht, um die Ankunft der Siedler vorzubereiten. Zum Schluss erhält jeder ein Reisegeld von zwei Gulden, bei der Ankunft in Biala, beim Betreten galizischen Bodens, sollen sie nochmals die gleiche Summe bekommen.

Über den weiteren Verlauf der Reise können sich die Emigranten im Hof bei Fuhrknechten erkundigen und erfahren dort, dass der Weg über Brünn und Olmütz fest vorgeschrieben nach Galizien führt; sie nennen noch weitere Stationen, die die Siedler aber noch nie gehört haben. Die Fahrt dauere mindestens einen Monat und in einer Woche werde der nächste Trupp zusammen sein, die Pferdefuhrwerke würden gestellt und in geschlossenem Zug wird gefahren. Das kommt unseren Siedlern ganz recht, und nachdem Josef und Jakob die Gruppe angemeldet haben, gehen sie zurück und treffen dort die in Regensburg zurückgebliebene Familie. Die Freude wird getrübt von der Nachricht, dass der kranke Säugling schon am ersten Tag gestorben sei und die Familie nach der Beerdigung sich entschlossen habe, mit dem nächsten Schiff den anderen zu folgen, um doch gemeinsam ihre Reise ins Ungarnland fortzusetzen. Wie nah beisammen Freude und Trauer sind. Auch ihr Bericht, dass auf dem Schiff zwei weitere Kinder gestorben seien, macht alle traurig. Bedrückt wünscht man sich für die Zukunft alles Gute.

„Der Kaiser kommt, der Kaiser kommt!“ In hellster Aufregung stürmen einige Buben durch das Lager und verbreiten die Nachricht in den Unterkünften der Siedler. Der bei den Emigranten hoch verehrte Monarch ist dafür bekannt, sich dann und wann unter das Volk zu mischen. Er soll vor Beginn der Kolonisation in Galizien sogar wochenlang unerkannt die neuen Kronlande bereist haben. Alle sind wie erstarrt, was muss man tun, wie sich verhalten? Zu langem Nachdenken bleibt keine Zeit, schon betreten zwei Beamte aus dem Gefolge den Raum, und der Kaiser folgt ihnen auf dem Fuß. Den Pfälzern stockt der Atem. Mit ungelenkem Verbeugen erheben sie sich, um den Herrscher zu begrüßen. Der freundliche und volkstümlich erscheinende Monarch fragt nach dem Woher und Wohin und freut sich, als er hört, dass sie aus seinem Teil der Pfalz kommen. Als er erfährt, dass sie aus der Grafschaft Falkenstein stammen, schmunzelt er und erzählt, dass er vor Jahren unter dem Namen Graf von Falkenstein unerkannt die neuen Kronlande in Galizien bereist hätte.

Er erkundigt sich nach den Umständen in der Heimat und nach dem Ziel ihrer Reise. Als sie ihm Galizien als neue Heimat nennen, bestärkt er sie in dem Entschluss, und es ist zu spüren, dass die Besiedlung der neuen Länder ihm ein ganz besonderes Anliegen ist. Mit der Mahnung, auch bei Schwierigkeiten nicht gleich aufzugeben und ihren Weg beharrlich und fest weiterzugehen, verabschiedet sich der Kaiser und wünscht den Siedlern Glück und Gottes Segen. Wie betäubt starren sich die Sechs an: „Heilige Maria Muttergottes“, der Kaiser war da, er hat mit ihnen gesprochen, sie können es selbst kaum glauben, wenn das die Leute daheim wüssten.

Jakob verspürt ein gutes Gefühl, eine stärkende Kraft, die von diesem Besuch und der Ausstrahlung des Kaisers ausgeht. Er nimmt sich fest vor, den Monarchen nicht zu enttäuschen. Es dauert eine ganze Zeit, bis sie und die anderen in den Unterkünften sich beruhigt haben und man sich wieder den alltäglichen Verrichtungen zuwenden kann.

Die beiden jungen Paare sind dabei, ihre Arbeit für den Markt am nächsten Tag zu beenden und ihre Erzeugnisse in geborgten Körben zu verstauen, um ganz früh schon zum Markt aufbrechen zu können. Den späten Nachmittag wollen Anna und Barbara nutzen, um ihre schon länger geplanten Einkäufe zu machen. Kaum haben sie ihre Püppchen verstaut, sind sie auch schon verschwunden, noch bevor Josef und Jakob ihnen gute Ratschläge, auf sich aufzupassen und nicht zu viel zu kaufen, mit auf den Weg geben können.

Gegen Abend kehren zwei aufgedrehte und geschwätzige junge Frauen aus der Stadt zurück, und ihr Verhalten zeigt, dass sie von den Möglichkeiten und dem Angebot der großen Metropole ganz benommen sind.

„Was es do alles gebt, so was hann ihr noch net gesieh“, sprudelt es aus ihnen heraus, und sie erzählen von den unzähligen Schustern, Schneidern und Krämern, wo es Dinge gäbe, die man noch gar nie gesehen habe. Mützen, Hüte, Zweder, ja sogar Hosen und Röcke, alles schon vorgefertigt, und in wenigen Stunden könnten diese auf das jeweilige Maß der Kunden gerichtet werden. Sie haben warme Stoffe, Mützen, Wolle und Nähzeug erstanden und auch ein wenig zum Essen eingekauft. Als besonderen Luxus hat sich jede ein Kopf- und ein großes Schultertuch geleistet, die sie bei einem ukrainischen Krämer gesehen haben. In Vorfreude auf ihre neue Heimat haben sie auch der Mutter ein solches Tuch als Geschenk mitgebracht. Für die Männer gibt es jeweils eine warme Kappe, über deren Verwendung diese, in Aussicht auf den bevorstehenden Sommer, recht belustigt sind.

Jakob und Josef haben derweil mit anderen Exilanten zusammengesessen und dieses und jenes gehört, was sich so erzählt wird. Dabei war wenig Gutes: Die Wege sollen schlecht und bei Regen grundlos sein, die Verpflegung miserabel, und viele, besonders Kinder, sterben an Krankheiten wie der Malaria. Manche sind umgekehrt, andere ziehen weiter nach Russland oder Bessarabien, weil in Galizien die versprochenen Siedlungen und Häuser nicht fertig sind und manches mehr. Von einigem haben auch die Frauen schon berichtet, und Josef ist nicht abgeneigt, vielleicht abzubrechen oder ins Ungarnland zu ziehen. Aber Jakob beruhigt immer wieder, auch für den Weg bis Wien waren die schlimmsten Voraussagen gewesen, und doch war man gut durchgekommen: „Man muss nur sein Ziel fest vor Augen und Vertrauen auf Gott und die Gottesmutter haben, dann wird es schon werden.“

Der Besuch des Kaisers tut nun ein Übriges, und seine Sympathie für den Monarchen und die persönliche Begegnung mit ihm sind für ihn Grund, nicht zu wanken. Mit entsprechenden Worten entfacht er auch im Herzen seines schon zweifelnden Bruders Willen und Glaube, das Richtige zu tun.

Auf gut halbem Weg zum Stephansdom liegen aneinandergrenzend der Hohe Markt und der Bauernmarkt, und schon gegen sechs Uhr am Morgen sind die vier dorthin unterwegs. Heute soll ihr großer Markttag werden, sie wollen die Früchte ihrer Arbeit ernten, und Freude und Bedenken, wie es wohl werden wird, begleiten sie auf ihrem Weg. Das Wetter ist mit ihnen, es wird ein schöner Tag, und so sind die beiden Männer, ebenso wie die Weibsleut, bald mitten im geschäftigen Treiben. Barbaras freundliches Lachen und Geschäkere schwingt über die Stände und steckt auch Anna an, deren doch etwas schüchterne und scheue Art von der Schwägerin und ihrem Umgang mit den Leuten ebenso wie durch den Erfolg beim Verkaufen beeinflusst und gelockert wird. Bei den Brüdern ist Jakob der redseligere, er gibt Auskunft über Holzart und Bearbeitung, kann auch viele Nachfragen zur Verwendung, über die Herkunft und Bestimmung beantworten und findet durch sein sicheres und offenes Auftreten viele Käufer. In der Stadt sind wieder unzählige Menschen unterwegs, Einheimische und Fremde, Emigranten und Bittsteller, die „Händler" lernen Serben und Tschechen, Ruthener und Italiener, Maygaren und Slowaken, andere Aussiedler und noch manche mehr kennen. Alle zusammen ergeben ein buntes Gemisch der Völker und Rassen, wie es wohl nur hier in der Hauptstadt dieses Riesenreiches, dieses Vielvölkerstaates möglich und erlebbar ist. Wieder haben die vier schon vor Ende des Marktes ihre Sachen verkauft, und nachdem sie die geliehenen Körbe zurückgebracht haben, kommen sie am frühen Nachmittag heim zur Unterkunft, wo sie mit den Eltern zusammensitzen, um den Erlös des Markttages zu errechnen. Nach Abzug der Kosten für das Holz und die Stoffe haben sie einen Gewinn gemacht, der dreimal höher ist als in Ulm. Auch wenn man die gestrigen Einkäufe abzieht und das neue Reisegeld nicht rechnet, haben sie jetzt mehr Gulden in der Tasche als zu Beginn der Reise. Wenn das kein Grund zur Freude ist!

Am Sonntagmorgen erscheint ein Bott in den Unterkünften und erinnert alle, die am anderen Morgen im Zug nach Galizien dabei sein wollen und sich dafür angemeldet haben, um sieben Uhr in der Früh zu einer Sammelstelle am östlichen Ende des Rudolfplatzes zu kommen, wo die Fuhrwerke beladen werden und dann gegen zehn Uhr die Reise nach Galizien beginnen soll.

1785

Von Wien nach Galizien / Sommer

Pünktlich sind die Raus, Finks und die anderen Börrstadter zur Stelle, reges, geschäftiges Treiben ringsum. Etwa 30 Wagen stehen aufgereiht hintereinander, jeder Aussiedlerfamilie wird von einem kaiserlichen Beamten ein Wagen zugewiesen, mit der Auflage, diese Position auf der ganzen Reise einzuhalten. Die Wagen überspannt eine über Holzspanten oder auch über ein Weidengeflecht gezogene Plane, sodass auch ein gewisser Schutz vor Hitze und Nässe gegeben ist. An einer Seite hängt ein Eimer zum Tränken der jeweils zwei Pferde, ein Bündel Heu und zwei Säckchen mit Hafer im hinteren Teil des Wagens oder außen angehängt, sind für die Versorgung der Zugtiere bestimmt.

Gegen neun Uhr werden die Gäule gebracht und eingespannt. Die meisten der Siedler kennen sich als Landleute mit dem Zaumzeug aus, anderen wird geholfen, auch von den fünf Fuhrleuten, die sie auf der Fahrt begleiten und ihnen den Weg weisen werden. Diese Männer übernehmen auch Fuhrwerke, bei denen kein Lenker vorhanden ist. Sie führen einen kleineren Wagen mit, auf dem sich Radnaben, eiserne Reifen, Fett und allerlei anderes befinden, um bei Schäden schnell behilflich zu sein. Man kann erkennen, dass die kaiserliche Verwaltung schon jahrelange Erfahrung mit Tausenden von Siedlern hat, und so begeben sich die Emigranten zuversichtlich auf den letzten großen Teil der Reise.

Jakob fährt hinter seinem Bruder Josef, vor den Finks, und er ist schon nach kurzer Zeit ganz erstaunt von den Pferden, die er vor den Zügeln hat. Daheim haben sie nur mit Kühen oder Ochsen geackert. Er ist überrascht, wie folgsam und einfach die Zugtiere zu lenken sind. Besonders der Fuchs, den er rechts eingespannt hat und dessen gespitzte, ständig sich neu ausrichtenden Ohren jederzeit Aufmerksamkeit zeigen, gefällt ihm. Er ist froh, denn die Tiere gehorchen aufs Wort, wobei das Fahren in der Kolonne natürlich auch keine besonderen Fähigkeiten erfordert; auch sind sie wohl erfahren und haben den Weg doch schon öfter hinter sich gebracht. Das erste Ziel ist Brünn, geplante fünf Tagesreisen von Wien entfernt. Nach drei Tagen soll die böhmische Grenze erreicht werden, wo ein Ruhetag eingelegt wird, besonders um den Pferden eine Pause zu verschaffen und auch die Siedler nicht schon zu Beginn zu überfordern.

Das Wetter ist schön, auf den guten Landstraßen nördlich von Wien kommen die Wagen flott voran. Als die Wege schlechter werden und nach zwei, drei Gewittern auch das Wetter nicht mehr ganz auf der Seite der Emigranten ist, ist man froh, nach vier Nächten in den Wagen Brünn zu erreichen. Mensch und Tier freuen sich auf den Ruhetag und die Einkehr in Lager und Stall. Die mährische Hauptstadt grüßt schon von Weitem mit der Festung Spielberg, die mächtig und weithin sichtbar die Stadt beschirmt. Den Petrovhügel mit der St.-Peter-und-Pauls-Kathedrale passierend finden die Aussiedler Aufnahme in den Räumen und Stallungen eines ehemaligen Klosters am Ufer der Svratka. Trotz des bisher guten Reiseverlaufs ist die Stimmung bei den Raus und

Finks nicht besonders; zum einen geht es dem Vater wieder schlechter und zum anderen sind auch bei den anderen Wagen einige kränklich. Gerüchte über Ruhr und Blattern verbreiten Angst und Schrecken.

Jakob ist froh, dass er sich nicht, wie auf der Strecke bis Ulm, um Weg, Proviant oder nun sogar die Versorgung der Tiere kümmern muss und genießt geradezu das einfache Hintereinanderherfahren. Dabei sieht er nicht nur Gutes und hat schon bald bemerkt, dass nicht alle Siedler lauter und ehrlich sind und er macht sich etwas Sorgen wegen einiger Gruppen, deren Verhalten ihm missfällt. Beim Tränken der Pferde, beim Empfang von Proviant, bei der Einquartierung, immer drängen sie sich vor, verhalten sich unkameradschaftlich und unverschämt und Jakob ist überzeugt, dass sie auch bei immer wieder vorkommenden Diebstählen ganz sicher beteiligt sind. Er erzählt davon Josef und der berichtet ihm, dass einer dieser „Gauner" schon mehrmals versucht habe, sich an Barbara heranzumachen und diese sich davon wohl noch geschmeichelt fühlt, weshalb sie schon mehrfach gestritten haben. Jakob verteidigt seine Schwägerin, nimmt sich aber vor, sie anzusprechen und ihr ins Gewissen zu reden. Auch wandern Jakobs Gedanken während der schaukelnden, eintönigen Fahrt immer öfter voraus, und Vorstellungen und Wünsche, die ihnen ständig zugetragenen Gerüchte und Befürchtungen, vermischen sich mehr und mehr zu einem undeutlichen Bild. Zuversicht und Bedenken wechseln des Öfteren. Ihre Erwartungen, geweckt durch die Beschreibungen und Versprechungen zuhause in der Pfalz, und die fast nur schlechten Nachrichten, die man in den Lagern und unterwegs hören muss, haben tatsächlich schon wankelmütige Aussiedler dazu bewogen, umzukehren oder ihre Reisepläne zu ändern.

Jakob jedoch ist weiterhin fest entschlossen, sich nicht verrückt machen zu lassen. In den abendlichen Gesprächen mit den Seinen und auch anderen aus dem Zug bestärkt er dies immer wieder und verweist darauf, dass auch für den bisherigen Weg viel Schlimmes prophezeit war und sie doch erleben konnten, dass bis heute fast alles gut verlaufen ist und man so mit Zuversicht und Gottvertrauen auch die Zukunft meistern wird. Niemand ahnt, dass auch er, besonders nachts, wenn er dann und wann wach liegt und Ängste und Zweifel sich nicht verscheuchen lassen, manchmal schwankt, dass schlechte Nachrichten auch ihn verunsichern und er mit Bangen und Hoffen in die Zukunft schaut. Auch gegen den Blick zurück wehrt er sich, stemmt sich gegen das Heimweh und die Sehnsucht nach den Seinen und der Pfalz, macht sich selbst Mut und betet um Kraft und Fürsorge für ihren weiteren gemeinsamen Weg.

Oft erleben die Siedler auch, dass das gemeinsame Unterwegssein ihnen Kraft gibt, erfahren den gegenseitigen Schutz und die landsmannschaftliche Verbundenheit. Besonders, wenn sich die Gelegenheit bietet und man abends zusammensitzt und Pläne über das neue Leben sowie Geschichten aus der nun schon „alten Heimat" die Runde machen, überkommt Jakob ein Gefühl freudiger Spannung und angenehmer Melancholie. Dann drückt er Anna fest an seine Seite, ihre Blicke gehen nach vorn und mit Ungeduld und Spannung fiebern sie der nahen, neuen Zukunft entgegen.

Der folgende Abend jedoch ist überschattet von der Sorge um Vater Fink und andere Kranke; besonders einigen Kindern geht es sehr schlecht und trotz der Inanspruchnahme eines Medikus hellt sich die Stimmung nicht auf und Angst und Furcht legen sich wie ein Schleier über das Lager. Am Ruhetag sind Anna und Barbara in der Stadt, um auf dem Markt einzukaufen, Josef und Jakob versorgen die Pferde, erneuern die Futtervorräte für unterwegs und helfen bei kleineren Reparaturen, die da und dort anfallen, während Mutter Fink sich um ihren Mann bemüht, dem es trotzdem zusehends schlechter geht. Die Brüder befürchten nach dem mittäglichen Zusammensein am Krankenlager, dass der Alte dieses Mal nicht davonkommen wird.

Nach der Rückkehr der jungen Frauen berichten diese, dass in der mährischen Hauptstadt viele Deutsche leben und auch eine große Zahl Juden in den Straßen und Gassen zu sehen seien; überhaupt, viel mehr noch als unterwegs auf den Landstraßen und in den Dörfern werde hier in der Stadt eine andere Welt sichtbar. Gerade als das Erlebte aus den beiden heraussprudeln will, schallen Schreie und Hilferufe durch das Lager. Jakob und Josef springen auf und stürzen davon. Am anderen Ende des Lagers ist Tumult und Geschrei, und während Frauen und Kinder keifend und weinend herumfuchteln, prügeln sich vier Männer ringend und schlagend in ihrer Mitte. Zusammen mit einigen anderen gehen die Brüder dazwischen und gemeinsam gelingt es, die Tobenden zu trennen. Nachdem von den von Jakob herbeigerufenen Fuhrleuten zwei erschienen sind, versucht man herauszubekommen, was vorgefallen ist. Es stellt sich heraus, dass zwei von den Mitreisenden, die Jakob schon länger misstrauisch beäugt hat, versucht haben, zwei Siedlerfamilien Geld zu stehlen. Nach der Rückkehr der Frauen vom

Markt haben sie wohl ausgeschaut, wo das Geld verwahrt wird und während der eine die Frauen ablenkte, machte sich der andere an die Taschen heran, wo das Geld versteckt war. Nur dem zufällig hereintretenden einen Mann war es zu verdanken, dass die beiden Halunken erwischt wurden. Obwohl einer sogar noch ein Messer zog und dem Opfer Verletzungen am Arm und am Hals zufügte, ist es den zusammenströmenden Siedlern gelungen, die Diebe zu überwältigen. Die Fuhrknechte bestimmen sofort, dass die beiden Verbrecher, wie auch ihre in der Zwischenzeit davongelaufenen Helfershelfer, aus dem Zug ausgeschlossen und der Polizei in Brünn übergeben werden; diese solle auch die Verfolgung der Geflohenen aufnehmen. Die beiden Gefangenen werden in eine ehemalige Mönchszelle gesperrt und alle sind froh, dass die Fuhrleute so eine feste Haltung einnehmen. Man erfährt von ihnen, dass es die strikte Anweisung der kaiserlichen Beamten gibt, jegliches Gesindel und Diebe hart zu bestrafen und solche Mitfahrer sofort auszuschließen.

Auch Jakob ist erleichtert, seine Bedenken haben sich zwar bestätigt, aber nun ist man die Kerle los, und auch das Problem zwischen Barbara und Josef wird hoffentlich erledigt sein. Trotzdem nutzt er am späten Abend noch eine sich zufällig bietende Gelegenheit, um Barbara unauffällig anzusprechen und von Josefs Sorge und Eifersucht zu erzählen. Die Schwägerin war sich der Kokettiererei wohl bewusst, aber in ihrer augenzwinkernden, schelmischen Art hatte sie schon auch Spaß daran, etwas im Mittelpunkt zu stehen und ihren Mann ein wenig eifersüchtig zu machen. Jakob findet ihr Verhalten fast zum Schmunzeln, versucht jedoch ernst und eindringlich, Barbara zu ermahnen, Josefs

Art und Charakter und den momentanen Druck zu beachten und ihn nicht unnötig zu belasten.

Am nächsten Morgen werden die beiden verhinderten Diebe abgeholt. Der Zustand der Kranken überschattet jedoch alles andere; zwei Kinder sind gestorben und gegen sechs Uhr macht auch Vater Fink seinen letzten Schnaufer. Sein geschwächter Zustand hat dem Rückfall keinen Widerstand mehr entgegensetzen können und auch die kleinen ausgemergelten Kinderchen hauchten ihre Seelchen aus. Große Trauer und lähmende Stille herrschen unter den Siedlern. An eine Weiterfahrt ist heute nicht zu denken. Während sich ein Fuhrknecht um die Polizeiangelegenheiten kümmert, helfen zwei andere den Trauernden bei den Gängen wegen der schnellen Beisetzung der Toten; der Kampf um die übrigen Kranken bestimmt ansonsten den Tag.

Trotz des Sonntags ist man auf dem Pfarrhaus auf Todesfälle vorbereitet. Leider sind diese auf den seit Jahren hier durchführenden Fahrten keine Seltenheit. Unterwegs Gestorbene müssen bis zur nächsten größeren Stadt mitgenommen werden, weil nur dort Pfarrämter und Totengräber entsprechende Befugnisse haben. Vielleicht soll so verhindert werden, dass überall auf den Dörfern entlang des Weges traurige Zeugnisse der Kolonisierung und fremde Gräber entstehen. Bedrückt und in sich gekehrt kommen die trauernden Familien am Nachmittag vom Friedhof zurück und abends sitzt man zusammen, um den Fortgang der Fahrt zu besprechen. Zwei Wagen mit den Frauen der inhaftierten und geflohenen Männer bleiben zurück. Sie wollen abwarten, was geschieht. Ebenso bleibt ein Wagen mit einer Familie mit zwei schwerkranken Kindern vor Ort, um diese besser behandeln zu können und um später mit einem folgenden Zug weiterzufahren.

Nach längerem Beraten beschließen Mutter Fink und die Raus, einen Wagen zurückzugeben und die Habseligkeiten der Finks auf Barbaras und Josefs Wagen umzuladen. Mutter Fink kann das Fuhrwerk nicht zügeln und am Bestimmungsort wird die nun alleinstehende Witwe auch keinen eigenen Hofstand erhalten, sondern ins Haus ihrer Kinder aufgenommen werden müssen. Vorbei an wenigen Dörfern, über vom jetzt ständig fallenden Regen aufgeweichte Wege, bewegt sich der verkleinerte Zug der Auswanderer Richtung Olmütz, der alten, früheren Hauptstadt von Mähren, dem nächsten größeren Ziel. In der Nähe von Wischau verbringen die Siedler die erste Nacht in ihren Wagen und nach dem zweiten Regentag und dem Nachtlager bei Proßnitz, bessert sich das Wetter. Der Regen lässt nach, und gegen Abend kommt Olomouc, wie Olmütz hier bei den Einheimischen heißt, in Sicht.

Nachdem im Lager die üblichen Arbeiten erledigt sind, spürt man geradezu das Bedürfnis der Siedler enger zusammenzurücken. Vielleicht ist es die Erfahrung in Brünn oder die Trauer und Betroffenheit wegen der Toten und Kranken, vielleicht liegt es aber auch an dem nun doch stärker werdenden Gefühl der Fremde; Sprache, Kleidung, Aussehen – alles ist anders und die Heimat weit entfernt. Jakob fühlt, es wird nicht leichter, und mit jedem Tag wächst die Spannung, was sie erwartet.

Mährisch-Neustadt, nur einen Tag entfernt, erreichen die Siedler bei schönstem Sonnenschein. Sogleich bessert sich die Stimmung. Unterwegs sehen sie immer wieder

Bauersleute bei der Feldarbeit und staunen über die großen Wiesen und Äcker, die von wenigen Gruppen bestellt werden. Wenn man da an die „Handtücher“ daheim denkt.

Die älteste Stadt Mährens wimmelt von heruntergekommenen, ärmlich und schmutzig aussehenden Menschen, und der Eindruck der Pfälzer, den sie unterwegs beim Anblick der Landleute bereits gewonnen haben, scheint sich zu bestätigen: Hier herrschen Armut und Mangel, misstrauisch und scheu wird man als Fremder beäugt. Am Abend werden die üblichen Arbeiten verrichtet, und ein Hufschmied beschlägt einige der Pferde. Schon am nächsten Morgen geht es weiter, es wird ein heißer Tag. Es ist unglaublich, wie schnell aus Sumpf und Matsch Trockenheit und Staub werden, flirrend zittert die Luft über der Landschaft wie über einer Esse und Mensch und Tier lechzen bald nach Schatten und Wasser.

Es kommt dann und wann vor, dass der Zug wegen eines heruntergesprungenen Eisenreifens oder einer gebrochenen Speiche anhalten muss. Auch ein in den Huf eines Pferdes getretener Stein ist immer wieder Anlass zu kurzem Halt, doch an solche Unterbrechungen hat man sich längst gewöhnt, sie gehören mittlerweile zum Alltag der Emigranten.

Für Jakob sind die Gegenden, durch die die Fuhrknechte sie auf ihrem Weg in eine neue Heimat führen, natürlich völlig fremd. Dörfer, Städte und Flüsse tragen Namen, die die Siedler noch nie gehört haben und deren Klang und Bedeutung ihnen ganz unbekannt sind.

In Biala dann endet für Jakob, Josef und alle anderen Aussiedler die gut erste Hälfte der Wegstrecke von Wien in die neue Heimat. Für die Weiterfahrt über nun schon galizisches Gebiet übernehmen neue Fuhrleute die Führung. Auch von den Pferden müssen sich die Siedler trennen, was Jakob besonders schwerfällt, wo er doch den Fuchs so lieb gewonnen hat und ganz in ihn vernarrt ist.

Doch es hilft nichts, die Gäule werden abgeholt und durch kleinere, wohl einheimische „Pferdchen", wie Josef etwas verächtlich murmelt, ersetzt.

Am nächsten Tag verabschieden sich die bisherigen Fuhrleute, und die neuen, von denen nur zwei einigermaßen deutsch sprechen, stellen sich vor. Gegen Mittag erscheint ein kaiserlicher Beamter vom Mautamt im Lager, und Familie um Familie erhält neue Papiere und den letzten Teil des Reisegeldes von nochmals zwei Gulden pro Kopf. Auf den Papieren sind nun sogar die Bestimmungsorte der Siedler angegeben, und wenn die Auswanderer auch nicht wissen, wo ihre Orte sind, können sie doch erkennen, dass nicht alle an einen Platz kommen, sondern mehrere Namen aufgeführt sind.

Wie sie schon vorher gehört haben, soll dabei die Religion eine Rolle spielen, ebenso wohl familiäre oder dörfliche Gemeinsamkeiten und angeblich auch Zufälle oder die Willkür der Beamten. Jakob und Anna, Josef, Barbara und ihre Mutter, aber auch die Schmids und die Flamms aus Börrstadt sowie Familie Weiß aus Beindersheim sind froh und ganz selig, zusammenzubleiben. Gemeinsam werden sie in Ottenhausen, nach Auskunft des Beamten ungefähr eine Tagesreise vor Lemberg gelegen und erst vor Kurzem von Aussiedlern aus dem Saarland und der Pfalz besiedelt, das neue Leben beginnen. Alle dort sind katholisch, mehr ist nicht zu erfahren.

Mein Gott, wo wird uns das Schicksal hinführen, wie sieht es dort aus, werden wir Glück oder Pech haben, sind die Böden gut, gibt es genug Wasser?, dies und vieles mehr geht Jakob und wohl auch den anderen durch den Kopf: „Wenn wir nur endlich dort wären, die Spannung und Neugier ist kaum zu ertragen", flüstert selbst die sonst so gelassene Anna ihrer Schwägerin zu.

Am Abend sitzen sie noch länger zusammen, denn irgendwie ist vielen bewusst: Nun beginnt der letzte Abschnitt, der letzte Schritt aus dem alten in ein neues, unbekanntes Leben. Auch das baldige Betreten des galizischen Bodens, ihrer neuen Heimaterde, das Kennenlernen der Kutschknechte, , die sie erleben, der ersten Galizier, die sich allerdings als „Ukrainer" bezeichnen, lässt die Herzen schneller schlagen. Voran, jetzt gibt es kein Zurück mehr, morgen geht's in die neue Heimat.

„Über das Wetter wollen wir uns ja nicht beklagen", meint Jakob zu Anna, während die Zügel locker in seinen Händen liegen. Seit Tagen brennt die Sonne vom blauen Himmel, und alle sind froh, unter den Planen Schatten zu finden. Die Pferdchen scheinen die Hitze besser zu ertragen, als die Siedler es gewohnt sind, und auch die Ausdauer und Zähigkeit der Rasse beeindruckt Jakob sehr. Sie sind wohl etwas eigensinniger und manchmal etwas störrisch, aber von bewundernswerter Geduld und Genügsamkeit; auch zu ihnen hat Jakob bald Zutrauen gefunden, und die beiden Tiere scheinen seine Zuneigung zu erwidern, wie ihr freudiges Gewieher zur morgendlichen Begrüßung immer wieder zeigt.

Der Zug kommt gut voran, auch wenn die Wege immer schlechter und ausgefahrener werden und kaum Brücken über Bäche und Flüsse führen. Nur gut, dass es Sommer und hier wohl schon seit Längerem trocken ist, so ist es kein Problem, bei niedrigem Wasserstand die Furten zu finden und zu befahren. Was aber, wenn Normal- oder gar Hochwasser wäre?

Gegen Abend zieht ein schlimmes Gewitter auf, die drückende Schwüle und Hitze entlädt sich in Sturzbächen, und unentwegt verängstigen zuckende Blitze und Donnerschläge die Siedler. Sie halten an, unter den Bäumen am Wegrand ducken sich die Wagen, und die klatschnassen Pferdchen stehen mit angelegten Ohren eng aneinandergedrängt davor. Der alte Spruch: „Eichen sollst du weichen, Buchen sollst du suchen", wird den Reisenden hoffentlich helfen, denn Eichen sind keine dabei. Aber entweder kennen die Blitze hier sich nicht aus oder können in der Schnelle ihres Niederrasens den Unterschied nicht ausmachen, mit unerträglichem Knall und hellem Feuerschein schlägt einer in einen Baum, es zischt und sprüht Funken, Kinder schreien, Pferde scheuen, der Baum qualmt, und eines der Tiere liegt verendend am Boden. Ein großes Durcheinander, und erst allmählich wird klar, es ist, abgesehen von dem armen Pferd, weiter nichts passiert, nur Angst und Schrecken und einige zeittaube Ohren. Die noch anstehende kurze Weiterfahrt muss der Wagen mit dem verbliebenen Pferd fortführen, während sich die Begleiter um das tote Tier kümmern.

Die Route führt weiterhin geradewegs nach Osten, durch offenes, weites Land, dünn besiedelt, kaum Dörfer, tagsüber flirrende Landschaft mit wenigen Bäumen, nachts ein Himmel voller Sterne, klar und hell. Fast allabendlich sitzen die Familien zusammen, und ihre Gespräche verlieren immer mehr den Bezug zur alten Heimat. Träume und Pläne und das sich Mut Machen und nach vorne Schauen gewinnt immer mehr an Gewicht und Bedeutung. Vielleicht zum ersten Mal überkommt die jungen Leute auch das Gefühl, etwas Besonderes zu tun, stolz auf sich selbst zu sein, das Leben, das Schicksal selbst in die Hand zu nehmen, sich nicht nur herumschubsen zu lassen. Jakob bringt es zum Ausdruck und auch die anderen fühlen so: Man war noch nie so sicher, das Richtige zu tun. Noch sechs Tage bis Przemyśl, der letzten größeren Station auf dem Weg in die neue Heimat.

„In Krosno, etwa auf halber Strecke, und dann in Przemyśl werden wir nochmals mit Unterkünften und Proviant versorgt, dann erreichen wir nach zwei oder drei Tagen unseren Bestimmungsort“, erzählt Josef bei der Mittagsrast den anderen, und Jakob fragt ganz erstaunt: „Woher willst du das denn wissen?“

Ganz stolz berichtet Josef von einem Gespräch mit dem einen der deutsch sprechenden Kutscher und dass er leider auch erfahren hat, dass die versprochenen Häuser und Landzuweisungen in vielen Fällen noch nicht vorhanden sind und die meisten Siedler zuerst in ehemaligen Klöstern oder bei einheimischen Bauern unterkommen müssen. Doch darüber darf der Kutschknecht eigentlich nicht reden und er musste ihm auch hoch und heilig versprechen, das im Lager nicht herumzuposaunen, um keine Unruhe zu stiften.

„Nun ja, wir werden es ja erleben“, seufzt Anna, und Barbara fügt hinzu: „Genau und dann schauen wir, was wird.“

„Seht ihr, das ist genau die Einstellung, die wir brauchen, Zuversicht und Gottvertrauen, der Herrgott hat uns bisher geholfen und wird es auch weiterhin tun“, fügt Jakob an und schaut hinüber zur Mutter Fink, nickt ihr freundlich zu und meint: „Gell, Mutter Fink, man muss es halt nehmen, wie es kommt, Gottes Wege sind unergründlich!"

„Ja, ja", murmelt die Alte, und ihre Lippen bewegen sich unablässig und unhörbar, während die Perlen des Rosenkranzes zwischen ihren Fingern sich drehen.

Nach Krosno wird die Besiedlung mit jedem Tag noch weniger, und oft hat man das Gefühl, durch menschenleeres Land zu fahren. Die wenigen Siedlungen sind klein und die Häuser ebenso, hingeduckt und krumm, nur Holz und Stroh, und die Bauern zockeln mit ihren offenen Pritschenwägelchen und einem Pferdchen davor daher, als ob sie ohne Ziel, nur so, unterwegs wären. Sie haben keine Sitzbänke, hocken seitlich auf der Pritsche, und die meist locker herunterhängenden Zügel zeigen, dass die Pferde ihre Wege ganz von selbst kennen. Manchmal sind auch die Frau und die Kinder dabei, und alle außer den Männern sind barfuß. Ihre abgetragene, oft auch abgerissene Kleidung zeugt davon, dass hier die Menschen nicht gerade im Überfluss leben. Sie sind freundlich, aber scheu, und ihre Blicke verraten Neugier und vielleicht Unverständnis, was diese Fremden wollen und wohin sie wohl unterwegs sind. Meist fahren die Bauern auf die Wiesen, um Heu zu machen und ihre Gerätschaften, nämlich Rechen und Gabeln, sind wie in der Heimat aus Holz, nicht wie auf den Märkten in Wien, wo teure Eisenwerkzeuge verkauft werden.

„Jesses Maria un Josef, was ä Unglick." Anna schlägt die Hände vors Gesicht, und auch Barbara und die Brüder sind schwer erschüttert, als sie, als eine der Ersten, den verunglückten Wagen erreichen. Plötzlich, inmitten einer kleinen

Siedlung mit vier, fünf Häusern, ist eines der Fuhrwerke ausgeschert und gegen einen Baum geprallt, dabei war der Wagen umgestürzt und hat die Insassen unter sich begraben. Im Nu kommen die sich in der Nähe befindlichen Siedler herbeigestürzt: „Was ist passiert, ist jemand verletzt?"

Der Mann steht schon wieder auf den Beinen und auch die beiden älteren Kinder, ein etwa sechsjähriger Bub und ein wenig älteres Mädchen, berappeln sich langsam, und alle drei scheinen, bis auf ein paar Schrammen, unverletzt. Die Mutter jedoch liegt eingeklemmt unter dem Wagen, und von einem weiteren Kindlein, das der Vater verzweifelt sucht, ist nichts zu sehen. Gemeinsam zieht man die stöhnende und schwer verletzte Frau hervor, und auch deren Sorge gilt ihrem Kleinsten: „Wo ist unsere Fine, wo ist meine Fine?"

Die fieberhafte Suche endet mit einem Schlag, der Schrei des Vaters geht allen durch Mark und Bein, getroffen kniet er inmitten des ganzen Gepäcks und Hausrats, und langsam, fast ehrfürchtig zieht er sein jüngstes Kind empor und drückt es zärtlich an seine Brust, das Kind ist tot. Sein schief hängender, blutender Kopf zeigt, dass das in einem Korb inmitten des Wagens schlafende Kind bei dem Unfall wohl von einer Kiste oder Ähnlichem erschlagen wurde. Erschütterung und Trauer bemächtigen sich der Siedler, und bei manchem mischt sich auch ein wenig Wut dazu. Warum muss das geschehen, so kurz vor dem Ziel, hat man nicht schon genug erlebt?

Während einige sich um die Verletzten kümmern, auch Anna und Barbara sind dabei, nehmen andere dem Vater das tote Kind ab und versuchen die Familie zu beruhigen. Ein paar Männer richten den Wagen wieder auf, zwei flicken die gebrochene Deichsel, andere laden das herumliegende Gepäck ein. Der Frau geht es schlecht, sie kann sich kaum bewegen, und das Atmen fällt ihr sehr schwer. Barbara vermutet, dass sie sich mindestens ein paar Rippen gebrochen hat. Nachdem sich alles ein wenig beruhigt hat, berichtet der Vater, dass aus einem Hof ein bissiger, bellender Hund herausgestürmt sei, direkt auf sein Pferd zu, dieses habe gescheut, und bevor er die Zügel habe fest greifen können, habe es schon Reißaus genommen und sei direkt auf den Baum zugerannt.

Nach Przemyśl sind es noch ungefähr zwei Wegstunden, und so beschließt man, als der Vater und die älteren Kinder versorgt sind, der Mutter ein möglichst erträgliches Lager im Wagen einzurichten und mit dem toten Kind an ihrer Seite die Fahrt fortzusetzen. Das Pferdchen, das mit dem umgestürzten Wagen am Baum hängen geblieben war, steht wie vom Schlag getroffen und rührt sich nicht. Einer der Fuhrknechte spannt es aus, redet beruhigend ukrainisch auf das Tier ein, führt es herum und tränkt und füttert es. Dann spannt er es wieder ein, und nachdem Barbara als Begleitung der Familie aufgesessen ist, geht die Fahrt in gedrückter und niedergeschlagener Stimmung weiter.

1785/86

Neusiedlung Ottenhausen / Galizien

Die Sonne im Rücken, in ihre eigenen, immer länger werdenden Schatten tretend, nähern sich die Siedler gespannt, fast vorsichtig und mit erwartungsfroh klopfenden Herzen ihrem vorgegebenen Ziel. Ganz nah vorbei an einem linker Hand befindlichen, unübersehbaren, kühl und doch einladend wirkenden Wald fällt ihr Blick auf ihren neuen Heimatort Ottenhausen. Jakob weiß, dieser erste Blick ist einmalig und unwiederholbar, nie mehr wird sich Auge und Herz dieses Bild des Neuen und Unbekannten bieten. Genau in der Verlängerung ihres Herweges, also von West nach Ost, verläuft die neue, breite, sandstaubige und links und rechts von einem Graben begrenzte Dorfstraße. Auf beiden Seiten das selbige Bild wie schon in Weißenberg: wenige fertige Häuser, aber wohl an die 15 Baustellen und einige weitere ausgesteckte Hausplätze. Im milden Abendsonnenlicht ein schöner und trotz der Unfertigkeit ergreifender Anblick für die Angekommenen; das also ist ihr neues Daheim, ihre neue Heimat.

Ob ihnen ihre neue Heimat auch so gefallen hat wie mir? Das muss man sich mal vorstellen, wenn man plötzlich vor einer Landschaft steht, die nun Heimat sein soll. Und wenn es nicht gefällt, was macht man dann? Obwohl, uns ging es ja dann auch nicht anders, nicht in Romartow, nicht in Windschläg, uns hat auch keiner gefragt. Wir hatten ja auch keine Wahl!

Im Nu sind die Familien, die Raus, die Flamms und Weiß, und Frau Fink umringt und umgeben von den zusammenströmenden Kolonisten. Ein Durcheinander von Fragen und Antworten schwirrt umher wie ein Schwarm wild summender Hornissen, dazwischen Händeschütteln und Schulterklopfen.

Nach dem ersten Austausch kommen die Auswanderer überein, die Wagen für die Nacht abzustellen, die Pferde zu versorgen und dann am provisorischen Dorfplatz zusammenzukommen, um sich gegenseitig auszutauschen und Genaueres zu erfahren.

Es herrscht ein ausgelassenes Miteinander. Die schon heimischen Siedler sind erfreut, weitere Landsleute und somit Zustimmung und Verstärkung zu erhalten, die Ankömmlinge natürlich glücklich, das, wie sie meinen, Schlimmste überstanden zu haben und endlich am Ziel zu sein. Sie freuen sich, die Zeit des Unterwegsseins, der Unsicherheit und der Gefahr hinter sich und den Neubeginn endlich vor sich zu haben. So hält sich die auch schon erwartete Enttäuschung über das Fehlen der versprochenen Häuser und Hilfen an diesem Abend in Grenzen und wird überdeckt von der fröhlichen, fast feierlichen Stimmung. Auch der mondhelle, tausendsternige galizische Himmel trägt dazu bei. Viel will man wissen, wo kommt ihr her, wo ihr? Ah und oh – und was gibt's unterwegs, was sagt man da, und was erzählt man dort? Seit wann sind die Ersten hier und warum der Name

Ottenhausen und, und, und. Jakob und die Neuen erfahren, dass die ersten Siedler aus dem Saarland und der Pfalz Anfang Mai des vorigen Jahres hier angekommen sind und die Kolonie nach einem Dorf zwischen Kleinblittersdorf und Saarbrücken, wo mehrere der Erstsiedler herstammen, benannten.

Bei Weißenberg sei das auch so, dort stammen einige aus einem solchen Ort in der Nähe von Kaiserslautern. Mit ihnen, den Neuen, wären es jetzt 24 Kolonisten, und, ob zum Freuen oder nicht, vielleicht könnten sie drei, vier bereits vermessene Hofstellen übernehmen, denn vier Kolonisten hätten die Siedlung bereits wieder heimlich verlassen, um weiter nach Russland zu ziehen und dort ihr Glück zu suchen. Sie erfahren, dass alle Siedler bei ukrainischen oder polnischen Bauern in Wielkopole, Dobrostany und Kamnienobrod untergebracht sind. Dort sind die Zustände zwar furchtbar, aber die Verpflegung ordentlich, da die kaiserlichen Kuratoren, die für die Versorgung der Kolonisten verantwortlich zeichnen, die Verpflegungsgelder nur ausbezahlen, wenn die Siedler sich einigermaßen zufrieden äußern.

Als es schon auf Mitternacht zugeht, brechen die Altsiedler endlich auf, um ihre Quartiere zu erreichen, und die „Neu-Ottenhausener" besteigen letztmals ihre Nachtlager in den Wagen, denn morgen, morgen kommt der Ansiedlungskommissar, und dann hat das Zigeunerleben ein Ende.

Vielleicht ein wenig später als sonst beginnen an diesem Morgen die Arbeiten auf den Baustellen. Gegen neun Uhr erscheint der erwartete Kommissar mit drei Ingenieuren, den Herren Zeidler, Stürmer und Stotschek, bei den Neuangekommenen. Nach kurzer Begrüßung werden auf einem schnell aufgestellten Tisch einige Pläne enthüllt, und die „Herren" beginnen mit den Erklärungen. Man zeigt den Raus und den anderen auf dem großen Plan die gesamte Kolonie, und sie erfahren, dass dafür 648 Joch aus dem herrschaftlichen Besitz Wielkopole abgetrennt wurden. 496 Joch sind für die am Ende 27 deutschen Siedler vorgesehen, der Rest entfällt auf Schulgrund, ein Schankhaus und die gemeinschaftliche Hutweid. Die einzelnen Siedler bekommen zwischen 15 und 20 Joch, je nach Lage. Der Kommissar bestätigt den Wegzug der Siedler und warnt davor, es denen nachzutun, denn mit dem eigenmächtigen Verschwinden schuldet man dem Kaiser natürlich das erhaltene Reisegeld, die Transporthilfen und die Vorbereitungskosten hier im Kronland. Er bietet ihnen tatsächlich die bereits vermessenen Hof- und Feldgrundstücke an. Die Gebäude seien zwar gerade erst begonnen, aber das Vermessen und Anliefern der Baumaterialien würden sonst doch mehrere Wochen in Anspruch nehmen. Zufrieden stimmen Raus und die anderen zu, und so erhalten Jakob und Anna das Hofstück Nummer 12, mit insgesamt 19,6 Joch, und Josef, Barbara und Mutter Fink das Nachbargrundstück Nummer 14 mit 19,8 Joch.

Bis zur Fertigstellung von Haus, Scheune und Stall werden sicher noch Monate vergehen, und bis dahin werden sie in Kamnienobrod bei zwei ukrainischen Bauern untergebracht. Wenn der Kommissar hier alles erledigt hat, wird er sie dorthin bringen und alles Weitere regeln.

„He, he, so schlecht hört sich das alles doch nicht an", flüstert Josef Jakob zu, als sie sich mit ihren Frauen auf den Rückweg zu ihren Wagen machen.

„Na ja, monatelang mit diesen Menschen in so einer Kate hausen – nach allem, was wir schon gehört haben, so hab ich mir das neue Leben eigentlich nicht vorgestellt“, gibt Barbara ihrem Mann zurück, und sogar der genügsamen Anna ist nicht sehr wohl bei dem Gedanken, mit Wildfremden, mit denen man sich nicht mal besprechen kann, unter wer weiß welchen Umständen zu leben. Man hätte ja keine Wahl und vielleicht wären sie ja noch mal froh, überhaupt ein Dach über dem Kopf zu haben, meint Jakob in seiner typisch ausgleichenden und annehmenden Art.

Sie verabreden sich, am Mittag mit der Fahrt zu den Wirtsleuten zu starten. Bis dahin sehen sich die Brüder noch ein wenig auf den Baustellen um und erkennen, dass die Häuser im aus der Heimat bekannten Fachwerk errichtet werden. Sie entsprechen augenscheinlich alle einem einheitlichen Plan und sind, wie sie erfragen, ungefähr 16 Meter lang und 7 Meter breit.

Die Siedler gehen den einheimischen Handwerkern zur Hand, und viele schimpfen und sind unzufrieden wegen der oft nachlässigen und schlampigen Ausführung. Die aufgestellten Ständer werden mit gezapften Balken ausgefacht und mit dünneren Asthölzern bestückt. Diese werden dann mit Weiden umwunden und von innen und außen mit einer breiigen Mischung aus Strohhäcksel und Lehm beworfen und glatt gestrichen. Auch die Dächer der wenigen fertigen Häuser haben nicht den bei den Einheimischen üblichen Krüppelwalm, sondern sind Satteldächer, deren Giebelfenster Licht und Luft auf die Speicher bringen, wo die Kolonisten Früchte und Vorräte trocknen und lagern wollen. Josef und Jakob erfahren, dass sowohl das Fachwerk der Wände als auch das Satteldach ursprünglich nicht vorgesehen waren. Viele Proteste und Klagen der Anfangssiedler haben jedoch zum Abändern der Planungen geführt, so wie auch der zusätzliche Bau von Scheunen, welche die Ukrainer nicht kennen, nachträglich genehmigt wurde. Mit dem Schimpfen und Zetern der Landsleute in den Ohren kehren die beiden dann zu ihren Wagen zurück, um ihre Pferdchen einzuspannen und zu ihren Unterkünften zu rumpeln.

Der Kurator fährt voran. Über eine leichte Anhöhe und vorbei an felsigen Aufbrüchen kommt man an einen mitten durch flaches Wiesengelände sich schlängelnden Fluss, wo an einer sehr flachen und breiten Furt die Überfahrt ganz einfach und leicht zu bewerkstelligen ist. Wie sie später von ihren Landsleuten erfahren, ist es die Wereszyca.

Gleich am Anfang des Ortes sind die Anwesen der beiden Ukrainer, und Jakob und Anna werden bei den Roykus, Josef, Barbara und ihre Mutter bei den Masepas einquartiert. Armselig, unterwürfig, die Köpfe entblößt, die Mützen unsicher in den Händen stehen die Familien vor den Hütten, um den kaiserlichen Beamten und ihre neuen Hausgenossen zu empfangen. Barfuß und schmutzig die Kinder, alle in abgerissenen Kleidern, Haus und Hof in schlechtem Zustand.

Mein Gott, denkt Jakob, denen geht es ja schlechter als uns daheim in der Pfalz, und wir haben den weiten Weg gemacht, weil hier alles besser sein soll.

Der Kurator, der die Gedanken der Kolonisten kennt, versucht ihnen zu erklären, dass es das Wesen der hiesigen Bevölkerung sei, nicht selbstständig zu denken und zu handeln, dass ihre jahrhundertelange Abhängigkeit, ihre Abgaben und Dienste, der Robot, so hoch und drückend wären, dass jeder eigene Antrieb erstickt würde. Auch das sei ja ein Grund, warum der Kaiser deutsche Siedler im Land wolle, diese sollten den Einheimischen Vorbild und Ansporn sein. Er erläutert, dass die Wirtsleute sie für täglich zwei Kronen pro Kopf unterbringen und verköstigen müssen und ihnen zwei Pfund Brot zustehen.

Bis zum Einzug in ihre Hofstellen in Ottenhausen müssen sie natürlich ihre Pässe abgeben, um ein heimliches Verschwinden, Heimkehren oder Weiterziehen zu verhindern oder zu erschweren. Hernach geht der Beamte zuerst mit Anna und Jakob in das Haus, und Hausvater und Hausmutter begleiten sie, während der Kutschknecht des Kurators dessen Anweisungen übersetzt und die Ukrainer buckelnd und nickend folgen. Den Raus wird ein winziger Verschlag in der Ecke des Raumes zugewiesen. Die drei größeren der insgesamt fünf Kinder müssen nun mit dem alten Großvater hier schlafen, während die Eltern mit den Kleinen in der angrenzenden Schlafkammer verbleiben.

Damit ergeht es Jakob und Anna noch gut. Die allermeisten der Kolonisten haben ja schon Kinder, sodass in der Regel fünf Personen in den winzigen Hütten untergebracht werden müssen und sich mit den ukrainischen Hausleuten Stübchen und Schlafkammer, oft auch nur einen Raum, teilen. Bei solcher Enge und Bedrängung ist es kein Wunder, dass es häufig zu Streitereien und Problemen kommt. Dabei spielt sicher auch die Enttäuschung, ja Wut vieler Siedler mit, die den Ankündigungen und Versprechungen der Werber geglaubt und fertige Häuser und Ausrüstung, gerodete gute Böden, Saatgut und überhaupt ein besseres Leben erwartet haben. Mutter Fink kommt zusammen mit Barbara bei den Masepas genauso unter wie Jakob und Anna, nur dass dort sogar sechs Kinder die Enge noch vergrößern und die Bäuerin einen angeschlagenen, kränklichen Eindruck macht.

Mit dem Hinweis, sich in den nächsten Tagen auf den Baustellen in Ottenhausen zu sehen, verabschiedet sich der Kommissar, und mit Händen und Füßen versuchen nun die Siedler und ihre Wirtsleute die notwendigen Fragen und Verrichtungen sich gegenseitig nahezubringen. Das Pferdchen und das Fuhrwerk müssen eingestellt, das Tier muss gefüttert und getränkt werden; wo ist ein Brunnen, wie ist dies und wo ist jenes? Jakob geht mit dem Ukrainer in den Stall, wo eine Kuh und ein Schwein sind, beide nicht gerade in bester Verfassung, auch der Zustand drumherum, naja.

Jakobs Enttäuschung hält sich aber trotz allem in Grenzen. Er hat auf dem ganzen langen Weg von daheim immer aufmerksam zugehört, wenn über Galizien und die Zustände gesprochen wurde, und hat gelernt, aus Gerede und Gerüchten den Kern Wahrheit herauszufiltern, der zutrifft. Zudem war ihm schon länger klar, dass auch hier die Tauben nicht fertig gebraten in den Mund fliegen, und viel Arbeit und Schweiß nötig sein werden, um ein auskömmliches Leben zu führen.

Nach dem ersten Abendessen, es gibt „Birogi", unbekannt aber schmackhaft, übergeben sie ihre noch vorhandenen Essensvorräte der Hausfrau, und während die liebe und verträgliche Anna schon in der Küche hilft, trifft Jakob sich mit Josef und Barbara, die die Mithilfe lieber ihrer Mutter überlässt, draußen vor den Häusern, um den Fortgang zu besprechen.

Barbara ist trotzig und übelgelaunt, doch ihren Gedanken, weiterzuziehen, widerspricht Jakob energisch. Er erinnert sie daran, dass man auch nicht gerade „vuns Grafe un vum Edelmann“ abstamme und dass sie die Heimat nicht verlassen haben, um bei der ersten Schwierigkeit gleich die Flinte ins Korn zu werfen. Seinen Bruder ermahnt er, an das Versprechen zu denken, das sie der Mutter gegeben haben, nämlich zusammenzubleiben.

„Du hosch jo recht“, gibt Barbara kleinlaut bei, „aber manchmal bin ich ein bisschen ungeduldig und unzufrieden, ich wollt jo eigentlich net so recht mit, un dann stirbt der Vatter, naja, mir werdens schon schaffen.“ Mit einem liebe- und vertrauensvollen Blick schaut sie Josef in die Augen, umfasst mit beiden Händen seinen Arm und schmiegt sich zustimmend an seine Schulter. Morgen wollen die beiden Paare – Mutter Fink soll dableiben und die Hausfrau unterstützen – schon früh nach Ottenhausen, um zu erfahren, wie es läuft, was man machen kann und sich vielleicht auch den Ort und die Umgebung ein wenig anschauen.

Das Nachtlager auf Strohsäcken ist ganz angenehm, wenn auch staubig und nach einer Morgensupp, Milch mit einer Art „Teigriwelcher“, und etwas Brot, machen sich die vier mit einem Wagen auf den Weg. Nach einer halben Stunde erreichen sie das Ziel. Da und dort wird geschafft, an ihren Plätzen ist jedoch niemand zu sehen. Beide Häuser sind so weit gediehen, dass auf gemauerten Steinfundamenten die Grundbalken und die Fachwerke des Erdgeschosses errichtet sind und die neuen Besitzer erkundend durch ihre spätere Behausung gehen können.

Einer der späteren Nachbarn kommt herüber, um ihnen

zu helfen und zu erklären. Die Häuser stehen mit dem Giebel zur Straße und fast in der Mitte der Längsseite zum Hof befindet sich die Haustüre, durch die man das sogenannte Vorhaus betritt, geradeaus befindet sich die Küche, links Richtung Straße die Stube, von wo man in eine kleine Kammer kommt.

Rechts im Vorhaus geht eine Tür in die Schlafkammer, und zwischen dieser Tür und der Küche befindet sich die Stiege auf den Dachboden. Angrenzend an die Schlafkammer liegt der Stall, dann Scheune und Schopf.

Alles schon gut erkennbar, aber wie soll es weitergehen, wo ist das weitere Baumaterial, wo die Handwerker? Sie erfahren, dass Planungen und Wirklichkeit weit auseinanderliegen, die kaiserliche Verwaltung sei erst im Aufbau, vieles noch ungeordnet, Schlamperei und Bestechung, unfähige, ja bestechliche Beamte und die schlechten Verhältnisse im Land verzögern und hindern – es ist ein Graus.

Und dann die Winter – sie haben von Kolonisten der letzten Jahre gehört, dass schneereiche und bitterkalte Winter, die oft von Oktober bis März dauern, den Weiterbau monatelang unmöglich machen, und man gezwungen ist, untätig herumzusitzen. Kein Wunder, dass mancher trübsinnig wird und Trost im Schnaps sucht.

Sie müssen bei nächster Gelegenheit den Kurator bedrängen, dass ihre Baustellen aufgenommen werden, noch ist Juli und die nächsten Wochen müssen genutzt werden, vielleicht ist es noch möglich vor dem Winter das Dach fertigzustellen, das wäre natürlich ein Traum. Sie wollen auch kräftig mithelfen, antreiben und mit gutem Beispiel vorangehen, nicht wie manche, die untätig herumsitzen und nur über die Arbeit der einheimischen Handwerker schimpfen. Doch heute scheint der Beamte nicht zu kommen und so bitten die vier ihren Nachbarn, ihnen das Dorf, die Lage der Felder und Wiesen und die Hutweid zu beschreiben, damit sie sich ein wenig einfinden können. Er zeigt die Dorfstraße hinauf gegen Osten, wo vier Wegstunden entfernt Lemberg, die Hauptstadt liegt. Kurz vor dem Dorfende ist eine Wegkreuzung, nach rechts und nach links, und der Weg nach links, nach Norden, führt direkt zur Hutweid. Nach Süden in Richtung Kamnienobrod, wo sie untergebracht sind, liegt knapp zwei Wegstunden entfernt die Kreisstadt Grodek, wo alle wichtigen Ämter sind.

Er erzählt ihnen auch, dass viele Siedler, wo vorhanden, in ehemaligen Klöstern einquartiert sind, wo die Verhältnisse besser und nicht so beengt sind, aber hier in der Nähe gibt es keines. Auch was die Dauer der provisorischen Unterbringung anbetrifft, erfahren sie nichts Erfreuliches. Es ist nicht unüblich, dass Kolonisten oft jahrelang auf die Fertigstellung und endgültige Zuweisung warten müssen, auch wenn nun nach einigen Jahren Erfahrung und Verbesserung alles wohl zügiger voranzugehen scheint.

Nach einem herzlichen Vergelt's Gott besteigen sie ihren Wagen, um sich ein wenig umzusehen. Sie fahren die Dorfstraße hinauf, an der beschriebenen Kreuzung nehmen sie den Weg nach Norden, um die Hutweid anzusteuern. Sie sehen saftige Wiesen, aber auch viel Ödland, und überall stecken Pfähle, die die Vermessungsingenieure gesetzt haben, welche die Gewanne und Schläge und die Stücke der einzelnen Bauern begrenzen. Im Nordwesten und Norden erstrecken sich unübersehbar weit Waldgebiete, an deren südlichstem Rand sie gestern bei ihrer Ankunft vorbeigekommen sind.

Nach der Rückkehr in die Siedlung biegen sie ungefähr in der Mitte der Dorfstraße nach Süden ab, kommen an Gemeindegrund vorbei, wo, wie der Nachbar erwähnt hat, später der Friedhof liegen soll und verlassen die Bauplätze Richtung Wereszyca. Bei den „Steenbrüch", wie Barbara die Stelle nennt, machen sie Halt, setzen sich nieder und blicken über die grünen und vielleicht etwas sumpfigen Wiesen, die sich weit nach Westen am Fluss entlangziehen. Die Luft ist heiß, es flirrt und summt, nichts als Vogelzwitschern oder der Ruf einer Ente von unten vom Wasser ist zu vernehmen. Die jungen Leute legen sich auf den Rücken und starren und träumen sich in einen leichten Schlummer, angenehm und weich. Nur das Pferdchen, das sich dann und wann schüttelt und mit dem Zaumzeug klingelt, um sich der Bremsen zu erwehren, stört ihr Schweben zwischen Wachen und Schlafen.

Irgendwann wiehert es laut, die vier erwachen und erheben sich und nach Gähnen und Strecken wird der Heimweg angetreten. Der Abend ist schwül und Gewitter liegen in der Luft, die „Poothammel sind wie verrickt" und die Enge und Überfüllung der kleinen Katen, der unangenehme Geruch von Stall und Mist lassen die Kolonisten sich noch lange schwitzend und unruhig auf dem Stroh hin- und herdrehen. Erst als gegen Mitternacht mit schwerem Donner prasselnder Regen einsetzt, kühlt es etwas ab, und sie versinken in einen tiefen Schlaf.

Am Morgen dampft es draußen, Dunstschwaden steigen empor, der Regen hat aufgehört, aber alles trieft und tropft. Der Boden saugt gierig und man kann fast zusehen, wie Pfützen und Feuchtigkeit wieder verschwinden, die dunkle, feuchte Erde langsam und fleckig heller wird und da und dort sich schon wieder zu Staub wandelt.

Die Kinder springen herum, es gibt keine Schule, weder die Alten noch die Kinder können lesen und schreiben. Die ersten Eindrücke bestätigen sich, die Leute sind bettelarm und eher verängstigt, denn boshaft oder gar gefährlich. Nur der alte Royku scheint ein falscher, verschlagener Kerl zu sein. Er schleicht nur herum, scheint die Gäste auszuforschen und kann keinen geraden Blick erwidern. Doch Jakob stellt sich vor, dass die Ukrainer ganz dringend das Geld brauchen und froh sind, so eine Einnahme zu haben. Da sie auf ihre Zufriedenheit angewiesen sind, wären sie ja dumm, es mit ihnen zu verderben – ja, so einfach ist das.

Man kann also mit den Wirtsleuten auszukommen. Bei Josef ist die Schwiegermutter sogar froh, der kränkelnden Hausfrau helfen zu können, eine sinnvolle Beschäftigung zu haben und diese und auch ihr Mann zeigen bald Dankbarkeit und Vertrauen. Wieder gibt es am Morgen eine Suppe, danach machen sich die zwei Paare auf den Weg zu ihren Baustellen, um heute hoffentlich den Kurator zu treffen. An der Kreuzung, wo es zur Hutweid geht, sehen sie schon von Weitem einige Männer und Frauen zusammenstehen und sich wild fuchtelnd und aufgeregt unterhalten. Der nette Nachbar winkt sie, als er sie kommen sieht, heran und begrüßt sie mit: „Kommt nur her, das geht euch auch an."

Sie erfahren, dass am gestrigen Nachmittag zwei der Kolonisten in Grodek waren und dort hätten sich wohl Gerüchte bestätigt, dass man von allen Siedlungen Fronablösungsverträge fordere, in denen die Gemeindevorsteher für all ihre Mitglieder Steuern und Spanndienste verpflichtend festschreiben müssten. Nachdem sich schon die versprochene Abgaben- und Fronfreiheit über zehn Jahre nur auf Rodungsland bezieht und auf Kulturland nur ein bis zwei Jahre zugesagt werden, ist dies eine weitere Beschneidung der von den Kolonisten erwarteten Vergünstigungen. Unmut, Unzufriedenheit und auch Wut machen sich in Drohungen Luft.

„Ich pack zusamm und fahr weiter", oder „Ich hann die Schnauz voll, mir fahrn heem", ist vom einen oder anderen zu hören und auch die vier sind natürlich enttäuscht und lassen die Köpfe hängen. Doch bald nach der ersten Aufregung ist für die meisten klar, nun sind sie da, es gibt kein Zurück, auch das müssen sie verkraften.

Gerade, als sie sich wieder ihren Häusern zuwenden wollen, erscheint der Kurator. Im Nu ist er umringt, und das ganze Gezeter beginnt von Neuem. Er versucht zu beruhigen, bestätigt, dass diese Verträge bei fertiggestellten Siedlungen tatsächlich eingefordert werden, meint aber, wer wisse schon, ob dies auch dann noch so sei, wenn Ottenhausen in ein, zwei Jahren so weit ist. Murrend und knurrend zerstreut sich der Haufen und Jakob, Anna, Josef und Barbara bedeuten ihm, dass sie dringend mit ihm sprechen müssen.

Er schickt seinen Fuhrknecht mit dem Gespann unter einen etwas entfernten Baum und bedeutet ihnen, sich auf einem Holzstapel im Schatten eines Apfelbaumes niederzusetzen. Jakob und Josef tragen sehr ernsthaft und untertänig bittend ihr Anliegen vor. Als auch die kecke Barbara versucht, sehr freundlich den Beamten zu beeinflussen, wird der ganz verlegen, erkennt aber wohl durchaus die ernsten und hehren Absichten der jungen Leute und möchte ihnen helfen. Nach kurzem Bedenken macht er den Vorschlag, sich zu überlegen, bis zum Winter nur eines der beiden Häuser im Rohbau zu erstellen, wenn es dann im Sommer fertig sei, könnten sie vorübergehend alle fünf dort einziehen, bis dann im Jahr darauf auch das zweite fertig gebaut wäre, denn beide jetzt anzugehen, das sei unmöglich. Die vier schauen sich an und sind sich ohne weitere Worte zu verlieren gleich einig, so soll es sein, so wird es gemacht, guter Gedanke. Der Beamte sagt zu, sich um neues Material und Handwerker zu kümmern und ab Montag nächster Woche soll die Arbeit wieder aufgenommen sein.

Glücklich und zufrieden schlendern sie noch eine Weile durch ihr noch baustelliges Dorf, dann machen sie sich auf den Rückweg und reden darüber, wie es ablaufen soll, wann wohl Richtfest sein kann und, und, und.

Die nächsten Tage nutzen sie, um den Wirtsleuten etwas zu helfen, sie spannen ihre Pferdchen ein, um einige Fuhrdienste zu erledigen, und auch die Frauen machen sich ein wenig nützlich. Jakob und Josef geben den Ukrainern zu verstehen, dass sie trockenes Holz brauchen, denn sie haben beschlossen, die Winterzeit zu nutzen, um ihr Handwerk wieder aufzunehmen und Schuhe und Spielzeug zu machen.

Am Montag sind sie früh und erwartungsvoll unterwegs. Schon gegen sieben Uhr erreichen sie Ottenhausen. Alles liegt still; von Westen, von Weißenberg nähern sich zwei Fuhrwerke – wer, und wohin? Als man sich kurz darauf auf der Dorfstraße trifft, sind es zwei Siedlerfamilien aus Weißenberg, die tatsächlich alles zusammengepackt und in ihrer Unzufriedenheit und Enttäuschung beschlossen haben, weiter Richtung Russland zu ziehen. Sie berichten, dass schon in der Nacht zwei andere Kolonisten, darunter auch die Engels aus dem Zug der Raus, sich heimlich davongestohlen haben, um wohl in die alte Heimat zurückzukehren. Sie wollen sich außerhalb, Richtung Lemberg, mit den Küblers treffen, die in Wielkopole einquartiert sind, um dann zusammen den Weg nach Osten zu nehmen.

„Habt ihr euch das auch gut überlegt?“, ruft Josef ihnen zu, „so ohne Pässe und Hilfen, wie ihr sie hier bekommt?“ Doch die Ausreißer sind entschlossen, und mit allen guten Wünschen fahren die Unzufriedenen einer ungewissen Zukunft entgegen. Während die einen also weiterhin auf der Suche nach Glück und Heimat sind, hoffen die anderen, beides schon gefunden zu haben.

Langsam kommen die Handwerker und einige Siedler auf ihre Baustellen. Es wird gehämmert und gesägt, und die Spannung und Erwartung der Raus steigert sich von Minute zu Minute; der Kurator wird doch Wort halten, er hat es doch fest versprochen. Dann, gegen neun Uhr, als sie schon die Hoffnung fast aufgegeben haben, nähern sich von Grodek her tatsächlich zwei Wagen, der kleine Einspänner des Kurators und ein schweres Fuhrwerk mit zwei Gäulen, beladen mit Balken, dahinter gehen zwei Handwerker.

Freude und Genugtuung überkommen Jakob, und als sie den Kurator begrüßen, bedanken sich die Brüder aufs Herzlichste und Josef steckt ihm eine Flasche Schnaps zu, die sie gestern Abend vom Royku für die letzten Holzschuhe, die den Weg von Wien im Gepäck gemacht haben, eintauschten. Als sie von dem Beamten erfahren, dass er zwei Kinder hat, übergibt Jakob ihm noch ein Holzpferdchen und ein Lumpenpüppchen, und sie bedanken sich nochmals und hoffen auf eine weiterhin gute Zusammenarbeit. Dem Kommissar scheint die zupackende und feste Art, das selbstständige Denken und Handeln der Raus, besonders von Jakob, zu gefallen. Nicht nur die Geschenke, sondern die Art und Weise, wie sich die Familien für ihre Zukunft einsetzen, und ihr Umgang mit den Schwierigkeiten machen ihm Eindruck, und so spricht er es auch aus: „Solche Leute brauchen wir, solche Leute braucht der Kaiser." Er gibt dem Kutscher noch einige Anweisungen, die dieser den Handwerkern übersetzt, und verlässt dann die Baustelle mit dem Hinweis, gegen Ende der Woche wieder nach dem Rechten zu schauen.

Nachdem das Bauholz abgeladen und der Fuhrmann weitergefahren ist, beginnen die Arbeiten am Haus von Jakob. Während der den Handwerkern hilft, räumt Josef seine Baustelle auf, schafft brauchbares Material hinüber zum Bruder und versucht, seine schon vorhandenen Gewerke so abzudecken, dass sie einigermaßen winterfest sein werden. Bald schaffen dann vier Männer, es fliegen die Späne und das Sägemehl. Es ist ein glücklicher Umstand, dass die Rau-Brüder zwar keine Zimmerer sind, aber ihnen der Umgang und die Arbeit mit Holz doch vertraut sind. Am Abend, auf der Heimfahrt, sie nehmen ihre Zimmerleute noch ein Stück mit, sind sie müde, aber froh. Auch die Handwerker sind wohl ordentlich. Sie besprechen, dass ihre Frauen ihnen zur Mittagszeit zukünftig Essen zur Baustelle bringen sollen. Sie könnten dann auch den einen oder anderen Nachmittag etwas mithelfen. Natürlich müssen sie den Ukrainern für die Lebensmittel etwas bezahlen, aber diese Kreutzer scheinen ihnen gut angelegt zu sein.

So vergehen die Tage und Wochen, der August und Anfang September sind beständig heiß, und während das Haus langsam wächst, dörrt das Land ringsum aus. Auf den Fahrten sehen sie morgens da und dort die Schnitter, die Frucht wird eingebracht und am Fluss wird die zweite Maht gemacht. Mitte September schlägt das Wetter um, anhaltende Regentage erschweren die Arbeit auf der Baustelle, auch die Lieferung von weiterem Bauholz verzögert sich und die Fertigstellung des Daches vor Winterbeginn gerät in Verzug. Wenigstens liegt das Stroh schon bereit, und als nach dem ersten Schnee, Anfang Oktober, der von der noch warmen Herbstsonne schon am nächsten Tag weggeleckt wird, noch zwei Wochen frostiges, aber trockenes und sonniges Herbstwetter folgen, gelingt es doch tatsächlich noch, das Dach aufzurichten und einzudecken, wobei auch die Frauen und Nachbarn tatkräftig mithelfen.

Schon drei Tage später legt sich eine dichte Schneedecke übers Land und ein eisiger Ostwind streicht durch die Holzständer des Fachwerks. Die Zimmerleute verabschieden sich und werden Anfang März wieder erscheinen, wenn die Witterung ein vernünftiges Arbeiten wieder zulässt und die Wege schneefrei sind. Die Brüder arbeiten noch einige Tage, „verknüppeln" einige Ausfachungen im Fachwerk, aber der immer strenger werdende Frost und der beschwerliche Weg morgens und abends lässt sie dann doch zum Entschluss kommen, wie die anderen auch, die Baustelle einzustellen und sich ihrer Heimarbeit zu widmen.

Der erste galizische Winter. Viel haben sie ja schon gehört, von Temperaturen bis minus 35 Grad und Schnee bis in den April. Längst sind die Brüder froh, dass ihre Frauen schon in Wien an warme Mützen und Kappen gedacht haben. Die aus den Stoffen genähten Joppen geben ihnen Wärme und Schutz. Die Landschaft versinkt nach und nach in weißen Hügeln, die niederen Katen der Ukrainer wirken wie dick behutete Pilze. Nur ein schmaler, dunkler Streifen unterhalb des Daches unterbricht das Weiß, und es friert tatsächlich Stein und Bein. Dicke, dichte Atemwolken schweben Mensch und Tier voran, und auch in den Hütten ist es selten so warm, dass der Hauch nicht sichtbar ist. Der offene Herd und vor allem der offene Rauchfang, ohne Kamin, sorgen für verqualmte, rauchige Luft, aber die Enge hat hier auch etwas Gutes. Andererseits ist es kaum zu beschreiben, wie es ist an manchen Wintertagen, wenn draußen der Eiswind heult und kein Hund vor die Tür geht, alle in den zwei Räumen zusammengepfercht sind, Jakob sein Holz bearbeitet, seine Frau strickt und näht, die fünf Kinder herumwuseln, die Hausfrau am Herd werkelt, der junge und der alte Royku vor sich hindösen und Schnaps saufen, und der Alte dann im Gegensatz zum Jungen herumschreit und böse wird. Auch bei Josef geht es ähnlich zu, nur dass dort die Hausfrau nun fast ganz bettlägerig ist und Mutter Fink die Hausarbeit übernimmt. Es scheint ihr aber sogar recht zu sein, wenn sie etwas zu tun hat. Sie ist dann abgelenkt und grübelt nicht ständig über den Tod des Mannes nach.

Auch an den Schmutz und Dreck haben sie sich mittlerweile etwas gewöhnt, bei diesen Temperaturen wird der Umgang mit Wasser eh auf das Allernotwendigste beschränkt.

Die Brüder haben Royku und Masepa das Pappel- und Lindenholz, das sie ihnen tatsächlich besorgt haben, mit 50 Kreutzern bezahlt und ihnen klar gemacht, dass sie für alle

Hausbewohner Schuhe und für die Buben ein Holzpferdchen und die Mädchen ein Lumpenpüppchen machen wollen. Auch das Futter für ihr Pferdchen bezahlen sie großzügig.

Bald sind die Versprechen eingelöst und strahlende Kinderaugen, vielleicht sogar ein Hauch von Freundlichkeit auf dem Gesicht des alten Royku sind der Lohn. Schon geht es auf Weihnachten zu, und Jakob hat die Idee, eine Krippe und Figuren zu schnitzen, um Weihnachten wie daheim zu feiern.

Während der Arbeit, die die Ukrainer, besonders die Kinder, neugierig und aufmerksam verfolgen, erfahren sie dann, dass die orthodoxen Christen hier die Geburt Jesu 13 Tage später begehen, weil sie sich nach dem julianischen Kalender richten.

„Dann feiern wir halt dieses Jahr zweimal", meint Barbara schmunzelnd und die Börrstadter stimmen natürlich zu. Nur so können sie mit den Lieben daheim in Gemeinsamkeit verbunden sein, und dass die an Weihnachten fest an sie denken, da sind sie sich ganz sicher.

An Heiligabend werden die Krippe und die Figuren auf einer Fensteröffnung vor der verbretterten Scheibe aufgestellt, und mit großen Augen und in aufmerksamer Stille lauschen die Bewohner den Liedern und Gebeten der Kolonisten. Diese schließen die in der Heimat Verbliebenen mit ein, und Gefühle und Tränen zeigen ihre Rührung und Betroffenheit. Jakobs Augen gehen hinüber zu Anna, und ihre Blicke versprechen sich weiterhin gegenseitigen Halt und Hilfe.

Man hätte ja gerne zusammen gesungen und gebetet, aber dazu gibt es nun wirklich keinen Platz, und so gehen

Anna und Jakob, nachdem sie auch den Roykus mit dem Gruß „Frohe Weihnachten“ einzeln die Hände gereicht und sich Jacken übergeworfen haben, kurz hinüber zu Masepas, um denen und ihren Lieben Glück und Frieden zu wünschen.

Zu Neujahr stapfen Josef und Jakob nach Ottenhausen, um die völlig verschneiten und verlassenen Baustellen anzusehen. Alles ist ruhig, nur vier Häuser sind bewohnt. Auf dem sehr beschwerlichen Heimweg kommt ihnen die Idee, wenn ihnen die Ukrainer bei der Holzbeschaffung helfen, es zu wagen, einen Schlitten zu bauen, um auch im Winter fahren zu können. Nach einigen Schwierigkeiten mit dem Holz wird der Schlitten, abgeschaut von einem der beiden Großbauern im Dorf, Ende Januar fertig, und nun macht sich Josef ab und an einen Spaß daraus, eine Runde mit den Kindern zu drehen. Einmal pro Woche fahren die vier hinüber nach Ottenhausen, auch damit die Pferdchen ein bisschen bewegt werden, und freunden sich ein wenig mit den Drehers an, die dort schon in der Nachbarschaft wohnen. Die Zahlungen wegen der Handwerker und Pferde haben die Brüder mit dem Abzug der Zimmerleute eingestellt, und sie überlassen Royku und Masepa nun wöchentlich ein Paar Holzschuhe, damit diese sie verkaufen oder eintauschen können. Eines Tages bemerkt Jakob, dass wie er meint, ein weiteres Paar Schuhe fehlt und sein Verdacht fällt auf den verschlagenen Alten. Er verständigt sich mit dem Sohn, und bald zanken und schreien die beiden Roykus wie verrückt im Haus herum. Die Kinder flüchten schon zu den Raus, und unter wüstem Schimpfen verlässt der Alte das Haus und knallt die Türe zu. Aleksei kommt ganz betreten zurück und bedeutet ihnen, dass der Vater die Schuhe geklaut und gegen

Schnaps im Dorf eingetauscht hat. Er versucht sich vermutlich zu entschuldigen. Jakob gibt zu verstehen, dass es gut sei, aber es nicht mehr vorkommen dürfe, sonst müsse er dem Kurator Meldung machen. Mit heftigem, zustimmendem Nicken verlässt der Sohn das Haus, um wohl mit dem Alten zu reden. Von nun an geht der den Gästen noch mehr aus dem Weg, aber er hält sich an die Regeln.

Mitte März ist der Schnee geschmolzen, der Boden taut tagsüber bereits auf, es ist matschig und schmierig, aber auf der Baustelle können die Brüder schon mit dem Ausriegeln der Fachgewerke weitermachen. Mittlerweile wissen sie auch, dass Ostern hier bei den Orthodoxen das größte Fest des Jahres ist und drei Wochen nach Ostern in der alten Heimat gefeiert wird. Sie haben schon mehrfach nachgefragt, wann denn der Kurator sich wieder sehen lässt. Dann, kurz vor Ostern, kommt er, fluchend und schimpfend wegen der schlechten Wege und weil unterwegs noch ein Rad gebrochen war. Die Brüder übergeben wieder eine Flasche Schnaps und bitten um Zuteilung von Ziegelsteinen und Maurern zum Ausmauern der Gefache im Wohnbereich und zum Aufmauern von Herd, Ofen und Kamin. Auch beim „Ausstreifen" der Decken brauchen sie Hilfe. Der Kurator begutachtet die bisherige Arbeit und sagt zu, nach Ostern zwei Maurer mit der Arbeit zu beauftragen.

Und tatsächlich, nach Ostern erscheinen zwei Handwerker und ein Handlanger, und auch wenn sie etwas grob und unpünktlich sind und ziemlich viel saufen, sie arbeiten nicht schlecht, und nach vier Wochen, Ende Mai, ist alles ausgefacht, Kamin und Herd stehen und der Ofen in der Stube ist fast fertig. Die Decken und Riegelwände haben die

Brüder fast alleine gemacht, einer der Zimmerer vom Herbst hat noch kurz geholfen, und während der eine Maurer den Ofen fertig setzt, hilft und zeigt ihnen der andere, wie das Verschmieren und Verputzen mit Lehm und Strohhäcksel vonstattengeht. Während die geriegelten Ausfachungen trocknen, werden die gemauerten innen auch verputzt, und um den zehnten Juni, nachdem die Böden nochmals geebnet, geglättet und gestampft sind, ist es soweit, fehlen nur noch Türen und Fenster und die Ausbauten in den Ställen und der Scheune. Was dort von den Maurern gemacht werden muss, ist in zwei, drei Tagen erledigt, und wie mit dem Kurator abgesprochen, erscheinen fast pünktlich und gleichzeitig Schreiner, Zimmermann und Krummholz. Während der eine Maß nimmt, zimmern und hobeln die beiden anderen Kripfen, Tröge, Kettbalken und anderes.

Nun steht das Haus eigentlich fertig da. Als Jakob, Josef, Anna und Barbara am Sonntag davorstehen, überkommt sie ein Gefühl von Glück und Stolz. Besonders Jakob ist ganz warm ums Herz. Er schlägt vor, wenn in den nächsten Tagen die Möbel gekommen sind, könnten sie doch einziehen, auch wenn Fenster und Türen noch etwas auf sich warten lassen. Zum Trost für Josef und Barbara verspricht er ihnen, dass sie unverzüglich mit dem Weiterbau des Bruderhauses beginnen, damit auch das vor Winter unter Dach kommt und sie im nächsten Frühjahr einziehen können. Alle freuen sich und reichen sich die Hände.

Als Anna die von Jakob hält, nimmt sie ihn zur Seite und flüstert ihm etwas ins Ohr. „Nein!?“, ruft Jakob, und zu Josef und Barbara sagt er voller Stolz: „Ich werd Vater“ und er drückt Anna fest an seine Brust.

Wenn die Kolonisten bei der Ansiedlung auch viele Rückschläge hinnehmen müssen, wenn Häuser erst gebaut, Felder erst gerodet und urbar gemacht und sie so manchmal jahrelang warten müssen, wenn Steuerfreiheit und Robot verkürzt und viele Versprechungen und Zusagen der Werber nicht eingehalten werden – auch die Landzuteilung ist meist geringer, als erwartet – was die Ausstattung der Häuser und Höfe betrifft, hält die kaiserliche Regierung Wort.

Neben der Einrichtung der Wohnung mit Kasten, Tischen, Stühlen und Betten wird auch an Töpfe, Schüsseln und anderen Hausrat gedacht. Vieh und bäuerliche Geräte und Werkzeuge wie Pflug, Egge, Wagen, Zuggeschirr, Sensen, Heu- und Mistgabeln, Schaufeln oder ein Spinnrad werden geliefert, und sogar an notwendigem Saatgut wie Klee- und Rübensamen, Saatkartoffeln und allerlei Getreidesamen fehlt es nicht. An einem Dienstag kommen die Möbel, der Hausrat und die Geräte und Werkzeuge. Zwei Krämerjuden schaukeln mit ihren Wagen von Grodek her die Dorfstraße herab und werden von Josef in den Hof gewunken. Gleich beginnt ein Palaver, und in einem Jiddisch, von dem die Kolonisten doch manches verstehen, geben die Händler ihnen wort- und gestenreich zu verstehen, wie schwer das alles zu besorgen war, wie schlecht die Wege sind, sie jammern, wie wenig die Regierung zahlt und, und, und ...

Doch Jakob, Josef und die Frauen beginnen, nachdem sie ihnen kopfnickend zustimmend eine Weile zugehört haben, mit dem Entladen der Wagen. Während sie Stück um Stück hineintragen, erscheint der Kurator, und das Gejammer der Juden hat sofort ein Ende. Nachdem er sich kurz mit ihnen besprochen hat, wendet er sich an Jakob, um die Angelegenheit mit der Übergabe des Viehs zu regeln.

Es ist jetzt Ende Juni, noch ist auf Feldern und Wiesen nichts gemacht und gerichtet, und große Teile müssen erst gerodet, entstockt und gepflügt werden. An Aussaat ist natürlich nicht zu denken, und für Mensch und Vieh gibt es keine Ernten, keine Kartoffeln, kein Getreide, keinen Hafer und kein Heu und kein Stroh. Der Kommissar rät Jakob trotzdem, das ihnen zustehende Vieh zu übernehmen, denn bis zum Winter ist noch viel Zeit, um manches zu beginnen und auch noch Winterfrucht in den Boden zu bringen. Sicher, sie müssen Wintervorräte für sich und das Vieh zukaufen, und auch im nächsten Jahr werden die Erträge wohl noch nicht auskommend sein, aber er hoffe und nehme an, dass sie einige Gulden besäßen; und ob er ihnen im nächsten Jahr solch gutes Vieh würde liefern können, wer weiß?

Auch rät er ihm davon ab, dem Bruder beim Hausbau zu helfen. Er verweist darauf, dass dies viele der Siedler auch nicht tun und dass es jetzt wichtiger sei, die Landarbeiten zu beginnen, um die Voraussetzungen für die nächsten Jahre zu schaffen; so könne er mehr für das Auskommen der beiden Familien tun, als wenn sie im nächsten Sommer beide ihre Häuser haben und dann gemeinsam vor dem gleichen Problem stehen. Jakob winkt seinen Bruder heran, und nachdem er ihm kurz die Meinung des Beamten erzählt hat, stimmen sie dem zu. Der Kurator verspricht ihnen, dass Donnerstag und Freitag ein weiteres Pferd, zwei Kühe und ein Schwein gebracht werden.

Am nächsten Tag packen Jakob und Anna ihre Habseligkeiten, die fertiggestellten Holzschuhe und Püppchen und auch das noch übrig gebliebene Holz ein, beladen ihren Wagen und verabschieden sich von ihren Hausleuten.

Nun war man fast ein Jahr auf engstem Raum zusammen, und trotz aller Probleme hat man sich doch aneinander gewöhnt, hat ukrainisches Essen und Gewohnheiten erfahren, gegenseitig Pälzisch und Ukrainisch beigebracht. Was zu Beginn kaum möglich schien, es ist ein Abschied, und auch den Hausleuten scheint es ein wenig flau ums Herz zu sein. Anna und Jakob bedanken sich, drücken die Kinder und überlassen ihnen noch zwei Paar Schuhe und zwei Püppchen und Pferdchen. Zu ihrer großen Freude hat Anastasia noch Birogi zum Mitnehmen gekocht, und Aleksei gibt Jakob verstohlen eine Flasche Schnaps in die Hand. Nur der Alte drückt sich um die Verabschiedung und hält sich hinter dem Stall im Garten auf. Auf Annas Zuwinken glaubt man ein leichtes Nicken zu erkennen; Aleksei zuckt mit den Schultern, als wolle er sagen: „Macht euch nichts draus, er ist halt so." Dann steigen sie auf, und während die Kinder noch ein Stück neben und hinter dem Fuhrwerk herspringen, zuckeln und schaukeln sie nun endgültig ihrer neuen Heimat zu. Anna schmiegt sich an Jakob, der umfasst ihre Schultern und zieht sie fest an sich heran. Sie sind sich wohl bewusst, dass dies ein ganz besonderer Tag ist, Mittwoch, 27. Juni. Am 10. Mai des vergangenen Jahres begann ihr Weg aus der Pfalz, und heute, nach mehr als 13 Monaten, kommen sie endlich an. Vieles ist geschafft, viel haben sie gesehen und erlebt, aber sie wissen, vieles liegt noch vor ihnen. Noch ist die Zukunft ungewiss, noch ist vieles neu und unbekannt.

Josef und Barbara helfen den Angekommenen beim Tragen und Auspacken und besprechen dabei, dass sie erst dann mit dazukommen werden, wenn Fenster und Türen eingebaut sind, was in den nächsten Wochen geschehen soll. Der Herd ist zwar fertiggestellt, muss aber noch drei Wochen austrocknen, damit der Schamott nicht schwindet, und so essen sie die kalten Birogi als erstes Mahl im neuen Zuhause. Danach kruschtelt Jakob in seinen Sachen herum und hält dann ein kleines Leinenbeutelchen hoch.

„Was hast du denn da?“ Erstaunt schauen die anderen sich an.

„Heimaterde“, antwortet Jakob feierlich, „kommt mit!“

Sie folgen ihm vor das Haus in den Garten, wo er den Erdstaub in großen, bedeutungsvollen Würfen über den Boden streut.

„Nun sind wir angekommen, hier sind wir jetzt daheim!“ Anna, Josef und Barbara sind ganz ergriffen. Dieser Jakob, unglaublich, schleppt Erde von der Pfalz mit und sagt niemandem ein Wort.

Am Abend kommen Josef und Barbara noch einmal herüber, und auch die Nachbarn finden sich ein. Man sitzt ein wenig im Hof zusammen, die Schnapsflasche kreist, und als man auseinandergeht, steht ein heller, freundlicher Mond über Ottenhausen.

Drinnen dann, im noch tür- und fensterlosen Haus, treten Jakob und Anna an das linke Fenster der Stube, blicken hinaus auf die Dorfstraße, direkt zum Brunnen in der Straßenmitte. Dann schweift der Blick innerlich in die Ferne, zurück über Dörfer und Städte, Flüsse und Gebirge, bis nach Börrstadt zu Tante, Eltern und Geschwistern. Wehmut erfasst sie: „Was wird dort wohl sein, wie geht es den Lieben?“ Ohne zu sprechen, weiß einer vom anderen, was ihn bewegt, und ohne Worte wenden sie sich einander zu, schauen sich in die Augen und drücken sich fest, Anna, Jakob, das Kindchen im Bauch und dazwischen und dabei das Amulett, die Muttergottes.

Als Vater an diesem Nachmittag endete, spürte ich bei ihm Freude und Erleichterung. Er nahm meine Hände in die seinen, schaute mich ernst und ein wenig feierlich an und sagte: „So Mela, jetzt kennst du die Geschichte der Auswanderung, behalte sie gut, vielleicht kannst du sie ja später mal aufschreiben, damit sie nicht verloren geht."

Ha, ich und schreiben, ausgerechnet!

Mela

1937–39

Ottenhausen

Nach Ostern, wenn das Haus geweißelt, die Gärten bepflanzt und gerichtet waren, wenn die wärmende Frühlingssonne Dorf und Landschaft begrünte und alles wuchs und gedieh, dann war ich viel unterwegs. Ich erkundete das Dorf, schlenderte bis zum Friedhof, zu Verwandten und Nachbarn. Überall kannte man mich, ich war redselig und aufgeweckt, und da und dort gab es immer mal was zu sehen, zu fragen, zu schwätzen. Viele Erwachsene machten sich einen Spaß daraus, mit mir „wichtig" zu tun. Ich kannte alle Leute in meinem „Revier", war in jedem Haus, in jedem Garten, kannte jeden Zaun: den, der jedes Jahr gestrichen wurde, ebenso wie den, dessen altes, ausgebleichtes und morsches Holz schon so „verschwammt" war, dass ich es mit meinen Fingern zerdrücken und zermahlen konnte. Manchmal streifte ich auch mit einem Stock an den Zäunen entlang, und begleitet von der „Streichmusik" marschierte ich die Dorfstraße auf und ab.

Ganz besonders gerne war ich bei Holetschkas, grad über der Dorfstraße drüben, wo ich mit Sofie und Katie, obwohl die viel älter waren, gerne zusammen war und ihnen bei diesem und jenem half. Mit Katie ging ich öfter in den Wald zum Pilzesammeln. Es war schön da, unheimlich und still, nur da und dort ein Vogel zu hören. Sommer und Herbst waren voller Duft und Versprechungen, es roch nach Obst und Korn, und im Wald, im kühlen Schatten weit gespannter Baumkronen, erschnupperte Katie die modrig feuchten Plätze, wo die Pilze zu finden waren. Sie kannte sich aus, kannte die Pilze, sie erklärte mir vieles, und ich fühlte mich in ihrer Nähe dort sicher und glaubte, dass sie mich brauchte, um nicht alleine zu sein, denn allein traute sie sich auch nicht in den Wald. Oft fanden wir einsame Plätze, abseits aller Wege. Dann legten wir uns unter einen großen Baum, starrten hinauf in den blättrigen Himmel, wo Sonnenstrahlen blinzelten und das herrliche Blau des ukrainischen Himmels uns zuhörte, wenn Katie mir schöne Geschichten von unglücklich Liebenden und schaurigen Ereignissen erzählte. Sie konnte das so lebhaft und echt, als ob sie dabei gewesen wäre. Manchmal war es so gruselig und ergreifend, dass ich mich ganz eng an sie kauerte und ihre Nähe suchte. Ihre geheimnisvollen Erzählungen vom Glück und Unglück, wenn man dies oder jenes tat oder unterließ, voller Aberglauben und Weissagungen beschäftigten mich immer wieder und eröffneten mir die Welt des ukrainischen Volksglaubens.

„An Heiligabend und anderen Festen müsst ihr immer ein Glas für die Toten dazustellen, damit diese auch teilnehmen können" oder „Wenn an einem Geburtstag die Birogi misslingen, stirbt das Geburtstagskind noch im selben Jahr." Auch dürften Frauen am Tisch nicht an der Ecke sitzen oder Schwangere auf keinen Fall stricken, weil sonst das Kindchen im Bauch von der Nabelschnur erdrosselt würde. Und überall lauerte der böse Blick. Weil eine Sicherheitsnadel wie auch das dreimalige Ausspucken über die linke Schulter helfen sollte, ihn zu bannen, und obwohl Anni das Ganze für

Humbug und Altweibergeschwätz hielt, besorgte ich mir die Nadel und trug sie immer mit mir. Im Ausspucken erreichte ich ungeahnte Fertigkeit, und klar nervte ich alle, wenn ich auf einem zusätzlichen Glas bestand und ständig darauf achtete, dass meine Schwestern nicht am Tischeck saßen.

Schaumtriefend, sabbernd und schnaubend jagte mich das Untier durch den kleinen Wald hinter unserem Haus, seine roten, blutunterlaufenen Augen gierten nach mir. Mich immer wieder umschauend hastete und stolperte ich voran, es kam näher, ich spürte sein Hecheln, es schnappte nach mir:

„Nein, Hilfe, Hilfe ...!"

Ich schreckte hoch; langsam zu mir kommend erkannte ich erleichtert, dass ich wieder einmal nur geträumt hatte. Es war beängstigend, wie Wesen, die tagsüber, im Licht besehen, lächerliche Produkte von Aberglaube und Angstmacherei waren, nachts, im Dunkeln, lebendig wurden, in meinen Träumen ihr Unwesen trieben und mich in Angst und Schrecken versetzten. Morgens ärgerte ich mich über mich selbst und die gelegentlichen Sticheleien der Schwestern. Aber alle Vorsätze und Selbstbelehrungen waren beim nächsten Alptraum ohne Wirkung.

Besonders bei Dunkelheit sollten ja schlimme Sachen geschehen. Nicht nur der „Steinbruchgeist", auch das „Muhkalb mit den roten Augen", Wölfe und andere Ungeheuer mehr machten mir Angst; obwohl eigentlich ziemlich frech, hatte ich nachts doch mächtig Respekt; mehr, als mir lieb war, ängstigen mich Alpträume. Ich hatte schlimme Traumerlebnisse, und nach erschrecktem Erwachen war ich manchmal gottfroh, zu den großen Schwestern schlüpfen zu können. Die murrten zwar, das käme halt von meiner übergroßen Fantasie, aber zusammenrückend machten sie doch Platz. Ich kuschelte mich an sie und fühlte mich wieder sicher und wohl. So gerne ich tagsüber alleine umherstreunte, nachts, in der Dunkelheit, war ich ein richtiger Angsthase.

Eines Tages geschah Furchtbares bei Holetschkas. Geschrei und Hilferufe gellten eines Nachts herüber, im Nu war alles auf den Beinen. Brannte es oder waren Diebe, Einbrecher zugange? Wir Kinder mussten drinnen bleiben, während der Vater über die Straße stürmte, auch andere Nachbarn waren schon zu sehen. Einige hatten Petroleumlampen dabei, durch die Stubenfenster erkannten wir ein Gerenne und hörten Rufe und Schreie. Bevor wir aber etwas erfahren konnten, kam Vater zurück und befahl in strengem Ton der Mutter, uns vom Fenster wegzuholen und in die Strohsäcke zu stecken. Natürlich gab es großes Gemurre, aber Josef, Rudolf und ich wurden schlafen geschickt. Obwohl wir vor Aufregung und Angst lange nicht einschlafen konnten, erfuhren wir erst am nächsten Morgen, was Schreckliches geschehen war. „Meine“ Katie war tot, ein Schwager hatte die junge, schwangere Frau erschossen und den Vater mit einer Mistgabel schwer verletzt. Der Täter war gefasst und das ganze Dorf in Aufruhr. So etwas hatte es noch nie gegeben. Ich begriff kaum, was geschehen war, aber mir wurde klar, dass ich Katie nie mehr sehen würde und unsere gemeinsamen Waldgänge ein für alle Mal zu Ende waren.

Ich heulte mir fast die Augen aus, und alles Trösten und Zureden von Mutter und den Geschwistern war mir wenig Hilfe. Mir war etwas genommen, das mir ganz wichtig gewesen war. Die Vorstellung, dass Katie tot, steif und kalt war, so wie ich es bei aufgebahrten Toten in der Nachbarschaft schon gesehen hatte, war ganz furchtbar. Ich wollte es irgendwie nicht wahrhaben. Die nächsten Tage schwirrten allerlei Gerüchte durchs Dorf, die Großen steckten die Köpfe zusammen und wisperten, und ich hörte heraus, dass es um Eifersucht und Heirat und Streit gegangen war und dass so ein Unglück eine Schande fürs Dorf war und, und, und .... Ich verstand vieles nicht, aber ich fühlte ganz stark, dass meine bisherige unbeschwerte Kindheit einen schweren Schlag erlitten hatte und nichts mehr so war wie bisher. Ich durfte sie nicht sehen, auch zur Beerdigung durfte ich nicht mit. Ich glaube, ich wollte auch gar nicht und beschloss, auch nicht mehr hinüberzugehen und alles so in Erinnerung zu behalten, wie es gewesen war.

Ich verschwand in mein „Nest", einen versteckten Winkel auf unserem Speicher, ganz vorne an der Giebelwand. Immer wenn ich Zoff hatte, wenn sie mit mir stritten, wenn ich schmollte oder, wie jetzt, auch nur mit mir allein sein wollte, schlich ich mich dort hin, wo ich mit ein paar alten Brettern und Josefs Hilfe einen kleinen Verschlag gemacht hatte. Ausgestattet mit einer verschlissenen Pferdedecke und einer Notration trockenen Brotes, die ich immer wieder auffüllte, hielt ich mich dort manchmal stundenlang auf. Im Herbst standen mir zusätzlich Apfel- und Birnenschnitze zur Verfügung, die Mutter hier oben für den Winter und Weihnachten trocknete. Es war mein Rückzugsort, meine Insel, hier war ich für mich, die Welt blieb draußen, hier drang nur ein, was ich hereinließ.

Ich konnte durch eine kleine Maueröffnung unseren Hofeingang, den „Heimaterdegarten", die Straße und den dort befindlichen Brunnen sehen. Es war aufregend und kribbelig, so heimlich zu beobachten und nach Leuten zu schauen. Ich bildete mir ein, Sachen zu wissen, von denen keiner wusste, dass ich sie wusste. Einmal hatte ein Vogelpärchen direkt unter meinem Guckloch ein Nest gebaut, und ich war wochenlang mehrmals täglich dabei, wenn gebaut, gelegt, gebrütet, gefüttert, geschnäbelt, gezwitschert und geflattert wurde. Mucksmäuschenstill und fast atemlos lag ich bäuchlings auf der Decke und bestaunte „meine“ Vogelfamilie. Ich erzählte niemandem davon, es war mein Geheimnis. Erst als die Jungen nach ersten Flugversuchen bald darauf weg waren und das Nest leer war, war ich total traurig und erzählte nun alles Mutter. Sie versuchte, mich zu trösten. Aber erst, als sie mir fest versprach, dass ich nächstes Jahr bestimmt wieder so was erleben könnte, beruhigte ich mich und nahm mir vor, mich aufs Frühjahr zu freuen. Manchmal „nistete“ ich aber auch nur, um allein, für mich zu sein. Ich musste ja träumen und mit geschlossenen Augen sehen, was ich sonst nicht sehen konnte, und natürlich tanzen und schweben und – schlafen. Öfter schlummerte ich weg, Mutters Rufen und Klopfen an der Stiege weckte mich dann. Ganz benommen und verträumt kehrte ich aus meinem Nest in die Familie zu den anderen zurück.

Manchmal, meist wenn ich sowieso unterwegs war, besuchte ich Katies Grab auf dem Friedhof und steckte verstohlen und heimlich ein Blümchen an das Kreuz. Ich redete ein wenig mit Katie und erzählte, wie sehr sie mir fehlte und was so passierte und dass ich beim zusätzlichen Glas an Festtagen mir immer vorstellte, dass sie mit dabei sei. Eines Tages beobachtete mich wohl eine Nachbarin und petzte bei

Anni, ich sei wohl nicht richtig im Kopf, mit Toten reden und so. Doch Mutter verteidigte mich, half mir und meinte:

„Katie freut sich bestimmt, und ich habe auch nichts dagegen."

Ich war als Kind gerne auf unserem Friedhof. Es war so still dort und irgendwie feierlich. Ich konnte in Ruhe die Gräber anschauen, tagträumen und stuhmen und den Vögeln und Grillen lauschen, die dort in den Büschen und Gräsern saßen.

Der Friedhof war völlig verändert, als wir, nach dem Zusammenbruch der Sowjetunion, Mitte der 1990er Jahre nach unendlich langer Zeit Ottenhausen nochmals besuchten. Alles Holzene war vermodert, die Grabsteine hingen schief und teils gestürzt und von hohem Gras und Gestrüpp überwuchert. Noch erkennbar, teils lesbar und doch aus der Zeit gefallen, und obwohl der Friedhof ja ein Ort wider das Vergessen sein soll, wird er es auch nicht verhindern, schade!

Ich war abends noch einmal alleine dort. Unglaublich, was geschlossene Augen sehen, und Katies Grab hab ich auch gefunden, aber mit ihr sprechen konnte ich nicht mehr, nicht mal auf Polnisch.

Wenn die älteren Geschwister morgens in der Schule waren, hatte ich ganz viel Zeit, um Dinge zu tun, die ich mir ausdachte. So zog ich mir öfter meine gute Schürze an, band mir ein Kopftuch um und stolzierte – Mutter sagte, wie ein aufgeblasener Pfau – über den Hof und auf die Straße, wo ich, die Hände in die Hüften gestemmt, vor unserem Haus würdevoll auf und ab schritt, mit zurückgeworfenem Kopf und hoch getragener Nase. So als wollte ich sagen: „Schaut her, ich bin die Bäuerin.“ Es gefiel mir, wenn Vorüberkommende mich unterstützten und mit Äußerungen wie: „Gude Morje Bäurin Rau, ihr hann eich aber scheen rausgeputzt“, foppten. Stundenlang konnte ich so rumstolzieren.

Oft saß ich auch vor der Scheune und bastelte aus Kukuruz eine Puppe. Der Kolben war der Körper, die Blätter ergaben Rock und Kleid, die Haare waren ja sowieso dabei, und ein kleiner Apfel diente als Kopf. Rudolf half manchmal mit, und auch sonst kommandierte ich ihn schon mal herum. Manchmal, nur wenn ich Lust hatte, half ich auch Mutter beim Kochen. Besonders wenn sie Birogi machte, stach ich mit einem Glas die Teigkreise aus und war ganz bemüht, die Füllung aus Käse und gekochten Kartoffeln zu möglichst gleich großen Kugeln zu formen. Dabei verirrten sich meine Finger auch öfter zum Mund, und Mutter meinte dann: „Wenn du so weiterisst, bist du schon satt, bevor das Essen fertig ist.“ Doch da täuschte sie sich, denn Birogi waren meine Leibspeise, abgeschmelzt mit zerlassener Butter, hm, ein Genuss!

Nachmittags suchte ich mir Spielkameraden. Wir machten Hops- und Springspiele, entweder in einem Hof oder auch auf dem Gehweg oder der breiten Straße, wobei eine bunte Glasscherbe oder eine leere Schuhcremedose als Schiebezeichen dienten. Ich war zwar klein, aber ehrgeizig und strengte mich immer ganz arg an, denn den Größeren musste man es doch zeigen.

Auch ein Spiel mit kleinen Kalksteinen aus dem Steenbruch machten wir oft: Jedes Kind hatte eine gleiche Anzahl von Steinchen und eine ausgehobene Kuhle. Mit Stöckchen trieb man nun die Steinchen herum, und wenn eins ins Loch fiel, erhielt der andere einen Punkt.

Manchmal, besonders bei schlechtem Wetter, saß ich auch bei Josef in der Küche und „half" ihm bei den Schularbeiten; auch hier machte es Spaß, etwas „groß zu tun". Ich lernte tatsächlich schon ein wenig lesen und war, natürlich stolz und ein bisschen angeberisch, in der Lage, fast alle Buchstaben zu schreiben.

Freude hatte ich auch, wenn Mutter feststellte, dass ihr zuhause etwas fehlte und ich zur Umischin, der Frau des Krämerjuden, laufen durfte, um es zu holen. Der vollgestopfte Laden übte eine ganz besondere Anziehung auf mich aus. Viele Waren waren dort gestapelt, es duftet nach Gewürzen, Essig und Öl. Hinten rechts, beim Ausgang zum Hof, stand das Petroleumfass, und wenn frisch abgefüllt wurde, hing der Geruch überall im Raum. Es gab Säcke mit Salz und Zucker, mit Zichorie und Pfeffer und in steinernen Töpfen Senf. Hinter einem Regal waren Seifen, und ich war nie dort, ohne daran zu schnuppern und mir vorzustellen, welche ich aussuchen würde, wenn ich groß und reich wäre. Auch das Jiddisch der Alten gefiel mir, besonders wenn ich Nähzeug, Druckknöpfe, Nadeln, Faden oder einen Fingerhut kaufen sollte, half sie mir, mich mit dem „Tinnef" zurechtzufinden. Mit der Zeit drückte ich mich auch ohne direkten Auftrag vor dem Laden herum und traute mich dann sogar hinein. Frau Umisch ließ zu, dass ich sie mit meinen Fragen löcherte. Ich wollte wissen, was dies und jenes war, wozu man es brauchte, wo es herkam und was es kostete. Immer wieder schielte ich hinauf zu dem großen Glas, das mit Zuckerchen gefüllt war; irgendwann, aber ich konnte mich darauf verlassen, griff sie wie zufällig hinein, reichte mir, dem „Schicks", wie sie mich nannte, ein Stängelche und meinte: „Jetzt haben wir Frauen uns was Süßes verdient." Wir lutschten genüsslich gemeinsam, bevor ich mich dann mit dem Rest auf den Heimweg machte und sie mir ein „Mach keen Stuss un kumm ball widder" nachrief.

Alle zwei Wochen kam der „Judenwagen" ins Dorf, für uns Kinder immer etwas ganz Besonderes. Von Weißenberg herkommend machte er vor unserem Haus erste Station, und die Kinder liefen schnell herbei, um den Krämerjuden zu umschwärmen, und hofften, eine kleine Süßigkeit zu bekommen. Das Wägelchen war über und über beladen und behängt mit Haushalts- und sonstigen Geräten. Töpfe und Pfannen, Messer und Scheren, Siebe, Schüsseln, Sensen und Sicheln und vieles, vieles andere mehr wackelte und schepperte durchs Dorf. Der ganz schwarz gekleidete Krämer, mit Käppi und den herunterhängenden Schläfenlocken, führte nebenhergehend das Pferdchen am Zügel, und mit einer kleinen Glocke klingelte er die Leute zusammen. An zwei, drei Stellen im Dorf hielt er und verkaufte der überwiegend weiblichen Kundschaft, was gebraucht wurde. Wir Kinder sprangen mit und bekamen meist eine kleines „Zuckerche", worüber ich mich immer sehr freute. Letztes Mal, kurz vor Ostern, das hatte mir am Fest beim Besuch von Onkel Bernhard der Bernward von Flamms erzählt, war Bernward dabei, als der Judenwagen nach der letzten Station oben im Oberdorf, Richtung Lemberg, umstürzte. Die Kinder hatten vom Juden Gutsele bekommen, und ein Bürschchen hatte seins nach dem Pferdchen geworfen und diesem gerade ins

Ohr getroffen. Aufgeschreckt scheute das arme Tier, rannte los und warf das Wägelchen um. Was für ein Geschepper und Getöse! Der arme Mann, natürlich völlig außer sich, jammerte, zeterte, lärmte und schimpfte, und die Kinder stieben auseinander und rannten, so schnell sie konnten, nach Hause. Bernward hatte sich daheim stundenlang versteckt, aus Angst, der heimkommende Vater könnte ihn in seiner aufbrausenden Art bestrafen, obwohl er doch gar nichts gemacht hatte. Doch die Mutter hatte wohl nichts erzählt, und so war alles gut gegangen. Ich konnte mir solche Ängste gar nicht vorstellen, und überhaupt merkte ich, dass er sehr unter dem Druck und der Strenge seines Vaters litt und immer darauf bedacht war, ja alles recht zu machen. Er tat mir ein wenig leid. Auch erzählte er, dass ihre beiden Kühe nicht vom alten Kuhhirten auf die Hutweid mitgenommen wurden, sondern dass er sie jeden Morgen nach Zuszyce auf die Weide des Gutes, wo sein Vater angestellt war, bringen musste, weil dort das Gras grüner und besser war. Er hütete sie dort tagsüber und führte sie abends wieder heim. Im Winter musste er dem Vater viel im Haus und in der Werkstatt helfen, ganz und gar das gegenteilige Leben, wie ich es führte.

Er war immer so ernst, fast traurig, eigentlich nie lustig und locker. Ich denke, das ist auch, was mir an ihm gefallen hat, quatsch, nicht gefallen hat, aufgefallen ist und mich irgendwie anzog. Wahrscheinlich bildete ich mir ein, ihn ändern, ihn froher und aufgeschlossener machen zu können.

Es ist mir damals nicht und auch nicht später, bis heute nicht gelungen. Zumal mein eigener Frohsinn ja mehr und mehr abhandenkam, vertrieben, ausgetrieben wurde.

Der schönste Monat war der Mai. Jeden Abend ging ich mit meiner Mutter zur Maiandacht. Mir gefiel die Frömmigkeit und das gemeinsame Beten unter freiem Himmel, und anschließend, wenn die Alten noch zusammenstanden und redeten, durften wir Kinder dabei oder in der Nähe sein und herumrennen und spielen. Ich mochte es, wenn in der lauen Abenddämmerung, nach Sonnenuntergang, die zarte, feuchte Kühle der herabsinkenden Nacht langsam, aber spürbar aus dem Gras aufstieg und man nach längerem Draußensein erst beim Eintreten in die Wärme des Hauses sich der Kühle des Abends richtig bewusst wurde.

Auch das Maikäferschütteln machte Spaß. Mit Rudolf war ich jeden Morgen im Garten hinterm Haus. Wir traten an die Stämme der Bäumchen oder versuchten mit Stöcken, die Käfer von den Ästen zu schlagen. Anschließend spielten wir mit ihnen, um sie dann, ohne jede Gnade oder schlechtes Gewissen, den Hühnern vorzuwerfen, die sie blitzschnell aufpickten und bei denen sie, wie viele sagten, für besonders gelbe Eier sorgen sollten.

Ich fühlte mich wohl, es waren helle, lichte Tage, unbeschwert und leicht. So konnte es immer weitergehen, so gefiel es mir. Öfter kamen auch die Cousins, fiedelten und giegelten, und ich konnte tanzen und mich drehen und schweben und glücklich sein.

Ab und an begleitete ich die Geschwister zur Schule. Ich konnte ja kaum erwarten, endlich lernen zu können. Ich musste natürlich draußen bleiben und begann dann meist meine Streifzüge durch die Nachbarschaft. Manchmal, bei heißem Wetter, schlich ich mich auch zur Rückseite und setzte mich unter die offenen Fenster und lauschte dem Unterricht. Besonders wenn vorgelesen wurde, hörte ich angestrengt und ehrfürchtig zu. Das war schön, und ich freute mich darauf, endlich auch zur Schule zu dürfen.

Wie alle anderen hatten wir vor dem Haus eine Bank, wo besonders nach heißen Sommertagen, wenn die niedersinkende Dämmerung angenehme Kühle brachte und ein leichter Luftzug vom großen, dunklen Wald wohltuende Erfrischung ins Dorf wehte, Mutter und – wenn ihm die Arbeit es erlaubte – auch Vater, sich an die Hauswand gelehnt, niedersetzten und sich Erholung gönnten. Mit dem Blick über den Blumengarten, die Dorfstraße und den Brunnen, an dem bis spät immer wieder der eine oder andere aus der Nachbarschaft noch Wasser holte, ergaben sich Grüße und kurze, zwanglose Gespräche oder die Eltern besprachen dieses und jenes. Wenn keine anderen Kinder mehr draußen waren, mit denen ich spielen konnte, saß ich gerne dabei, und oft erbettelte ich von den Eltern alte Geschichten aus den Familien.

Wie im Winter wusste Vater wieder herrliche Geschichten von früher zu erzählen, und so erinnerte er mich auch, hier im Garten, an die Sache mit der „Heimaterde“. Wie unser Urahn Jakob Erdstaub aus der Pfalz bei der Auswanderung bis hierher nach Galizien gebracht und in unserem Garten ausgestreut hatte, alte Heimaterde zu neuer Heimaterde. Fast ehrfürchtig nahm ich den Gartenboden in die Hand, befühlte und erfühlte Familiengeschichte, und unser Garten wurde mir so zum erlebbaren Ort unserer Wurzeln und Herkunft.

Dann endlich, er hatte es mir an den langen Winterabenden und den Sonntagnachmittagen schon versprochen und mich immer wieder vertröstet, begann Vater mir seine eigene Geschichte zu erzählen, wie er seine Angela, meine Mutter, kennen und lieben gelernt hatte, wie er im Krieg war, daheim alles zerstört wurde und sie alles verloren.

Oft gelang es mir, viel länger aufzubleiben, wenn Vater, im Erzählen versunken, die Zeit vergaß und Mutter ihn trotz anfänglicher Ermahnungen gewähren ließ. Wenn ich dann doch endlich ins Haus musste, waren die anderen oft schon im Bett und ich schlich auf meinen Strohsack und kuschelte mich mit dem Gehörten und meinen Gedanken ins Kissen und sank in den Schlaf.

Der große Krieg

1913

Ottenhausen / Weißenberg

In den galizischen Wintern war das Land tief verschneit, dicke Kappen aus pudrig lockerem Schnee türmten sich auf den Dächern der Häuser, und Wege und Stege waren wie eingegraben. Schnaubend und wattige Atemwolken ausstoßend trabten die Pferde vor den Schlitten der Ottenhausener, als sie am Heiligen Abend des Jahres 1913 wie in einer kleinen Prozession den Weg nach Weißenberg nahmen, um die Christmette zu feiern.

Ottenhausen gehörte zum Kirchspiel Weißenberg, und da ohne eigene Kirche mussten die Bewohner sonntags und an den Feiertagen den Weg ins Nachbardorf machen. Die bimmelnden Glöckchen am Geschirr der Pferde und die an den Schlitten aufgesteckten Fackeln sorgten für eine solch anheimelnde und weihnachtliche Stimmung, dass es allen ganz warm ums Herz war. Auch mein Vater, Josef Rau, war ganz berührt, aber ihn beschäftigte nicht nur das Weihnachtsfest, sondern er hatte noch ganz andere Gedanken, die ihn auf dieser Fahrt fest in ihren Bann zogen. Bald wurde er 27 Jahre alt und war immer noch nicht verheiratet. Er wusste, es wurde Zeit, und seit Langem schon beschäftigte ihn der Gedanke, ein Mädchen zu freien. Er war zwar nicht besonders groß gewachsen, doch schneidig, und mit seinem gepflegten Schnauzer empfand er sich als durchaus ansehnlich und als ein gestandenes Mannsbild. Gerade an diesem Nachmittag, als er zusammen mit seiner Mutter die geschnitzte Krippe in der Stube aufstellte, hatte sie ihn wieder ins Gebet genommen und mit eindringlichen, wenn auch lieben Worten daran erinnert, dass es längst notwendig sei, sich eine Frau zu nehmen und auch sie bei ihrer Arbeit in Haus und Hof durch eine Schwiegertochter zu unterstützen. Sie erinnerte ihn an ein Mädchen aus Weißenberg, mit dessen Eltern der Vater schon gesprochen hatte und die einer Verheiratung wohl nicht abgeneigt waren. Auch die Bemerkung, dass die Familie begütert und das Mädchen deshalb eine gute Partie wäre, konnte sich die Frau nicht verkneifen. Das ärgerte ihn, aber er unterdrückte seinen Groll und wandte sich wieder der Krippe zu.

Manchmal, dachte er, beneide ich meinen Bruder Wenzel, der, fünf Jahre jünger, in Wien lebt und Schneidermeister ist, der hat Ruhe vor den Alten und kann machen, was er will.

Während er die wohl weit über 100 Jahre alten Holzfiguren und den Stall betrachtete, erzählte die Mutter ihm wieder, was er doch schon oft gehört hatte.

„Die sind noch vom Jakob und vom Josefche, des warn die letzten Schnitzer in der Familie und die erschten vun de Raus, wo vun de Palz doher nach Ottenhausen gekumme sin.“

„Ich weiß“, entgegnete der Vater und erwähnte auch das uralte Amulett mit der Abbildung der Gottesmutter, welches das jeweilige Familienoberhaupt seit vielen Generationen hütete und das als gutes Omen und fast wie eine Reliquie verehrt wurde.

Auf dem Weg zur Kirche waren seine Gedanken bei genau diesem Mädchen, von dem die Mutter gesprochen hatte und das er an jenem Tage wiedersehen würde, so wie er es immer sah, wenn er nach Weißenberg zur Kirche fuhr oder ging. Schon seit Wochen spürte er eine freudige, angenehme Erregung und ein Gefühl des Hingezogenseins, wie er es noch nie erlebt hatte. Sie hieß Angela Kammer, wohnte gerade gegenüber der Kirche, und auch sie hatte wohl bemerkt, dass seine Blicke wie gebannt auf ihr hafteten und er sie kaum aus den Augen ließ. Die Absicht der Eltern, eine Verheiratung voranzutreiben, war ihr wohl auch bekannt, und so beäugten sie sich schon seit einigen Wochen. Sie, ein etwas naives, sehr gottesfürchtiges, ja vielleicht bigottes junges Mädchen, und er, der schon fast übrig gebliebene, brave, schüchterne Junggeselle, ernst und ruhig, alles andere als ein Draufgänger. Seit er es dann immerhin gewagt hatte, ihr zu ihrem 17. Geburtstag im November ein kleines Geschenk zuzustecken, schloss er aus ihrem Verhalten, dass auch er ihr nicht einerlei war. Nach dem wiederholten Drängen der Mutter war er fest entschlossen, eine Gelegenheit zu suchen, sie anzusprechen. Der Gedanke daran ließ seinen Herzschlag galoppieren. Nach dem Abstellen der Schlitten wurden die Pferde abgedeckt und versorgt. Während die Bauern mit ihren Pelzmänteln und Pelzkappen und die Weiber dick eingehüllt in ihre Winterplätt den Weg zur Kirche gingen, drang ein monotones Blopp, Blopp in die stille Nacht.

Bald klangen, kräftig und inbrünstig gesungen, wie seit mehr als 120 Jahren deutsche Weihnachtslieder durch das Dunkel des Dorfes, und unter den glänzenden Augen der Kirchgänger leuchteten keine mehr als die von Vater, der von seinem Platz wunderbar auf sein erhofftes Weihnachtsgeschenk sehen konnte. Ihre Blicke waren sich schon zweimal begegnet, und er glaubte, ein liebes Lächeln auf dem Mädchengesicht wahrgenommen zu haben. Angela, meine Mutter, war eine groß gewachsene, stattliche junge Frau mit langen, dunklen Haaren, in Zöpfen hochgesteckt, und einem hübschen Gesicht. In ihren tiefbraunen Augen ruhte ein Hauch von Melancholie, und eine leise Traurigkeit umwehte ihren Mund. Nach der Christmette, wenn sich die Gläubigen aus Weißenberg und Ottenhausen in seltener, jedoch alljährlich wiederkehrender Verbundenheit und mehr gefühlter und gewollter Erinnerung an nur noch durch Erzählungen und Brauchtum genährte Vorstellungen und Sehnsüchte an die alte Heimat und das gemeinsame Schicksal auf dem Platz vor der Kirche versammelten, sich frohe Weihnacht und alles Gute wünschten, wenn manche Träne über die vor Erregung geröteten Wangen lief, dann, dachte Vater, war dies die Gelegenheit, Mutter anzusprechen und endlich den ersten Schritt zu wagen.

Nachdem er ihren Eltern die Weihnachtswünsche ausgesprochen hatte, war Mutter an der Reihe. Er hielt ihre Hand mit seinen beiden, und mit schwerer Zunge und fast angestrengt raunte er ihr die Frage zu, ob sie einverstanden wäre, wenn er zwischen den Jahren zu einem Gespräch mit ihr und den Eltern nach Weißenberg käme. Er hatte sich dabei nah an sie herangebeugt, damit andere nichts hörten, und durch ihre Nähe wurde ihm erst richtig bewusst, wie jung und groß Mutter war. Sie überragte ihn um einige Zentimeter, und während er sich über seine Gedanken wunderte, errötete die schüchterne junge Frau noch mehr. Ein gestammelter Weihnachtsgruß und der nachgeflüsterte Satz: „Ich glaub, die Eltern warten drauf", ließen ihn freudig in ihre Augen schauen und mit einem festen Händedruck gingen sie auseinander.

Erst auf der mitternächtlichen Heimfahrt, während die Alten im Schlitten schon in leichten Schlummer versanken, wurde seine Freude etwas durch das Bedenken getrübt, dass die Antwort des Mädchens nicht gerade der Ausdruck großer Freude gewesen war; andererseits wollte er sich nun auch nicht verrückt machen. Zum einen hatte er keine Erfahrung in diesen Dingen und zum anderen war es vielleicht nur Ausdruck der jugendlichen Unsicherheit und der Folgsamkeit den Eltern gegenüber. Nach der Heimkehr gingen die Eltern gleich zu Bett, Vater versorgte Pferde und Schlitten, und nachdem er sich niedergelegt hatte, überströmte ihn ein warmes Gefühl von Zufriedenheit und Glück. Mit dem Entschluss, am nächsten Tag mit den Eltern zu reden und zwischen den Jahren zu Kammers zu fahren, versank er in eine Heilige Nacht, wie sie für ihn schöner kaum hätte sein können. Am Weihnachtstag sprach Josef mit den Eltern, und obwohl der Großvater eigentlich dabei sein wollte, setzte sich Vater durch und bestand darauf, alt und erwachsen genug zu sein, dieses erste Gespräch selbst zu führen. Er wollte vor Kammers nicht als Vatersöhnchen dastehen. Die Mutter unterstützte ihn dabei und so spannte er zwei Tage später den Fuchs ein und mit freudigem Herz und lose schlackernden Zügeln ließ er den Schlitten mit leichtem, eisigem Ostwind im Rücken gen Weißenberg gleiten.

Vater war aufgeregt, Kammers ganz ernst und die Braut saß freundlich, aber auch etwas unbeteiligt und schüchtern dabei. Doch bald, nach dem dritten Schnaps der Männer, lockerte sich die Stimmung und nach dem Austausch von Angaben über Hofgrößen, Mitgift, Zukunftspläne, Militärdienst, Hausfrauenkenntnisse und anderem kam sogar Heiterkeit auf, und auch Mutter wurde zutraulicher. Ein freundliches Lächeln überstrahlte ihr Mädchengesicht. Am Ende war man sich einig, dass im Mai Hochzeit sein sollte und Hochzeitsleute und die vier Alten sich am Dreikönigstag auf dem Rauhof in Ottenhausen treffen wollten, um Weiteres zu besprechen.

Das Gespräch an Dreikönig verlief gut, bei Zichoriekaffee, Dinn- und Dickkuche und anschließenden Schnäpsen schwatzten die Alten über die Hochzeit, aber auch über Gott und die Welt, und natürlich waren wieder alte Geschichten über die Herkunft aus der Pfalz und die Schicksale der Altvorderen dabei und gaben Raum für gemeinsame Gefühle und Empfindungen. Die Brautleute saßen daneben, und während die Eltern sich unterhielten, suchte Vater immer wieder den Blick mit Mutter. Als er bemerkte, dass sie öfter zur Krippe schaute, bedeutete er ihr, diese näher in Augenschein zu nehmen. Sie gingen in den Herrgottswinkel, und er zeigte ihr die Figuren und erzählte, dass diese und die Krippe sehr alt und noch Familienstücke aus der Zeit der ersten Kolonisten und seine Vorfahren auch Schnitzer gewesen waren.

„Warum macht ihr das heute nicht mehr?“, fragte Mutter interessiert nach und drehte dabei die Maria bewundernd in ihren Händen.

„Naja, irgendwie ist es verloren gegangen", meinte Vater und setzte sich mit ihr auf die Bank am Fenster. Es fiel ihm eine Begebenheit aus der Kindheit ein, und er begann zu erzählen.

Im Sommer vor seiner Einschulung spielte er mit seinem Vetter Peter draußen auf dem Grasstreifen inmitten der Straße beim Ziehbrunnen. Er hatte das alte geschnitzte Spielpferdchen dabei, und als er so mit hopp, hopp und auf den Knien rutschend das Pferdchen galoppieren ließ, kam der kleine Dimitri vom Royku dazu, wohl angelockt von den Spielgeräuschen. Er schaute ihnen eine Weile zu, dann rannte er davon und kam kurz danach zurück, um stolz etwas zu präsentieren: Strahlend holte er seine bisher hinter dem Rücken verborgene Hand hervor und streckte uns sein ganz genau so aussehendes kleines Holzpferdchen entgegen: „So eines hab ich auch", sagte er, und Vater konnte es kaum glauben. Er nahm es in die Hand, drehte es hin und her, kein Zweifel, dasselbe Pferdchen.

Nun wusste er, auch wegen der häufigen Ermahnungen der Eltern, ja gut auf das Pferdchen aufzupassen, dass dieses ein altes Familienandenken war und, wie sein Großvater ihm schon manchmal erzählt hatte, noch von dessen Großvater Jakob stammte, der als erster Rau, zusammen mit seinem Bruder Josef, von der alten Heimat, der Pfalz, hierher nach Ottenhausen ausgewandert war. Wie konnte Dimitri, der Ukrainer, auch so ein Spielzeug haben? Mit dem weiteren Pferdchen spielte es sich noch besser, und am Abend musste Vater das Erlebte doch dem Großvater erzählen. Der hörte aufmerksam zu, dann überlegte er und schmunzelte:

„Ich glaab, Bub, du hosch do heit ä bissche Familiegschicht uffgedeckt." Er erzählte dem Enkel, dass ihm die Großmutter Anna – der Großvater war schon gestorben – berichtet hatte, wie sie bei der Ankunft hier in Ottenhausen keine Häuser vorgefunden hätten und über ein Jahr bei Ukrainern in Kamnienobrod untergekommen seien. Damals hatte der Ahne noch geschnitzt und Holzschuhe und Löffel und eben solche Pferdchen gemacht. Gut möglich, dass die Roykus diese Ukrainer waren, denn die stammten tatsächlich aus Kamnienobrod und waren erst im letzten Jahrhundert, als viele Ottenhausener die neue Heimat verlassen hatten, hier ins Dorf gekommen, daran konnte er sich selbst noch erinnern.

„Und warum haben die anderen Rau nicht geschnitzt?", fragte der kleine Josef zurück. Der Opa seufzte, als fiele ihm die Antwort schwer oder täte ihm leid.

„Wie uns erzählt wurde, haben die Männer in den Anfangsjahren hier furchtbar viel schuften und sich schinden müssen. Es ging ihnen sehr schlecht, und sie hatten auch kein Geld für entsprechendes Holz. Selbst in der kalten Jahreszeit fanden sie keine Zeit, denn schon ab dem ersten Jahr im eigenen Haus waren sie während der Winter mit den Pferden in den Staatswäldern, um mit Schleif- und Fuhrdiensten die kargen, unzureichenden Einkünfte aus der noch kaum begonnenen Feldarbeit aufzubessern. In ihrer Not haben sie dann sogar ihre Werkzeuge an die Juden verkauft, und schon in der nächsten Generation war dies alles vergessen. Die alten Holzschuhe waren längst verlatscht und verbrannt, und nur das Pferdchen, die Krippe und die Figuren sind von dem Handwerk der Altvorderen geblieben."

Als Vater endete, war er selbst überrascht, wie gern und mit Freude er, sonst ja eher einsilbig und zurückhaltend, seiner Braut dieses Kindheitserlebnis erzählt hatte, fast so, als wäre es ihm ein Bedürfnis gewesen, Mutter zu sich und seiner Familie Zugang zu geben. Auch die entstandene körperliche Nähe war ihm sehr angenehm. Mutters Haar duftet nach Seife, und mehr als einmal hatte er, immer mehr an sie heranrückend, ihre Gerüche aufgesogen. Mutter hatte die ganze Zeit aufmerksam zugehört, die alte Geschichte hatte sie berührt und Vaters Familie näher gebracht. Ohne dies geplant zu haben, schien er ein wenig Eis gebrochen und Zuneigung und Sympathie erworben zu haben. Auch die Alten hatten dann und wann zufrieden zu ihnen hinübergeblickt und sich verschmitzt zugeblinzelt. Mutter fragte noch nach dem Holzpferdchen und dem Amulett, und Vater zeigte ihr die Stücke, die in der Truhe an der anderen Seitenwand verwahrt wurden. Das Pferdchen war schwer ramponiert und durfte seit seiner Kinderzeit nicht mehr als Spielzeug verwendet werden.

In bester Stimmung verließen die Kammers kurz vor Einbruch der Dunkelheit das Haus Nummer zwölf und begaben sich auf den Heimweg nach Weißenberg. An einem der nächsten Sonntage wollte man sich nach dem Kirchgang bei Kammers zusammensetzen und das genaue Datum und weitere Einzelheiten der Hochzeit besprechen.

Jeder Sonntag wurde nun für die Brautleute ein Tag der Begegnung, und als die Fasnacht vorbei war und die Fastenzeit zu Ende ging, stand der Hochzeitstag fest; Montag, 25. Mai, sollte die Vermählung sein. Wenn Vater und Mutter nach der Messe noch auf dem Kirchplatz beisammenstanden oder seit die wärmende Frühlingssonne nach Ostern die Bank vor ihrem Elternhaus, grad gegenüber der Kirche, zum wohligen Plätzchen beschien, dort nebeneinandersitzend sich ein wenig näherzukommen versuchten, spürte Vater die Zurückhaltung und Unsicherheit seiner jungen Braut. Der große Altersunterschied und die Unbedarftheit der bisher wohlbehüteten Tochter machten auch ihn ein wenig unsicher; und doch war ihm die schüchterne, liebe Art von Mutter Anreiz und Grund, sich in ihrer Nähe wohl und vertraut zu fühlen. Er empfand jedes Mal mehr das Gefühl von Zuneigung und Liebe, und er tröstete sich mit der Hoffnung, dass das junge Mädchen halt etwas mehr Zeit brauchte und die Verheiratung und die Gedanken an die Trennung vom Elternhaus und den Weggang aus Weißenberg der Siebzehnjährigen doch Angst machten und Bauchweh bereiteten.

Die Zeit heilt Wunden, hoffte er. Bald begannen die Vorarbeiten – das Haus musste neu geweißelt werden, Haus und Hof gerichtet, manches erneuert, der Gartenhag ausgebessert, der Vorgarten besonders schön bepflanzt werden. Die Vorbereitungen für Essen und Trinken während der Hochzeit erforderten Planung und Vorsorge.

Viele im Dorf und natürlich auch in Weißenberg wussten schon lange von dem bevorstehenden Fest. So eine Hochzeit war etwas ganz Besonderes dort in den Siedlungen. Es war Brauch, das ganze Dorf zu laden, ob „Edel- oder Bettelmann“. Drei Tage wurde gefeiert, ein Ochse, ein Schwein und eine Menge Federvieh mussten zur Verköstigung der Gäste das Leben lassen. Viele Kuchen – mit Mohn, Streusel oder Apfel – wurden gebacken, und natürlich würde auch eine ganze Menge Schnaps die durstigen Kehlen hinabrinnen.

So vergingen die letzten Wochen vor der Hochzeit, und Vater war froh, dass die Mutter und die Frauen aus der großen Rau-Verwandtschaft im Dorf tatkräftig und mit Freude mithalfen, das Fest zu einem Erfolg zu machen und Brautpaar und Familie in ein gutes Licht zu stellen.

Dann war es soweit. Am Morgen des Hochzeitstages, einem schönen, sonnigen Maientag, spannte Vetter Peter die Pferde ein und kutschierte Vater in der herausgeputzten, frisch gestrichenen Kutsche Richtung Weißenberg. Hinter ihnen die Eltern und Verwandten, und er saß stolz in seinem neuen Rock und steifen Hut auf dem Kutschbock und freute sich auf seine Braut. Dann und wann winkten ihm von den Feldern und Wiesen die aufblickenden Bauersleute zu, und er erwiderte freudig ihren Gruß, und als sie in Weißenberg einfuhren, sah er schon von Ferne die Verwandten der Familien an der Straße vor der Kirche stehen. Da die Kammers gerade gegenüber der Kirche wohnten, machte es für den Bräutigam keinen Sinn, so wie es normalerweise üblich war, die Braut im Vaterhaus abzuholen und in der Kutsche zur Kirche zu fahren. Sie würden die wenigen Schritte, gerade über die Straße, zu Fuß gehen, und Familien und Gäste bildeten ein Spalier und geleiteten sie ins Gotteshaus. Vor dem Hof stieg Vater aus, und nachdem auch die Eltern da waren, ging er zu den Kammers und betrat das Haus. In der Stube stand seine junge Braut, umgeben von jungen, weiblichen Verwandten, und erwartete ihn. Sie sah schmal und anmutig aus, ganz in Weiß, umwoben von leichtem Stoff und einem auch übers Gesicht fallenden hauchdünnen Schleier, und Vater war ganz gerührt und freudig betroffen, als sie so vor ihm stand. Mit einer kleinen Verbeugung trat er auf sie zu, und mit einem „ich wünsche meiner Braut einen schönen Tag“ ergriff er ihre Hand und führte sie an seine Lippen.

Vor dem Altar meinte er einige Male ein Seufzen zu vernehmen, aber beim Anstecken der Ringe schauten sie sich in die Augen, und Vater erkannte einen festen und offenen Blick. Die beiden verließen als Ehepaar die Kirche, wo sie vor dem Portal empfangen und beglückwünscht wurden. Bei Mutter flossen Tränen der Rührung, und besonders, als ihre Eltern und die Familie, darunter der blinde Onkel Peter, ein Bruder ihres Vaters, der bei ihnen im Haus lebte, und ihr jüngster Bruder Peter, der mit seiner Frau Irene, der Hebamme, ebenfalls bei ihnen hinter der Kapelle wohnte und einen Krämerladen betrieb, ihr zusprachen, schluchzte und heulte sie auf, und Vater drückte sie fest an sich, um ihr Halt und Trost zu geben.

Nach all dem Begrüßen und Beglückwünschen gab Großvater Rau das Zeichen zum Aufbruch, und eine stattliche Anzahl von Wagen rollte hinter den Brautleuten her, den Weg zurück nach Ottenhausen. Vater wusste nicht warum, aber plötzlich kamen ihm die Vorfahren in den Sinn, die hier auf diesem Weg das letzte Stück ihrer langen Reise und den Beginn eines neuen Lebens erfahren hatten, und es kam ihm so vor, als ob auch für ihn an diesem Tag mit dieser Fahrt ein neues Leben anfing.

Daheim begann das Essen und Feiern, am Hochzeitstag mit den Verwandten, am Dienstag mit den Nachbarn und am dritten Tag mit dem Rest des Dorfes. Vater und Mutter mittendrin und natürlich wurde viel getrunken und gelacht. Einige Vettern versuchten Vater immer wieder zum Schnapstrinken zu verleiten, und obwohl er aufpasste und auf der Hut war, spürte er den Alkohol wohl, und am zweiten Abend musste er früh zu Bett gehen. Mutter begleitete und kümmerte sich besorgt um ihn, und nachdem sie sich nun zum zweiten Mal von den Eltern verabschiedet hatten, kam sie zu Vater in die Kammer. Vom Alkohol etwas enthemmt und angeregt vom ständigen Zusammensein der letzten Tage traute sich Vater, nachdem seine Frau sich im fast dunklen Zimmer entkleidet hatte und ins Bett gestiegen war, zu ihr zu schlüpfen und die Hände auf Erkundungstour zu schicken. Mutter jedoch „fing" seine Fühler ein, hielt sie zärtlich, aber bestimmt fest und bat ihn um etwas Geduld und Zeit, die sie noch brauchte. Er fügte sich, und wenn es ihm auch schwerfiel, so hatte er doch letztlich Verständnis für die Gefühle seiner jungen Frau.

Am Nachmittag hatte es noch einen kleinen feierlichen Augenblick gegeben, als Großvater ihm das Amulett überreichte und sie beide bat, gut darauf aufzupassen und sich immer voller Vertrauen zur Gottesmutter zu wenden, so wie es alle Raus seit Generationen getan hatten.

Irgendjemand ruft: „Können Sie mich hören?" Ich lasse die Augen zu, gebe keine Antwort, jetzt nicht, ich weiß nicht, was die wollen, jetzt nicht, ich bin noch lange nicht fertig!

Wie von Vater vorausgesehen und befürchtet, fiel es seiner jungen Frau sehr schwer, die erstmalige Trennung von zu Hause, von den Eltern und Geschwistern, das Einleben in eine neue Familie, ein neues Heim und eine neue Dorfgemeinschaft zu verkraften. Auch wenn sie immer mehr Vertrauen fasste und er und ihre Schwiegereltern sich wirklich redlich bemühten und rücksichtsvoll waren, war Mutter meist ernst und in sich gekehrt.

Als nach wenigen Wochen ihr Zutrauen wuchs und der Umgang und das häusliche Miteinander immer vertrauter und familiärer wurden, kam Ende Juni die Nachricht ins Dorf, dass der Thronfolger Erzherzog Franz Ferdinand in Sarajewo erschossen worden war. Das Schreckenswort „Krieg“ ging um, und obwohl es niemand hören wollte, hing es nun dunkel und drohend über dem Dorf und lähmte und ängstigte die Menschen. Ende Juli dann hieß es, dass der Krieg wohl unvermeidlich sei und die Männer bis 30 mit der Einberufung zum Militärdienst rechnen müssten. Kurz darauf erreichte Vater ein Schreiben, dass er sich bis zum Montag, den 3. August, in Lemberg zu melden habe. Großes Gejammer hob an, seine Mutter lamentierte und sah schlimme Zeiten voraus, und auch seine junge Frau reagierte betroffen. Nun, wo sie sich langsam an das neue Leben zusammen mit

Vater gewöhnte und sich gerade wohlzufühlen begann, geschah so ein Unglück. Auch Vater selbst war natürlich erschüttert, er wollte eine Familie gründen und die Zukunft planen. Er hoffte, es käme nicht zum Krieg und er wäre bald wieder zu Hause.

Sonntagabend geleiteten ihn sein Vater Franz und seine junge Frau mit dem Wagen zur Bahnstation in Cuniow, und nach herzlichem Abschied und mit dem festen Wunsch, sich bald wiederzusehen, fuhr Vater gen Osten Richtung Lemberg; lange noch stand Mutter am Gleis und schaute den langsam sich verengenden und kleiner werdenden Lichtern nach.

Wenige Tage danach kam dann die schlimme Gewissheit vom Krieg zwischen Österreich und Russland. Wie an einer Zündschnur züngelte die Nachricht durch die Dörfer; Angst und Sorge schlichen sich in die Herzen der Menschen. Ob Deutsche, Ukrainer, Polen oder Juden – sie alle wussten, dass Krieg für sie nur Leid und Tod bedeuten konnte, zu viele schlimme Erfahrungen hatten sie und ihre Vorfahren im Laufe der Generationen gemacht; sei es in der Pfalz oder in Polen, Galizien oder Russland, überall brachte Krieg Tod und Verderben für die Menschen.

Schon bald kamen aus Lemberg Nachrichten, dass Tausende von Soldaten in der Stadt waren und die Eisenbahn unablässig Militär zur russischen Grenze transportierte. Um den 25. August hörte man von großen Erfolgen der eigenen Truppen, doch schon Anfang September wendete sich das Kriegsglück und der Schreckensruf: „Lemberg ist gefallen, die Russen kommen“ schallte durch die Dörfer westlich der Stadt. Noch in der Nacht grollte Geschützdonner und

Explosionen zerrissen die nächtliche Ruhe. Die Front bewegte sich nach Westen, und am Morgen zogen die ersten, abgerissenen und verschmutzten österreichischen Soldaten durchs Dorf. Sie hasteten durch die Straße, sahen müde und demoralisiert aus: Viele Verletzte waren dabei, manche zu Fuß, gestützt von Kameraden, andere auf Pferdefuhrwerken, mit durchgebluteten Verbänden, ein Stöhnen und Jammern war zu hören. Mutter sah durch das Fenster in der Stube die schrecklichen Bilder. Sie war ganz benommen von Mitleid und dem Drang zu helfen, aber die Schwiegermutter hatte ihr streng verboten, sich sehen zu lassen, und sie ermahnt, ja im Haus zu bleiben; auch wurde ihr beim Anblick der Soldaten die Sorge um Josef wieder bewusst. Sie wussten nichts von ihm; musste er schon kämpfen, wo?, vielleicht war er bei den armseligen Männern da draußen dabei, vielleicht schon gefallen?

„Oh, heilige Muttergottes, steh ihm bei“, war ihre innige Bitte.

Tatsächlich war Vater nicht weit entfernt; bei Grodek erlebte und durchlitt er, nur wenige Kilometer von daheim, eine vernichtende Niederlage der österreichischen Truppen. In heilloser Flucht und unter schweren Verlusten musste sich seine Truppe zurückziehen. Am Abend des 8. September lagerte er mit einigen Kameraden unter freiem Himmel in der Nähe einer Scheune, aus der furchtbares Stöhnen und schmerzvolle Schreie die Dunkelheit durchdrangen und den Aufenthalt fast unerträglich machten. Es handelte sich um eine Art „Notlazarett“ mit fast 100 Schwerstverletzten, die hier notdürftig untergebracht waren. Da an Schlaf nicht zu denken war, tappte Vater etwas herum, näherte sich der

Scheune und stieß am Eingang fast mit einem Sanitäter zusammen, der blutverschmiert und verzweifelt versuchte, den Verwundeten beizustehen. Nach mehreren Anfragen erfuhr Vater von dem verstörten, völlig erschöpften und verzweifelten Kameraden, dass er nur Militärapotheker wäre und praktisch allein und ohne medizinisches Material die Schwerverletzten versorgen sollte. Es gelang Vater, ihn etwas zu beruhigen, und als er in der hinzutretenden Krankenschwester Klara eine Nachbarin von Mutter aus Weißenberg erkannte, ergab sich sogar ein kleines Gespräch, an dem der Apotheker jedoch nur schweigend rauchend und wie abwesend teilnahm. Klara erzählte von den unmenschlichen Zuständen und wie verantwortungslos es sei, den jungen Mann so allein zu lassen. Er sei eigentlich Dichter, genauso alt wie Vater, und in Salzburg und Wien schon ein berühmter Mann. Er hieße Georg Trakl. Da er wohl schon vom Wesen her sehr empfindsam und schwermütig sei und erst vor der Schlacht bei der Hinrichtung von 13 Ruthenen direkt vor seinem Zelt einen Nervenzusammenbruch erlitten hatte, befürchtete sie, und senkte dabei nun ihre Stimme, dass dieses furchtbare Sterben, die Hilflosigkeit und Verantwortung, die dem völlig überforderten jungen Mann aufgebürdet worden war, ihn noch um den Verstand brächten. Georg war inzwischen wieder in der Scheune verschwunden. Äußerst bedrückt verabschiedete sich Klara von Vater. Sie musste den Apotheker unterstützen und ihm beistehen.

Ich habe noch nie etwas von diesem Dichter gehört, und überhaupt hab ich noch nie ein ganzes Buch gelesen. Das darf man wahrscheinlich niemandem erzählen, das glaubt doch keiner, oder sie halten dich für blöd.

Vater war tief erschüttert, sein schon angeknackstes Vertrauen in die kaiserliche Armee bröckelte infolge der Erlebnisse der letzten Tage mehr und mehr, und angesichts des Schicksals des gleichaltrigen Dichters wurde ihm klar: Man musste nicht körperlich getroffen sein, um am Krieg zu leiden, zu zerbrechen oder gar zu sterben. Am nächsten Morgen wurde Vater mit seinen Kameraden abgezogen und verlor den Dichter aus den Augen.

Am selben Tag erreichte ein österreichisches Regiment mit schweren Kanonen Ottenhausen, zog aber Gott sei Dank gleich weiter Richtung Weißenberg. Dahinter ritt eine Gruppe wohl hoher Offiziere und mittendrin ein Befehlshaber, wie der Großvater berichtete, General Auffenberg. Franz Rau brachte auch die Kunde, dass die allermeisten der deutschen Bewohner entschlossen waren, schnell das Nötigste zusammenzupacken, die Pferde einzuspannen und zu versuchen, nach Westen zu entkommen. Auch aus den anderen Dörfern war die deutsche Bevölkerung fast geschlossen auf der Flucht. So gab es für die Raus keinen Zweifel, sie bereiteten hastig alles vor, um sich den anderen anzuschließen. Da der Weg nach Westen ohnehin über Weißenberg führte, entsprachen sie dem innigen Wunsch der Schwiegertochter, doch zusammen mit den Kammers zu fahren und so Sorgen und Ängste gemeinsam zu tragen. Der Großvater schickte ihren ukrainischen Knecht Wassili nach Weißenberg zu Kammers. Er sollte ihnen berichten, dass die Ottenhausener gegen Abend kämen und man dann zusammen weiterfahren wollte.

Kurz vor der Abfahrt bemerkten die Frauen, dass Großvater Franz keine Anstalten machte, sich für die Fahrt zu richten, und dann teilte er ihnen mit, dass er sein Haus und den Hof nicht verlassen werde. Er sei 64 Jahre alt und wie andere Alte würde er bleiben. Alles Bitten und Zureden hatte keinen Sinn, und als Großmutter Elisabeth bei ihm bleiben wollte, schob er sie fast mit Gewalt auf den Wagen und gab energisch das Kommando zum Aufbruch. Traurig und mit Tränen in den Augen schauten die Frauen zurück und sahen, wie der winkende Hausvater allmählich entschwand.

Nur zwei Tage später holten die russischen Truppen sie ein. Sie wurden gezwungen, gemeinsam wieder in die Dörfer zurückzukehren. Dabei hatten sie Glück, die russischen Soldaten hatten auf dem schnellen Vormarsch kaum Zeit, sich an ihnen zu vergreifen, und da sich die Flüchtlinge wohl abseits ihres Vormarschweges befanden, trafen sie auch nur auf wenige. Hier und da zogen sie etwas von den Wagen herunter, der eine oder andere Fluch oder eine Drohung war zu hören, aber ansonsten kamen die Flüchtenden ungeschoren davon und erreichten wieder ihre Dörfer.

In Weißenberg, wo Mutter sich von den Eltern, der Schwägerin und Onkel Peter verabschiedete, schien alles in Ordnung zu sein, aber in Ottenhausen?

Am Dorfanfang, beim Holetschka, erzählte ihnen der vom Feld kommende Kapusta, dass alle Häuser ausgeplündert seien, da und dort auch beschädigt, und es Tote zu beklagen gebe; einige Alte, die sich nicht von ihrem Haus hatten trennen können und geblieben waren, fände man von Bajonetten durchbohrt inmitten des Chaos. Mutter war geschockt und erschüttert, und unsäglich erleichtert, als sie im Hof den alten Rau sahen, der an der herausgerissenen Haustür werkelte.

Groß war die Wiedersehensfreude, und der Schwiegervater berichtete, dass er mit Wassili in das kleine Wäldchen hinterm Haus geflüchtet und so wohl dem Tod entgangen war. Mit vereinten Kräften tröstete man sich, aufräumen und arbeiten half über die schlimmsten Stunden hinweg. Die Russen waren im Land, man musste vorsichtig sein, möglichst nicht aus dem Haus gehen und nicht auffallen; geduckt und ängstlich schlich man herum, und die Sorge um Vater lag schwer auf Eltern und Frau.

Dann endlich, Anfang Oktober, erhielt Mutter die erste Nachricht von ihrem Mann. Er schrieb, dass er die ersten Tage in der Schlacht bei Grodek eingesetzt gewesen war und nun nach den Niederlagen und dem Rückzug ab November an der Front in den Karpaten zum Einsatz käme. Er schickte ein Bild, das ihn in Uniform inmitten von vier jüngeren Kameraden zeigte. Vom Zusammentreffen mit ihrer Nachbarin Klara berichtete er und gab der Hoffnung Ausdruck, dass es ihnen gut gehe und sie sich bald gesund wiedersähen. Mit Tränen in den Augen und schluchzend las Mutter den Eltern den Brief vor, und alle hofften, dass die guten Wünsche in Erfüllung gingen. Die Schwiegermutter tröstete sich und die anderen mit den Worten: „Er hat ja das Amulett dabei, es wird ihn schützen," und mit einem „kommt, wir wollen für ihn und uns alle beten" wendeten sie sich zum Herrgottswinkel, wo Mutter das Bild unter das Kruzifix stellte.

Im Oktober wurde Kerb gefeiert, wobei von Feiern in jenem Jahr nicht so recht die Rede sein konnte: Das Land war besetzt, viele Männer im Krieg, einige schon gefallen, und kaum jemand war nach feiern zumute. Natürlich wurde in den Häusern gebacken, und die Verwandtschaft kam, so gut es möglich war, zusammen, aber Stimmung wie in guten Jahren wollte natürlich keine aufkommen, und so saß man eher bedrückt zusammen und hoffte auf bessere Zeiten. Der Brauch, im Oktober, dem Rosenkranzmonat, abends in verschiedenen Häusern zusammenzukommen und gemeinsam zu beten, war für Mutter und ihre Schwiegermutter selbstverständliche, liebe Pflicht; zum einen konnten sie so ihre Sorgen und Nöte und auch Wünsche und Bitten der Fürsprecherin vortragen, zum anderen waren dies Gelegenheiten, die Neubürgerin in die Dorfgemeinschaft einzuführen und ihr so das sich Zurechtfinden in Ottenhausen zu erleichtern. Auch freute sich Mutter immer auf das gemeinsame Beten, denn zuhause in Weißenberg war sie nicht nur täglich in der gerade über der Straße liegenden Kirche gewesen, nein, trotz deren Nähe hatten sie dort auch eine eigene Kapelle, deren Pflege und Schmuck ihre Aufgabe gewesen war. So schmerzten sie die fehlende Kirche und Kapelle, und sie war immer froh, wenn sich Gelegenheiten zum gemeinsamen Beten fanden.

Manchmal ging Mutter zu den Krämerjuden, zum Umisch oder auch hinauf zum Schulem im Oberdorf, um dies und jenes einzukaufen und sich dabei auch ein wenig umzugucken, was es so alles gab. Es gefiel ihr, die vielen Waren und Säcke zu sehen, den Geruch von Seife, Gewürzen, Essig oder Öl mochte sie, und das Kauderwelsch in Jiddisch, Pälzisch, Polnisch und Ukrainisch hörte sie gern, und so übernahm sie oft die Gänge für die Schwiegermutter.

Früh meldete sich in diesem Kriegsjahr der Winter, und schon ab Allerheiligen überdeckte der Schnee Dörfer und Land. Ein strenger Frost hielt Mensch und Tier in Haus und Stall. Nur Franz Rau machte sich morgens früh mit seinen Pferden auf den Weg in den Staatswald, wo er, wie seine Vorfahren, im Winter mit Schleif- und Fuhrdiensten sich und der Familie ein Zubrot verdiente; oft waren es seine Pferde, die den Schlitten hinter sich herziehend, noch in schneeheller Nacht die ersten Spuren vom Dorf in den Wald zogen. Abends, wenn schon die Dämmerung sich übers Dorf senkte, kehrte er zurück, und seine Fürsorge gehörte dann den geliebten Pferden, die den ganzen Tag tapfer und brav bei Eis und Schnee mit ihm gearbeitet hatten.

Kurz vor Weihnachten erhielt Mutter den zweiten Brief von Vater. Er schrieb, es gehe ihm gut, er liege mit seinem Regiment in den Karpaten in der Nähe von Turka, und der österreichischen Armee sei es gelungen, den Vormarsch der Russen zu stoppen; sie hofften, dass jetzt, nach Wintereinbruch, die Kampfhandlungen mehr oder weniger eingestellt würden und sie bis zum Frühling, wenn größere Truppenbewegungen und Waffen- und Nachschublieferungen wieder möglich seien, wohl einigermaßen Ruhe hätten. Er wünschte ihnen ein frohes Fest und ein gutes neues Jahr und versprach, auf sich aufzupassen und Heiligabend fest an sie zu denken, wenn sie vor der alten Krippe der Raus säßen.

Natürlich waren Mutter und die Eltern froh und glücklich, dass es Vater gut ging. Am Mittag des Heiligen Abends – Franz Rau war an dem Tag nicht in den Wald gefahren – kam Mutter aus der Küche, wo sie der Schwiegermutter bei den Essensvorbereitungen zur Hand ging. Es gab Käse- und

Krautbirogi und danach Dörrobst in „Quetschebrie". Sie sah den Schwiegervater gedankenversunken mit den Krippenfiguren hantieren.

„Das ist das erste Mal", flüsterte er ihr zu, „dass ich mich darum kümmere, das war immer Sache der Kinder, vielleicht möchtest du das übernehmen, ich würde mich freuen." Der Schwiegervater hätte ihr keine größere Freude machen können; für ihren Mann und die neue Familie die alte Krippe, an der so viele Erinnerungen und das Herzblut der Raus hingen, aufzustellen, gab ihr ein Gefühl der Zugehörigkeit und des Angenommenseins. Froh, wenngleich schüchtern, nahm sie den Schwiegervater kurz in den Arm.

Nach dem Essen und dem Verteilen der vom Großvater gebrochenen geweihten Hostie wurde der Schlitten eingespannt, und die Raus fuhren im alljährlichen Zug der Ottenhausener zur Christmette nach Weißenberg. Unterwegs nahm man, wenn der Platz es zuließ, noch Fußgänger auf, und herrlich schön und feierlich ging es mit dem Glöckchengeläut der Pferde unter sternenklarem Himmel über die weiten Schneeflächen. Wassili, der Knecht, blieb in diesem Jahr allein zurück, denn es war abgemacht, dass die Raus diese Nacht bei den Kammers in Weißenberg verbringen würden. Mutter freute sich sehr auf das Zusammensein mit ihrer Familie, und auch für die Schwiegereltern war es Grund zur Freude, in größerem Kreise zu feiern und die Sorge um Vater und den Krieg ein wenig zu vergessen. Nach der Christmette zupfte Klara, die Krankenschwester aus der Nachbarschaft, Mutter am Ärmel und fragte, ob Vater schon auf Urlaub käme. Als Mutter verneinte, erzählte Klara von der Begegnung Anfang September bei Grodek und dass er gesund und munter gewesen war. Wenn sie ihn wiedersehe, sollte sie ihm sagen, dass der Dichter, er wisse dann schon, tot sei. Er hatte noch ein Gedicht mit dem Titel „Grodek" geschrieben, in dem er das furchtbare Leiden und Sterben des Krieges beschrieb, aber nach einem Selbstmordversuch war er in ein Militärhospital in Krakau gekommen und dort Anfang November gestorben. Mutter sollte es nicht vergessen, meinte Klara, und schon war sie verschwunden und ließ sie etwas verdutzt an der Kirche stehen.

Die Tage zwischen den Jahren verbrachten die Raus dann wieder daheim. Besinnliche, ruhige Tage, bis in der Silvesternacht die älteren Burschen durch Ottenhausen zogen, begleitet von einer Klarinette und einer Ziehharmonika, und an die Fenster klopften, um den Hausleuten mit Sprüchen und Liedern ein gutes neues Jahr zu wünschen. Oft wurden sie hereingebeten und bewirtet, und auch die eine oder andere kleine Spende landete im Korb der Burschen. Im Februar schien der Winter sich selbst übertreffen zu wollen, Temperaturen bis minus 40 Grad und schneidend eisige Ostwinde trieben die Schneeschwaden wie Nebel übers Land. Franz Rau konnte nicht in den Wald, und selbst die Fasnachtskinder blieben im Warmen, vielleicht auch wegen des Krieges und der Russen im Land. In der Karwoche, Ende März, erreichte Mutter wieder eine Nachricht von Vater, alles war unverändert, es gehe ihm gut und er hoffe, dass das Frühjahr Glück bringe und der Krieg bald zu Ende sei.

Nach der sehr streng gehaltenen Fastenzeit wurden umfangreiche Vorbereitungen für Ostern getroffen, und anders als daheim in Weißenberg war Mutter hier fest eingebunden. Ob es die Arbeit im Gemüse- und Blumengarten, das Segnenlassen von Brot, Salz, Schinken und „Brootworscht“ oder der besondere Käse mit dem aus Butter geformten Lämmchen war, sie war mit Eifer dabei. Heimweh und Wehmut schwanden, und das Gefühl, hier zuhause und geborgen zu sein, nahm zu und übertrug sich auf ihr Verhalten. Wenn nur ihr Mann bald kommen würde, er kam ihr schon ganz fremd vor. Den Mai, der Muttergottes geweiht, erwartete Mutter als eine Zeit der besonderen Freude; allabendlich traf man sich am Bildstock bei Herrmanns, zwei Häuser weiter, oder am Kreuz bei Schneiders im Oberdorf, um gemeinsam Maiandacht zu feiern, zu beten und zu singen. Danach saß oder stand man noch ein wenig zusammen und redete über dieses und jenes, für Mutter immer auch Anlass, Verwandte, Nachbarn und andere Dorfbewohner kennenzulernen. Schon am zweiten oder dritten Abend wurde erzählt, dass jetzt zu allem Unglück auch Krieg mit Italien wäre und Soldaten von der Ostfront nach Südtirol, in die Dolomiten verlegt würden.

Und ich, dachte Mutter, wir wissen nichts von Josef, hoffentlich trifft es ihn nicht, hoffentlich geht es ihm gut. Betrübt und niedergeschlagen machte man sich auf den Nachhauseweg, die Hoffnung auf ein baldiges Kriegsende schien in weiter Ferne. Und weit schlimmer, schon zwei Wochen später meldete sich der Krieg zurück in Ottenhausen. Die Österreicher seien auf dem Vormarsch, hieß es. Was als gute Nachricht gemeint war, versetzte die Bewohner in Angst und Schrecken. Geschlagene russische Truppen auf dem Rückzug, das konnte nichts Gutes bedeuten, was sollte man tun, fliehen, wohin?

Ich begreife das mit dem Krieg nicht. Keiner will ihn, und doch ist er ständig da. Die Großen machen Krieg, und die Kleinen schlagen sich die Köpfe ein. Drückst du dich, wirst du erschossen, gehst du, wirst du auch erschossen. Das ist verrückt, da muss man doch was machen können. Es gibt so viele kluge, gebildete Menschen auf der Welt!

1915

Dolomiten / Südtirol

„Das war nicht auszuhalten.“ Bewegungslos lag Vater seit Stunden in Beobachtungsstellung in Eis und Schnee und starrte hinüber zur Südwand der Marmolada, wo die italienischen Alpini sich verschanzt hatten und, wie kleinere Explosionen dann und wann verrieten, ihre Stellungen ausbauten. Seit dem 25. April war er mit seinem Bataillon, den Landesschützen, hier in den Dolomiten. Abgezogen von der Ostfront, wo man sie vielleicht bei dem erhofften Vormarsch gegen die Russen und dem Erreichen der Heimatdörfer und der eigenen Familien nicht dabei haben wollte, waren sie nun an dieser Gebirgsfront, und Kälte, Steinschlag und Lawinen gefährdeten ihr Leben genauso wie die Kugeln und Granaten der Italiener. Noch waren es nur kleinere Scharmützel, aber die Vorbereitungen liefen, vom Gletscher wurden Stollen unter dem Eis gegraben, das ganze Lager sollte sich als Barackensiedlung, als „Eisstadt“ unter dem schützenden Panzer befinden, und weitere Stollen zu den Stellungen „S“ und „3200“ sollten Abschussmöglichkeiten für die Artillerie ergeben.

Die Verluste waren trotz der hier noch schwachen Kriegshandlungen hoch; immer wieder kam es, ausgelöst durch die häufigen Sprengungen und Detonationen, zu Felsstürzen und Lawinen, und Steilheit und Glätte führten zu

Abstürzen und Unglücken. Viele litten auch an Erfrierungen und dachten sehnsüchtig an sommerliche Zeiten, auf die sie hier oben in über 3.000 Meter Höhe aber wohl noch lange warten mussten.

Schlechte Aussichten – und daheim wussten sie nichts von ihm. Hoffentlich ging es den Eltern und seiner jungen Frau gut, nun war er seit einem Jahr verheiratet und war Mutter ferner den je. Sie hatten gerade mal gut zwei gemeinsame Monate gehabt und waren nun schon so lange getrennt. War die Heimat noch besetzt oder wieder befreit, wie hatten sich die Russen verhalten?

Eine weitere Sprengung riss ihn aus den Gedanken, zwei aufgescheuchte Gebirgsdohlen flügelten aufgeregt auf und stürzten segelnd kopfüber ins Tal. Das von hinten geflüsterte „Wachwechsel, Rau“ erlöste ihn, und mühsam die kalten, steifen Knochen bewegend rutschte er zurück und stieg staksig und ungelenk zum Lager ab.

1915

Ottenhausen

Von der Festung Przemyśl her grollte Mitte Mai Kanonendonner durch die abendliche Stille und erschreckte die Betenden während der Maiandacht bei Schneiders Kreuz. Schon am Mittag waren erste russische Truppenverbände südlich des Dorfes vorbeigezogen, eine Granate hatte in der Nähe des Friedhofs eingeschlagen. Nach Ende der Andacht, bei der sicher die Bitten um Verschonung und Beistand an die Gottesmutter gerichtet wurden, gingen die Gläubigen schnell nach Hause und voller Angst sahen sie einer ungewissen Nacht und den bevorstehenden Tagen entgegen.

Um die Mittagsstunde des 18. Mai strömten von Südwesten, von Kamnienobrod her Hunderte von russischen Soldaten diesseits des Flusses nach Osten. Schon schien sich die Hoffnung, verschont zu bleiben, fast zu erfüllen, da änderten plötzlich immer mehr der schwer gezeichneten Soldaten wie auf einen Befehl die Richtung und zogen ins Dorf. Einzelne Trupps durchstöberten die Häuser und trieben die Bewohner in der Dorfmitte zusammen. Mutter und die Schwiegereltern wurden mit Drohungen und Beschimpfungen überschüttet und stolperten und hasteten wie die anderen vor einem der Soldaten her. An der Kreuzung bei Flamms, wo der Weg zur Hutweid abzweigte, wurden sie zusammengetrieben und sahen voll Schrecken und Angst, wie ihre Häuser in Flammen aufgingen. Die Soldaten steckten jedes einzelne Haus an; wo neuere Steinhäuser standen, wurde gesprengt, Tür- und Fenstergesimse wurden herausgerissen, und die Ottenhausener mussten mit ansehen, wie innerhalb kurzer Zeit ihr Dorf zerstört wurde.

Das Ganze dauerte keine zwei Stunden, dann erfuhren die schwer Getroffenen, dass sie als Gefangene nach Russland, nach Sibirien verschleppt werden sollten. Es begann ein Marsch ins Ungewisse, inmitten der Soldaten, der am späten Abend in einem großen Lager auf freiem Feld bei Lemberg endete. Dort saßen schon viele deutsche Galizier aus anderen Dörfern um Grodek zusammen. Gerüchte und Befürchtungen von Mord und Totschlag, Verbannung und Sklavenarbeit kursierten, und Klagen wie: „Warum immer wir, was haben wir nur gemacht, dass Gott uns so straft?" waren zu hören.

In der Nacht bemerkten die Gefangenen überrascht und erfreut, dass die Russen, vielleicht auch überwältigt von Erschöpfung und Müdigkeit, eigentlich kaum Anstrengungen machten, die Verschleppten zu bewachen. Viele der Jüngeren, besonders solche, die Verwandte oder Bekannte in der Umgebung hatten, bei denen sie unterschlüpfen konnten, nutzten die Dunkelheit zur Flucht. Die Raus mussten am nächsten Morgen mit den Russen weiterziehen, aber bald wurde klar, dass sie mit dem von den nachrückenden Österreichern vorgegebenen Tempo nicht mithalten konnten und die geschlagenen Russen, um die eigene Haut zu retten, den Plan der Verschleppung wohl aufgaben. Mehr und mehr blieben die Geiseln zurück, und nach knapp zwei Wochen waren nur noch wenige Soldaten bei ihnen, bevor sie von den ersten österreichischen Truppen eingeholt und befreit wurden. Ihren letzten völlig erschöpften Bewachern stellten sie bei der Gefangennahme ein gutes Zeugnis aus. Seit Ottenhausen war es zu keinen nennenswerten Übergriffen gekommen, und die Russen beteuerten immer wieder, dass das Anstecken des Dorfes ein Befehl von oben gewesen sei.

Die Österreicher versorgten die Hungernden mit etwas Verpflegung, und dann begann der Heimmarsch; doch die Freude darüber, noch einmal davongekommen zu sein, wurde gedrückt und gedämpft durch die schreckliche Gewissheit, in ein zerstörtes Dorf zurückzukehren, kein Dach über dem Kopf zu haben und kein Hab und Gut mehr vorzufinden.

Als die Raus nach schweren Marschtagen durch zerstörte Siedlungen bettelnd und nach Essbarem suchend mit den anderen Ottenhausenern zurückkehrten, bot sich ihnen das erwartete und befürchtete Bild: Bis auf drei warum auch immer verschonte Häuser lagen alle anderen in Schutt und Asche, und ein ekliger Brandgeruch hing immer noch in der Luft. Was sollte nun werden, was sollte man tun, wo sollte man wohnen?

Auch die Kämpfe waren noch nicht beendet, die Festung Przemyśl war am 2. Juni erobert worden, und erst am 22. Juni konnten die österreichischen Truppen das belagerte Lemberg zurückerobern. Aber war das von Dauer? Mutter, Großmutter und der Großvater suchten in den Trümmern des stark zerstörten Hauses nach Überresten ihrer Habe, in Küche und Stube fanden sie tatsächlich das eine oder andere unversehrt oder noch brauchbar und trugen es hinüber in den Erdkeller. Große Freude herrschte auch, als Großvater die Blechdose mit den Papieren und dem Bargeld fand und die Großmutter sogar die Weihnachtskrippe mit den Figuren fast unversehrt unter der Treppe im Vorhaus hervorholte, nur der heilige Josef hatte einen etwas angekohlten Hut, alle anderen waren rauchgeschwärzt, sonst hatten sie das Inferno gut überstanden.

Wie die anderen überlegten die Großeltern nun, wie es werden sollte, an Aufbau war nicht zu denken, Krieg ringsum, überall Soldaten und Ungewissheit, und doch, das Leben musste ja weiter gehen, aber wie? Einige begannen die Ruinen notdürftig bewohnbar zu machen, andere packten ihr weniges Hab und Gut zusammen und zogen zu Verwandten, um das Kriegsende abzuwarten, bevor mit dem Wiederaufbau der Häuser begonnen werden konnte.

Die Raus hatten inzwischen erfahren, dass manche andere Dörfer wie Weißenberg und Brunndorf von Zerstörungen ganz verschont geblieben waren, und so beschlossen sie, dass Mutter zurück zu den Eltern sollte, während die Großeltern nach Brunndorf zu einem Bruder von Großvater ziehen sollten, um abzuwarten, bis die Zeiten besser würden und auch Vater aus dem Krieg zurückgekehrt wäre. Nach tränenreichem Abschied fuhr Wassili Mutter mit dem Wagen nach Weißenberg und am nächsten Tag die Schwiegereltern nach Brunndorf; er selbst hatte sich angeboten, in der Ruine zu hausen, das letzte klapprige Pferdchen, das die Russen gelassen hatten, durchzubringen und auf die Reste des Hauses und den Erdkeller aufzupassen. Sie waren froh, dass der treue Kerl noch da war, und hofften auf ein baldiges Wiedersehen.

Daheim in Weißenberg war die Freude groß. Die Eltern von Mutter hatten die Rauchwolken über Ottenhausen gesehen und von der Verschleppung ihrer Tochter gehört. Angst und Sorge hatten die Tage bestimmt, und Kapelle und Kirche waren häufiger noch als sonst Orte des Betens und Bittens gewesen. Nun also war sie wieder da, die Großeltern und die Schwägerin freuten sich, denn auch Bruder Peter war an der Front und sein Schicksal ungewiss. Bald hatte sich Mutter wieder eingewöhnt, auch wenn ihre Gedanken oft in Ottenhausen und bei Vater waren, und sie spürte, dass die Raus ihr fehlten. Vom durchziehenden Juden, der mit seinem Pferdefuhrwerk, eher einem Wägelchen, alle zwei Wochen durch die Dörfer kam und fast alles, was man so brauchte, mit sich führte, erfuhr sie, dass ihre Schwiegereltern gut in Brunndorf untergekommen waren. Er hatte sogar einen Brief von Vater für sie dabei. Erfreut gab sie ihm zwei Kopeken und auf der Bank vor dem Elternhaus, dort, wo sie mit ihrem Bräutigam sonntags öfter gesessen hatte, schaute sie sich den Brief näher an. Auf Umwegen war er wohl an die Schwiegereltern gekommen. Diese hatten ihn auch geöffnet, natürlich in Sorge um den Sohn, und entschuldigten sich mit ungelenker Hand für ihre Ungeduld und schickten ihr liebe Grüße. Vater berichtete, dass er seit April in den Südtiroler Dolomiten beim Kampf gegen die Italiener stationiert sei und dort kaum Kampfhandlungen stattfänden. Er hatte gehört, dass Galizien wieder zurückerobert war und gab seiner Hoffnung Ausdruck, dass es ihnen gut ergangen sei und er nun auch irgendwann auf Urlaub nach Hause kommen könnte. Mit allen guten Wünschen grüßte er und versicherte Mutter seine Sehnsucht nach ihr und der Heimat. Gerührt und traurig dachte Mutter an ihr Schicksal als junge Eheleute und dann ging sie die paar Schritte über den Hof zur Kapelle, um der Muttergottes zu danken und für eine bessere Zukunft zu beten.

So vergingen die Wochen und Monate, die täglichen Verrichtungen, die Arbeit in Feld und Flur halfen übers Grübeln und Zweifeln hinweg, aber der Krieg war allgegenwärtig. Soldaten überall, Einschränkungen und Bestimmungen, die Front mal hier, mal da, und als der Winter Einzug hielt und die Arbeiten einschränkte, nahmen Trübsal und Hoffnungslosigkeit zu. Ende November kam dann wieder Nachricht von Vater, es gehe ihm gut, die Kampfhandlungen waren wegen der Wetterverhältnisse fast eingestellt, und er hoffte, im Dezember endlich Urlaub zu erhalten und nach Hause zu kommen. Aus Brunndorf kam am Nikolaustag die Meldung, dass Großvater Franz Rau krank war, er wohl einen Schlag erlitten hatte und mit dem Schlimmsten gerechnet werden musste. Mutter war sehr in Sorge, am Abend betete sie inbrünstig in der Kapelle um Beistand und Genesung, und es schmerzte sie, nicht bei ihrem Schwiegervater sein zu können.

Eine Woche vor Weihnachten, am Abend des vierten Advents, klopfte es zu schon späterer Stunde an der Haustür der Kammers. Als Mutter die Tür öffnete, stand draußen ein mächtig eingepackter, verschneiter Kerl, und erst als er die Kappe abnahm und den großen Mantelkragen zurückschlug, stockte ihr das Herz.

„Mein Gott, Josef", und noch bevor sie ihn hereinbat, schlang sie ihre Arme um ihn und drückte ihn fest an sich. Selbst erschrocken von ihrem Gefühlsausbruch ließ sie schnell los und fast entschuldigend klopfte sie ihm eilfertig den Schnee ab und bat ihn herein. Vater war ganz berührt und glücklich, so hatte er sich den Empfang natürlich gewünscht, nach so langer Zeit des Getrenntseins war er sich aber nicht sicher gewesen, ob ihre Beziehung stärker oder schwächer geworden war und er war mehr als froh, von seiner Frau so herzlich empfangen zu werden. Es herrschte große Freude im Hause Kammer, es gab unendlich viel zu erzählen, was alles geschehen war, die Russen, die Zerstörung Ottenhausens, die Verschleppung ...

Auch Vater musste berichten, wie es ihm ergangen war, was er gesehen, wo er gewesen war, wie es mit dem Krieg stand und vieles mehr. Mutter hatte die Frage nach den Rau-Eltern mehrmals wie überhört, als Vater nun aber wieder fragte, musste sie ihm vom kritischen Zustand des Großvaters erzählen, und Bestürzung und Sorge dämpften die Wiedersehensfreude. Vater wurde stiller und dann meinte er: „Wenn es so steht, muss ich so schnell wie möglich nach Brunndorf.“ Mutter pflichtete ihrem Mann bei und bedingte sich aus, ihn zu begleiten.

Am nächsten Morgen wurde der Schlitten gerichtet, ein Pferd eingespannt, und los ging die Fahrt durch das verschneite, friedlich liegende Land. Wenn Krieg und kranker Großvater nicht Gemüt und Stimmung verdunkelt hätten, wäre dies eine frohe und glückliche Ausfahrt eines jungen Ehepaares gewesen, das, an der Zeit des Zusammenseins gerechnet, gerade ein paar Wochen verheiratet war. Eng beieinandersitzend glitten sie surrend durch den gefrorenen Schnee, und nach allem, was sie erlebt hatten, da und dort, an der Front und daheim, erfuhren sie endlich ein Gefühl von Glück und Geborgenheit. Nach stillem Genießen fielen Vater das bevorstehende Weihnachtsfest und die geschnitzte Krippe und die Figuren ein, und er fragte seine Frau, was mit ihnen geschehen sei. Als sie ihm freudig berichtete, dass, bis auf den Hut des heiligen Josef, alles heil den Brand überstanden hatte, freute sich auch Vater, und sie beschlossen, auf der Rückfahrt über Ottenhausen zu fahren und Krippe und Figuren zu holen, um sie an Weihnachten bei Kammers aufzustellen.

In Grodek sahen sie viel Militär in der Stadt und am Bahnhof, und Mutter fiel Klara ein, die ihr ja vom Tod dieses „Dichters" erzählt hatte. Als sie Vater davon berichtete, wurde er ganz nachdenklich, und sie spürte, dass es ihn sehr berührte. Nach Minuten des Schweigens drückte er ihre Hand und stöhnte: „Dieser verfluchte Krieg, dieser verfluchte Krieg, er bringt nur Zerstörung und Leid und Tod!" Mutter war betroffen, ihren Mann so ernst und melancholisch zu sehen.

Nach gut zweistündiger Fahrt erreichten sie steif gefroren endlich voller Erwartung das Haus von Onkel Rudolf Rau, das ganz am Ende des Dorfes Richtung Stawczany stand. Gleich sprang Vater ab, half seiner Frau herunter, und vor der Schmiede des Onkels übergab er das Gespann einem Knecht. Schnell, bevor die Kunde ihres Besuchs ins Haus dringen konnte, klopften sie schon an der Tür. Groß war die Überraschung, seine Mutter war ganz außer sich, ihren Ältesten endlich, nach eineinhalb langen Jahren, wieder in die Arme zu schließen. Man herzte und drückte sich, auch Mutter wurde herzlich begrüßt, und alle waren ganz aufgedreht. Erst als die beiden nach dem Großvater fragten, wurde es stiller und bedrückt begleiteten sie die Großmutter zur kleinen Kammer, in der der Kranke lag und schlummerte. Er sah bleich und abgemagert aus, und eine Gesichtshälfte war leicht verzerrt.

„Er ist kaum noch bei Bewusstsein, kann nicht sprechen, und wir glauben, dass er Weihnachten nicht mehr erleben wird", flüsterte ihnen die Großmutter zu. Mutter und Vater traten näher an ihn heran, jeder auf einer Seite des Lagers, und ergriffen die kalten, dürren Hände des alten Mannes.

Mein Gott, was hast du alles mit diesen Händen geschafft, dachte Vater, und er war dankbar, dass er gerade jetzt zuhause sein konnte, um seinen Vater noch einmal zu sehen. Sie hatten sich nicht immer gut verstanden, aber jetzt und in diesen Zeiten wurde ihm bewusst, dass sein Vater es doch immer gut gemeint hatte und nur für die Familie da gewesen war, auch wenn vieles nach seinem Kopf gehen musste.

Beim Mittagessen saß man in der Stube zusammen, es wurde viel erzählt, und Elisabeth hatte schon ganz rote Backen vor Freude und Aufregung. Als sich die beiden, trotz aller Versuche der Verwandten, sie zum Übernachten zu überreden, für die Heimfahrt richteten, versprachen sie, vor Heiligabend nochmals zu kommen. Auf dem Rückweg über Ottenhausen trafen sie wie erhofft Wassili an. Auch mit ihm gab es eine freudige Begrüßung, und während die Männer sich noch austauschten, ging Mutter zum Erdkeller und holte die Krippe; auch sonst fand sie alles, wie sie es zurückgelassen hatten. Vater steckte dem Knecht noch etwas Geld zu, und schon glitten die Kufen wieder durch den Schnee, bald ging auch schon die gelbbleiche Sonne vor ihnen unter, und die Dämmerung legte sich übers Land.

Zwei Tage später erreichte sie die Nachricht aus Brunndorf, dass der Großvater im Sterben liege und Vater schnell kommen solle. Wieder begleitete ihn Mutter, und als sie am Nachmittag dort ankamen, war der Großvater bereits tot. Nun doch schon etwas gefasst, nahmen sie Abschied von Vater und Schwiegervater, und nach einem mit der Großmutter und den Verwandten gebeteten Rosenkranz fuhren sie zurück, um am folgenden Tag zur Beerdigung, die in Ottenhausen erfolgen sollte, wiederzukommen. Einen Tag vor Heiligabend wurde Franz Rau von Brunndorf nach Ottenhausen gefahren, um dort auf dem Friedhof seines Heimatdorfes die letzte Ruhe zu finden. Er war der vierte Rau, in gerader Linie gesehen, der nun seit der Auswanderung aus der Pfalz vor über 120 Jahren hier in Ottenhausen seine letzte Heimat fand.

Das Leichenessen fand bei Kammers statt, und nach dem schnellen Aufbruch der Hinterbliebenen – ein schwerer Schneesturm kündigte sich an – blieben Mutter und Vater zurück, um die nächsten Tage zu besprechen. Am Montag musste Vater sich von Grodek aus auf die Rückfahrt nach Südtirol machen, und so schlug er vor, dass sie den morgigen Heiligen Abend und Weihnachten am Samstag bei Kammers verbrächten, und er dann am Sonntagmorgen nach Brunndorf führe, um die verbleibende Zeit noch mit seiner Mutter und den Verwandten zusammen zu sein. Seine Frau stimmte zu, bestand aber darauf mitzufahren, um ihn dann am Bahnhof verabschieden zu können.

Heiligabend stellten sie zusammen die Krippe auf, und die Gedanken gingen zurück ins vergangene Jahr, zur ersten gemeinsamen Weihnacht. Als am Abend das Christkind leise klingelnd durchs Dorf ging und den Kindern Geschenke brachte, zog Vater ein kleines Kettchen hervor und schenkte es seiner Frau. Er erhielt von ihr bestickte Sacktücher und Kautabak, den sie im Laden ihres Bruders gekauft hatte, und danach gingen alle hinüber zur Kirche. Dieses Mal hatte Vater einen kurzen Weg und dachte an die wenigen Ottenhausener, die heuer mit den Schlitten herübergekommen waren. Er erinnerte sich an die Fahrt vor zwei Jahren, als er gespannt und voller Erwartung mit dem Vorhaben gekommen war, um Mutters Hand zu bitten. Es kam ihm vor, als läge dies ewig zurück, wie in einem anderen Leben.

Am Sonntag packte er seine Sachen, von Mutter bekam er noch Speck, „Brootwürscht" und Schwartenmagen mit. Kammers Knecht, der Stepan, fuhr sie nach Brunndorf, wo er sie am nächsten Morgen wieder holen und an den Bahnhof in Grodek bringen sollte. Von dort würde er dann auch Mutter nach Hause fahren. Die Großmutter freute sich sehr, dass der Sohn nochmals zu ihr kam, und man saß lange und in froher Runde zusammen, bevor dann am nächsten Morgen die Trennung bevorstand und das lange, ungewisse Warten auf Nachrichten wieder begann. Nach dem Abschied in Brunndorf erreichten sie gegen neun Uhr den Bahnhof in Grodek, und während Stepan vor dem Gebäude wartete, begleitete Mutter Vater auf den Bahnsteig und schaute nach Abfahrt des Zuges noch lange dem mit einem ihrer Taschentücher winkenden Vater nach.

Im Abschiednehmen, ja, da waren wir geübt, leider nur unfreiwillig und unter Zwang, aber das hat man uns wirklich beigebracht!

Mela

1938

Ottenhausen

Eines Tages bemerkte ich, dass sich in unserem Hause etwas tat, etwas ankündigte. Die Eltern, Anni und Hedwig saßen öfter zusammen und redeten, und wir wurden raus oder in die Kammer geschickt. Da tat sich etwas, etwas Wichtiges, sonst würden die uns nicht ausschließen. Neugierig versuchte ich zu lauschen und schnappte dies und das auf. Ich erzählte es Josef. Wir merkten, es ging ums Heiraten. Vater hatte für die Schwestern wohl jeweils einen Mann ausgesucht, aber Anni war stur, sie wollte nicht. Sie war stark genug, sich dem Willen der Eltern zu widersetzen, und erklärte, sie heirate nur, wen sie wolle. Hedwig hingegen fügte sich wohl brav dem Ansinnen der Eltern, und bald wurde über die Einzelheiten gesprochen, und wir durften auch wieder dabei sein.

Karl Loster hieß der Bräutigam, er lebte in der Vorstadt von Janow, hinter „Welkepole", dort, wo der Viehmarkt war. Er war Witwer, hatte zwei kleine Kinder, und Vater sagte immer wieder, dass er eine gute Partie sei. Er wohnte in einem Gutshaus, daneben ein Bruder, der Richter, und eine Schwester, die Lehrerin war, und bewirtschaftete den Hof. Hedwig kannte ihn überhaupt nicht, und als im Dorf die bevorstehende Hochzeit bekannt wurde, murrte es unter der männlichen Jugend, dass ein auswärtiger Freier ein hübsches Mädel aus gutem Hause „weghole“. Als Karl im Juli zu uns kam, um die Einzelheiten zu besprechen, hatten einige Burschen den Weg von Janow, vorbei an der Hutweid, mit Knüppeln und Ästen abgesperrt, und der zukünftige Schwager musste zu Fuß von hinten durchs „Wasserloch“ und den kleinen Wald zu unserem Haus laufen. Hedwig war knapp 18 Jahre alt, der Loster vielleicht zehn Jahre älter. Er gefiel mir ganz gut, und auch Hedwig schien zufrieden. Die Andeutungen von Anni, sie werde einen alten, schaurigen Kerl bekommen, hatten sich nicht bewahrheitet, ich war doch etwas erleichtert.

Im September, nach der Ernte, sollte die Hochzeit sein, und schon Wochen vorher begann es aufregend und interessant zu werden. Es wurde geweißelt, geräumt, geputzt, gewienert, gebohnert, gebacken, gesotten und gebraten, und ich kam mit Schlecken und Riechen und Helfen und Wichtigsein gar nicht mehr nach.

Eine Schneiderin kam ins Haus, Stoffe wurden ausgebreitet und begutachtet, die Schwestern berieten und besprachen, es wurde gelacht und geschäkert, und ich war mittendrin. Nachdem das Tuch bestimmt war, wurde Hedwig vermessen und der Stoff zugeschnitten, und dann, ich bat und bettelte schon die ganze Zeit darum, gaben die Schwestern nach, und vom Rest des Tuches sollte ich tatsächlich auch ein Kleidchen bekommen. Ich konnte es kaum glauben, es wurde mein erstes neues eigenes Kleid. Mit drei älteren Schwestern kein Wunder, bisher hatte ich nur Sachen von ihnen aufgetragen.

Ich konnte es dann kaum erwarten, und als die Näherin einige Tage später zur Anprobe kam und ich mit meinem

„Brautkleid“ auf einem Stuhl in unserer Stube stand, fühlte ich mich wie eine Prinzessin, und das Fest konnte gar nicht schnell genug kommen.

Das ganze Dorf wurde geladen, ein Rind, ein Schwein und einiges an Federvieh mussten ihr Leben lassen. Brootworscht, Kruppeworscht mit Buchweizen, Schwartemage und Saumage wurden gemacht, Dickkuche, Dünnkuche, Mohnkuche und Apfelkuche entstanden und ließen unser Haus zu einem Schlaraffenland werden, dessen Eröffnung allerdings noch bevorstand. Oh, das würde ein Fest werden!

Dann war es so weit: Ich hatte mein Kleidchen an, sah aus wie eine kleine Braut, war mächtig stolz und die Fahrt nach Weißenberg, der Kirchgang, das Gratulieren auf dem Kirchplatz und die Rückfahrt – einfach herrlich, wichtig, ganz nach meinem Geschmack und ich immer an Hedwigs Seite! Gefeiert wurde bei uns daheim, alle Zimmer waren ausgeräumt, die Musik machte die Verwandtschaft, Viktor Kübler, Stanislav Rau, Mutters Bruder Peter Kammer und Onkel Jakob Ujda. Es wurde gegessen, getrunken und getanzt, ja getanzt, endlich. Wir Kinder konnten essen, soviel wir wollten, keiner beaufsichtigte uns, wir waren mal hier, mal da, hopsten und tanzten zwischen den Erwachsenen herum, machten Ringelreihen, und auch mit Viktor und den Kleinen von Hedwigs Mann wurde hoppe, hoppe Reiter gespielt. Immer wieder fand sich auch jemand, der die Kinder mit „Mahle, mahle, dahle ...“, und anderen Spielchen und den entsprechenden Streicheleinheiten zum aufmerksamen Innehalten und freudig schaudernden Genießen einlud. Ein herrliches Fest, so ganz, wie ich es mir erträumt hatte, ich konnte tanzen,

tanzen so viel ich mochte, mein Kleidchen flog, ich wollte ewig so weiterfeiern.

Doch dann war das Fest vorbei, leider viel zu schnell vorbei, und Sorgen und Nöte bekamen wieder Oberhand. Es wurde wieder getuschelt, von Feindschaft und Krieg war die Rede. Mutter jammerte und betete noch mehr als sonst. Die Deutschen wollten Polen angreifen, konnte ich heraushören. Die Polen verdächtigten uns Galiziendeutsche, Spione zu sein, es sollte bereits Verhaftungen geben, und führende Männer der deutschen Vereine und auch junge Leute waren in das berüchtigte Konzentrationslager Bereza eingesperrt worden. Auch bei uns wurde getuschelt, dann flüchteten Anni und andere junge Leute aus Ottenhausen und den umliegenden Dörfern nach Schlesien, und Mutter war völlig außer sich. Sie sah schon schlimmste Befürchtungen bestätigt und orakelte von Tod und Verderben, das alte, abgenutzte Amulett war ständig in ihren Händen.

Ich spürte, da braute sich Unheil zusammen, die Erwachsenen waren verunsichert, ich hatte Angst und wusste nicht genau warum. Auch wenn das Frühjahr 1939 noch seinen einigermaßen gewohnten Gang ging und Feiertage, Bräuche und die Arbeit auf Feld und Wiesen den üblichen Verlauf nahmen, war auch für mich die zunehmende Beklemmung und Unsicherheit zu spüren. Die Gespräche drehten sich nur noch um einen möglichen Krieg und die furchtbaren Folgen für uns, hier in der Heimat, aber dann mitten im Feindesland. Was würde mit uns geschehen? Überall gab es Gerüchte und Gerede über Verhaftungen und Lager, besonders die völlig verängstigte, jammernde Mutter verunsicherte mich. Hedwig in Janow verheiratet, Anna nach Schlesien geflüchtet, was sollte nur werden?

Der gedrückten Stimmung daheim versuchte ich mich durch meine Streifzüge zu entziehen. In meinem Nest und an anderen liebgewordenen Plätzchen hingen keine dunklen Wolken über mir. Der hohe Himmel war unfassbar blau, und das Wetter unterstützte meine lichten Fluchtträumereien.

Der große Krieg

1916

Weißenberg

Auch der Hof und das Haus in Ottenhausen, denen sie sich nun während der Abwesenheit des Mannes und dem Tod des Schwiegervaters noch mehr verbunden fühlte, machten Mutter Kummer, und immer wieder fuhr oder ging sie mit Beginn des Frühjahres hinüber, um Wassili bei der Arbeit zu helfen und sich auch um Gemüse- und Blumengarten zu kümmern. Manchmal, beim morgendlichen Hin- oder abendlichen Heimgehen, dachte sie an die Altvorderen, die solche Wege auch monate- und jahrelang machten, solange ihre Häuser nicht errichtet waren. Wenn es die Zeit zuließ, machte sie dann und wann einen Besuch auf dem Friedhof und bei den Krämerjuden, wo sie auch für den Knecht das eine oder andere kaufte.

Anfang Juni 1916, von Vater hatte sie seit Ostern nichts mehr gehört, herrschte Angst und Schrecken in den Dörfern, die Russen, so hieß es, sollten eine neue Offensive gestartet haben, und unter einem General Brusinow bereits auf Lemberg marschieren. Erste Flüchtlinge von östlichen Dörfern waren schon unterwegs und den ganzen Sommer über, bis in den September hinein, war immer wieder, besonders bei Ostwind, Geschützdonner zu hören. Jeden Tag konnte die Front zurückkehren, dann zum dritten Mal, nicht auszudenken.

Kaum ein Tag ohne Gerüchte und Schreckensmeldungen, alle waren nervös und gereizt. Dann im August endlich wieder Post von Vater und die Gewissheit, er lebte, es ging ihm gut. Mit dem Brief ließ sich Mutter zur Schwiegermutter fahren, die sie seit Pfingsten nicht mehr gesehen hatte, brachte ihr die guten Nachrichten vom Sohn, erzählte vom treuen Wassili und dass sie Gemüse- und Vorgarten bearbeitet hatte. Ende September entspannte sich die Lage, die Front war wohl wieder etwas nach Osten bis Brody und Stanislau zurückgedrängt, und die größte Gefahr schien gebannt, obwohl die österreichische Armee verheerende Verluste erlitten haben soll.

Als Ende Oktober mit dem ersten Schnee der Winter begann, endeten die Arbeiten in Ottenhausen. Die frühe Dunkelheit und Kälte brachten allabendlich Mutter und Großmutter mit Häkel-, Strick-, und Näharbeiten in der Stube zusammen, während Großvater auf der Bank am Tisch saß und in einem Lemberger Journal las, das die Schwiegertochter im Laden ausliegen hatte. Fast täglich kam das Gespräch auf den Krieg, auf das Schicksal von Vater, auf die furchtbare Zeit, in der junge Eheleute kein gemeinsames Leben führen konnten, auf den Wiederaufbau des zerstörten Hofes, wie und wann und wie bezahlen und, und, und ...

1916

Dolomiten / Südtirol

Vater war der „Hölle“, der „Eisstadt“, für wenige Tage entronnen; er hatte sich zwei Zehen erfroren und war unten am Fedajapass im Reservelager Gran Poz, um sich behandeln und kurieren zu lassen. Am 13. Dezember 1916 musste er wieder hinauf in Eis und Schnee und den mörderischen Beschuss der italienischen Alpini. Seit der Stationierung an der Marmolada vor über eineinhalb Jahren gab es kaum eine Veränderung, nur Leid, Schmerz und Tod. Alles erschien ihm immer sinnloser und menschenverachtender. Während er das Lager verließ, spürte er die Schmerzen wieder zunehmen, und kurz bevor er in den gut bewachten Zugangsstollen zu den Stellungen und dem „Eisstadtlager“ eintauchte, setzte er sich nieder, um etwas zu verschnaufen. Er warf noch einmal einen Blick hinunter nach Gran Poz und über die tief verschneiten Berge, und als sein Blick zurückschwenkte, begann am weiten Hang über dem Lager ein Schauspiel, das ihn erstarren ließ. Irgendeine Explosion, irgendwoher, brachte Bewegung in die Schneemassen, ein Riss quer über die ganze Flanke tat sich auf, eine sich rasend vergrößernde Fläche und Masse kam ins Rutschen, und donnernd und grollend, aufstaubend und pfeifend, träge und doch schnell und alles begrabend donnerte eine riesige Lawine zu Tal.

„Mein Gott“, schrie Vater, „sie rast direkt auf das Lager zu.“

Auch die Kameraden am Eingang waren wie erstarrt, Melder stürzen hinab und umher – welch eine Katastrophe! In einer Minute war alles vorbei, Grabesstille setzte ein, und als die weißen Nebel verwehten, war dort, wo das Lager war, nur meterhoher, gepresster, alles erstickender Schnee.

Ernst geworden starrte er hinüber zu den italienischen Stellungen und fragte sich, was sie hier machten, während bald wieder Weihnachten war und er Frau, Mutter und Heimat schon wieder ein Jahr nicht gesehen hatte.

Schwer erschuttert setzte Vater seinen Weg fort. Am Abend und am nächsten Tag erfuhren sie, dass die größte Nassschneelawine der Alpengeschichte das Lager verschüttet hatte und über 300 Kameraden den Tod fanden.

Alles erschien ihm mittlerweile so sinnlos, so hoffnungslos. Fast zweieinhalb Jahre war er nun Soldat, er hatte das Gefühl, sein Leben ziehe vorbei und er könne es nicht leben, in dieser Einöde von Fels, Eis und Schnee, ohne vor oder zurück, ohne Aussicht auf ein Ende. Er selbst konnte ja nichts tun. Er bewegte fast unmerklich den Kopf, als wollte er sagen: „Nein, so kann es nicht weiter gehen“, als ein Kamerad ihn ansprach und ihm eine Nachricht der Kommandatur übergab. Er öffnete ganz langsam das Papier und las, dass sein letztes Urlaubsgesuch nun endlich doch genehmigt war. Zwar nicht an Weihnachten, wie beantragt, aber Anfang Januar durfte er nach Hause! Er freute sich natürlich sehr, sofort durchströmte ihn das wohlige Gefühl der Vorfreude und der Erwartung, seine ihm schon wieder ganz fremd gewordene junge Frau zu sehen, und zugleich dachte er: Ja, so machen sie es immer; wenn wir fast am Ende sind, dann dürfen wir wieder ein wenig am Leben schnuppern, und Frau, Familie und Heimat sollen Hoffnung und Durchhaltewillen stärken, und dann kommst du zurück, und alles beginnt von vorn. Oft musste er auch an Georg, den Dichter von Grodek, denken, und Mitleid stieg in ihm auf, Angst ergriff ihn, Angst, irre zu werden und das alles nicht mehr auszuhalten.

Das Rattern von Maschinengewehren riss ihn aus den Gedanken, und Hals über Kopf stürzte er, dem Alarmgeschrei folgend, in die Stellung.

1916

Weißenberg

Am Tag vor Heiligabend – Mutter hoffte schon seit Tagen auf so eine Überraschung wie im vorigen Jahr – erhielt sie von einem Soldaten, der auf Urlaub daheim in Kaltwasser war, über den durchziehenden Krämerjuden einen Brief von Vater mit der Nachricht, dass er nach Neujahr auf Urlaub kommen werde. Sie war überglücklich, und das bevorstehende Weihnachtsfest, bis dahin traurig erwartet, bekam, auch wenn er erst später kam, nun eine ganz andere Bedeutung. Glanz und Freude in ihren Augen beglückten auch die Eltern, als sie ihnen die Nachricht weitergab. Am nächsten Morgen summte sie fröhlich Weihnachtslieder, als sie schon zum zweiten Mal die Raukrippe und die Figuren hier im Elternhaus aufstellte. Während sie hoffte, vielleicht schon nächstes Jahr wieder daheim in Ottenhausen sein zu können, strich sie liebevoll über den angebrannten Hut des heiligen Josef und sagte: „Na, du hast zwar einen verbrannten Hut, aber du kannst wenigstens jedes Jahr mit deinen Lieben zusammen Weihnachten feiern.“

Am Neujahrstag war es dann aber doch eine Überraschung, als Josef, früher als erwartet, vor der Türe stand. Diesmal war es noch hell und sonnig, als Mutter ihm öffnete und trotz der übergroßen Freude spürten beide die ungewollte Fremdheit, die sich durch ein weiteres Jahr des Getrenntseins in ihre Beziehung geschlichen hatte. Sie nahm auch etwas erschreckt wahr, dass ihr Mann abgemagert und müde aussah. Als sie sich in die Arme schlossen, schluchzte er leise auf. Er kam ihr so klein und zerbrechlich vor. Es waren frohe, aber auch ein wenig bedrückende Tage, welche die beiden eigentlich immer noch Jungvermählten miteinander verbrachten. Sie besuchten zweimal die Großmutter in Brunndorf, fuhren mehrmals nach Ottenhausen, wo Vater mit Wassili einiges besprach und auch mit dem Knecht zusammen arbeitete, und sie besuchten das Grab des Großvaters. Doch immer war Vater ein wenig seltsam, und Mutter spürte, dass er sich verändert hatte und irgendeine Last ihn bedrückte. An Dreikönig, sie waren allein in der Stube, drang sie in ihn und gab sich mit seinem Abstreiten von Problemen nicht zufrieden. Endlich gestand er seiner Frau ein, dass ihn der Krieg, dieser verfluchte, nicht enden wollende Stellungskrieg, mürbe und fertig machte. Er konnte es kaum mehr ertragen, dieses ewige Getöse, dieses sinnlose Sterben rings um ihn herum. Die Schlaflosigkeit und die ständige Angst, auch um sie und die Eltern, trieben ihn noch in den Wahnsinn.

Als er nun in Ottenhausen gesehen hatte, wie die Ersten in diesem Jahr mit dem Wiederaufbau ihrer Häuser begonnen hatten, da wurde ihm noch stärker und schmerzlicher bewusst, wie sie ihr Leben und ihre Kraft vergeudeten, und wofür? Mutter nahm seine Hände in die ihren und beschwor ihn, an ihre gemeinsame Zukunft zu denken. Irgendwann musste der Krieg doch vorbei sein, und wenn, wie er selbst erzählt hatte, mittlerweile die Pferde und Maultiere, die zum Transport von Material und Munition in den Bergen eingesetzt wurden, schon aus Futtermangel nicht mehr zu gebrauchen waren, dann konnte es doch auch nicht mehr lange dauern.

„Hoffentlich hast du recht“, murmelte Vater und atmete ein wenig Zuversicht und neue Hoffnung mit ihren Worten ein. Der feste Druck der Hände sollte sein ihm von Mutter erbetenes Versprechen, gut auf sich aufzupassen und immer an ihre Zukunft zu denken, besiegeln.

Gestärkt an Leib und Seele verließ Josef Frau und Heimat, und mit der Hoffnung auf baldiges Wiedersehen bestieg er in Grodek den Zug Richtung Krieg.

Fast zwei Jahre waren vergangen, Vater war noch zwei weitere Male auf Heimaturlaub, und wie an den Fronten gab es nichts Neues, jedes Mal ein Neuanfang, vier Jahre verheiratet, sich eigentlich immer noch fremd, das Haus noch Ruine und doch kein Ende ... Oder? Der immer gleiche Trott, das ewige Hoffen und Warten auf Frieden und Normalität ließ dieses Leben normal und gewöhnlich erscheinen und zum Alltäglichen werden. Die Niedergeschlagenheit Vaters vom Januar 1917 war einer gewissen Resignation und Gewöhnung gewichen, der Krieg schien kein Ende zu finden. Im September 1918 gab es immer wieder Gerüchte über Waffenstillstand und Friede, über Erschöpfung und die Unfähigkeit der Feinde, einen Sieg zu erringen, und Ende Oktober war überall in den Stellungen nur noch vom bevorstehenden Waffenstillstand die Rede. Und tatsächlich, in den ersten Novembertagen schwiegen die Waffen, und Vater begann ernsthaft und unsagbar erleichtert auf Weihnachten daheim und den Beginn eines normalen Lebens zu hoffen.

Auch in Weißenberg, Ottenhausen und Brunndorf, wie natürlich überall in Europa und der Welt, waren die Nachrichten voll vom Ende des Krieges – doch in den Jubel und die Freude alles überstanden zu haben, mischten sich die Gerüchte über einen neuen Konflikt. Ein neuer Krieg zwischen Polen und Russen und Ukrainern traf das unglückliche Galizien, noch ehe der Weltkrieg zu Ende war, und wieder wurde gekämpft und geschossen. Ukrainische und polnische Truppen stritten um Lemberg und Galizien.

Von der Alpenfront zurückkehrende galizische Soldaten wurden von der polnischen Armee eingezogen und in die Kämpfe gegen die Russen gezwungen.

1918

Brennerbahn

Geduckt, jede Deckung und die Dunkelheit nützend sprangen die beiden Männer hinter dem anfahrenden Güterzug her und kletterten mit Mühe auf. Mit Militärmänteln ohne Rangabzeichen bekleidet und einem Rucksack auf dem Buckel zogen sie sich die niedere Rückwand hinauf und ließen sich in den Waggon fallen.

„Phhhh, Glück gehabt", stieß der Größere schwer atmend hervor, und Vater, sein Schienbein reibend, das er sich am Puffer angeschlagen hatte, meinte, das hätten sie wohl auch mal verdient. Vor zwei Tagen hatten sie ihre Kompanie verlassen, eigentlich etwas unerlaubt, aber wie viele andere auch, um endlich heimzukommen. Seit Wochen schon entwaffnet, saßen sie herum und warteten auf den Rücktransport nach Hause, und nichts war geschehen. Nun mussten sie aufpassen, dass man sie nicht entdeckte, und so konnten sie keine Personenzüge benutzen, weil das viel zu gefährlich war. Gestern, am Bahnhof in Franzenfeste, hatte sie ein Bähnler fast erwischt, als sie auf einen Zug klettern wollten. Daher marschierten sie zu Fuß und versuchten, auf Güterzüge aufzuspringen, um möglichst bald die Heimat zu erreichen. Rudolf Müller stammte aus Rehfeld, und bis Grodek wollten sie zusammenbleiben und spätestens Weihnachten bei den Familien sein. Rudolf arbeitete vor dem Krieg in

Grodek bei der kaiserlichen Staatsbahn, und seine Kenntnisse waren für die beiden Gold wert. Er konnte sogar an irgendwelchen Beschriftungen erkennen, wohin die Züge fuhren, und im Gegensatz zu Vater kannte er auch viele Stationen und Städte, die Richtung Galizien lagen. Er schien zu wissen oder zu spüren, wo die Züge langsam fuhren oder sogar anhielten. Leider verkehrten nicht so viele wie vor dem Krieg, aber auch wenn sie manchmal ein oder zwei Tage laufen mussten, irgendwann gelang wieder der Aufsprung, und die zwei Heimkehrer dampften ruckelnd der Heimat zu. Nachts waren sie auch unterwegs, so oder so, auf offenen Wagen war es kaum auszuhalten, mit steif gefrorenen Gliedern klammerten sie sich fest, manchmal schliefen sie auf oder in den Waggons, manchmal in Schuppen an den Güterbahnhöfen und sie versorgten sich an Bahnhöfen und Kiosken, die sich in den größeren Städten befanden.

Nach 15 Tagen erreichten sie Grodek. Vater und Rudolf verabschiedeten sich herzlich. Vater ging die letzten Kilometer zu Fuß nach Norden, Richtung Weißenberg. Am nächsten Tag war der vierte Advent und am Dienstag Heiligabend, er konnte es kaum fassen. Glücklich und voller Spannung setzte er Schritt vor Schritt, am selben Tag noch war er bei seiner Frau, und morgen begann ein neues Leben!

Als Vater Weißenberg erreichte, überkamen ihn Gefühle von Glück und Dankbarkeit, von Freude und Zufriedenheit, doch es bedrückten ihn auch Ängste um die Zukunft und vor einer erneuten Einberufung. Überall unter den Kameraden aus Galizien ging die Angst um, in die ausgebrochenen Kämpfe des neuen Polen mit der am ersten November ausgerufenen Westukrainischen Volksrepublik gezwungen zu werden. Da er nicht den normalen Weg der Rückführung, mit der Bahn über Krakau, wo die polnischen Behörden die Soldaten gleich rekrutierten, genommen hatte und mit fast 32 Jahren eigentlich auch nicht mehr wehrpflichtig war, hoffte er, wenn er sich möglichst unauffällig verhielte und bei den Schwiegereltern in einem anderen Ort wohnte, dass dieser Kelch an ihm vorüberging.

Es dunkelte schon, als der fremdartige Wanderer am Hof der Kammers ankam. Er verscheuchte die Gedanken, die ihn vielleicht auch etwas von der Beklommenheit und den Bedenken vor dem Wiedersehen mit seiner Frau ablenkten, und beschloss, noch kurz in der Kapelle sich niederzusetzen und der Muttergottes und dem Herrgott zu danken und um eine gute Zukunft zu bitten.

Die Kapelle, erhellt nur durch drei Kerzen, strahlte eine friedliche Ruhe aus, und überall war die schmückende Hand seiner Frau zu erkennen. Er versuchte, tief und fest einatmend, ihren Geruch, ihre Berührung, ihr Aussehen, überhaupt sie selbst zu erfühlen, zu erspüren.

„Heilige Maria, Muttergottes, bitte hilf uns, dass wir endlich richtig zueinanderfinden können, und lass uns eine gute Familie werden." Mit einem flehenden Blick hinauf zur Muttergottesstatue über dem Altartischchen nahm er den Rucksack auf, um, nun doch müde und erschlagen, die letzten Schritte zurück in ein neues Leben zu machen.

Groß war die Überraschung und Freude, herzlich der Empfang. Schnell wurde das Essen gerichtet, und Vater musste erzählen und berichten. Heimweg, Zukunft, Frieden oder wieder Krieg und Angst und Gefahr, der Hausbau – stundenlang tauschten sie sich aus und redeten so, als könnte ein Abend vier Jahre Trennung und Krieg auslöschen und wiedergutmachen.

Es war schon nach Mitternacht, als er mit Mutter, seiner ihm etwas fremd gewordenen Frau vor die Haustür trat und sie, neben „ihrer", jetzt schneebedeckten Bank stehend, hinüber zur schneehellen Kirche blickten, wo durch ein Fenster das flackernde ewige Licht ihm wie ein Zeichen der Zuversicht erschien: Es ging weiter, es musste weitergehen. Er drückte seine Frau an die Schulter und flüsterte ihr zu: „Nach Weihnachten kümmern wir uns um das Haus, ich möchte so schnell wie möglich, dass wir dorthin zurückkönnen und unsere eigene Familie sind." Die von Sternen erhellte Dunkelheit ermöglichte, dass Vater das freudig zustimmende Lächeln im Gesicht von Mutter sah, und so ging für ihn ein glücklicher Tag zu Ende.

Und wirklich, gleich nach Weihnachten, die beiden waren auch bei der Großmutter in Brunndorf, begannen die

Gespräche und Planungen für den Hausbau, der im zeitigen Frühjahr unbedingt anfangen sollte. Auch Wassili und den Hof in Ottenhausen hatten sie schon besucht und alles unverändert vorgefunden. Die Eltern Kammer waren bereit, Feld zu verkaufen und den Jungen zu helfen, und Vater würde sich um einen Kredit bei dem neu gegründeten Deutschen Raiffeisenverband in Lemberg bemühen, der deutsche Galizier bei dem Wiederaufbau unterstützen wollte.

Im Januar fuhr er mit Mutter im Schlitten zum Kreisamt nach Grodek wegen der Pläne und nach Lemberg wegen des Geldes. Beide Gänge verliefen zufriedenstellend, sie würden, auch wegen der schon vorhandenen Sicherheiten, nämlich Hof und Felder, einen günstigen Kredit bekommen, den sie dann in zehn Jahren zurückzahlen müssten. In Grodek war Mutter alleine auf dem Amt, um Vaters Anwesenheit etwas im Unklaren zu lassen, und tatsächlich hatte der Beamte, neu bestallt und ohne Kenntnisse, auch nicht nach ihm gefragt; allerdings musste Vater sie fast zwingen, denn so etwas war für sie ungewohnt, und auch ihr Polnisch war nicht besonders gut.

Schon Anfang März, sobald das Wetter und der zurückweichende Schnee es zuließen, waren Vater und manchmal auch Mutter daheim, um mit Wassili zu räumen und die Baustelle für den Neubau vorzubereiten. Das längere Zusammensein und das gemeinsame Planen und Arbeiten förderte das Zusammenfinden der Eheleute, und zufrieden und glückselig spürte Vater, dass Mutters Scheu und auch ihre körperliche Zurückhaltung langsam wichen und Zutrauen und das Streben nach Gemeinsamkeit und Nähe immer mehr Raum ergriffen. Es tat so gut, und auch sie fühlte die wachsenden Gefühle, und wenn es ganz zu Beginn vielleicht überwiegend Pflichterfüllung und Gehorsam gegenüber den Eltern war, kam nun immer mehr Zuneigung und Liebe bei ihr hinzu. Das neue Haus wurde aus Stein gebaut, und in der Fastenzeit wurden mit Hilfe der Nachbarn die Steine angefahren. Zwei Wochen vor Ostern, am siebten April, begannen die Handwerker mit dem Aufmauern. Das Haus würde am alten Platz stehen und in Größe und Anordnung genau dem alten Ansiedlerhaus entsprechen: vorne, etwa zehn Meter zur Straße, der Blumengarten, dann das Wohnhaus mit Stube, Flur, Küche, Abstellkammer, kleiner Kammer neben der Stube und Schlafkammer, anschließend der Pferde- und Kuhstall, dann, zehn Meter entfernt, quer, wie ein Riegel zum Hof, die Scheune und gegenüber dem Haus, neben dem Erdkeller, der Stall für Schweine und Hühner. Stall und Scheune waren wohl, weil mit Blech bedacht, beim Brand großteils verschont geblieben und wurden nur ausgebessert und mit neuen Dächern versehen.

Vater und auch die anderen jüngeren Männer waren öfter auf der Flucht und versteckten sich manchmal tagelang in den Wäldern, wenn polnische Patrouillen unterwegs waren, um sie zu suchen und zum Kriegsdienst zu zwingen. Noch war nichts normal, aber im Laufe des Jahres und mit den zunehmenden Erfolgen der Polen wurde der Druck geringer, und Durchsuchungen und Plünderungen nahmen ab. Im Juni sprach Mutter mit ihrer Schwägerin Irene, der Hebamme, dann war sie sich sicher, sie war schwanger. Am nächsten Sonntag, als sie mit Vater am Nachmittag hinüber zur Baustelle fuhr, schmiegte sie sich beim Absteigen an ihn und überbrachte ihm die freudige Nachricht.

„Ich wollte es dir unbedingt hier, auf unserem Grund und Boden sagen", strahlte sie und er schwang sie herum, und mit einigen gemeinsamen Hüpfern betanzten sie die Freude auf Kind, Familie und Haus. Am Abend kehrten die glücklichen „Eltern" nach Weißenberg zurück, um – hoffentlich hatte Irene nichts verraten – den alten Kammers die frohe Nachricht zu bringen. Und tatsächlich, völlig überrascht, aber freudig meinte Josef Kammer: „Wurd jo aach Zeit, jetzt misst ihr aber schaun, dass das Haus fertig wird." Und mit einem Schnaps stießen die Männer auf die Neuigkeit an. Am Montagabend fuhr Vater mit dem Pferdefuhrwerk hinauf ins Ottenhausener Oberdorf, wo, wie die Dorfstraße abriegelnd, Haus und Hof von Josef Flamm lagen, der als Wagner und Stellmacher auf dem ungefähr zwei Kilometer Richtung Cuniow gelegenen polnischen Gut Zuszyce arbeitete. Neben einer kleinen Landwirtschaft betrieb er im Nebenerwerb eine Werkstatt, wo er für die Dörfler Holzräder, Speichen, Deichseln, aber auch Bretter und Latten machte.

Hier holte Vater dann und wann Holz und Gerätschaften, meist, wenn etwas gebrochen oder abgearbeitet war. Der Krummholz war einer der ersten, dem er ganz stolz erzählte, dass er bald Vater würde. Josef Flamm gratulierte ihm und ließ Mutter gute Wünsche ausrichten. Er kannte sie, sie waren gleich alt und zusammen vor Jahren in Weißenberg zur Erstkommunion gegangen. Manchmal, selten genug, setzten sich die Männer vors Haus, blickten geradeaus die breite, sich direkt vor ihnen nach Westen öffnende Dorfstraße hinunter, und, beleuchtet von dem warmen, den Himmel in mildes, weit ausuferndes Abendrot tauchenden großen Sonnenball, redeten sie über dieses und jenes, wehmütiges Hoffen auf endlich friedliche, bessere und ruhigere Zeiten. Sie verglichen ihre Lage mit der ihrer Vorfahren und fragten sich, wie wohl alles gekommen wäre, wenn diese nicht die alte Heimat verlassen hätten. Der etwas herrische Flamm politisierte auch gern und führte mit seinem Eintreten für Zucht und Ordnung ein strenges Regiment über Frau und Kinder. Vater versuchte dann und wann zu widersprechen, aber er kam gegen den Wagner nicht an. Meist sagte zum Abschied ein Josef zum anderen: „Morje geht die Sunn widder uff, un mer hann ä neier Dag zum Schaffe, machs gued Josef!“

Wenige Tage danach erreichte eine schlechte Nachricht die Kammers. Onkel Josef, der älteste Bruder von Mutter und Hoferbe, war tot. Schon seit Sommer 1918 wurde er vermisst, nun kam die Gewissheit, dass er gefallen war und seine Leiche in Südtirol gefunden und dort beigesetzt worden war. Alles Beten und Hoffen hatte nichts genützt, und Trauer und Niedergeschlagenheit legten sich für Wochen über die Familie. Die Situation wurde auch dadurch belastet, dass der älteste Sohn des Toten, Karl Kammer, erst siebzehn Jahre alt war und so jung den Hof übernehmen musste. Schon bald besprach Mutter mit Vater, dass sie, um den jungen Menschen zu entlasten, den blinden Onkel Peter, den Bruder ihres Vaters, wenn ihr Haus in Ottenhausen fertig sein würde, zu sich nehmen wollte, und er dort bei ihnen sein Auskommen haben sollte. Vater spürte, dass es für seine Frau ein großes Anliegen und eine Verpflichtung war, und war damit einverstanden; und so war bald klar, dass sie wohl zu viert das neue Haus beziehen würden.

Vater hatte, zusammen mit dem treuen Wassili, neben dem Hausbau schon im Frühjahr begonnen, die landwirtschaftlichen Arbeiten, so gut es nebenher ging, zu erledigen, damit die Felder nicht verödeten und auch Futter, Heu und Stroh für die anzuschaffenden Viecher vorhanden wäre. Im Herbst fuhr er mit dem Knecht nach Jawrov, um auf dem Viehmarkt ein zweites Pferd, eine Kuh, ein Schwein und ein paar Hühner zu kaufen. Sie stürzten sich in das geschäftige und laute Treiben der Händler und Marktschreier. Überall Tiere und Menschen, Geschacher und Händel, Schulterklopfen und Handschlag, Schimpfen und Zetern, dazwischen Muhen und Meckern, das Wiehern der Pferde und Gegacker der Hühner, von denen manche, an den Beinen zusammengebunden, kopfüberhängend von den neuen Besitzern weggetragen wurden.

Was für eine eigene, fremdartige Welt, ging es Vater durch den Kopf, so stellte man sich das Treiben in den Städten vor. Überall die Juden, die den Handel mit Vieh und vielem anderen beherrschten, und ringsum das babylonische Stimmengewirr von Jiddisch, Polnisch, Ukrainisch und „Deitsch“.

Schon im Sommer kam der Hausbau zum Erliegen, die Lieferung von Steinen stockte, weil der Bedarf überall im Land wohl so groß war. Im August wurde auf mehreren Baustellen in Ottenhausen von Dieben und Gesindel Material entwendet, und auch bei uns wurde etliches gestohlen. Bald war Vater und Mutter klar, dass das Haus in dem Jahr, 1919, nicht mehr fertig wurde und ihr erstes Kind noch in Weißenberg zur Welt käme. Vater kümmerte sich noch mehr um die Feldarbeit und die Heuernte, und als der Winter einbrach und die Baustelle winterfest gemacht und eingestellt war, freute er sich schon darauf, seine geliebte winterliche Waldarbeit endlich wieder aufnehmen zu können. Ab November, mit dem Einsetzen der Frostperiode, war er fast täglich schon früh morgens unterwegs in den Staatswald, um mit seinen Rossen zu schleifen und zu fahren.

Nach dem ersten friedlichen Weihnachten seit ihrer Heirat warteten die zukünftigen Eltern täglich auf die Geburt ihres ersten Kindes. In Mutters mächtigem Bauch freute sich ein lebhaftes, strampelfreudiges Kindchen, und seit Silvester glaubte die Schwangere mehrfach, es sei so weit. Die direkt im Nebenhaus wohnende Schwägerin aber beruhigte sie immer wieder. Dann, am 3. Januar, einem Samstag, kam Anna, das erste Kind von Angela und Josef Rau zur Welt, zur großen Freude von allen. Ein stolzer, nun schon dreiunddreißigjähriger Vater ging mit dem Mädchen auf dem Arm in der Stube auf und ab.

„Schau an, den Gockel", scherzte die Hebamme zu ihrer erschöpften, aber glücklichen Schwägerin, und während sie ihr mit einem Tuch die Schweißperlen von der Stirn wischte, huschte ein zufriedenes Lächeln über das Gesicht der jungen Frau. Mutter, wie immer etwas unsicher und ängstlich, war froh, mit der Großmutter im Haus und der Schwägerin nebenan Rat und Hilfe zu haben, und so konnte sie auch, als im April Hausbau und Feldarbeit wieder in Gang kamen, ab und zu Vater unterstützen und mithelfen, wenigstens Blumen- und Hausgarten vorbereiten und anlegen. Im August war es so weit, mit Sack und Pack, mit Töchterchen und blindem Onkel zog meine Familie in ihr neues Haus nach Ottenhausen; sechs Jahre nach der ersten Flucht und über fünf

Jahre nach der Zerstörung kehrten sie heim, dorthin, wo sie nur wenige Wochen als Jungvermählte gemeinsam verbringen konnten – wahrlich ein neuer Anfang.

„So, Schluss jetzt.“ Vater schlug die Hände zusammen, struwwelte mir durch das Haar und meinte: „Nun weißt du Bescheid und kennst unsere Geschichte.“

Spät war es wieder geworden, und als ich neugierig nach neuen Geschichten fragte, die er noch erzählen sollte, schaute er mich ernst und besorgt an und meinte:

„Die neue Geschichte ist auch deine Geschichte, du weißt, wir machen uns große Sorgen, dass es wieder Krieg gibt und es uns Deutsche hier in Polen schlimm treffen kann. Hoffentlich erleben wir nicht wieder die Schrecken, von denen ich dir erzählt habe. Der Herrgott möge uns beistehen. So, aber jetzt schnell ins Bett, du Nachteule.“

Mela

1939

Ottenhausen

Ein Wetter wie aus dem Bilderbuch – heiße, sonnenverbrannte Tage, wochenlang kein Regen, hie und da vielleicht ein kurzes Gewitter. Ich durfte mit den älteren Geschwistern manchmal hinunter an den Fluss zum Baden. Wir sprangen ins erfrischend klare Wasser der Wereszyca, lagen auf den Uferwiesen, tollten herum. Die Größeren kamen einander näher, wir Kleinen kletterten in den „Steenbrüch“, wo die stehende Luft flirrte und die Blicke verschwommen machte, wo unzählige Eidechsen wimmelten und, wenn wir uns ganz ruhig verhielten, die geflüchteten sich wieder hervorwagten und manchmal über unsere Füße und Hände liefen. Ich ging barfuß ganz langsam und sacht durch den feinpudrigen, hellen und zentimeterhohen Staub der Wege. Ich liebte es, wenn der feine, warme Puder zwischen den Zehen sich durchdrückte, emporquoll und ich dann und wann, energisch und fest aufstampfend, mit meinen Füßchen ganze Placken vom Staub freifegte; ich konnte mit den Füßen pusten!

Manchmal, nach Gewittern, sprang ich, sobald das Blitzen und Donnern nachgelassen hatte, barfuß hinaus auf unsere Dorfstraße, um in den herrlich warmen Pfützen herumzuwaten und den deutlichen Unterschied zur abgekühlten Luft zu genießen. Wenn ich dann ganz ruhig stehen blieb, die Augen schloss und meine Füße nur ein wenig seitwärts hin und her drehte, hatte ich das Gefühl, ganz langsam in dem sandigen, schlammigen Grund zu versinken, herrlich und warm und ganz für mich allein.

Auf den Feldern draußen standen Roggen und Buchweizen, die Halme wogen im sanften Sommerwind wie ein endloses Wasser, ein leises, kaum hörbares Wispern schwebte in der Luft, und wenn ich genau hinhörte, nahm ich ab und an ein ganz leises Knacken wahr und Vater sagte: „ Es reift."

Gerne streifte ich auch Getreideähren von den Halmen, zerrieb diese mahlend zwischen den Handflächen, blies sacht und vorsichtig Spreu und Spelzen aus den gewonnenen Körnern, um diese dann zu kauen. Die Körner von zwei, drei Ähren ergaben eine gummiartige, zähe Masse, die über längere Zeit gekaut werden konnte. Das machte mir Spaß und vermittelte mir auch ein wenig das Gefühl dass ich nicht verhungern würde, weil ich mir mein „Brot" selbst machen könnte.

Ich stand inmitten der Getreidefelder, einer Landschaft ohne Grenzen, damals im Sommer gelb, im Frühling grün und im Winter weiß, so weit das Auge blicken konnte, ein endloses Meer. Wenn der Wind darüberstrich, trieb er Wellen vor sich her, grüne und gelbe, und das Gefühl der Unendlichkeit machte mich still und ehrfürchtig; es beruhigte und ich konnte mich in mich selbst zurückziehen und dachte oft: Schöner kann es nirgendwo sein. Ich fühlte mich wohl, sicher, geborgen und ganz und gar daheim, dort in meinem Paradies. Ich setzte mich nieder, legte mich auf den Rücken, über mir der hohe, unendliche traumblaue Sommerhimmel, da und dort ein weißes, bauschig sich plusterndes Wölkchen, und mir war so angenehm; ich schlummerte, träumte und heute und morgen waren eins. Alles fühlte sich gut, sicher und heimelig an, so herrlich warm und friedlich.

Und dann die Blumen, überall waren Kuhblumen, gelb und saftig. Ich konnte die Stängel längs teilen und zu Ketten zusammenhängen. Die schönen gelben Blüten setzte ich in das Wasser der Wereszyca, wo die leichten Wellen sie tänzelnd und hüpfend davontrugen. Lang schaute ich den kleinen gelben Inselchen nach, bis ich sie nicht mehr sehen konnte und sie irgendwann im großen Wasser landeten; dort, wo, wie die Schwestern erzählten, man keine Ufer sehen könne und Schiffe tagelang fahren müssten, bis sie Land erreichten. Nur der milchige Saft, der die benetzten Finger mit der Zeit schwarz färbte und sich auch mit Seife kaum entfernen ließ, war unangenehm. In den „Steenbrüch" wuchsen blaue Blümchen, die ich sehr mochte. Fast immer brachte ich Mutter ein kleines Sträußchen davon mit nach Hause.

Ach ja, die „Steenbrüch", die waren später auch noch da und ich hab mich dort ganz allein ein wenig hingesetzt und mit geschlossenen Augen an früher gedacht – es war schön, wirklich schön! Ja, tatsächlich, vieles war noch da, als wir unsere alte Heimat besuchten, die Dorfstraße, immer noch sandstaubig, viele Häuser, die Landschaft oder die Hutweid. Sogar die Menschen waren wie früher, auch ärmlich und doch ahnungslos freundlich, alles einfach und ganz in der alten Art verhaftet.

Die Wiesen am Fluss waren saftig und grün, und wenn Vater zum Mähen fuhr, kam ich mit Rudolf – die anderen waren ja in der Schule – nach, wir setzten uns etwas entfernt ins Gras und schauten ihm zu, wie mit der immer selben Bewegung gleichmäßig und im Takt die Sense durch das feuchte Gras zischte, und sich dieses, wie vor ihr sich verneigend, Schur für Schur niederlegte. Ab und an hielt Vater inne, wischte sich mit dem Sacktuch den Schweiß von der Stirn, stellte die Sense aufrecht vor sich hin, nahm den Wetzstein aus dem mit Wasser gefüllten Kumpf aus Kuhhorn und ließ ihn in gleichmäßigem Rhythmus abwechselnd rechts und links der Schneide entlanggleiten, um das Werkzeug wieder zu schärfen. Eine abschließende Daumenprobe beendete die Unterbrechung. Ich schaute ihm gerne zu und war mächtig stolz auf ihn. Wenn er eine Pause machte, rannten wir gleich zu ihm hin und leisteten ihm Gesellschaft, bekamen einen Bissen Brot und einen Schluck Wasser, bevor wir uns auf den Heimweg machten oder, wenn wir keine Lust hatten oder müde waren, einfach warteten, um mit Vater auf dem Fuhrwerk mitzufahren.

Wenn Heu gemacht wurde, durften wir helfen; Vater hatte uns kleine hölzerne Gabeln und Rechen gemacht, und wir waren eifrig dabei, das Gras auszuwerfen, zu wenden, das trockene Heu zusammenzurechen und auf den Heuwagen aufzuladen. Es „roch" herrlich, den würzigen, kernigen Duft mochte ich sehr. Voller Freude sprangen wir auf den Wagen und später auf den Heuboden und trampelten und trippelten das gabelweise ankommende graugrüne Heu fest. Das machte Spaß, und ich war mächtig stolz, wie die Erwachsenen zu schaffen und wie eine Bäuerin auszuschauen.

Auch das Zusammensitzen und Vespern, das Erzählen und Schwätzen, das Ausruhen, das Strecken und Aufmuntern war ganz nach meinem Geschmack und machte zufrieden, ich fühlte mich wohl und geborgen.

Einer der drei Dorfbrunnen war direkt vor unserem Haus mitten auf der Dorfstraße. Vor allem am Morgen und abends war er Treffpunkt der Nachbarn, der Knechte und Mägde und von uns Kindern. Morgens hatte ich noch keine Lust, aber abends trieb ich mich dort immer herum, es gab viel zu sehen und zu hören, und wir konnten spielen. Da ich ja fast keine Arbeiten verrichten musste, hatte ich viel Zeit, und manche Erwachsene neckten mich bald und fragten: „Na kleeni Bäurin, was gebts Neis?". Wenn es dann dunkelte, wurden im Haus die Petroleumlampen angezündet, und Mutter ermahnte die älteren Geschwister und den Vater ständig, den Docht nicht zu hoch zu drehen, um die von ihr regelmäßig auf Hochglanz polierten Gläser nicht zu verrußen und auch damit sie nicht zu heiß wurden und zersprangen. Nicht immer war ein Ersatzglas zu Hause, und am Wochenende konnte man beim Umisch oder beim Schulem nichts bekommen. Unser Vater, eigentlich eine Seele von Mensch, ärgerte sich manchmal wegen der Putzerei der Mutter und mit einem: „Dunnerkeil, muss ma jetzt wegge deiner Putzerei ach noch im Dunkle hocke", machte er seinem Unmut brummend ein wenig Luft.

Im August hatte ich ein schönes Erlebnis. Seit Wochen schon bettelte ich bei der Mutter um die Erlaubnis, einmal mit dem Kuhhirten einen Tag auf die Hutweid mitgehen zu dürfen. Dann hatte ich es endlich geschafft, und sie fragte eines Abends den alten Stepan, ob er mich denn überhaupt mitnehmen und auf mich aufpassen würde, und da ich ihn schon mehrfach darauf angesprochen hatte und ihm mein großer Wunsch bekannt war, willigte er, Gott sei Dank, ein. Mir gefiel es, wenn die Kühe am Morgen mit dem Glöckchen eingesammelt wurden und abends, wie in einer Prozession, wieder ins Dorf zurückkehrten, ohne Mithilfe des Hirten ganz allein die Dorfstraße herunterkamen und in die Höfe und Ställe trotteten. Oft lief ich ihnen abends entgegen und begleitete sie das letzte Stück, bevor ich mich zu Mutter in den Stall setzte und ihr beim Melken „half". Während sie Eimer und Schemel richtete, holte ich ihr etwas Wasser, womit sie die Zitzen säuberte, bevor sie begann, die Milch in zischenden, gleichmäßigen Strahlen in den Eimer zu melken. Ich blieb in der Nähe, manchmal, besonders im Sommer, hielt ich auch den Schwanz der Kuh, denn das Herumwedeln und nach Mücken Schlagen war Mutter oft lästig. Wenn sie dann fertig war oder eine Pause machte, durfte ich mit dem Wasserbecher etwas Milch aus dem Eimer schöpfen und trinken. Ich liebte es, die kuhwarme, schaumige Milch zu schlürfen und mit der Zunge den Schaumbart von der benetzten Oberlippe zu lecken. Ich bildete mir ein, dass die frische und warme Milch mir Kraft gebe und ich dann wüchse und größer würde.

Beim Entgegenlaufen sah ich eines Abends Bernward, wie er mit seinen Kühen gerade von der Weide Richtung Zuszyce heimkam. Ich freute mich und lief zu ihm, aber er war komisch und schaute sich ständig um. Ich fragte ihn nach seiner Einschulung, als plötzlich ein gellender Pfiff ertönte. Bernward zuckte zusammen und rannte augenblicklich den beiden Kühen hinterher, die sich selbstständig schon auf den Weg zum Stall gemacht hatten. Nun erst bemerkte ich seinen Vater, der, von der Arbeit kommend, den Sohn mit einem durchdringenden Blick strafte und mich mit der Aufforderung: „Halt mir den Bub nicht von der Arbeit ab“, begrüßte und auch gleichzeitig verabschiedete. Etwas betroffen zottelte ich davon, Bernward tat mir leid.

Dann war es so weit; ich war am Abend zuvor schon ganz aufgeregt, und am Morgen sehr früh munter. Mutter richtete mir ein Vesper, und, mit einem alten Strohhut beschirmt, wartete ich schon ganz unruhig bei unseren Kühen auf das Läuten von Stepans Glöckchen. Als ich es endlich hörte, war ich sofort an der Straße, hatte kaum Zeit, mich von Mutter zu verabschieden und ihre Ermahnungen entgegenzunehmen, und dann „schritt“ ich, wieder mal voller Stolz, neben Stepan durch das Dorf und genoss die leider viel zu wenigen erstaunten Blicke der Ottenhausener. Ich freute mich schon über das „Geredd“, wenn es wieder hieß: „Was hott die Kleen vum Rau Josef jetzt schunn widder im Kopp gehatt?“ Auf der Weide verlebte ich einen schönen Sommertag; ich machte kleine Spaziergänge in diese und in jene Richtung, half Stepan die Kühe zusammenzuhalten, schaute dem Hirten beim Schnitzen einer Pfeife zu, wir vesperten zusammen, ich machte wie er ein kleines Mittagsschläfchen, und gegen Abend pflückte ich einen kleinen Blumenstrauß, den ich Mutter mitbringen wollte. Komischerweise gab es hier aber nirgends die blauen Blümchen, die ich von den Steenbrüch kannte, und so bekam Mutter ein Sträußchen ganz ohne unsere Lieblingsblume. Auch fand ich einige leere Schneckenhäuschen, die in der Hand schön und hell aneinanderklirrten und deren gleichmäßige Spiralen und fühlbaren Windungen mir wundersam und zauberhaft erschienen. Ich steckte sie ein, als kleinen Schatz für mein Nest.

Auf dem Heimweg spürte ich aber dann eine große Müdigkeit und war froh, als wir endlich die Dorfstraße und unseren Hof erreichten. Ich schenkte Mutter die Blumen mit dem Gefühl, wieder etwas Besonderes gemacht zu haben. Nach einem kurzen Abendessen fiel ich todmüde ins Bett und träumte von Kühen und unendlich weiten Wiesen, von Blümchen und Glöckchen, und ich war selig und zufrieden.

Da fällt mir ein, die Kühe, die jeden Tag durchs Dorf trotteten, hinterließen natürlich jede Menge Kuhfladen, die die ganze Dorfstraße zierten. Das fiel mir damals gar nicht auf, erst als wir so viele Jahre später Ottenhausen wieder besuchten, war das für uns ganz ungewohnt. Unser Sohn sprach immer von Tretminen und belustigt bewegten wir uns slalomartig drum herum.

Als der Sommer Ende August seinem letzten Höhepunkt zustrebte, verfinsterte sich der Himmel trotzdem immer mehr über meinem Kinderparadies. Hatte der Tod von Katie schon erste Schatten geworfen, so zogen nun dunkle, ja schwarze und bedrohliche Wolken über Ottenhausen auf, sie kamen aus West und Ost, da konnte es ja kein Entrinnen geben. Anfang September kam Bernward Flamm in die Schule, und am gleichen Tag lief die Nachricht durchs Dorf: „Krieg, es ist Krieg, die Deutschen haben Polen angegriffen." Alle waren in heller Aufregung, die Gerüchte und Nachrichten überschlugen sich, die Deutschen waren auf dem Vormarsch; alles ging so schnell. Schon Mitte September erschienen die ersten deutschen Landser auf Motorrädern und Beiwagen in Ottenhausen. Die Buben sprangen begeistert um sie herum, um sie und ihre Maschinen zu bestaunen. Es gab Schokolade, sie durften aufsteigen und an den Lenkern drehen. Die Freude, nochmals davongekommen und unter deutscher Besatzung in Sicherheit zu sein, wich aber bei den Erwachsenen schnell dem Entsetzen, als bekannt wurde, dass die deutschen Truppen sich wieder nach Westen, bis Przemyśl, zurückziehen werden und die Russen uns besetzen würden.

„Gott, die Russen kommen!" Schreckliche Erinnerungen an den Ersten Weltkrieg wurden bei den Erwachsenen wach. Die auch schon früher gehörten Erzählungen und Geschichten von Vater über Verschleppung, Vergewaltigung, Plünderungen und Mord und Totschlag und vom Niederbrennen des Dorfes wurden wieder wach gerufen und machten mich und alle anderen ganz krank. Erst als von Umsiedlung die Rede war, beruhigte sich die Stimmung ein wenig. Trotzdem, die Heimat verlassen, wieder irgendwo neu anfangen, „Jesus, Maria, hört das denn nie auf"? Doch „die Russen" waren ein so tief eingebranntes Schreckensbild, dass es für die Eltern keine Zweifel gab: lieber die Heimat verlassen, als in ihre Hände fallen.

Unsere Mutter jammerte und betete nur noch, während Vater, wie immer ruhig und sich fügend, mit den anderen Männern beratschlagte, wie es weitergehen sollte, wie man alles organisieren könnte und vieles mehr. Ich spürte, er war verändert, er sah traurig und niedergeschlagen aus. Das machte mir Angst; ich merkte, dass auch Vater keinen Ausweg wusste. Am 20. September wurden die ersten russischen Soldaten gesehen, und Anfang Oktober hingen überall Plakate aus mit dem Aufruf der deutschen und sowjetischen Regierung, dass alle Deutschstämmigen, die den Wunsch zur Umsiedlung hätten, sich bei den Bevollmächtigten der Umsiedlungskommissionen melden sollten. Es war genau festgelegt, was an Handgepäck mitgenommen werden durfte: so und soviel Kilo pro Person, auf einem Wagen mit zwei Pferden, Ochsen oder Kühen, darauf der Haushaltsvorstand und das älteste Kind, alle anderen würden mit der Eisenbahn transportiert.

„Heim ins Reich, heim ins Reich" war nun die neue, überall herumposaunte Parole. Wir Volksdeutschen, wie wir nun hießen, könnten, sollten, müssten uns melden, um aus Ottenhausen, aus Galizien ins Reich umgesiedelt zu werden. Gerüchte besagten, wir Deutschen sollten von den Russen nach Sibirien verschleppt werden, und so war klar: Alle wollten den Russen entkommen. Ich konnte es mir aber nicht vorstellen, Ottenhausen zu verlassen, vielleicht für immer, nein, ich wollte das nicht, für mich war das Vertreibung, Vertreibung aus meinem Paradies!

Josef Flamm, der Stellmacher aus dem Oberdorf, der Vater von Bernward, wurde von den Russen zum neuen Dorfschulzen ernannt, und bald wurde klar, dass alle Ottenhausener geschlossen an der Umsiedlung teilnahmen.

Nun musste man sehen, dass man noch möglichst viel von Hausstand, Vieh, Futter, Heu und allem, was zurückbleiben musste, verkaufen konnte; aber wenn alle verkauften, bei diesem Angebot, sanken die Preise ständig, und bald machte es fast keinen Sinn mehr, und man musste mit kleinsten Erlösen zufrieden sein.

Ich drückte mich trotz der Kälte viel in meinem Nest herum, und dort kam mir der Gedanke an die „Heimaterde“. Seit Vater die Begebenheit mit Jakob erzählt hatte, sah ich unseren Garten mit ganz anderen Augen. Er trug die Erinnerung an die alte Heimat,war Boden und Fundament und gehörte zu uns und unserer Geschichte, er durfte nicht einfach verloren gehen. Ich holte heimlich ein wenig Gartenerde, trocknete sie unauffällig unterm Ofen und füllte sie dann in eine kleine Schuhcremedose, die ich von Mutter erbettelt hatte: „ Die nehme ich mit, wohin auch immer!“ Und wieder sollte keiner davon wissen.

Meine Eltern wollten, weil Losters in Janov nicht umsiedelten, dass Hedwig und ihr Mann unseren Hof übernahmen, und Vater fuhr hinüber, um alles mit ihnen zu besprechen. Abends, nach der Rückkehr, erzählte er, dass sie Mitte Januar herziehen und den Hof bewirtschaften wollten. Die Eltern waren erleichtert, so blieb alles doch irgendwie in der Familie. Doch Mutter jammerte, eine Tochter nach Schlesien geflüchtet, eine hier zurücklassen, und wir, wer weiß wohin.

Weihnachten begingen wir wie in Erwartung des bevorstehenden Weltuntergangs. Das Wetter war grau und neblig, nasskalt, ungemütlich, dunkel und mondlos. Die Heimat, die Landschaft, der tiefe Himmel trauerten mit uns, wie ein Leichenzug fuhren wir an Heiligabend hinüber nach Weißenberg, schweigend und still kauerten wir im Schlitten, jeder seinen Gedanken nachhängend, und die kreisten alle um Trauer, Abschied und um den Schmerz über alles, was wir verloren und was zurückblieb. Ich konnte mir gar nicht vorstellen, von hier wegzugehen.Ich wusste nicht genau warum, aber ich spürte und war sicher, es würde ein Abschied für immer. Ich fühlte, ich verlöre nicht nur meine geliebte Heimat, mein Kinderparadies und meine Kindheit, mein bisheriges Leben.

Die Christmette war so feierlich und voller Wehmut, dass es schon schmerzte, und das Schluchzen und Weinen der Erwachsenen erstickte fast die Lieder. Als nach der Messe, ganz gegen die Gewohnheit, zum ersten Mal in der Kirche das Ottenhausener Lied von irgendjemand angestimmt wurde, war es zuerst ganz still. Dann erhob sich ein so inniger, sehnsuchtsvoller Gesang, dass es mich ergriff und rührte und ich mit fast tränenersticktem Stimmchen mithalf, die letzten Verse „... ich bleib bei dir, du liebes Haus, mein Heimatort, mein Ottenhaus!“ in all der Ergriffenheit zu Ende zu bringen.

Ich bin auch jetzt total gerührt, weine ich? Ich spüre keine Tränen, stelle mir aber vor, wie sie über die Schläfen und in die Ohren laufen; oder spüre ich sie doch, Wasserohren? Ich müsste den Kopf schütteln können, geht aber nicht!

1940

Umsiedlung: „Heim ins Reich“

Wieder einmal Winter, alles fror Stein und Bein. Frost, sagten Vater und Mutter, wie seit Jahrzehnten nicht mehr. Schnee lag schon seit Anfang November, und große Veränderungen ängstigten und beunruhigten die Deutschen in den galizischen Gebieten, alle waren im Aufbruch: „Heim ins Reich!“. Ich erkannte traurig und wütend, ich konnte mich noch so wehren, konnte weinen oder bocken, mir den Kopf ausdenken: Es gab keinen Ausweg, es musste sein und ich musste mit.

Nach dem Einmarsch der Russen – ich selbst hatte aber keine zu Gesicht bekommen – und nach dem traurigen Weihnachtsfest wurde gepackt. Am 4. Januar 1940 fuhr Vater uns mit unseren Bündeln nach Grodek zum Bahnhof, wo wir stundenlang auf den versprochenen Zug warteten. Ich war noch nie in der Kreisstadt gewesen, hatte noch nie einen Bahnhof gesehen, noch nie so viele Menschen. Es wuselte nur so, von der Brücke über den Gleisen schaute ich hinunter wie auf einen der großen Ameisenhaufen, die ich mit Katie manchmal im Wald beobachtet hatte. Überall Bewegung, und wie in so einem Ameisenhaufen flossen auf unsichtbaren „Straßen“ die kleinen Menschchen in unaufhörlichem Strom insektengleich dem einen Bahnsteig zu, wo der erwartete Zug kommen sollte.

Die Kälte war unmenschlich, ich spürte schon bald keine Füße mehr, alles Trippeln und Hopsen half nichts. Als der Zug dann endlich kam: Gedränge und Geschiebe; über Schneeberge steigend und auf Eispfützen rutschend, zwängten wir uns in die Waggons. Es war eisig kalt und nirgends ein Ofen, keine Spur von Heizung. Wir waren zu sechst, Mutter, Josef, Rudolf, Viktor, Onkel Peter und ich. Hella sollte als jetzt Älteste mit Vater etwa zwei Wochen später mit dem Fuhrwerk nachkommen. Über all dem lagen eine todtraurige Stimmung, ein drückender Himmel und diesiges Licht. Im Zug war es grabesstill, überall geduckte, hilflose Gestalten, Angst und Verzweiflung in allen Gesichtern, ich konnte es kaum aushalten.

Manche jungen Mütter hatten Säuglinge dabei, und die Sorge um die Kinder ließ viele durch die Waggons irren auf der erfolglosen Suche nach Wärme. Wir hockten auf den Bänken und am Boden, man versuchte abwechselnd zu schlafen, „wenn es nur nicht so kalt wäre". Bald waren die Scheiben mit Eisblumen bedeckt, das sich durch die Atemluft der vielen Menschen bildete. Im Takt der Schienenstöße, „tatag, tatag", ratterten wir meist dösend und hilflos ausgeliefert ins Ungewisse. Ich hatte Angst. Der Zug fuhr nur langsam, oft stand er, es ging kaum voran. Erst am Abend des übernächsten Tages erreichten wir Przemyśl. Alle mussten aussteigen, hässlich scheppernde Lautsprecher plärrten Befehle und Anweisungen über die Bahnsteige, und wir hasteten wie eine Viehherde, aufgeschreckt und verängstigt, aus dem Bahnhof hinüber in eine große Halle, wo alle registriert und entlaust wurden. Dort mussten wir uns nackt ausziehen, ganz nackt, und das bei den Temperaturen! Männer,

Frauen, Mädchen und Buben liefen in Räume mit feinem Nebel, dort mussten wir uns einige Minuten aufhalten. Dann ging es durch Duschen und dann zur anderen Seite wieder raus. Da durften wir uns wieder anziehen. Ich schämte mich so, nur der Nebel machte das Ganze etwas erträglicher. Mein erster Griff ging in die Manteltasche, Gott sei Dank, das Döschen war noch da. Danach wurden wir an kleinen Tischen familienweise registriert und einem Nachtlager in einer wohl ehemaligen Fabrikhalle zugewiesen. Während wir im Nebel gewesen waren, hatte man auch unsere Kleider desinfiziert. In der Halle stank es fürchterlich, wir stolperten im Halbdunkel über Beine, Menschen und Gepäck. Es herrschte ein furchtbares Durcheinander, Jammern und Schimpfen und Suchgeschrei überall. Nachdem wir einen Teller Suppe und einen Kanten Brot bekommen hatten, fiel ich todmüde auf eine der Decken und schlief sofort ein. Um uns herum waren alle Ottenhausener und auch Familien aus anderen Dörfern um Grodek, auch Flamms und Bernward hatte ich schon gesehen, aber wieder aus den Augen verloren.

Am nächsten Morgen ging es zurück zum Bahnhof, und mit dem gleichen Zug, vermutete ich, setzten wir die Fahrt nach Westen fort. Immer noch war es bitterkalt, Rudolf fing schon an zu husten, und Mutter machte sich wieder mal Sorgen. Ständig Kälte und Hunger und endloses Fahren und Warten. Oft stand der Zug herum, und auch das Spähen durch die frei gekratzte Scheibe brachte keine neuen Erkenntnisse über unsere Aufenthaltsorte. Nach zwei weiteren Tagen und Nächten, die wir im Zug verbrachten, erreichten wir dann Frankfurt an der Oder.

„Wir sind im Reich", flüsterten die Erwachsenen, und ich spürte, wie die bisher niedergedrückte Stimmung sich ein wenig hob, und auch Mutter sich etwas berappelte, obwohl Rudolfs Husten eher schlimmer geworden war. Es war noch immer lausig kalt, aber doch nicht mehr so eisig wie am Anfang.

Wieder wurden wir in einer großen Fabrikhalle untergebracht, eng und stickig, man konnte kaum laufen. Die Bohnensuppe war Saufraß, mit toten, weißen Würmchen drin, und die Wasserspülungen in den Aborten waren eingefroren. Es stank bestialisch, und auch die Behandlung war meist sehr unfreundlich; Beschimpfungen wie: „Ihr polnischen Schweine", hörte ich öfter. Ich begriff zuerst gar nicht, dass die uns meinten. Am zweiten Morgen war Mutter ganz aufgelöst, der Rucksack mit dem Speck und den Bratwürsten war weg, sie war kaum zu beruhigen: „Erst nehmen sie uns die Heimat, nun klauen sie uns noch das Essen." Gegen Mittag erschienen ein Mann und eine Frau im Lager, sie in einer grauen Krankenschwesterntracht, er schien Arzt zu sein. Sie begannen in wohl vorbestimmten Familien nach Kranken zu fragen. Tatsächlich kamen sie auch zu uns, wussten aber schon genau, dass Mutters Onkel Peter blind war. Mit einer Liste in der Hand fragten sie nach ihm und erklärten dann, dass er zur Behandlung und Schonung kurz mitkommen müsse. Mutter gab ihm sein Zeug, und dann wurde er von zwei Männern hinausgeführt. Eigentlich beneidete ich Onkel Peter ein wenig: „Besser als hier hat er es jetzt auf jeden Fall, aber er hat es ja auch verdient, der arme Teufel. Doch wie geht es weiter, wo bringen die uns hin, wann kommen die Männer?"

Tag um Tag verging, niemand wusste etwas Genaues, alle hörten etwas anderes und dann, nach einer Woche, plötzlich der Aufbruch, schnell zusammenpacken, ab zum Bahnhof, rein in den Zug und nach kaum einem Tag waren wir in Spremberg, irgendwo in Deutschland, keiner hatte eine Ahnung wo.

Ich höre die Lok, wie sie zischt und pfeift. Hier ist doch kein Platz für einen Zug, es ist kein Platz für einen Zug im Rohr, das Rohr gehört mir! Das müssen die doch wissen, Mensch, ich muss es ihnen sagen!

Nichts geht, kein Ton kommt aus mir raus, ich schwitze und schreie lautlos, so laut ich kann. Jetzt wird es dunkel, Gott sei Dank, es fahren keine Züge mehr.

Wieder raus, wieder alte Fabrikgebäude, wieder Lager auf den Böden. Nach und nach erfuhren wir, dass wir südlich von Frankfurt an der Oder waren und hier darauf warten müssten, auf Höfen in Mittelpolen angesiedelt zu werden, die Behörden seien völlig überfordert, nichts sei vorbereitet, und besonders die Erwachsenen waren ganz erschüttert, nicht ins Reich zu kommen. Wenn schon die Heimat verlieren, dann wenigstens in Sicherheit zurück, wo die Vorfahren herkamen, und nicht schon wieder in fremdes Land. Wer wusste, was die Zukunft bringen würde, mitten im Krieg? Langsam wurden wir auch unruhig, wo war Onkel Peter, alles Nachfragen nutzte nichts, nur ausweichende, beschwichtigende Antworten, und Mutter machte sich große Sorgen: „Der war doch noch nie allein, der kann sich doch gar nicht selbst helfen." Doch alles Jammern half nichts, wir waren ja nicht frei, und wenn wir die Männer und älteren Geschwister wiedersehen wollten, mussten wir uns fügen.

Die Stimmung sank fast so tief wie die Temperaturen, niedergeschlagen und enttäuscht dämmerten die meisten vor sich hin. Die Hallen durften wir nicht verlassen, sie wurden bewacht, und zu tun gab es auch nichts. Mich ödete dieses Leben an, ich vermisste meine Freiheit, fühlte mich eingesperrt und gefangen, mir fehlte mein Paradies.

Etwa zwei Wochen später plötzlich Befehle und Geschrei, wieder Aufbruch, zack, zack! Schnell war alles zusammengerafft, wir hasteten zu einem Abstellgleis hinter dem Bahnhof, und bald dampfte und ruckelte der Zug los, aber diesmal nach Osten, dorthin, von wo wir eigentlich gekommen waren. Nach zwei Tagen Fahrt und einem anschließenden Fußmarsch befanden wir uns in „Tuschiner Wald", wie wir bald erfuhren, einer ehemaligen jüdischen Wochenendsiedlung in der Nähe von Litzmannstadt. Wir kamen in eines der kleinen Holzhäuser, sogar mit Balkon, aber natürlich nur ein Zimmer für uns, trotzdem fühlte ich mich fast wohl. Da aber Vater und die drei älteren Schwestern ja nicht da waren und unsere Mutter sich immer mehr in sich selbst zurückzog, versuchten Josef und ich, so gut wir konnten, bei Besprechungen und Zusammenkünften der Erwachsenen dabei zu sein. Außerdem musste sich Mutter um Rudolf kümmern, der inzwischen mit einer ausgewachsenen Lungenentzündung und Fieber im Stroh lag. Gott sei Dank gab es etwas ärztliche Hilfe. Wir erfuhren, dass wir auch nicht auf aufgeteilte Staatsgüter kommen würden, wie uns bis dahin gesagt worden war, sondern Gerüchte wollten wissen, wir würden auf polnische Höfe gesetzt, deren Eigentümer erst noch vertrieben werden müssten. Großes Entsetzen, Mutter war empört und wollte nicht auf Land, das anderen weggenommen würde: „Das kann nicht gut gehen, dafür wird Gott uns strafen.“

Vor dem Einschlafen gingen mir die Eindrücke und Erlebnisse der letzten Tage durch den Kopf, und mir wurde bedrückend bewusst, dass das, was vor kurzem noch schönes Spiel in meinem Kinderparadies „dehem“ in Ottenhausen gewesen war, schlagartig harte, ja unbarmherzige Wirklichkeit geworden war: Jetzt war ich die Bäuerin, die ich immer hatte sein wollen, wovon ich geträumt hatte, jetzt, mit knapp acht Jahren, musste ich mit meinem Bruder Josef versuchen, für die Familie, für Mutter und die kleinen Brüder einzustehen und da zu sein. Ich empfand nun leider keinerlei Freude, im Gegenteil, nur Angst und Sorge, und mit der Hoffnung, dass Vater und Hella hoffentlich bald wieder bei uns wären, schlummerte ich dann irgendwann inmitten des Schnaufens, Schnarchens und Stöhnens doch ein.

In den nächsten Wochen erhielten wir neue Papiere, wurden als „Volksdeutsche“ eingestuft, kriegten deutsche Pässe und „O“-Scheine und durften das Lager nicht verlassen. Ich begriff trotzdem nicht wirklich, was das alles bedeutete, und so begann eine schlimme Zeit des Wartens. Keine Spur oder Nachricht von Vater und Hella, stures Herumhocken, Langeweile und Streitereien. Das Essen holten wir Kinder täglich aus der Lagerküche, nachmittags rannten wir im beginnenden Frühjahr viel draußen herum, spielten Verstecken und Fangen und die Buben kletterten oft in den vielen Kieferbäumen und bauten Hüttchen und unter den Bäumen Höhlen.

1940

Ottenhausen / Januar

Nach der Rückkehr aus Grodek begannen Vater und Hella mit den letzten Vorbereitungen zum endgültigen Auszug vom Hof. Da Hedwig und Karl ja alles übernehmen sollten, wurde fast nichts verkauft, nur eine Kommode brachte Vater zum Kapusta. Nachdem die beiden am Dreikönigstag nochmals nach Janow gefahren waren, um sich tränenreich in eine ungewisse Zukunft zu verabschieden, machten sie alles so winterfest wie möglich, verkauften die letzten Schweine und Hühner und weil die Abfahrt des Trecks schon mehrfach verschoben worden war, ging es erst am 16. Januar endlich los.

Auf dem Wagen befanden sich das Futter für die Pferde, Bettzeug, Bettwäsche und Wäsche, in den Innentaschen der Kleidung war etwas Brot und Wurst. Eingemummt in den großen Fahrpelz, fuhren sie über Weißenberg Richtung Przemyśl. Das tagelange Freischaufeln der Zufahrten und der Straße war fast für die Katz gewesen, alles wieder verweht, ein eisiger Wind und Temperaturen von unter 35 Grad bissen ins Gesicht, und bald waren die Füße trotz der Pelzstiefel ohne jedes Gefühl. Drei Tage und zwei Nächte waren sie unterwegs, Schneeverwehungen machten ein Durchkommen oft unmöglich, man musste Umwege machen und schaufeln, um festgefahrene Fuhrwerke wieder freizubekommen.

Dann endlich erreichte man den San, und am westlichen Ufer – über die eisglatte, gefährliche Brücke mussten die ausgezehrten und nun auch manchmal unberechenbar gewordenen Pferde geführt werden – empfingen deutsche Wehrmachtssoldaten die erschöpften Umsiedler.

Ganz in der Nähe des Flusses fuhren all die Wagen auf, die erschöpften Pferde wurden ausgespannt und in Baracken versorgt, und als Hella und Vater endlich zu den Unterkünften kamen, waren diese voll. Müde und erschlagen krochen sie in ihren Wagen und unter die Federbetten.

Am Morgen waren die nassen Filzstiefel knochenhart gefroren.Vater spürte, dass er wieder, wie während des Krieges in den Dolomiten, Erfrierungen davongetragen hatte. Die nächsten Tage und Nächte verbrachten sie im Lager, wurden registriert, und dann wurde wieder eingespannt, und sie fuhren nach Radymno, wo alle auf einen Zug verladen wurden. Die Wagen kamen auf offene Loren, die Rosse in Viehwaggons und diejenigen, die nicht bei den Pferden blieben, in einen anderen Waggon. Dort war es so lausig kalt, dass es wohl besser bei den Pferden war, wo man sich an den Tieren wärmen konnte. Viele der Umsiedler hatten angefrorene Nasen, Zehen und Fingerspitzen. Nach zwei Tagen und Nächten waren sie in der Gegend von Litzmannstadt, dort mussten sie die Wagen abladen und die Gäule abgeben. Vater wollte es nicht wahrhaben, er sollte sich von seinen geliebten Pferden trennen? Max und Gretel, die auf seinem Hof geboren worden waren, weggeben? Sein flehentlicher, ungläubiger, hilfesuchender Blick traf Hella bis ins Herz, doch was sollten sie machen?

Sie nahm Vater am Arm und schob ihn sanft zur Seite.

„Geh, Vater, geh, ich bring sie weg“, flüsterte sie ihm zu, und wie ein geprügelter Hund schleppte er sich zur Unterkunft. Abends saß man zusammen, auch Josef Flamm und der siebzehnjährige Sohn Josef waren dabei. Eine gedrückte, ja tieftraurige Stimmung ergriff die Umsiedler.Der schmerzliche Verlust der Heimat war bis zur Abfahrt gemildert von Hoffnung und Zuversicht, aber seit sie unterwegs waren, nahmen die Zweifel zu, und die Sorge um die Familien, von denen man nichts wusste, machte fast wahnsinnig.

Auch die Gerüchte, „ihr kommt nicht ins Reich, ihr kommt auf polnische Höfe“, verstärkten die Angst. Die meist unfreundliche und entwürdigende Behandlung beim Entlausen tat ein Übriges, um die Umsiedler zu demoralisieren und zu erniedrigen.

Ich muss meine Haare waschen, alles klebt vor Fett, tranig und strähnig, warum gibt es kein warmes Wasser, es muss doch warmes Wasser geben, wieder kein warmes Wasser, wie immer!

1940

Romartow / Weglowice (Mittelpolen) / Sommer

Im März dann klopfte es an der Tür, und Vater und Hella standen draußen, Gott, welch eine Freude. Wir alle waren so froh, wieder zusammen zu sein, ich fühlte mich erleichtert und befreit, endlich wieder jemand da, der sich um uns sorgte und kümmerte, und jetzt wurde „verzeehlt“ und „geredd“. So war es bei uns, wie war es bei euch, wo sind die Pferde, wann, wo, wie, stundenlang, und nur Onkel Peters Schicksal machte große Sorge. Vater wollte sich gleich am nächsten Tag bei der Lagerverwaltung um Auskunft bemühen, auch weil ich ihm erzählte, dass Josef und ich es schon mehrmals versucht hatten, aber immer weggeschickt worden waren. Mit Vaters Heimkehr kamen doch Zuversicht und Vertrauen, Hella, die große Schwester, übernahm das häusliche Kommando, und ich gewann ein wenig meine kindliche Freiheit und ein bisschen von meiner Unbekümmertheit zurück. Aber nichts war mehr so, wie es vorher gewesen war, zu viel war schon geschehen, zu viel hatte ich schon erlebt und gesehen.

Auch Vater, der müde und traurig wirkte, konnte nicht viel erfahren, ihm wurde gesagt, Onkel Peter sei in einem Altersheim, und nach der Ansiedlung werde er wieder zu uns kommen. Dann musste Vater einige Tage in ein Krankenhaus, wo ihm zwei Zehen, die auf der Fahrt erfroren waren, amputiert wurden. Woche um Woche verging, wir lebten in den Tag hinein, Vater und die anderen Bauern wurden fast verrückt, hier untätig herumzusitzen, während das Frühjahr ins Land zog und Felder und Wiesen bewirtschaftet sein könnten. Ostern und Pfingsten gingen vorbei, die Unruhe wurde größer.

„Die haben uns vergessen, die lassen uns hier im Wald verrotten", die Stimmung wurde aggressiver, und auch untereinander nahmen Streitigkeiten und Händel zu. Dann endlich, Anfang Juni, erhielt Vater ein Schreiben der Kommandatur, worin die Zuteilung zur Ansiedlung bekannt gemacht wurde. Wir kämen in ein Dorf mit Namen „Romartow", es sei im Kreis Lentschütz, gut 50 Kilometer nördlich von Litzmannstadt.

Den ganzen Tag war Vater im Lager unterwegs. Er wollte erkunden, wer noch mit uns nach Romartow zugewiesen wurde, doch seine Hoffnung, dass alle oder viele Ottenhausener dabei wären, erfüllte sich nicht. Aus unserem Lager waren es nur zwei, Ottenbreits und Onkel Rudolf und Tante Eva , die, wie wir, dort angesiedelt werden sollten. Vater vermutete, und es sah so aus, dass die Galiziendeutschen absichtlich nicht zusammen, sondern verstreut und in kleinen Gruppen angesiedelt wurden.

Flamms kamen, wie Vater erfuhr, in ein Dorf ungefähr fünf Kilometer von uns entfernt, wo auch Küblers mit meiner Base Katie und Vetter Viktor, dem Musikus, ebenso verwandt mit Flamms, siedeln sollten. Der Ort hieß „Weglowice". Mitte Juni wurden wir mit einem Fuhrwerk zum Zug gebracht, und mit Sack und Pack fuhren wir in unsere neue, unbekannte Heimat. Ich war ganz zittrig, und auch den anderen, sogar Vater, war die Anspannung anzumerken – wo kommen wir hin, wie sieht es da aus, was erwartet uns?

Kaum ausgestiegen, hatte Vater schon eine Handvoll Erde vom Acker neben der Bahn in der Hand, und etwas enttäuscht und abschätzig murmelte er: „Ziemlich sandig, nett viel wert“. Nach einer Viertelstunde Fußmarsch erreichten wir das Dorf und wurden von einem Beauftragten für die Ansiedlung – er residierte im Schulhaus und stammte aus Dresden – zu unserem neuen Hof geführt. Nun ja, begeistert waren wir nicht, ziemlich heruntergewirtschaftet alles, das alte Holzhaus vernachlässigt, und im unteren Fundamentbereich konnten Viecher, sogar Katzen, fast ungehindert ein- und ausgehen. Die Wohnräume waren ausgeräumt und die Ställe leer, nur eine lahme, auf drei Beinen stehende, trächtige Stute war noch da, die Wehrmacht hatte wohl alle anderen Tiere geholt. In der großen leeren Küche stand ein kleiner gusseiserner Herd, und nachdem Mutter und Hella im Garten ein paar Frühkartoffeln ausgehackt hatten, machten sie uns ein erstes Essen, mit Fleisch aus Konserven, die wir in Tuschiner Wald mitbekommen hatten. Vater kümmerte sich natürlich gleich um das Pferd und durchforstete Hof und Garten, um alles in einen ersten Augenschein zu nehmen.

„Gott, oh Gott, viel, viel Arbeit“, stöhnte er dann, als wir auf dem Boden sitzend unser Mahl einnahmen. „Polnische Wirtschaft halt“, gab Josef seine Meinung dazu, obwohl er wusste, das Vater solche Sprüche nicht so mochte. Mir war es eigentlich egal, ich konnte mir sowieso nicht vorstellen, dass wir hier länger blieben, und wollte es auch nicht. Am nächsten Tag erhielten wir von der Ansiedlungsstelle einige

Möbel und Haushaltsutensilien und erfuhren, dass ein zweites, grad durch den Hofgarten erreichbares Gehöft auch zu unserer neuen Heimat gehörte, weil unser erstes allein zum Überleben zu klein war. Dieses Haus war gemauert und wurde von ein paar polnischen Saisonarbeitern bewohnt.

Es wurde geräumt und gezimmert, Vater kaufte ein Pferd, war mit Josef auf den Feldern, es wurden Hühner und ein Schwein angeschafft, die wenigen Gerätschaften ausgebessert und, und, und… Alle waren beschäftigt, sogar die kleinen Brüder mussten mit anpacken, ein kurzer Sommer ließ kaum Zeit zum Verschnaufen. Nur ich, ich nahm mir schon wieder gewisse Freiheiten, war schon immer mal unterwegs, streunte herum und ging oft zu Ottenbreits Franz, wo die Kinder Josef und Anna, beide etwas jünger als ich, ideale Spielgefährten waren. Ihnen konnte ich viel aus meinen Traumwelten erzählen, sie waren dankbare und gutgläubige Zuhörer, und oft waren wir an ihrem etwas abseits vom Haus gelegenen Weiher zum Spielen. Die „Heimaterde“ hatte ich auf einem Balken auf dem Speicher versteckt, ich wollte erst mal abwarten, wie es weiterging.

In Romartow, wo es keinen Wald und keinen Fluss gab und alles topfeben war, hatte fast jedes Haus einen eigenen Weiher mit Enten und Gänsen, und man konnte dort die Vögel beobachten, locken und füttern, man konnte sie treiben und ärgern, konnte Steinchen übers Wasser werfen und vieles mehr. Nur mit den Gänsen waren wir vorsichtig, die waren ganz schön bissig, aber ich war mutig und frech; wenn ein Gänserich zu nahe kam, schnappte ich ihn am Hals, schleuderte ihn ein paar Mal herum, und wenn ich ihn losließ, brauchte er eine Weile, bis er sich wieder zurechtfand, und ich war weg. Mit der Zeit merkte er sich das, und wir hatten Ruhe. In Romartow befanden sich keine Läden, zum Einkaufen fuhren wir nach Weitenland, polnisch Witonia, wo es Gasthäuser, die Kirche, die Post, eine Schlachterei und Lebensmittel gab. Ich war aber selten dabei, das machten Hella und Mutter, ich war ja meist unterwegs. Eines Abends im Herbst, als ich von Ottenbreits heimkam, saßen zwei Polen in der Stube und unterhielten sich mit Vater. Ich setzte mich natürlich dazu, musste ja wissen, was es gab, und hörte heraus, dass es der alte Hofbesitzer und sein Ältester waren, die nun in der Nähe von Kutno wohnten.

Stephan, so hieß der Sohn, war auf der Suche nach Arbeit, und der Alte bat Vater, ihn als Knecht einzustellen, er kenne sich doch bestens aus und könne dem „Pan", wie er sich ausdrückte, doch gut behilflich sein. Vater überlegte, ging kurz in die Küche, um sich mit Mutter zu besprechen und wenig später war Stephan unser Knecht, und das Ganze wurde mit Handschlag und einem Schnaps besiegelt. Nach und nach gesellten sich mit Hänek, Janina und Sigmund drei weitere Geschwister von Stephan dazu, auch weil das ganze Ausmaß der Arbeit auf den beiden Höfen erst mit der Zeit für Vater sichtbar wurde. Wie in Galizien und wohl auch hier in Polen üblich, wohnten sie auf dem Hof, Janina schlief in der Küche, und die Männer nächtigten auf Pritschen im Rinder- und Pferdestall.

Nach der Ernte und im Winter ging ich mit ein paar der älteren Polen aus unserem Steinhaus drüben manchmal mit, wenn sie wochenends hinüber nach Weglowice wollten. Dort trafen sie sich in einem Haus zum Tanzen, und um unterwegs eine deutsche Begleitung bei unvorhergesehenen Kontrollen durch Deutsche zu haben, brauchten sie mich. Ich kam mir wieder ganz wichtig vor, und gleichzeitig konnte ich fort und konnte tanzen, endlich wieder tanzen. Schon daheim in Ottenhausen war ich in der Stube, an der Kerb und an der Fasnacht ja immer rumgehopst, und jetzt war ich dabei und ganz hin und weg, und immer mehr stellte ich mir vor: „Ich will mal Tänzerin werden." Doch manchmal erschien mir das Tanzen wie eine Probe, und ich spürte, es war doch nicht mehr wie daheim, etwas fehlte, das Leichte, das Unbefangene. Mit glühenden Backen und ganz verschwitzt ging es dann spät abends querfeldein, oft auch durch tiefen Schnee, zurück nach Hause. Hella empfing mich dann manchmal mit einem: „Na, du Tanzdreimerin, hosch genug getanzt, kommsch doch noch heem!"

Sie wollte mich wohl necken, trotzdem bedrückte es mich ein wenig. Es machte mich traurig, dass die fröhliche Stimmung von daheim irgendwie verschwunden war, nein, nicht verschwunden, wir mussten die Fröhlichkeit, das Musizieren, das Tanzen und Lachen bei der Umsiedlung vergessen haben. Keiner hatte diese Dinge wohl eingepackt, jeder hatte gemeint, der andere hätte sie, sie wären automatisch dabei, und jetzt waren sie uns abhanden gekommen. Sie mussten in Ottenhausen zurückgeblieben sein, denn hier in Romartow konnte ich nichts davon finden. Ich suchte und wartete und fragte, aber keiner wollte was davon wissen. Niemand wollte von früher reden, alle verdrängten das Verlorene, unterdrückten die Gefühle, und wann immer ich wieder von etwas anfing, hieß es: „Komm, lass, das tut nur weh, was vorbei ist, ist vorbei, du träumst zu viel." Wenn ich allein war, hing ich oft den Gedanken nach, war enttäuscht oder auch wütend, sogar auf die Eltern und die Schwestern, und es deprimierte mich, dass sogar Vater uns nicht helfen konnte; auch mit dem Herrgott war ich nicht gut. Warum hatten sie das alles zugelassen? Ich war wütend auf die Russen, auf die Welt, auf alle, die hatten mir unsere Heimat, mein Zuhause genommen und hatten uns mit diesem Romartow abgespeist, hierher verbannt, wo der Schnee nicht so weiß, der Himmel nicht so blau, der Mond nicht so groß war, wo es keinen Wald gab, keine Wereszyca und auch keine Steenbrüch, keine Musik und keine Fröhlichkeit und überhaupt und sowieso, ich war gekränkt. Meine Kindheit und mein Paradies waren mir gestohlen, ich war verschleppt, gefangen, und keiner wurde dafür bestraft! Manchmal ermahnte ich mich selbst und dachte: Wie soll ich in Romartow leben, wenn ich in Ottenhausen bin? Aber ich schaffte es nicht, konnte mich nicht lösen, ich konnte und ich wollte auch nicht, dort war mein Paradies, meine Heimat, mein Ziel.

Nicht mal eine Kirche gab es, weder in Romartow noch in Weglowice, die einzig erreichbare in Weitenland war geschlossen und wurde als Getreidespeicher benutzt.

„Gottloses Gesindel", schimpfte Mutter, und wir beteten und hielten die Feiertage umso inniger und trotziger, auch weil uns vieles fehlte, besonders an Weihnachten und Ostern, wenn die Erinnerung an die feierlichen Fahrten und den gemeinsamen Kirchgang wehmütig und schmerzlich in Erinnerung kamen. Ich fing an, wenn auch mit schlechtem Gewissen, mit dem Herrgott zu hadern und ihn mehr und mehr für unsere Lage verantwortlich zu machen.

Alles war so provisorisch, ohne Tiefe und Sicherheit, immer auf der Lauer, immer in Erwartung, was kommen würde. Traurigkeit umfing mich und vernebelte oft mein ganzes Denken. Die Heimaterde blieb im Döschen!

Auch mit dem Schulbesuch war das so eine Sache. Anfangs fand überhaupt kein Unterricht statt, ich war nun fast neun Jahre alt und immer noch nicht in der Schule. Als es endlich so weit war, mussten wir einige Monate lang täglich fünf Kilometer nach Witonia laufen, wo ich zusammen mit etwa 120 deutschen Kindern aus dem ganzen Umkreis von dem Lehrer Albert Eberl, dem Ortsgruppenleiter, unterrichtet wurde. Eigentlich kommandierte und schrie er nur herum, und wegen jeder Kleinigkeit gab es Prügel; ich konnte den Menschen nicht leiden. Auch Bernward war dort dabei, wir hatten aber kaum miteinander zu tun. Ich merkte jedoch im Unterricht, dass er von dem Kerl wohl ganz begeistert war.

Dann, 1941, bekamen wir endlich in Romartow eine eigene Lehrerin, und die sommerlichen Fußmärsche und winterlichen Schlittenfahrten nach Weitenland waren Vergangenheit. Das Klassenzimmer war ein langer, hoher Raum, an der Innenwand stand ein großer eiserner Ofen mit Holzkiste. Im Winter mussten mittags nach dem Unterricht ein paar der Buben das verbrauchte Holz auffüllen, und zu Unterrichtsbeginn morgens wurde eingeheizt, der ganz ausgekühlte Raum erwärmte sich nur langsam. Denen, die in der Nähe des Ofens saßen, wurde es zwar bald warm, aber schon nach kurzer Zeit, wenn die weiter Entfernten noch schlotterten, zeugten ihre roten Ohren und Köpfe von der dortigen Hitze. Ich war froh, kein „Ofensitzer“ zu sein und meinen Platz vom Ofen entfernt, aber auch nicht direkt an den zugigen Fenstern zu haben. Trotzdem empfand ich kein

Wohlgefühl, entweder heiß oder kalt, aber nie richtig, nie angenehm, ich wurde dort einfach nicht warm!

Das Zimmer war ringsum mit einer knapp halbhohen Holzverschalung versehen, deren abblätternde, sich auflösende Farbe ebenso wie die drei teilweise abgeschlagenen, noch die Milchglasscherben festkrallenden ehemaligen Kugellampen für mich ein Abbild des heruntergekommenen Gebäudes und der Umgebung waren. Vorne neben der Tafel, auf fußhohem Podest, stand der Lehrerpult und auf der anderen Seite befanden sich ein immer leerer Kartenständer und ein schmaler, hoher Schrank, dessen eine Tür irgendwann verlustig gegangen war. Darin alte polnische Hefte und abgeschabte, zerfledderte Bücher, um die sich niemand von uns scherte. An der Rückwand die Holzleiste mit den Kleiderhaken, sonst nichts Nettes, keine Bilder, keine Pflanzen, kein unbesetzter Tisch, nicht mal ein Kreuz. Und regelmäßiger Unterricht fand auch hier nicht statt, denn nach fast jedem Ferienabschnitt erschienen unsere Lehrerinnen nicht mehr aus dem Heimaturlaub, und wochenlang fiel der Unterricht aus. Meine Schulzeit verlief so zwar kinderfreundlich, aber äußerst lückenhaft und bildungsfern. Überhaupt war die ganze Schule für mich eine einzige Enttäuschung, jahrelang hatte ich darauf gewartet und mich gefreut, endlich auch, wie die älteren Geschwister, in die Schule zu dürfen; und dann nichts wie rumkommandiert werden, still sitzen und den Mund halten müssen. Auch das monotone Üben und ewige Abschreiben fand ich langweilig und überflüssig. Ich war so neugierig, und keiner gab mir Antwort, immer hieß es, das komme später, ich solle nicht so vorlaut sein. Das Schönste waren da noch die Pausen und der Schulweg, wo wir zusammen hopsten, Spiele machten oder Geschichten erzählen konnten.

Ja, unsere Schulbildung, keine drei Jahre, mehr Lücken als Unterricht und wir konnten gerade so lesen und schreiben und keinen hat es gekümmert. Nur gut, dass wir da bei unseren Kindern so hinterher waren – oder gerade deshalb?

Eines Mittags, als ich gerade mal wieder Unterricht gehabt hatte und auf dem Heimweg war, traf ich vor unserem Hof den polnischen Briefträger Simon, und da ich manchmal mit ihm ging und ihm beim Austragen half, wollte ich ihm den Brief an uns abnehmen, aber er zog ihn weg und meinte ganz wichtig tuend: „Den muss ich persönlich übergeben, es ist was vom Amt."

Er ging mit mir hinein, und nachdem Vater den Empfang quittiert hatte, rief er Mutter aus der Küche herbei, öffnete den Umschlag und las vor: „... müssen wir ihnen leider mitteilen, dass Herr Peter Zimmer an einer Lungenentzündung verstorben ist ...". Ich hatte unsere Mutter schon oft traurig und betroffen gesehen, aber diesmal dachte ich, man hätte ihr das Blut abgestellt. Leichenblass und mit leicht geöffnetem, verzogenem Mund sackte sie lautlos und schlapp zusammen, und eh wir reagieren konnten, lag sie am Boden. Ihr Onkel, mit dem sie Zeit ihres Lebens zusammen war und für den sie so viele Jahre gesorgt hatte, war tot. Kaum hatte sie sich etwas erholt, fing sie an zu klagen und zu jammern: „Die haben ihn umgebracht, warum nur, warum?" Wieder ein schwerer Schlag für die Mutter, und tagelang sah ich sie, wie abwesend und das Madonnenamulett in den

Händen, betend und jammernd im Haus, gefangen in sich selbst.

Ach Mutter, ach Mutter, was hast du doch alles mitmachen müssen, und noch weit Schlimmeres stand dir und uns ja noch bevor.

Gottlob kam wenige Tage später ein Brief von Anni aus Schlesien. Sie teilte mit, dass es ihr gut gehe und die Eltern einen Antrag stellen sollten, dass sie sie auf den Höfen in Romartow brauchen, und sie als notwendige Arbeitskraft dringend anfordern, so hätte sie die Möglichkeit, wieder zur Familie zu kommen. Mutters Zustand besserte sich ein wenig, und als zwei, drei Wochen später Anni tatsächlich vor der Tür stand, gab es ein herzliches Wiedersehen. Wir alle, aber besonders Mutter, waren glücklich, fast die ganze Familie wieder zusammen zu haben.

Nur von Hedwig wussten wir nichts, hofften aber, dass sie zuhause in Ottenhausen auf unserem Hof war und es ihr gut ging. Anni erzählte, dass sie bei Bauern in Schlesien schwer schuften mussten, bei schmaler Kost und kaum Lohn, aber in ihrer Lage natürlich keine Ansprüche stellen konnten, sondern froh waren, überhaupt irgendwo untergekommen zu sein. Jetzt übernahm sie gleich die Arbeiten in Haus und Küche, und Hella konnte sich mit Vater und den Knechten ganz der Feldarbeit widmen. Mutter half in der Küche mit, während die kleinen Brüder und ich von Arbeiten weiter ziemlich verschont blieben.

Einmal, an einem Nikolaustag, waren alle Kinder mit den Eltern in die Schule nach Weitenland eingeladen, ein

„richtiger“ St. Nikolaus, mit Stab und Bischofsmütze – so was hatte ich noch nie gesehen – erschien, sprach mit uns, und alle Kinder bekamen ein Geschenk. Mir überreichte er einen Puppenküchenherd aus Blech. Ich war ganz schweigsam und still, ja ehrfürchtig und sehr stolz auf das herrliche Geschenk. Natürlich musste ich es allen zeigen, und auch daheim durften oder mussten es alle bewundern; leider gab es das nie mehr.

Während es in Romartow auf den paar Höfen fast nur deutsche Besitzer gab, lebten die Umsiedler in Weglowice und den meisten anderen Orten unter einer Mehrheit von Polen. Wenn mein Vater sich mit anderen Deutschen, wie den Ottenbreits oder Josef Flamm, unterhielt, saß ich oft dabei und lauschte neugierig, was so „geredd“ wurde.

Bald war den Männern klar, dass wir nicht umgesiedelt wurden unter Berücksichtigung unseres Wohlergehens, sondern den Interessen der Politik und des Krieges untergeordnet waren. Wie erzählt wurde, sollten wir hier in Polen den „Ostwall“ bilden; es war kaum zu glauben: Erst nahmen sie uns die Heimat, dann durften wir zum Schutz des Reiches auch noch den Kopf hinhalten. Wir sollten im besetzten Land Kontrollfunktionen ausüben, Versammlungs- und viele andere Verbote überwachen, waren verpflichtet, Verstöße sofort zu melden, und es war bei Strafe verboten, Polen zu helfen oder sie zu unterstützen. Auch deshalb hatte man uns nicht geschlossen, als Dorfgemeinschaften, angesiedelt, sondern völlig zerstreut und auseinandergerissen. Wir sollten als gute Bauern den Polen Vorbild sein, zur Volksernährung kräftig beitragen und die Polen als Mägde und Knechte nutzen und beschäftigen. Während ich von Flamms wusste, dass der Vater als Ortsvorstand von drei Dörfern und auch als strenger Familienvorstand für die Polen wohl schon eher dem Bild des Besatzers entsprach, kümmerte sich unser Vater nicht um Politik, und wenn Bernwards Vater mit den blank geputzten Stiefeln durch die Dörfer ging oder ritt, wurde sein etwas herrisches Wesen auch äußerlich sichtbar. In seiner manchmal aufbrausenden Art waren weder die Frau noch seine Kinder, auch nicht der nun schon zwanzigjährige Josef, vor Zornausbrüchen sicher.

„Ein Unmensch ist er aber nicht", sagte Vater, „einer muss es ja machen, und mir ist Josef Flamm lieber als manch anderer, denn er steht natürlich unter Druck und Beobachtung, aber jemand ins Unglück stürzen, das macht er nicht, ich kenne ihn schon lange."

Mein Vater hielt sich aus allen öffentlichen Dingen heraus, ihm ging es nur um die Familie. Vielleicht auch angeregt durch unsere Mutter, waren die Eltern immer bereit, zu helfen und zu unterstützen. Jetzt, wo Onkel Peter endgültig nicht mehr da war, verspürte Mutter den Drang, christliche Nächstenliebe an anderen zu üben. So bekamen Stephan und die Geschwister, wenn sie am Wochenende heim zu den Eltern und Familien nach Kutno gingen, regelmäßig Lebensmittel mit, auch wenn dies streng verboten war und im Entdeckungsfall schlimme Konsequenzen gehabt hätte, weshalb ich auch immer wieder ermahnt wurde, ja nichts zu erwähnen und nie darüber zu reden.

Ebenso wurde im täglichen Umgang mit unseren Polen christliches Verhalten und freundlicher Umgang großgeschrieben, und letztlich zählte wohl auch die Erlaubnis, dass ich die Polen zum Tanzen begleiten durfte, zu den Zugeständnissen unserer Eltern. Nur Anni und Josef teilten die Familienmeinung nicht so ganz, sie hatten schon manche schlechte Erfahrung gemacht und murrten manchmal ob der elterlichen Großzügigkeit.

Als ich elf Jahre alt war, sollte ich, durfte ich in die Höhere Schule in der Kreisstadt Lentschütz gehen. Natürlich war ich mächtig stolz und sehr aufgeregt, als der Tag der Einschulung kam und ich allein und ohne Begleitung mit dem Zug dorthin fahren sollte. Schon früh war ich fertig, hatte die besten Kleider an, und nachdem ich mich von Anni und Mutter verabschiedet hatte, ging ich durch den Futtergang und durch die Scheune, wo man, war die rückwärtige kleine Tür geöffnet, den direkten Blick zur ungefähr einen Kilometer entfernten Bahnstation hatte. Das von dort kommende dünne, lockende Pfeifen der Züge war schon lange Teil meiner Sehnsüchte.

Ich öffnete die klemmende Tür, mehr ein Verschlag, und – mehr weiß ich nicht. Als ich wieder zu mir kam, war ich nicht in der Schule, sondern in unserer Küche, und erschreckt und aufgeregt standen Anni und die händeringende Mutter über mir, und ich erfuhr, dass ich einen Anfall gehabt hatte und zuckend und um mich schlagend hinter der Scheune gelegen war. Nachdem sich der Anfall noch einmal wiederholte, kam ich ins Krankenhaus nach Lentschütz. Ich lag dort mit fast nur Erwachsenen in einem Saal, wurde untersucht, mein Kopf wurde vermessen und getestet, ich bekam jede Menge Medizin, und es hieß, das seien vielleicht epileptische Anfälle gewesen und ich müsste auch zuhause weiter Tabletten nehmen. Nach drei Tagen war ich wieder daheim, aber von höherer Schule war keine Rede mehr.

An Ostern waren wir drüben bei meinem Vetter Edward Kübler, dessen Frau Katie eine Base von Bernward Flamm war, und so trafen wir uns dort und wenn die Erwachsenen zusammensaßen, redeten, tranken und feierten, spielten Bernward und ich oder erzählten uns Geschichten oder auch besondere Erlebnisse. Während Viktor, Rudolf und Bernwards kleiner Bruder Johann in der Scheune spielten, saßen wir diesmal in einem Verschlag hinter dem Stall zusammen. Bernward berichtete stolz, dass sie sogar drei Höfe bewirtschafteten. Da Küblers keine schulpflichtigen Kinder mehr hatten, waren er und sein Bruder die einzigen, die täglich die sechs Kilometer nach Weitenland zur Schule gehen müssten. Nur wenn ganz hoher Schnee lag, wurden sie ausnahmsweise mal mit dem Schlitten gefahren. Neulich hatten sie auf dem Heimweg an einem teilweise zugefrorenen Weiher herumgetollt, Johann war über ein paar Eisschollen zum anderen Ufer gesprungen und hatte ihn von dort so lange gereizt und geneckt, bis er es nachgemacht hatte und prompt in das eiskalte Wasser gestürzt war. In einer nahe gelegenen polnischen Mühle hat er sich dann getrocknet und gehofft, dass daheim keiner etwas merkte. Natürlich wegen des Vaters, was der immer für eine Angst hatte, furchtbar!

Auch als der Ruf „Kinder, kommt, es gibt Kuchen“ vom Haus herüberschallte, blieben wir sitzen, und Bernward erzählte, dass er nur polnische Freunde hatte, weil es ja sonst keine deutschen Kindern im Dorf gab. Besonders mit den Kindern vom früheren polnischen Dorfschulzen, der im zweiten Flammhof nebenan wohnte, mit Wladek und Jadwiga, war er oft zusammen, und Aurelia, eine andere Gleichaltrige, sah er gern, was mich ein wenig ärgerte. Sie waren viel draußen, sangen oft zusammen polnische Lieder und spielten Siebzehnundvier um Hosenknöpfe. Sein ganzer Stolz waren seine Kaninchen, die er im Pferdestall hielt, obwohl sein Vater eigentlich dagegen war. Ich spürte, wie wichtig ihm die Tiere waren, und als er erzählte, hörte ich heraus, wie er mit ihnen spielte und schmuste, fühlte seine Hingabe und Leidenschaft, nur der Vater durfte das nicht sehen. Weil niemand daheim die Tiere aß, verschenkte er sie regelmäßig an die Freunde und Knechte. Ganz besonders gefiel mir die Begründung, warum im Hause Flamm keine Kaninchen verspeist wurden: Mutter Rosalia behauptete, mal ein Kaninchen mit Rattenschwanz gesehen zu haben, und somit war das Essen von Hasen für alle tabu und verboten, Bernward war es nur recht.

Ziemlich mulmig war ihm oft zumute, wenn er für die jungen Polen Schmiere stand. Denn trotz der Angst vor dem Vater wollte er denen helfen, und von ihrer Anerkennung und Dankbarkeit berichtete er ganz stolz. Ab und zu trafen sie sich in einem Haus am Ortsrand, und zur Musik von Mundharmonikas sangen und tanzten sie, was, wie überhaupt das Zusammentreffen von mehr als drei Personen, für Polen verboten war. Er war dann draußen, und wenn sein Vater oder der Onkel auftauchten, warnte er die Polen, und sofort war alles still.

Und dann die Hitlerjugend. Bernward bekam ganz strahlende Augen, wenn er vom Hoch- und Weitsprung, vom Wettrennen, vom Völkerball, vom Schießen mit dem Luftgewehr, von Geländespielen und mehrwöchigen Lehrgängen erzählte. Er wurde fast zornig, wenn ich neckisch bezweifelte, dass er tatsächlich der beste Schütze war. Als

Rudolf plötzlich hereinschaute und mich zum Gehen holen sollte, war ich fast froh:

Puh, heute hat er aber viel erzählt, nächstes Mal will ich wieder spielen, dachte ich bei mir.

Diese blöde Politik, dieser Nazimist. Die Hitlerjugend hat ihn schon begeistert, da war er wer. Verführt, getäuscht, verblendet – und man macht sich keine Vorstellung, wie zäh das Zeug hängen bleibt.

Im Sommer 1943 hatte ich ein ganz besonderes Erlebnis. Mutter machte sich schon lange Gedanken und Sorgen, ich war elf Jahre alt und musste zur Ersten Heiligen Kommunion, ich musste, sonst war ihr und auch mein Seelenheil in Gefahr. Nirgends weit und breit eine Kirche, kein Pfarrer, was tun? Mutter hatte eine Bekannte im 55 Kilometer entfernten Litzmannstadt, eine Frau Fischer, die ich mit ihr zusammen schon ein oder zweimal besucht hatte. Mit ihr war abgesprochen, dass ich in den Sommerferien käme, zwei Wochen Kommunionunterricht erhielte und dann meine Erstkommunion feiern sollte.

Ich fuhr alleine dorthin und war nun eine „Städterin". Dreimal in der Woche ging ich an großen Häusern entlang, vorbei an Geschäften und einem Café den Weg zum Pfarrhaus, wo ich mit zehn anderen Kindern von einem alten, wackligen Pfarrer unterrichtet wurde. Meistens drückte ich mich auf dem Heimweg in der Nähe des Cafés ein wenig herum, beobachtete die Leute, und bei schönem Wetter, wenn die Terrasse belebt war, setzte ich mich gegenüber auf eine Bank und genoss die Eindrücke von Mode, Menschen und

Stadtleben, welche, so schien mir, begehrenswerte Kontraste zum Leben im ungeliebten Romartow waren. Oft vergaß ich die Zeit, und die Tante, wie ich sie jetzt nannte, machte sich dann schon Sorgen und schimpfte, wenn ich mich verspätete. Auch kam ich auf meinem Weg an einem Viertel vorbei, das mit Mauern umgeben und mit – über die Straßen gezogenem – Stacheldraht abgesperrt und bewacht war. Auf meine neugierigen Fragen, wer dort so eingesperrt lebte, erzählte mir die Tante, dass alle Juden aus der Stadt und der Umgebung dort von den deutschen Behörden kaserniert wurden, um sie besser kontrollieren zu können.

Eines Tages erlebte ich mit, wie eine große Gruppe von Juden, begleitet und getrieben von uniformierten Deutschen und auch anderen Juden, aus dem Viertel bugsiert wurde. Zerlumpt und mit bleichen, ängstlichen Gesichtern hasteten und stolperten die Menschen dahin, begleitet von Befehlen und Beschimpfungen der bewaffneten Wachmannschaft. Dann, in Reihen geordnet, trotteten die abgemagerten, ärmlichen Gestalten mit hängenden Köpfen, schweigend und eng beisammengehend wie lebende Leichen als Trauerzug davon. Es war ein beängstigendes, trauriges Bild. Die Juden dauerten mich, und ich dachte wehmütig an die nette Umischin, bei der ich so wohl gelitten und gerne gewesen war. Ich fragte einen polnischen Passanten, wohin sie gebracht werden, und er flüsterte mir zu: „Zum Bahnhof, geh weiter und halt dich nicht auf." Die unglücklichen Menschen beschäftigten mich, und als ich den Pfarrer im Unterricht danach fragte, merkte ich, er wich mir aus, doch dann meinte er, sie würden wohl irgendwo neu angesiedelt, und ich dachte an unsere Umsiedlung vor drei Jahren und gab mich damit zufrieden.

Mein Gott, heute weiß ich die Wahrheit, grauenvoll und unmenschlich, und sie stimmt, ich war ja irgendwie selbst dabei, habe es gesehen. Wenn ich an die Umischin denke, furchtbar und so ungerecht.

Am Festtag dann stand ich ganz aufgeregt mit meinem geborgten Kleidchen vor dem Pfarrer, und als ich die Hostie, den Leib Christi, ehrfürchtig auf die Zunge gelegt bekam, dachte ich an die Heiligen Abende daheim in Ottenhausen, als ich schon die Hostie bekam, und feierliche Gefühle mischten sich mit Wehmut und Erinnerung.

Zusammen mit Vater und Mutter, Frau Fischer und meiner Base Josefine Lang, die dort im Nachbarhaus wohnte, wurde dann gefeiert. Es gab Hühnerbrühe und Hefekuchen. Es wurde sogar eine Fotografie gemacht, und danach ging es mit den Eltern wieder zurück nach Romartow, und mein Stadtleben war vorbei.

Als wir das Bild zwei Wochen später erhielten, stand da ein ziemlich ängstlich dreinschauendes Mädchen, das irgendwie fremd und unbeteiligt an der Kamera vorbei in die Weite schaute. Auch das dünne, schlapp an meinem mageren Körper hängende weiße Kleidchen und das mit Sternen gesäumte Krönchen wollten nicht so recht passen, und ich schien mich gar nicht so wohl zu fühlen. Trotzdem war ich im Nachhinein wieder sehr stolz; keiner, den ich kannte, hat das gemacht, schade nur, dass ich es niemand erzählen sollte.

In der Kinderschlafkammer, die ich zusammen mit meinen drei Brüdern bewohnte, wollte ich mir das Bild über unserem Bett aufhängen, und nach längerem Hin und Her konnte ich mich auch trotzig durchsetzen, obwohl Anni meinte, dass ich wohl verrückt sei, so ein Bild gehöre zu allen anderen in die Bilderschachtel, wo es viel besser aufgehoben und geschützt sei.

„So find ich es schön“, zufrieden und ein wenig triumphierend stand ich dann davor und fühlte mich wichtig und gut.

Auf unserer Landwirtschaft hatte sich auch manches verändert. Vater baute keine Hirse und keinen Buchweizen mehr an, die leichten Böden waren dafür nicht geeignet; stattdessen gab es, besonders gegen Weglowice und Witonia, große Feuchtwiesen, wo Torf gestochen wurde. Ich hatte damit natürlich nichts zu tun, aber von Bernward wusste ich, ihm bereitete die Arbeit dort Spaß, das akkurate Abstechen und Aufsetzen im Herbst nach der Ernte machte er gerne, und wenn im Winter die morastigen Böden festgefroren waren, fuhr man mit den Wagen hinein, und die nun auch abgetrockneten und gefrorenen Torfblöcke konnten abgefahren werden.

Immer an Weihnachten spürte ich noch viel mehr als sonst, auch wenn nicht darüber gesprochen wurde, dass die Gedanken und Gefühle von allen daheim in Ottenhausen waren. Wenn wir nach dem Dörrobst an Heiligabend vor unserer alten Krippe saßen und die Erinnerung an die Schlittenfahrt zur Christmette nach Weißenberg wach wurde, kam so viel Wehmut und Schmerz auf – ich war ganz traurig und niedergeschlagen.

Seit die Wehrmacht in Russland einmarschiert war und Galizien unter deutscher Besatzung lag, kreisten meine Gedanken wieder stärker und öfter um Hedwig und „mein“ Ottenhausen. Irgendwann hatten wir wohl Briefkontakt mit ihr bekommen und erfuhren, dass im November 1942 ihr erstes Kind Luzy zur Welt gekommen war. Nun war ich Tante und fühlte mich gleich erwachsener und drängte darauf, ihnen ein Paket zu schicken mit Lebensmitteln und einem Kinderkäppchen, das Anni besorgt hatte. Viel später erhielten wir Hedwigs Nachricht, dass das Päckchen gut angekommen war, und sie berichtete, dass sie sich in Grodek gemeldet hatte, um die Deutschstämmigkeit anzugeben. Ich träumte schon davon, wieder zurückzukehren und mein Gefängnis zu verlassen. Damit nervte ich immer wieder Anni, die seit ihrer Rückkehr das Kommando daheim übernommen hatte. Sie führte den Haushalt, und unsere Polen sprachen sie mit „Gosbodini", „Köchin", an, was Chefin meinte. Wir hatten manchen Disput, weil ich, wie sie sagte, eine „Kinderträumerin" sei und nicht begreifen wolle, dass nicht alles so ging, wie ich es mir mit meinem Dickkopf vorstellte, es sei Krieg und keiner könne machen, was er wolle. Rudolf ging jetzt, wenn überhaupt welche war, auch zur Schule, er war ein schmächtiges kleines Kerlchen, immer irgendwie krank. Ich musste mich um ihn kümmern; und auch unser Viktorche, der viel weinte und, wenn wir weg waren, allein bei Anni in der Küche hockte, hing mir öfter am Rockzipfel und hinderte mich manchmal am Streunen und Herumlaufen. Und dann heiratete Anni. Eines Tages, ich hatte davon überhaupt nichts mitbekommen, hörte ich, wie Anni, Hella und Mutter darüber sprachen, dass Anni in ein paar Tagen einen Wehrmachtskameraden von Vetter Edward heiraten würde. Er hieß Robert John, war Obergefreiter, stammte aus Frankfurt/Oder und war mal hier auf Urlaub gewesen, wobei Anni ihn wohl kennengelernt hatte. Ich war enttäuscht, dass ich nicht dabei war, nichts gemerkt hatte und mir niemand etwas sagte.

Die behandeln mich wie ein kleines Kind, dachte ich. Trotzig stampfte ich auf und stolzierte beleidigt davon. Drei Tage später war die Trauung, natürlich nur standesamtlich, ich war nicht mal dabei, meine älteste Schwester und mein neuer Schwager erschienen zu einer kleinen Feier bei uns daheim. Wehmütig und traurig dachte ich an Hedwigs tolle Hochzeit daheim in Ottenhausen, als ich „Prinzessin" und glückliche Tänzerin war, und schmerzlich vermisste ich mein Paradies. Ich war wieder einmal wütend auf dieses blöde Romartow und überhaupt, ich konnte nicht mal tanzen!

Anni hatte ein dunkles Kostüm an, Robert, den ich zum ersten Mal sah, eine Uniform. Er sah gut aus, er gefiel mir, aber die Erwachsenen nahmen ihn ganz in Beschlag, und am nächsten Tag war er weg, er musste zu seiner Einheit an die Front. Zwei, drei Wochen später bekam Anni, jetzt Frau John, einen Brief mit der Nachricht, dass Robert in Russland gefallen war. Anni ließ sich nicht viel anmerken, Mutter jammerte und heulte, und ich dachte: Schon wieder die Russen! Doch nachts hörte ich Anni leise schluchzen und weinen. Ich schlich mich zu ihr und schlüpfte zu ihr unter die Decke, drückte mich fest an sie und sie ließ mich gewähren.

Bei uns wurde gebaut, die Eltern hatten beschlossen, eine „Sommerküche" zu errichten, ein kleineres Haus mit einem großen Raum, darin einen großen Tisch, Bänken und Känster, einem Backofen, einem Herd und einer Räucherkammer. Hier sollte nun in den Sommermonaten gekocht, gebacken, geschlachtet, geräuchert, gegessen, zusammengesessen und das Häuschen zum Mittelpunkt der Familie werden. So wurde in der warmen Jahreszeit das alte Haus zur reinen Schlafstätte, und es durchzog nun kein Duft nach frisch gebackenem Brot mehr die Räume. Erst wenn ich über den Hof, am Ziehbrunnen vorbei, zur Sommerküche kam, lag der geliebte Duft in der Luft. Überhaupt war es nun ein Leben hier und da, für mich nichts Halbes und nichts Ganzes und nichts Richtiges.

Ich hatte auf dem Speicher schon probiert, mir ein neues Nest zu machen, und obwohl Platz genug da war und ich alle benötigten Bretter und auch eine alte Decke hatte, gelang es mir einfach nicht, dort Ruhe und Heimeligkeit zu finden. Nach mehreren Versuchen stellte ich fest, ich konnte hier weder träumen noch schlafen, und so schmiss ich die Bretter zusammen, brachte die Decke wieder in den Stall und musste mich wohl nach etwas anderem umsehen, nichts klappte so wie in Ottenhausen!

Rudolf und Viktor waren während des Baus der Sommerküche beschäftigt, machten kleine Handlangerdienste, hämmerten und nagelten herum, sägten und hobelten. Ich hatte sie los und konnte mich ganz meinen Streifzügen hingeben, immer auch auf der Suche nach einem Rückzugsort, wohin ich flüchten konnte, um zu verdrängen, aus dem Weg zu gehen, zu träumen. Und tatsächlich, draußen vor dem Dorf fand ich ein Plätzchen, mein neues Nest. Neben einer Baumgruppe lag ein großer, oben abgeflachter Stein, und wenn ich mich da drauflegte, passte sich mein Rücken, mein kleiner Körper, genau und bequem der Oberfläche an, und ich lag auf einem festen, angenehmen Bett. Ich schaute in den Himmel, und es klappte. Manchmal, wenn ich lang genug die Augen schloss, verwandelte er sich in meinen von Ottenhausen. Ich träumte von dort, hörte das leise Wispern von Buchweizen und Hirse oder stellte mir vor, wie dies und das, was mit mir in fünf oder zehn Jahren wäre, und fragte mich, warum immer Krieg sein musste und warum die Erwachsenen so hilflos waren und nichts machen konnten; und dann wieder träumte ich, ich sei Tänzerin und schwebte. Ich machte Pläne, ich ginge zurück nach Ottenhausen, ich lernte immer noch Tanz in Lemberg, wenn ich alt genug wäre, würde ich tun, was ich wollte, es war leicht und schön, und ich war bei mir und es war gut. Oft war ich auch erstaunt, was in das Gedächtnis zurückkehrte, Dinge, an die ich kaum Erinnerung hatte oder die einfach selbstverständlich waren. Dann summte ich Lieder und Melodien, die von den Vettern an den vielen lustigen Abenden daheim gespielt worden waren und die ich vergessen glaubte, oder spürte geradezu die Nähe von Onkel Peter, und wehmütig träumte ich mich in die verloren gegangene Zeit zurück.

Einmal, ich war gerade auf dem Heimweg, kamen Flamms vorbei, wohl auf dem Weg zu Ottenbreits, und Bernward sprang ab und ging mit mir das Stück bis zu den Häusern. Er erzählte ganz wichtig und begeistert, dass sein ältester Bruder Josef zur Wehrmacht eingezogen worden war, er war ganz stolz. Erst als ich ihm von Annis Mann Robert berichtete, der nach wenigen Tagen gefallen war, begriff er wohl, dass das so wunderbar nicht war und in welcher Gefahr sein Bruder jetzt schwebte. Als ich ihn nach seinen Kaninchen fragte, stockte er, biss sich auf die Lippen, und ich sah, wie ihm die Tränen in die Augen schossen. Er wendete sich ab und riss sich, als ich ihn am Ärmel halten wollte, los, schluchzte, und ich spürte, dass er sehr betroffen war und nicht darüber sprechen konnte. Ich dachte, ich weiß auch so Bescheid.

Bei Ottenbreits sah ich dann zum ersten Mal Bernwards kleine Schwester Anni, das einzige Kind, das ich kannte, das hier in der neuen Heimat geboren war. Er hob sie vom Wagen herunter, und die Kleine wackelte auf unsicheren Beinchen hinter Rosalia Flamm her zu Ottenbreits Haustür.

Wie so oft war unsere Lehrerin nach den Ferien nicht mehr zurückgekommen, wir hatten wieder wochenlang keine Schule, und ich strolchte manchmal mit Rudolf herum. Wir sammelten Beeren an den Hecken hinter der Scheune, wo, nach Norden hin, ab und zu das entfernte Dampfen und Zischen unsere Blicke auf vorüberfahrende Züge lenkte. Ich lief barfuß über die staubigen Wege, wie früher in Ottenhausen, ich erspürte und fühlte den Puder zwischen den Zehen, ich träumte, nur so oder von meinem Kinderparadies, war oft bei meinem Stein oder auch mit Josef und Anna Ottenbreit bei den Weihern, und wir ärgerten Enten und Gänse. Gern war ich auch allein an einem der Teiche, der sich, etwas abgelegen, Richtung Witonia befand. Dort saß ich unter einem Baum direkt am Wasser und beobachtete ganz still und leise die Karpfen, die mit ihren großen Mäulern den wässrigen Spiegel durchbrachen und nach den Kleeblättchen oder Brotkrumen schnappten, die ich ihnen ins seichte Wasser warf. Mir gefielen die dicken Fische, deren mächtige Maulovale mit einem schmatzenden Laut mein „Futter“ griffen und dann kurz in das trübe, von ihnen selbst aufgewirbelte Wasser abtauchten, um gleich darauf wieder zu erscheinen. Im Frühjahr wartete ich auf den gallertartigen, schleimigen

Laich, der überall am Ufer entlang wabernd festhing, und ich war täglich dort, um ja nicht zu verpassen, wenn die ersten der unzähligen Kaulquappen wundersam aus dem schwarz gepunkteten Schlapper zum Leben erwachten. Es faszinierte mich, zu sehen, wie sich von Tag zu Tag verändernd die Kopfschwänzler Beine bekamen und sich zu niedlichen kleinen Krötchen entwickelten. Ich hatte das Gefühl, Geburtshelfer und Begleiter zu sein, und verbrachte in diesen Frühlingszeiten ganze Tage dort mit „meinen Schützlingen". Ich war auch immer wieder erstaunt, wie die meisten der Kröten und Frösche, wenn sie größer wurden, plötzlich verschwanden und dann zu Beginn des Sommers eigentlich keine mehr zu sehen waren, und manchmal dachte ich: Wenn ich groß bin, mach ich auch Kröte, irgendwann, irgendwie einfach verschwinden, ausbrechen, am besten zurück in mein Paradies, mein Kinderparadies, und keiner weiß es, alle suchen mich und sorgen sich, irgendwie verlockend.

Ja, ja, die Krötchen, einfach verschwinden. Ich muss aufpassen, ganz fest aufpassen!

An Heiligabend 1944 sangen wir vor der Krippe unsere alten Weihnachtslieder. Ich trauerte den alten Zeiten und der Schlittenfahrt zur Christmette in Weißenberg nach. Draußen lag hoch der Schnee, und schneidender Ostwind brachte bissigen Frost in die Dörfer um Romartow. Ich bekam eine Mütze und Handschuhe geschenkt, und Anni hatte für uns alle die schönsten und besten Weihnachtskekse gebacken, die es je gegeben hatte. Dieses Jahr durfte ich mich nicht mehr beim Backen in der Küche aufhalten, und eigentlich wollte ich es auch nicht. Ich war jetzt schon zwölf und, wie ich selbst fand, schon viel zu groß für solche Kindereien, dies überließ ich nun Rudolf und dem kleinen Viktorche. Umso mehr freute ich mich natürlich an Weihnachten über das herrliche Gebäck. Anni war wirklich eine Meisterin. Doch die Stimmung blieb gedrückt, schlimme Gerüchte waren unterwegs, die Front nähere sich, und die deutschen Soldaten sollten die Russen, die Rote Armee, nicht aufhalten können.

An Neujahr, als wir wie immer bei Bekannten und Verwandten waren, um ein gutes Jahr zu wünschen, gab es unter den Erwachsenen nur noch ein Thema, Krieg und Russen. Die deutschen Behörden sprachen zwar immer noch vom Sieg, vom „Endsieg“, aber viele wussten, wohl auch von den polnischen Knechten und Mägden und von dem einen oder anderen der polnischen Nachbarn, dass die russischen Truppen kaum mehr als 150 Kilometer entfernt waren – und tatsächlich, schon am nächsten Tag begann die Aufstellung von Volkssturmverbänden, und Männer von 16 bis 60 Jahren mussten sich melden.

„Wenn man bei Sechzehnjährigen von Männern sprechen kann", merkte Vater bitter an, weil er wohl an unseren Josef dachte. Ihre Aufgabe war es vor allem, Bahnlinien und Kasernen und Ähnliches zu bewachen, denn überall waren nachts Partisanen unterwegs, um Anschläge zu verüben, die sollten sie aufspüren und festnehmen. Ich hoffte, sie würden keine finden, weil ich Angst um Vater hatte. Ich glaube, er war an Dreikönig zum ersten Mal unterwegs, und am nächsten Morgen fand ich ihn schlafend und völlig erschöpft mit einem Gewehr auf der Bank in der Küche. Er war 57 Jahre alt und doch ein abgearbeiteter, alter Mann, er tat mir richtig leid. Auch spürte ich, dass Vater sich weiter verändert hatte, eingefallen und traurig schlurfte er durch das Haus.

Wenige Tage später dann Unruhe und Angst, Hektik und Getuschel, überall wieder Gerüchte und Vorahnungen, die Russen seien durchgebrochen, wir sollten, wir müssten fliehen.

„Wenn die Russen und die polnischen Partisanen und Milizen uns erwischen, dann gnade uns Gott", hieß es. Die Schule wurde geschlossen, und als ich Vater, der frühmorgens der Mutter und den großen Schwestern flüsternd in der Küche berichtete, fragte, warum wir nicht sofort weggingen, strich er mir über den Kopf und meinte: „Ach Kind, wenn wir das machen, erschießen uns die eigenen Leute, hier kommt keiner raus, wenn es keinen Befehl dazu gibt, und ich fürchte, wenn der kommt, ist es zu spät." Ich ärgerte mich, dass Vater auch nicht helfen konnte und dachte: Kann ich nicht mal recht haben, auch wenn ich nur ein Kind bin?

Mutter fing furchtbar an zu jammern, Vater jammerte nicht, aber sein Blick und die Art, wie er sprach und mir über den Kopf fuhr, machten mir Angst. Sein früherer Optimismus und die Fähigkeit, die Dinge anzunehmen, waren verflogen. Ich spürte seine Resignation und Kraftlosigkeit, er schien schon aufgegeben zu haben, Energie und Mut waren gewichen. Ich nahm ihn in den Arm und tröstete ihn, ich glaube, zum ersten Mal.

Als Stunden später die Einberufung für unseren Josef eintraf, er war ja erst 16 Jahre alt, brach Mutter geradezu zusammen, bekam einen Schreikrampf, und Vater und die Schwestern hatten alle Hände voll zu tun, sie zu beruhigen. Am liebsten wäre ich davongelaufen, hätte mich irgendwo verkrochen, die Augen geschlossen, die Ohren zugehalten und wäre solange sitzen geblieben, bis irgendwann die Menschen normal geworden oder sich die Verrückten gegenseitig umgebracht hätten. Doch zu weiteren Plänen kam ich gar nicht mehr, und auch die Einberufung kam – oh, waren wir froh – zu spät, denn in der übernächsten Nacht, vom 17. auf den 18. Januar, die Väter waren wieder beim Volkssturm unterwegs, brach die Hölle los. Vater kam völlig aufgelöst nach Hause und schrie alle aus dem Schlaf: „Auf, auf, packt schnell zusammen, alles auf die Wagen, wir müssen weg, die Russen kommen!" Der Puls raste, Geschrei überall, Hektik und Panik, Vater drängte, alles rannte, ich wusste gar nicht, wie mir geschah. Kaum angekleidet, rafften wir Papiere, Bettzeug, Decken, Speck, Wurst und Brot und wer weiß was zusammen. Mutter war völlig außer sich, Anni nahm ihr ständig unnötige Sachen weg, die sie mitnehmen wollte. Nur als sie die alte Krippe und die Figuren zum Wagen trug, ließ sie sie gewähren. Josef half Vater mit den Pferden, sie luden Heu und Hafer auf. Plötzlich kam mir meine Heimaterde in den Sinn, ich hastete auf den Speicher, schnappte noch schnell mein Döschen oben vom Balken, und gleich darauf waren wir unterwegs. Von allen Seiten fuhren Fuhrwerke Richtung Westen zur Landstraße zusammen. Zwar ließ der Schnee die Gegend nicht ganz im Dunkeln, doch ich hatte Angst und wäre jetzt doch gerne hier geblieben.

Eismantel! Hallo, spürt ihr das auch? Alles ist vereist, der Laich, ganz steif gefroren und so kalt, nicht zum Aushalten, Gott, ich sterbe, das überlebe ich nicht – und immer noch keine Wanderschuhe!

1945

Auf der Flucht nach Westen / Januar

Wieder Winter, wieder Januar, wieder viel Schnee und Eiseskälte und wieder waren wir unterwegs, und wieder ging es um Hab und Gut und, viel schlimmer, um Leben und Tod. Wir hatten zwei Wagen, einen größeren und einen kleinen; vor dem größeren, den Vater steuerte, waren zwei Pferde, und vor dem kleinen, den Josef fuhr, lief eines. Mutter und die kleinen Brüder waren aufgesessen, wir drei Schwestern stapften hinterher. Von überall kamen die Fuhrwerke, und bald war die Straße nach Westen voller Flüchtlinge. Es war zwei, drei Uhr in der Nacht, wir fuhren, liefen, standen, es wurde geschrien, geflucht und gezetert, gegen Morgen war die Straße schon so verstopft, dass kaum ein Fortkommen mehr möglich war, ein heilloses Tohuwabohu!

Ungeduldige fuhren aus den Reihen, versuchten durch das Gelände oder auf Nebenwegen voranzukommen, Wagen stürzten an den Böschungen um, andere blieben im Schnee stecken, Pferde standen bis zum Bauch darin, scheuten, Panik und Geschrei brach aus, es war furchtbar. So ging es die ganze Nacht und den nächsten Tag. Immer der angstvolle, verzweifelte Blick zurück, das Horchen auf Gefechtslärm und Explosionen und die bange Frage: Kommen die Russen schon, können wir es schaffen? Dünner, eisiger Wind trieb trockenen Schneestaub übers Land, Schnee und Kälte krochen langsam, aber unaufhaltsam in die Kleidung und unter die Haut. Gegen Abend, wir standen bestimmt schon wieder zwei Stunden, und ich war nun sicher zu erfrieren; da fuhren Vater und Josef etwas zur Seite, Vater deckte die Pferde mit Decken zu und versorgte sie. Wir kauerten auf dem Wagen zusammen, Mutter und Anni steckten uns etwas Brot und Wurst zu, und dann schlief ich völlig erschöpft ein. Ich wusste nicht wann, aber schon nach kurzer Zeit wurde ich wachgeschüttelt, die Pferde waren schon abgedeckt, und es ging weiter.

„Es geht voran“, meinte Vater, „da dürfen wir nicht schlafen“; doch wenig später war wieder alles verstopft, und ich hatte das Gefühl, wir standen mehr, als wir gingen oder fuhren, und hinter uns im Osten war da und dort ein roter Schein zu sehen, brennende Städte und Dörfer, und ferne Detonationen ließen sacht die Erde erzittern.

Es war unbeschreiblich, hinter uns war der Krieg, die Russen kamen, vor uns war die Rettung und Freiheit, und wir standen herum und kamen nicht voran – und allen ging es so. Wut und Verzweiflung überall, manche reagierten sich an den armen Pferdchen ab, andere stritten mit Vorder- und Hintermännern, viele nahmen das Schicksal hin; stoisch, ja apathisch standen und saßen sie herum. Einige beschäftigten sich mit den Pferden, Mütter kümmerten sich um die Kinder, man stieg ab und bewegte sich, um die kalten Glieder zu wärmen, andere schliefen im Liegen, Sitzen, ja im Stehen. Wenn wir nicht fuhren, drückte ich mich oft zwischen unsere Pferde, ihre großen, dampfenden Leiber gaben mir Wärme und Nähe, und ich zog ihren vertrauten, heimischen Geruch in mich ein. Die Kälte war kaum auszuhalten.

Warum haben uns diese Idioten nicht früher fahren lassen, ging es mir immer wieder durch den Kopf, und Mutter jammerte und versank immer mehr in ihrer eigenen Welt. Wenn sie sich nicht um Rudolf und Viktor sorgte, hatte sie das Amulett in Händen, und ihre Lippen sprachen unhörbare Gebete.

So ging es weiter, immer weiter, fast immer auf der Straße, nur zweimal übernachteten wir in leer stehenden Gebäuden am Wegesrand; ich dachte, auch weil Vater, der Pferdenarr, unsere Tiere schonen und ihnen etwas Ruhe gönnen wollte. In den ausgeräumten Ställen fanden wir noch etwas Futterreste für die Pferde, wir krochen in einem Raum unter und versuchten, ein paar Stunden zu schlafen. Obwohl ich todmüde war, gingen mir noch Gedanken durch den Kopf. Im Wegschlummern dachte ich daran, dass wir eigentlich nichts mehr zum Essen hatten, Reste in Häusern und Ställen suchten, uns seit der Abfahrt nicht mehr gewaschen hatten, Schnee gegen den Durst aßen, die Pferde kaum tränken konnten, dass alles Stein und Bein fror. In mir kroch eine solche Wut hoch, eine Wut auf Gott und die Welt und darauf, dass alles so ungerecht war und ich nichts dagegen tun konnte. Man wurde so getrieben, war hilflos und machtlos, nur mit der Hoffnung, zu überleben und irgendwo zu landen, irgendwo hinzumüssen, wo man gar nicht hin wollte. Trotz der bangen Frage: „Was wird mit uns werden, was machen die mit uns, warum lässt man uns nicht endlich in Frieden?" übermannte mich dann doch irgendwann der Schlaf.

In der Gegend von Posen, so hörten wir – ansonsten hatte ich keine Ahnung, wo wir waren – erschienen zum ersten Mal deutsche Truppen auf dem Rückzug. Sie überholten uns, wir mussten runter von der Straße. Ihr Zustand ließ uns wenig Gutes hoffen, sie waren in heilloser Flucht, hektisch hetzten sie nach Westen, und schnell wurde klar, wir hatten von ihnen keine Hilfe zu erwarten. Einzelne jüngere Männer wurden zwar mitgenommen und auch unser Josef hätte mitfahren können, aber Mutter ließ es natürlich nicht zu, sie wollte die Familie zusammenhalten, und so blieb er bei uns.

In einem der Gehöfte, wo wir nächtigten, backte Mutter tatsächlich, während wir anderen todmüde und erschöpft schliefen, nachts noch Brot, aber als wir morgens aufwachten und sie uns damit überraschen wollte, hatten ein paar junge Landser, die im Vorderhaus übernachtet hatten, alles mitgenommen.

„Na ja, waren ja sicher auch ganz ausgehungert, die armen Teufel“, meinte Mutter nur, dann ging es wieder weiter.

Unsere Vorräte waren aufgebraucht, tagsüber waren fest gepresste Schneebälle unsere Magentäuscher und Hunger unser ständiger Begleiter.

Jeder Bahnübergang wurde zur Geduldsprobe, die Züge der Wehrmacht hatten immer Vorfahrt, wir mussten warten. Wir standen und warteten, warteten und standen, alles schien wichtiger zu sein als wir, und der Krieg war leider schneller, wir näherten uns zwar dem Reich, aber noch näher kamen die Russen, Gerüchte machten die Runde, die Rote Armee sei in Krakau, ja, sie hätte sogar schon die Reichsgrenze erreicht. Wenn wir nicht rechtzeitig kämen, seien die Brücken über Warthe und Oder gesprengt.

Und wieder mussten wir warten, vor einer Stadt sah ich, wie Panzer, Geschütze und Soldaten der Wehrmacht auf die Bahn verladen wurden. Ein Offizier regelte den Verkehr, brüllte und schimpfte, wo wir denn alle herkämen und wo wir, verflucht noch mal, hinwollten, wo doch eh alles verstopft sei. Wir standen wohl ein, zwei Stunden, bis wir uns in die Kolonne einreihen konnten. Hinter uns Qualm und Rauch und Geschützdonner, ich war nun sicher, dass wir es nicht mehr schaffen würden. Es ging mir dies und jenes durch den Kopf, ich überlegte, warum ich die ganze Strecke eigentlich gelaufen war, ob es Bockigkeit oder Stolz war oder beides. Wenn Anni und Hella liefen, dann konnte ich das auch. Vielleicht wollte ich später mal erzählen können, was ich geleistet hatte, und mich damit brüsten und angeben, vielleicht war es auch der Gedanke an die Vorfahren, die auch große Teile ihrer Auswanderung zu Fuß gemacht haben sollen. So wie die nach Osten marschierte ich nun eben nach Westen; oder war es nur die Kälte? Egal, ich lief, ich lief, bis mir fast die Füße abfielen!

Wird später überhaupt mal jemand etwas von uns wissen wollen, wird es ein Später geben?, fragte ich mich, als ich plötzlich ein leises Quietschen und Rasseln hörte. Ich horchte und erstarrte, den Kopf drehend erkannte ich, weit hinter uns auf der Straße, einen Panzer und noch einen und einen dritten.

„Herrgott, das sind Russen, um Himmels willen, die ersten russischen Panzer, und sie kommen schnell auf uns zu", riefen die Männer.

Voller Angst und Panik fuhren Vater und Josef, so gut wie möglich, zur Seite, doch der erste Panzer verließ zum Glück kurz hinter uns die Straße und fuhr schräg und querfeldein in Richtung der schon sichtbaren nächsten Stadt, die anderen folgten ihm.

Mein Gott, bitte, bitte, lass es uns noch schaffen, über den Fluss zu kommen, schoss es mir durch den Kopf, obwohl nun eigentlich klar wurde, dass alles vergeblich war.

Plötzlich, wie aus heiterem Himmel, fiel mir ein: Ist heute nicht der 27. Januar? Ist heute mein Geburtstag? Ich habe Geburtstag, meinen 13. Geburtstag, und keiner weiß es, niemand denkt daran, nicht mal ich selbst. Gleichzeitig fragte ich mich: Wie kann ich jetzt an Geburtstag denken? Gerade wollte ich Anni und Hella die Neuigkeit erzählen, da nahm mich Anni in den Arm und sagte: „Doch, doch, Mela, wir haben daran gedacht, wir wollen dir heute Abend gratulieren, und Hella hat sogar ein paar Weihnachtsbrötchen gerettet, jetzt lauf, dass wir vorwärtskommen!"

Kurz danach stand auf einem Verkehrsschild „Schrimm 2 km", und am Nachmittag des zehnten Tages seit der Abfahrt, an meinem Geburtstag, kamen wir nach Schrimm und erreichten gegen Abend die Brücke über die Warthe. Schon von Weitem sahen wir Rauch, der Himmel war erhellt vom Widerschein der Brände und Detonationen. Wir hörten Maschinengewehre rattern und erkannten auf der Brücke Verbände der Wehrmacht und Autos, die hatten Vorzug, und nur, wenn gerade Platz war, durften immer zehn bis 20 Fuhrwerke mit Flüchtlingen in kleinen Kolonnen die Brücke passieren.

Sie wurden, von den an der Brücke zusammenlaufenden Straßen kommend, durchgeschleust und dann plötzlich – es war schon dunkel – erkannte ich: Die ersten Wagen vor uns, die schon auf der Brücke waren, mussten zurück, ein russischer Tank rollte rasselnd und wie triumphierend auf die Mitte der Brücke, stellte sich quer und drehte sein Rohr drohend gegen uns. Aus, vorbei, das war es, was nun?

Wir mussten kehrtmachen, mussten umdrehen, mussten zurückfahren. Vielleicht eine Stunde, eine halbe Stunde waren wir zu spät, ich konnte es nicht glauben, das konnte doch nicht wahr sein, wieder eingefangen, erwischt!

Die Straße war völlig verstopft, Fuhrwerke und Menschen drängten uns entgegen, Fluchen und Schreien, und dann stand da eine Frau wie eine Statue, mit ausgestreckten Armen hielt sie, wie anklagend, einen toten Säugling hoch. Sie schrie und schrie, ich glaubte, sie sei verrückt geworden, ich wandte mich ab, und als ich später nochmals zurückschaute, hörte ich sie nicht mehr, aber sie stand noch immer dort, die arme Frau.

Die hereinbrechende Nacht war keine, der Himmel brannte, und doch schmolz der Schnee nicht, und wenn ich mich ängstlich umschaute, dachte ich: Hölle, ja, das ist die Hölle!

Nach zwei, drei Kilometern fuhr Vater an eine kleine, leer stehende Fabrik. Dort waren schon zwei andere Familien, und die Väter kamen überein, hier erst einmal zu übernachten und den Morgen abzuwarten, vielleicht ergaben sich noch andere Möglichkeiten der Flucht. Wir wollten uns auch nicht zu weit von der Brücke entfernen, wer wusste, vielleicht schlug die Wehrmacht noch mal zurück. Später dann, als die Pferde versorgt waren und wir ein wenig von den allerletzten Resten unserer Vorräte gegessen hatten, holte Hella ein zusammengebundenes Tüchlein hervor, knotete es auf und übergab mir als Geburtstagsgeschenk das angekündigte Weihnachtsgebäck. Ich freute mich sehr, nahm die guten Wünsche von allen entgegen, verteilte die Kekse, und so erlebten wir doch einen kleinen Moment der Freude inmitten von Krieg und Chaos, und ich konnte mir sagen, sie haben es doch nicht vergessen, nur schlimm, dass wir es nicht geschafft haben, das wäre ein Fest gewesen, meinen Geburtstag jenseits des Flusses zu feiern! Vater und Josef übernachteten zur Sicherheit draußen bei den Pferden und Wagen, wir anderen kuschelten uns auf ein paar Decken auf dem Boden. Vor dem Einschlafen fingerte ich noch mein Döschen aus der Manteltasche und beschnupperte meinen kleinen Schatz. Irgendwann fand ich in all dem Durcheinander und Getöse doch in den Schlaf und wunderte mich morgens nicht wenig, ruhig und gut geschlummert zu haben.

Schon früh näherte sich von Schrimm her ein Panzer. Als man uns und die Fuhrwerke sah, hielt er an, und ein russischer Offizier sagte uns freundlich, wir sollten ruhig wieder in unsere Dörfer zurückfahren, die Sowjetunion führe keinen Krieg gegen Zivilisten, sondern gegen den Faschismus, uns werde schon nichts geschehen, nach Westen kämen wir jedenfalls nicht! So wurde uns klar, es gab nur den Weg zurück nach Romartow, alles war umsonst!

Heute ist das Rohr eng, verflucht eng, ich bekomme kaum Luft, und ich habe immer noch kalte Füße, wunde, eiskalte Füße, ich kann sie nicht wärmen, komme nicht ran, kann mich nicht bewegen, kein Stück – Mensch, warum hilft mir denn keiner? Uns hilft nie einer!

Zurück, aber wie? Die Straßen waren total verstopft. Wir versuchten es auf Feldwegen, aber auch da kein Durchkommen, zerschossene Flüchtlingswagen, zerrissene Pferde und erste Leichen, die einfach so herumlagen, starr und steifgefroren, furchtbar. Und dann der Schnee, die Pferde sanken bis zum Bauch ein und blieben stecken.

„Viel zu gefährlich", meinte Vater, also zurück auf die Straße, vorbei an rauchenden Ruinen, und dann erwarteten uns hinter einem Wäldchen zwei russische Panzer. Die Besatzungen waren ausgestiegen und standen breitbeinig mit den Gewehren im Anschlag.

Mir schlug das Herz bis zum Hals, ich hatte solche Angst, dass ich ein wenig in die Hose machte. Anni und Hella nahmen mich an der Hand, ganz fest, sodass es schmerzte, und zogen mich zur Seite und zwischen die Wagen; ganz geduckt, mit gesenkten Köpfen drückten wir uns herum, um aus dem Sichtfeld der Soldaten zu kommen und nicht groß aufzufallen. Sie taten uns weiter nichts, plünderten uns nur aus, nahmen die Uhr von Vater und Stiefel und die Pelzmütze, dann ließen sie uns laufen. Kurz darauf die Nächsten, die nahmen die Pferde, ließen uns zwei Klepper da, die kaum fähig waren, die Wagen zu ziehen, holten alles herunter, was sie wollten, fragten, wie alt Josef sei, schubsten ihn grob herum, und wenn wir Mädchen uns nicht unauffällig benommen und so gut es geht, die eng hintereinanderfahrenden Fuhrwerke als Deckung nutzend versteckt gehalten hätten, wer weiß? Gegen Abend versperrten uns die ersten polnischen Banden den Weg.

„Lichtscheues Gesindel und Abschaum“, meinte Vater hinterherzischend. Sie zogen alles, was sie brauchen konnten, von den Wagen und als Mutter händeringend und beschwörend verhindern wollte, dass einer den Korb mit der Krippe und den Figuren nahm, schlug ein anderer ihr mit der Faust ins Gesicht, drückte ihr eine Pistole an den Kopf. Wir hatten Glück, dass Vater die Kerle beruhigen konnte, indem er vorgab, dass seine Frau krank sei. Wir kamen davon und hasteten weiter. Die Kälte machte uns wieder sehr zu schaffen, auf den Straßen war es spiegelglatt, Pferde und Menschen konnten sich kaum halten, und je länger wir unterwegs waren, umso weniger hatten wir an. Da nahm uns einer die Handschuhe, der nächste konnte die Mütze gebrauchen, ein anderer den Mantel oder die Stiefel, und als die letzte Mähre genommen war, zogen und schoben wir den letzten Wagen mit Mutter und den Buben. Überall lagen rechts und links der Straße weggeworfene Gewehre, Fahnen, ja sogar Radios und überall Tote, viele entsetzlich zugerichtet, halbverbrannt, verstümmelt, manche nur der Winterkleidung beraubt. Keiner kümmerte sich, man konnte sie auch nicht begraben, der Boden war ja tief und knochenhart gefroren. Darunter waren Kinder, ja Säuglinge, erfroren, wie Puppen sahen sie aus, oft ganz verdreht und bleich, gespenstisch vereist und wie verzuckert. Da waren Mütter, die ihre toten Kinder mitschleppten, nicht fähig, sich von ihnen zu trennen, sie einfach zurückzulassen. Mir krampfte sich alles zusammen, mir war ganz elend und schlecht, fast musste ich mich übergeben, nicht hinschauen, weiter, nur weiter.

„Wo gehen wir eigentlich hin“, wollte ich am Abend wissen, als wir für die Nacht in einer ausgebrannten Ruine untergekrochen waren. Vater meinte: „Wir müssen nach Romartow zurück, alle müssen dorthin zurück, woher sie geflüchtet sind. Wir können doch in der Sommerküche wohnen, die wir selbst gebaut haben.“

„Ph“, machte da Anni, „wenn du dich da mal nicht täuschst, Vater.“ Doch der blieb dabei, wir hatten Stephan und den Alten doch immer geholfen, selbst gegen die Verbote, und er glaubte, dass sie das nicht vergessen hätten. In der Stube hier lag überall Heu und Stroh, Möbel waren kopfgestellt, die Tische voller Einmachgläser, halb leer gegessen, verschüttet, ausgegossen, zerdeppert, Federbetten aufgeschlitzt und angekohlt, Fenster und Türen zerschlagen, und überall stank es nach Schnaps und, wie Anni meinte, nach Russen. Vater verbat uns, in den Stall zu gehen, wahrscheinlich wegen der toten Tiere oder auch Menschen, aber wer wollte das schon sehen? Mitten in der Nacht weckte er uns mit dem Finger auf den Lippen und flüsterte: „Leise, Russen kommen.“ Von der Straße her bewegten sich vier oder fünf junge Russen auf uns zu, sie hatten wohl den Wagen gesehen und waren neugierig, was da los war. Josef kroch irgendwo unter ein Bett, und Anni, Hella und ich kletterten still und heimlich durch ein kaputtes Fenster, schlichen durch den rückwärtigen Garten und versteckten uns hinter einer halb umgestürzten Mauer. Ich wagte kaum zu atmen, kauerte mich nieder, machte mich so klein wie möglich und betete und bat und bettelte um mein Leben: „Heilige Maria, Muttergottes, lass sie uns nicht finden.“ Ich durfte gar nicht daran denken, was ich alles gehört und auch schon gesehen hatte, und so machte ich einfach die Augen zu, als ob dann nichts geschehen könnte. Anni war mutiger, sie spähte immer wieder hinüber und nach einer Weile flüsterte sie uns zu: „Kommt, wir können zurück, sie sind schon eine Weile weg, ich denke, die Gefahr ist vorbei.“

Langsam schlichen wir zurück, und tatsächlich, nachdem sie Vater und Mutter ausgefragt und durchsucht und das ausgeplünderte Haus gesehen hatten, hatten sie die Eltern mit den beiden Buben in Ruhe gelassen; erleichtert und dankbar versuchten wir noch ein wenig zu schlafen, bevor ein neuer Tag neue Gefahren brachte.

Kaum wieder unterwegs, schikanierten uns polnische Milizen, verprügelten Josef, stießen Vater herum und versuchten Anni mitzunehmen und nur ihre energische Gegenwehr und unsere gemeinsame „Flucht“ retteten uns vor Schlimmerem.

Bald gab es nichts mehr zu transportieren, und nur wegen Mutter und den Buben brauchten wir uns mit dem Wagen nicht mehr abzuschinden, wir ließen ihn stehen und marschierten „befreit von allen Lasten“ nach Osten. Wieder kamen wir in eine russische Patrouille, wieder Todesangst und Herzklopfen bis unter die Schädeldecke, und nachdem das glücklich überstanden war, kam uns kurz danach ein Pferd mit einem angehängten Kinderschlitten entgegen. Sah eigentlich lustig aus, aber auf dem Schlitten hockte ein völlig besoffener Russe, der plötzlich, als er auf unserer Höhe war, das Pferd anhielt und sich mühsam und schwankend erhob und auf uns zuwackelte.

„Das kann gefährlich werden“, flüsterte Josef mir noch zu, und schon zeigte der Soldat auf mich, und ich verstand durchaus, dass er mich mitnehmen wollte, ich mit ihm mitkommen sollte. Ich sprang seitwärts in den Graben, hastete die gegenüberliegende Böschung hinauf, stürzte, rutschte ein Stück zurück, überschlug mich, und während ich auf allen vieren wieder hinaufkrabbelte, zog er die Pistole und feuerte nach mir. Zum Glück schoss er daneben, und bevor ein zweiter Schuss fiel, schrie ihn ein vorbeikommender Offizier an. Er grüßte militärisch, hockte sich auf den Schlitten und verschwand. Mit einer Handbewegung, die wohl heißen sollte: „Macht, dass ihr weiterkommt“, wies mein Lebensretter nach Osten, ich sprang wieder zurück und alle atmeten auf: „Gerade noch mal gut gegangen“. Während ich mich erholte, mein Herzpochen sich verlangsamte und beruhigte, hasteten wir weiter. Meine Hand tastete wie schon gewohnt in der Manteltasche nach dem Döschen.

„Mein Gott“! Alles Suchen war vergebens, das Döschen war weg! Ich musste es verloren haben. Was nun, ich war heimatlos! Das darf doch nicht sein, mein Geheimnis, meine Heimaterde, einfach weg, für immer? Mit nassen Augen schaute ich zurück und schrie: „Ich muss zurück, ich hab was verloren!“ Ich drehte mich um und wollte rennen, Anni schnappte nach meinem Arm, ich aber riss mich los, ließ mich nicht aufhalten.

„Wo willst du hin, spinnst du, sei froh, dass du noch lebst“, schrie sie mir nach. Ich wusste, sie hatte recht, aber sie hatte ja keine Ahnung, sie hatten alle keine Ahnung. Mir liefen kalte Tränen der Enttäuschung und Wut über die Wangen. Ich suchte und suchte, durchwühlte den Schnee jenseits des Grabens und tatsächlich, mit einem Mal griff ich mein Döschen. Ich wischte den Schnee ab, und barg es liebevoll in meiner Tasche und eng und fest in meiner Hand. Dann stapften wir weiter, traurig und hoffnungslos und sowieso in die falsche Richtung. Keiner fragte und ich sagte ohnehin nichts.

Bald schneite es, dicke, schwere, nasse Flocken; sie dämpften und verdeckten so manches – die Toten waren begraben. Im Nu war sah man aus wie ein Schneemann, sah fast die Hand vor den Augen nicht. Ich wusste nicht, war es gut für uns, weil man uns kaum sah, oder schlecht, weil auch wir wenig sahen und so Russen oder Polen in die Hände laufen konnten. Eigentlich egal, wir hatten sowieso keine Wahl, vorwärts, nur vorwärts, zurück. Plötzlich dachte ich an früher, als ich, den Kopf ganz nach hinten gelegt, sodass mir die Mütze fast vom Kopf rutschte, mit weit geöffnetem Mund und herausgestreckter Zunge nach den vom Himmel fallenden Flocken haschte. Sie schmolzen vom heißen Atem, noch ehe sie die Zunge berührten. Das kam mir jetzt albern und kindisch vor, und doch streckte ich die behandschuhten Hände nach den Flocken aus und freute mich, wie sie sternengleich auf den wollenen Fäustlingen glitzerten.

Nach zwei, drei Tagen, das Schneetreiben hatte aufgehört, sahen wir dann fast keine Russen mehr, der Vormarsch schien an uns vorbei zu sein, doch dauernd wurden wir von sogenannten polnischen Milizen, die irgendwelche Armbinden zur Legitimation trugen und mit Gewehren und Pistolen herumfuchtelten, angehalten, kontrolliert und schikaniert.

Ein falsches Wort, eine schlechte Laune oder was auch immer konnte Verschleppung, Misshandlung, Vergewaltigung oder gar den Tod bedeuten. Wir durften nicht auffallen, mussten möglichst unauffällig erscheinen. Man musste sich alles gefallen lassen, durfte sich nicht wehren, nicht provozieren.

Immer wieder kamen wir an schmutzigen, blutig zermatschten Haufen von zersplittertem Holz, Hausrat, Federn, Pferdeleibern und wohl auch Menschen vorbei, niedergewalzt von den Panzern und nun bevölkert von Raben und Krähen. Nur nicht darüber nachdenken, nur weiter, weiter.

Dann und wann sahen wir kleinere Gruppen von misshandelten, geschundenen deutschen Männern, die von Polen vor sich her und irgendwo hingetrieben wurden, ein schlimmer Anblick. Wir hörten auch, dass viele von den Russen schon verhaftet worden waren und mit Eisenbahntransporten nach Sibirien gebracht werden sollten. Die Angst um Vater und Josef steigerte sich von Kontrolle zu Kontrolle, von Tag zu Tag.

In einer Nacht, wir waren in einem Schober untergekrochen, hörten wir, wie eine Horde russischer Soldaten in einem etwas entfernten Haus Frauen und Mädchen schikanierten und misshandelten. Vater hatte Anni, Hella und mich sofort weggeschickt, und, in einem Graben liegend, zitterten und hofften wir, nicht entdeckt zu werden und verschont zu bleiben. Die Schreie der geschundenen Frauen gellten durch die Dunkelheit, und ich betete und bettelte wieder um mein Leben. Mein Herz hämmerte in der Brust. Irgendwann endlich war Ruhe, ich war wie benommen und vor Angst ganz gelähmt, als mich meine Schwestern aus dem Graben zogen.

Wir schlichen und torkelten zurück und fielen Vater weinend in die Arme, während Mutter schluchzend und stöhnend unter einer Decke lag.

Alle wissen Bescheid, doch kein Wort fällt, da hat auch alles Beten nichts geholfen. Aber das darf keiner wissen, niemand davon erfahren – chichu, a milczenie zlotem! Und irgendwann war ich mir selber nicht mehr sicher.

Gegen Morgen stolperte noch ein älteres deutsches Ehepaar mit einer Tochter herein. Der Alte unterhielt sich flüsternd mit Vater, ich stellte mich schlafend und lauschte angestrengt. Er berichtete, dass alles immer noch schlimmer wurde. Es hieß, die Russen hätten westlich von Krakau ein riesiges Konzentrationslager befreit, wo die Deutschen in unvorstellbarem Maße gemordet haben sollten. Hunderttausende von Polen und Juden sollen es sein, die dort gequält und umgebracht worden seien, der Hass auf uns Deutsche werde immer größer.

„Jetzt werden sie sich an uns rächen“, meinte der Alte, und ich fühlte geradezu, wie die Angst mich ergriff. Herrgott, was noch?, dachte ich. Wir hörten doch auch sonst ständig von Rache und Vergeltung, von furchtbarsten Übergriffen, von unvorstellbaren Misshandlungen. Wir sahen schlimm zugerichtete Leichen, und ich bekam auch mit, dass wohl manche sich selbst umbrachten, um dem allem zu entgehen. Die Erwachsenen erzählten sich entsetzlichste Gräuel; zwar wurde geflüstert, und wenn wir Kinder erschienen, verstummte man, aber ich bekame doch immer wieder das Eine oder Andere mit. Das Zermürbende dabei war, dass allein das daran Denken, das davon Hören schon genügte, um mich völlig zu verängstigen. Es war wie früher mit dem Muhkalb, solche Geschichten schürten bei meiner Fantasie Angst und Bedrückung noch zusätzlich. Verzweifelt dachte ich: Die Erwachsenen sollen lieber den Mund halten, es ist ja alles so schon schlimm genug. Es wäre besser, wenn ich taub wäre, wenigstens gefühlstaub.

Mittlerweile sehnte ich mich danach, „heim" nach Romartow zu kommen, das hätte ich vor der Flucht nie gedacht.

Als die Soldaten uns überraschten, flüchteten wir, Anni, Hella und ich, in ein angrenzendes Zimmer, wo es jedoch kein Entrinnen gab. Grinsend schnappten zwei der Kerle meine Schwestern und schleiften sie in den Flur, vorbei an der schreienden Mutter. Einer schlug diese mit dem Gewehrkolben nieder, die beiden übrigen Russen kamen langsam auf mich zu, schubsten mich zu Boden. Ich schrie, heulte und bettelte, ich wehrte mich, sie rissen an meinen Kleidern, schlugen mir ins Gesicht, einer würgte mich, ich bekam keine Luft, alles drehte sich. „Hilfeee, ich ersticke ...". Schweißgebadet, völlig atemlos und panisch erwachte ich. Anni hatte mich wohl wachgerüttelt, und mich an den Schultern haltend, sprach sie beruhigend auf mich ein: „Du hast geträumt, es ist alles gut, schlaf wieder, wir sind da und passen auf." Mein Gott, war ich froh, dass alles nur ein Alptraum gewesen war, doch mein Herz pochte wie wild, und noch längere Zeit beschäftigte und verängstigte mich das Geschehen. Den Rest der Nacht war an Schlaf kaum mehr zu denken.

Vielleicht noch zwei Tage von Romartow entfernt, fiel Hella in der Nähe von Grabow ein, dass unsere Magd Janina, mit der sie oft zusammen war, hier in der Nähe Verwandte hatte. Am Abend suchten wir nach ihnen, um dort sicher übernachten zu können. Wir wurden aufgenommen und freuten uns, endlich, nach fast drei Wochen, einmal wieder ruhig schlafen, uns ordentlich waschen und ohne Angst sein zu können. Dann, am nächsten Morgen, die böse Überraschung. Alles, was wir nicht an- oder eng bei uns gehabt hatten, war verschwunden, und als wir nachfragten, hieß es, es sei gestohlen worden, und wir sollten jetzt verschwinden.

Was blieb uns übrig? Zerknirscht und enttäuscht machten wir uns auf, mittlerweile waren wir ganz allein unterwegs. Das Erlebte der letzten Tage drückte schwer auf unsere Stimmung, und bange Gedanken an daheim gingen mir durch den Kopf.

Was wird uns erwarten, was wird nur werden? Überhaupt, grübelte ich, wir alle haben uns so verändert. Ich hatte das Gefühl, alles ginge schrecklich schnell, mein altes Leben entfernte sich rasend von mir, und doch ging alles auch wieder so quälend langsam, ohne Ruhe, ohne Sicherheit.

Die gescheiterte Flucht und die furchtbaren Grausamkeiten, Enttäuschung, ständige Angst, Bedrohung und Verrohung, die Toten überall, das Erleben, dass ein Zufall, eine Laune, Pech oder Glück über Leben und Tod entscheiden konnten, die Hoffnungslosigkeit und die immer mehr fehlende Zuversicht machten alle irgendwie stumpf, gleichgültig und wie betäubt. Trotzdem, wenn ich Sätze hörte wie „Man gewöhnt sich an alles“ oder „Man stumpft ab“, machte mich das zornig. Ich wollte mich nicht an das Grauen gewöhnen, ich wollte nur, dass es endlich aufhörte, wollte Frieden und Sicherheit, wollte heim nach Ottenhausen, heim in mein

Kinderparadies. Ich wollte nicht länger umsiedeln, flüchten müssen, wollte, dass man uns endlich in Ruhe ließ, einfach nur in Ruhe. Ich konnte und wollte mich nicht gewöhnen, im Gegenteil, je länger es dauerte, je mehr ich miterlebte, umso mehr litt ich, und die nicht zu verdrängende, allgegenwärtige Angst legte einen kalten, zentnerschweren Mantel über mich und drückte mich fast zu Boden. Ich konnte kaum noch klar denken, ständig beherrschten mich Bilder von Tod und Zerstörung, ich fühlte nur das Warten auf die nächste Katastrophe. Ich konnte nicht begreifen und wollte auch nicht verstehen, dass dies alles so geschehen musste und die Menschen, die Erwachsenen, auch Vater und die anderen Männer, nichts dagegen tun konnten. Auch waren die Nächte kaum besser als die Tage, ständige Alpträume quälten und bedrückten, und selten fand ich richtigen, erholsamen Schlaf – ich hatte zu viel gesehen.

1945

Romartow / Februar

Am Mittag des 6. Februar kamen wir zurück nach Romartow, und schon von Weitem sahen wir, dass die Kuras schon da waren. Wir blieben draußen im Hof stehen, Vater ging allein hinein. Ich schaute ihm nach und dachte an den Balken und das Döschen, blickte sehnsüchtig hinüber zu unserer Sommerküche. Jetzt kam mir alles so heimelig vor, als Vater schon wieder zurückkam.

„Wir können nicht dableiben", sagte er traurig, „alle Deutschen müssen auf den Hof von Alfons Jüngling." Ohne dass wir anderen jemanden sahen, machten wir kehrt und marschierten mit hängenden Köpfen hinüber zum Anwesen von Jünglings, einer volksdeutschen Familie, die seit Generationen hier ein großes Gehöft bewirtschaftete. Ich war ganz furchtbar enttäuscht, ich hatte doch im Stillen alle Hoffnung darauf gesetzt, hier einen sicheren Unterschlupf zu finden. Die Jünglings waren ebenfalls geflüchtet, schienen aber durchgekommen zu sein. Hier also war nun unser neues Zuhause, keine Gitter, keine Mauer und doch gefangen.

Auf dem Hof befanden sich schon sieben oder acht Familien. Die Mütter mit kleinen Kindern schliefen im Haus auf dem mit Stroh bedeckten Fußboden, wir anderen lagen im Stall, wo der ebenfalls mit Stroh abgedeckte Mist wenigstens etwas Wärme gab. Auf dem ganzen Hof suchten wir irgendwie Essbares zusammen, Reste aus dem Keller, Rüben, Saukartoffeln, Kukeruz. Die Männer droschen das Stroh nochmals durch, und nachts schlichen sich manche Frauen hinaus, um bei Polen, die sie kannten und von denen sie Hilfe erhofften, nach Milch oder mehr zu betteln. Gott sei Dank gab es anständige und vielleicht auch mutige Polen, die ihnen das eine oder andere zusteckten. Gekocht wurde in einem Saukessel in der Sommerküche. Wir verhielten uns ganz unauffällig und ruhig, keiner traute sich, den Hof tagsüber zu verlassen. Für die Jüngeren und uns Kinder war das Sprechen wenigstens kein großes Problem, mit unserem Polnisch erkannte uns keiner als Deutsche, aber die älteren Frauen, auch unsere Mutter, sprachen meist nur schlecht Polnisch, mit ihrem „Pälzisch“ fielen sie auf. Sie traten so wenig als möglich in Erscheinung und sprachen gegenüber Fremden nicht. So vegetierten wir vor uns hin, immer in Angst und Sorge, wie alles werden sollte.

Ganz schlimm waren für mich die Nächte, wenn die Ratten kamen. Seit ich gehört hatte, dass Ratten nachts Säuglinge und Alte angefressen haben sollten, fürchtete ich mich noch mehr vor den Viechern und hatte unsägliche Angst, dass sie mir zu nahe kämen. Manchmal drängte ich mich so eng an die anderen, dass ich ihnen lästig war und ausgeschimpft wurde, aber ich ekelte mich so sehr, dass ich oft halbe Nächte nicht schlafen konnte. Dann überkamen mich ungewollte Gedanken, was alles passieren könnte, meine Fantasie quälte mich, und ich schaffte es selten, mich in dieser trostlosen, hoffnungslosen Umgebung von diesen Gedanken zu lösen.

Ich fühlte mich wie unter Wasser gedrückt, du musst atmen und kriegst doch keine Luft.

Wenn ich nicht schlafen konnte, bemerkte ich auch, dass ich damit nicht alleine war. Immer wieder hörte ich leises Weinen, Schluchzen oder Wimmern. Unruhiges Herumwälzen zeigte mir, dass andere ebenfalls keine Ruhe fanden, und oft hörte ich auch jemanden beten und bitten.

Manchmal, wenn ich an unserem Haus vorbeikam, brodelte in mir ein Gemisch aus Neid, Enttäuschung und Wut. Gern wäre ich dort gewesen, aber gleichzeitig ärgerte ich mich, über mich selbst und über die Kuras, und ich war versucht, ihnen irgendwas kaputtzumachen, einen Stein ins Fenster zu werfen oder sonst etwas zu tun; ich ließ es lieber.

Schon nach wenigen Tagen erschienen die ersten Polen auf dem Hof, um Einzelne von uns für Arbeiten und Dienste tagsüber mitzunehmen. Ich fühlte die Wehrlosigkeit in mir, Angst und Ungewissheit lähmten und bedrückten mich. Mich holte dann der Postler, dem ich früher geholfen hatte. Er brauchte mich tagsüber zum Kinderhüten und als Hilfe in der Küche, und auch Hella, Anni und Josef waren ständig da und dort unterwegs. Aber abends kamen wir wenigstens wieder zusammen. Ich hatte mit dem Postler ja Glück, er war anständig und behandelte mich gut, andere, insbesondere ältere Mädchen und junge Frauen, waren Nachstellungen und Vergewaltigungen oft hilflos ausgeliefert. Die Buben wurden häufig geschlagen und halb tot geprügelt, über all das wurde aber nicht gesprochen. Verletzungen, Tränen und die spürbare Betroffenheit, das hilflose Ausgeliefertsein führten jedoch zu einer fast unerträglichen Stimmung von Trauer, Verzweiflung und Wut und ich fragte mich:

„Mein Gott, was wird nur werden, wie soll das weitergehen?“ Auch beunruhigende Gerüchte von polnischen Banden, die nachts die Höfe der Deutschen „besuchten“ und schrecklichste Dinge taten, wühlten mich auf und sorgten für ständige Angst bei uns und den anderen Familien. Ich fühlte mich entwertet, erniedrigt, recht- und schutzlos, und nirgends war Hilfe, auch nicht bei Vater.

Und dann wurde die verdrängte Befürchtung Wirklichkeit. Ungefähr zwei Wochen später erzählte mir der Postbote nach dem Mittagessen, dass er gehört habe, dass Vater verhaftet und nach Witonia gebracht worden sei. Mein Herz pochte im Kopf, mir schwindelte, meine Gedanken taumelten. Wie benommen ließ ich sofort alles liegen und stehen, rannte und stolperte zurück, und die eingeredete Hoffnung, dass er wieder da sei, erlosch wie eine abgebrannte Kerze. Es fehlten auch die paar anderen Männer, die noch übrig geblieben waren. Ich heulte mir fast die Augen aus, Vater war weg, mein Vater, was sollte ich ohne ihn tun? Alle waren sehr traurig und verzweifelt, Mutter wimmerte leise vor sich hin, war wie abwesend, wippte rhythmisch mit dem Oberkörper vor und zurück, betete und drückte mit beiden Händen das Amulett. Sie war nicht ansprechbar, das ängstigte mich. Wir trösteten uns gegenseitig, alle aber ohne ehrliche Hoffnung, den Vater jemals wiederzusehen. Auch alle Nachfragen in den nächsten Tagen, beim Postler und überall, ergaben keine wirkliche Gewissheit, alle redeten nur von Transporten in Gefangenenlager nach Sibirien. Wieder zwei Wochen später wurde mein Bruder Josef geholt, mitten am Tag, wieder konnte ich nicht da sein. Mit den anderen jungen Burschen aus der Umgegend wurde auch er nach Witonia gebracht, dort wurden sie verhört, brutal gefoltert und in einen Kellerraum geworfen und eingesperrt. Der Postler war wieder gut informiert, und als ich mir fast die Augen ausheulte, gab er mir etwas Brot und meinte, ich könne nach Witonia laufen und versuchen, meinen Bruder zu suchen, und ihm das Brot zu geben. Ich war ihm sehr dankbar, er war eine Seele von Mensch, vielleicht konnte ich mich so wenigstens von Josef verabschieden.

Natürlich ging ich sofort los, marschierte die fünf Kilometer und fragte mich dort vorsichtig durch. Tatsächlich fand ich den Keller, rief leise, flüsternd durch das vergitterte Loch nach Josef, und nach kurzer Zeit kam jemand ans Fenster. Im Halbdunkel erkannte ich ein grün und blau geschlagenes, völlig verschwollenes Gesicht, nahm an, wollte glauben, dass es unser Josef war, und reichte ihm das Brot. Er konnte oder durfte wohl nicht sprechen. Als sich meine Augen gerade an die Dunkelheit des Raumes gewöhnten und ich unter den herumliegenden armen Kreaturen auch Bernward Flamm zu erkennen meinte, schrie ein Posten wie ein Wahnsinniger, ich solle sofort verschwinden, sonst würde er mich erschießen. Zu Tode erschrocken stürzte ich fort und rannte und hastete, so schnell ich konnte, zurück nach Romartow, wo ich atemlos und völlig niedergeschlagen ankam. Auch von Josef erfuhren wir nichts weiter, als dass sein Weg wohl nach Sibirien führte.

Im März kam ich mit Hella zu einem Bauern, er war Kriegsinvalide und hatte eine rothaarige Frau und zwei Kinder, das Mädchen etwa so alt wie ich, der Bub zwei- oder dreijährig. Da der Mann behindert war, mussten Hella und ich auch zackern und mit dem Ochsen arbeiten. Der war so bockig, es war eine Katastrophe. Er machte mit mir, klein und schwächlich, wie ich war, fast, was er wollte, da konnte ich noch so zerren und fluchen und stampfen. Auch hatte ich keine Ahnung von der Feldarbeit, ich hatte ja daheim nie mithelfen müssen. Der Boden war schwammig, der weggetaute Schnee wässerte Wiesen und Felder, es triefte und schmatzte, der Ochse sank tief ein, und Klumpen, ja Schollen hingen an Hufen, Geräten und Schuhen. Eines Mittags band ich das Tier an einen Pflog und setzte mich ein wenig entfernt an einen vom Schmelzwasser stark angeschwollenen Graben. Braun und trübe schwappte das Wasser in kleinen Wellen vorbei, und ich beobachtete, wie dann und wann ein Zweig, ein Holzstück, Blätter oder sonst etwas mithüpfte und unter einer kleinen Holzbrücke verschwand. Dann sah ich ein hell geschabtes Stück Holz, das, von irgendwo mitgerissen, da und dort anstoßend, sein ursprüngliches Aussehen verlierend, vom Wasser getragen wurde. Es war verletzt, offenporig, empfindlich, und doch kannte das Wasser kein Erbarmen, immer weiter, immer fort, es war gefangen im Graben, im Lauf des Elements. Kurz vor der Brücke war ein kleiner Wasserfall, der anschließende Strudel schnappte sich das Holz und drehte es und drehte es; und mir schien, als es endlich doch aus der Mühle entkam, war es völlig „verschwindelt" und hüpfte nun ziellos und doch erleichtert davon, um irgendwo, irgendwann zu landen, hingeworfen, abgeworfen zu werden, dort wo es seinem Träger gerade gefiel. Und wie ich so saß und schaute, da plötzlich dachte ich: Treibgut! Genau.

„Na, träumst du schon wieder"? Fast war ich erleichtert, als Hella mich aus den Gedanken riss. Ich rappelte mich auf, und während ich hinüber zu dem blöden Ochsen stapfte, nickte ich mir selber zu und flüsterte: „Treibgut, ja, wie Treibgut!“

1945

Weglowice / März

Von Josef Flamm gab es auch fast vier Wochen nach der Rückkehr nach Weglowice keine Spur, nur Gerüchte und Vermutungen waren zu hören und verstärkten die Hoffnungslosigkeit bei Rosalia und den Kindern in ihrer Ruine. Falls er überhaupt noch lebte, war er wahrscheinlich auf dem Weg nach Sibirien, von Lentschütz aus sollten zusammengestellte Transporte in Güter- und Viehwaggons nach Russland gehen, hieß es überall. Am Montag, dem 5. März, wurde Bernward, obwohl er noch keine 14 Jahre alt war, von polnischen Milizionären abgeholt und zusammen mit anderen Jugendlichen nach Witonia gebracht; mit dabei war auch Josef Rau, beide kannten sich ja noch aus Ottenhausen und von gemeinsamen verwandtschaftlichen Zusammentreffen bei Pate Bernhard Rau in Ottenhausen oder bei Küblers. Schon unterwegs wurden sie von den Polen ständig gepiesackt und herumgestoßen, Bernward hatte Todesangst, betete inbrünstig und war doch fast ohne Zuversicht. In Witonia ging der Weg zur Miliz. Bernward war zwar noch ein Kind, aber groß, blond und blauäugig und daher in großer Gefahr. Er wurde in einen Raum gestoßen, wo er zehn, zwölf Männer erblickte, alle mit Gummiknüppeln bewaffnet, und als der Name Flamm fiel, ging ein Raunen herum. Die Männer fassten die Knüppel fester, denn Bernwards Vater war ja Ortsvorstand gewesen, und der Hass der Männer richtete sich nun auf den Buben. Doch da ergriff einer von ihnen das Wort und verteidigte ihn. Er kenne ihn gut und könne versichern, dass er anständig sei und immer mit polnischen Kindern gespielt und ihnen Stallhasen geschenkt habe. So wurde er vorerst verschont, musste aber als Zuschauer im Raum bleiben. Ein Junge nach dem anderen wurde einzeln hereingebracht und von den sich abwechselnden Männern zusammengeprügelt, getreten und anschließend in einen Keller geworfen. Manche wurden so geschlagen, dass Boden und Wände mit Blut und Kot verschmiert waren. Als Josef Rau hereingestoßen wurde, gab ein Pole Bernward einen Knüppel, und sie forderten ihn auf, Josef zu verprügeln, wohl weil sie wussten, dass sie sich kannten, oder sogar meinten, dass sie verwandt seien. Als er sich weigerte, schlug ihn der Chef der Miliz mit einem Hieb zu Boden, er krachte an die Wand, und als er sich berappelte, drückte man ihm den Knüppel wieder in die Hand. Doch bevor er abermals aufgefordert wurde, schrie draußen ein Posten: „Achtung, die Russen kommen!“ Schnell brachten sie den Raum ein wenig in Ordnung, ließen die Knüppel verschwinden, und schon trat ein russischer Offizier herein.

„Was ist hier los?“, schrie er, und bevor er Antwort erhielt, sah er Bernward dastehen, den Knüppel noch in seiner Hand.

„Was machst du mit dem Knüppel?“, fragte er. Bernward versuchte ihm geistesgegenwärtig russisch-polnisch radebrechend zu erklären, dass er den Polen zeigen sollte, wie die von Deutschen geschlagen worden waren. Der Russe gab sich damit zufrieden, und mit dem Befehl an die Polen, ja keinen Unfug zu machen, verschwand er wieder.

„Wenn du etwas anderes gesagt hättest, dann wärst du jetzt tot“, raunte der Chef Bernward zu und ließ ihn in den Keller werfen. Das Martyrium der Burschen dauerte weit in die Nacht, bis alle stöhnend im Keller lagen.

Gegen Mittag wurden die Burschen wie eine Viehherde auf der Landstraße nach Lentschütz getrieben, wo an der Bahnstation die Transporte für Sibirien zusammengestellt wurden, wie Gerüchte auf den Höfen schon seit Tagen wissen wollten. Bernward weinte fast den ganzen Weg, er hatte schreckliche Angst und betete und bettelte um sein Leben. Als zwei Burschen an einem kleinen Wald davonliefen und einer angeschossen und einfach sterbend liegengelassen wurde, steigerte sich die Angst ins Unerträgliche, und er zitterte und schluchzte in einem fort. An der Bahn in Lentschütz angekommen hockten sie herum, hungernd, dürstend und frierend. Dann erschienen russische Offiziere, sie mussten sich in Reihen aufstellen, und ein Offizier ging entlang und befahl wenigen, vielleicht jedem zehnten, zu verschwinden. Als er sich näherte, erstarrte Bernward, der Russe musterte ihn, tippte ihm mit einem Stöckchen auf die Brust und bellte ihn an: „Wie alt?“ Bernward schluckte und war froh, dass er überhaupt einen Laut herausbrachte. Als der Russe hörte, dass er dreizehn war, musterte er ihn durchdringend, drehte seinen Kopf missbilligend zum begleitenden Soldaten und zischte dann zu Bernward: „Utschegai, verschwinde, hau ab.“ Für eine Sekunde erstarrt, halb ungläubig, halb benommen vor Glück, drehte Bernward sich um und rannte, erst langsam und ängstlich und dann, als der erwartete Schuss ausblieb, so schnell er konnte, davon. Auf Feldwegen und querfeldein schlich er, schon im Dunkeln, zurück nach

Weglowice, wo er Mutter und Geschwister überglücklich wiedersah. Die hatten natürlich schon furchtbare Ängste ausgestanden und nach dem Vater auch Bernward verloren geglaubt. Immer noch zitternd und von dem Erlebten und der Angst gezeichnet konnte und wollte er nichts erzählen, heulte nur und wimmerte, wollte allein sein. Noch tagelang war er ganz verstört und voller Angst und Bedenken, dass man es sich anders überlegen könnte und er doch noch geholt und abgeführt werde.

Das Rohr ist weg! Die haben mich aus meinem Rohr gezogen, und ich habe es nicht einmal gemerkt, wahrscheinlich nachts, als ich geschlafen habe. Ohne zu fragen, unverschämt, einfach unverschämt. Oder bin ich selbst raus? Ausgerechnet jetzt?

Aber, pah, das macht mir nichts, ich weiß jetzt ja, wo es langgeht, auch ohne Rohr, ich brauche und will es gar nicht mehr!

Jetzt ist da ein Riesenraum, die Tür in weiter Ferne, da kommt ein Soldat. Er läuft und kommt doch nicht näher. Er fuchtelt und schreit, er droht mit einem Gewehr. Ach, schau, jetzt ist da eine Krankenschwester, was will die? Ich bin doch nicht krank.

1945

Im Kreis Lentschütz / Bezirk Lodz

Im Mai wurde Hella von einem anderen Bauern geholt, und ich blieb allein zurück, musste die beiden Kühe melken, und als der „Herr“ dann ein Pferd kaufte, musste ich es striegeln und versorgen. Aber die Feldarbeit wurde leichter als mit dem blöden Ochsen. Wir schliefen noch zusammen bei Jünglings, Mutter war halb irrsinnig vor Trauer und Schmerz, ihren Mann und ihren Sohn verloren zu haben. Keiner wusste wie und wo, sie dauerte mich so, aber alles Trösten konnte ihr nicht helfen; auch machte sie sich Vorwürfe, dass sie Josef auf der Flucht nicht mit der Wehrmacht hatte mitfahren lassen.

Die Frauen setzten eine Henne, und bald rannten Küken herum. Durch das Arbeiten bei den Bauern verbesserte sich die Nahrungssituation. Viele bekamen mal ein paar Eier, mal etwas Butter, Milch, Mehl und anderes mehr, und so wurde etwas zusammen gekocht, und die Frauen und wir Kinder schlugen uns so durch. Ansonsten verließen wir den Hof nicht, verhielten uns unauffällig und waren ohne rechte Kleidung ziemlich verlottert und verschmutzt. Nicht ohne Grund versuchten die Frauen und wir Mädchen auch gar nicht, dies groß zu ändern, denn wir waren ja wie Freiwild, jeder konnte mit uns machen, was er wollte. Lieber verschmutzt sein und stinken als mitgenommen und vergewaltigt werden. Eines Abends erschienen, ohne dass wir dies bemerkten, drei russische Soldaten, und als sie plötzlich in der Stalltür standen und nach jungen Frauen fragten, begann ein Schreien und Kreischen. Obwohl die Kerle gleich mit den Waffen herumfuchtelten, gelang es einigen zu entwischen oder sich zu verstecken, doch alle vorne im Raum waren ihnen natürlich ausgeliefert. Sie suchten sich drei heraus und zwangen sie mitzukommen. Wir waren wie betäubt, würgende Angst ergriff mich mit Zangenhänden und die halbe Nacht beteten wir für die armen Mädels. Endlich, es war schon hell, kamen sie verstört und verheult zurück. Eine hatte ein blaues Auge und blutet am Mund, sie konnte kaum laufen. Ich war sehr erleichtert, was wirklich geschehen war, begriff ich wohl nicht.

Nun waren wir noch ängstlicher, und die drei brauchten Tage, um zur Besinnung zu kommen. Nachts hörte ich sie im Schlaf stöhnen, weinen und manchmal schreien.

Das alles war zum Verzweifeln. Ich dachte oft an Vater, der so fehlte, aber immer häufiger kam mir auch der Gedanke, dass es besser war, dass er das alles nicht miterleben musste, ohne helfen zu können.

Im Herbst mussten wir alle nach Lentschütz, wir wurden wie auf einem Viehmarkt gehandelt. Scham und Wut rangen in mir und auch die Furcht, von meiner Familie getrennt zu werden, wer weiß wohin zu kommen. Die Angst vor Gewalt und Schmerzen machte mich klein und mutlos. Geschrei und Herumgeschubse, Tränen und Bitteln und Betteln ringsum. Wir standen aufgereiht, wurden angeglotzt, betatscht und ausgesucht. Ein Mann wählte mich aus, und ich musste mit ihm mit. Ich stolperte schluchzend neben ihm her, mich ständig umschauend, während er mich am Arm mitzerrte. Ich kam zu einem Polizisten nach Grabow in eine Dreizimmerwohnung. Er hatte mit seiner jungen Frau zwei Kinder. Ich schlief mit ihnen und der Oma in einem Zimmer auf einer alten Matratze. Zum Hausstand gehörten auch zwei Ziegen in einem kleinen Stall in einer Ecke des Hofes. Grabow lag ungefähr 25 Kilometer westlich von Romartow. Tagsüber war ich beschäftigt und abgelenkt, nachts aber fühlte ich mich allein, ausgeliefert und hatte so furchtbar Heimweh und Sehnsucht nach den Meinen, dass ich oft glaubte, ich könne das nicht aushalten, ich müsse sterben. Ich presste den Schmerz so in mich hinein, dass ich manchmal fürchtete, krank oder irrzuwerden. Mir fehlten die Eltern, die Geschwister, mir fehlte auch ihre körperliche Nähe. Ich war es nicht gewohnt, allein zu sein. Einzig mein Döschen war mir geblieben. Es war mein Schatz, mein Geheimnis, ich brauchte es, ich hatte es immer bei mir, man wusste ja nie.

Wenigstens waren auch Hella und Viktor in Grabow, bei einem Bauern und Gastwirt und Rudolf bei einem Viehhändler, wo das arme, schmächtige Kerlchen für 20 und mehr Kühe sorgen und Wasser vom Brunnen schleppen musste, die Eimer waren fast größer als der Bub.

Schon nach kurzer Zeit wurde er von einer Kuh schwer verletzt. Sie nahm ihn auf die Hörner, traf ihn im Gesicht unterhalb des Auges, er erlitt eine tiefe klaffende Wunde, und doch waren wir noch froh, dass er sein Auge nicht verlor. Anni blieb in Lentschütz, wo sie zusammen mit anderen für das Landratsamt arbeitete und Kleidung und Uniformen für die polnische Armee nähte. Unsere Mutter kam nach Piasky, nicht weit von Grabow, zu einer Witfrau mit einem großen

Hof, wo auch ein etwa dreizehnjähriger deutscher Bub war, und beide mussten dort schwer schuften.

Nachdem der Krieg aus war, nahm immerhin die unmittelbare Gefahr für Leib und Leben langsam, aber spürbar ab. Im Gegensatz zu den über vierzehn-, fünfzehnjährigen Buben und den Vätern, hatten wir anderen wenigstens überlebt. Ein Rest von Hoffnung glomm noch in den Herzen, auch diese vielleicht irgendwann wiederzusehen oder wenigstens zu erfahren, wie es ihnen ergangen war.

Leider war meine Familie so auseinandergerissen, wir konnten uns nicht sehen, und besonders an Geburts- und Festtagen tat es weh. Wenigstens an Weihnachten wollten wir versuchen, zusammenzukommen und gemeinsam zu feiern und an Vater und Josef zu denken. Doch auch dies war nicht möglich, und so war ich dann ganz allein und traurig dachte ich an das Fehlen unserer Krippe und der Figuren, die uns ja auf der Flucht geraubt worden waren. Es erfasste mich Wehmut und Traurigkeit, auch über das Schicksal der Lieben und all das Furchtbare, was geschehen war. Ich hatte niemanden, mit dem ich sprechen, meinen Schmerz teilen konnte.

Manchmal, besonders sonntags, wenn ich alle Arbeiten erledigt und das Mittagsgeschirr gewaschen hatte, durfte oder sollte ich mit den Kindern spielen. Anfangs hatte ich dazu eigentlich keine Lust, aber dann fing es an, mir doch ein wenig Spaß zu machen. Ich hatte etwas Ablenkung, und Stefa und Tadek fanden Gefallen daran und wohl auch an mir, und bald freuten wir uns auf diese Gelegenheiten. Die wachsende Vertrautheit und Anerkennung half mir und tat gut.

Im Frühjahr dann hörte ich manchmal sogar wieder die Vögel pfeifen und ich fragte mich, wo die im letzten Jahr eigentlich gewesen waren. Wenn ich draußen Futter für die Ziegen holte, sah ich, wie es grünte und blühte, die Wiesen saftig waren, die Bäume mit ihren Blüten protzten. Wenn ich dann hinüber zum Wäldchen blickte, dachte ich an mein Ottenhausen, an meine Kindheit. Obwohl ich das Gefühl hatte, das alles läge ewig weit zurück, begann ich zu hüpfen und spürte, die alte, verträumte, freie Mela gab es noch, ein bisschen, ein Restchen war noch da, tief in mir drin. Dann und wann kam mir auch in den Sinn, einfach abzuhauen, zu den Geschwistern oder zur Mutter. Doch wenn ich dann nachdachte, verließ mich schnell wieder der Mut. Keine Papiere, kein Ausweis, falls ich ankäme, gefährdete ich Mutter und Geschwister, es hatte keinen Sinn.

Irgendwie schöpfte ich dann etwas Hoffnung. Karwatzki, der Polizist, erschien mir in diesen Tagen freundlicher. Dann kam er eines Abend zu mir, nahm mich zur Seite und flüsterte mir zu, nach der Stallarbeit zu ihm ins Haus zu kommen.

Was will der von mir?, überlegte ich. Plötzlich kam mir der Gedanke: Ich glaube, ich komme weg, ich kann zu den Geschwistern, oh Gott, wäre das schön!

Er war ja Polizist und musste sich irgendwie an die Vorschriften halten und wahrscheinlich blieb ihm jetzt nichts anderes übrig, als mich zur Familie zu bringen und ich hatte auch mal Glück.

Ich konnte den Abend kaum erwarten, war ganz aufgedreht, erledigte schnell meine Arbeiten und betrat unsicher, aber auch erwartungsfroh das Haus. Ich traute mich nicht zu fragen, er tat irgendwie geheimnisvoll und kündigte an, dass nachher jemand käme, mit dem ich mitgehen solle. Ich war unsicher, aber ich wollte glauben, alles würde gut. Mit pochendem Herzen wartete ich. Es war schon dunkel, als ein großer Pritschenwagen mit zwei strammen Pferden vor dem Haus hielt. Ein Mann stieg aus und nachdem die beiden irgendein Geschäft abgeschlossen hatten, musste ich aufsteigen und unter die Plane kriechen. Karwatzki befahl mir streng, mitzufahren und ihm ja keinen Ärger zu machen, sonst ginge es mir und den anderen in Grabow schlecht.

Schlagartig wich meine Hoffnung der Angst: Mein Gott, was machen die mit mir?, und erst dann, neben all den Getreidesäcken, wurde mir bewusst: Hier stimmt doch was nicht, wieso muss ich unter die Plane, wo bringen die mich hin? Mir dämmerte, dass überhaupt niemand etwas von mir wusste, weder Mutter, noch die Geschwister, wenn ich nicht mehr auftauchte. Niemand würde mich finden, was sollte ich nur machen, wo würde ich landen, was hatten die mit mir vor? Ich war wie gelähmt vor Furcht, lag still und starr unter der Plane und war nicht in der Lage, mich zu rühren. Die Fahrt dauerte die ganze Nacht, tausend Ängste peinigten mich und wanderten durch meinen Kopf, zitterndes Frösteln wechselte mit Schwitzattacken, und als der Kutscher mich am Morgen aufforderte, jetzt herauszukommen, sah ich irgendwann, dass wir in einem Vorort von Litzmannstadt, das jetzt wieder Lodz hieß, waren. Er war mein neuer Herr, ein Getreide- und Kohlehändler und er erzählte mir frei heraus, dass der Polizist mich an ihn verkauft hatte, für 500 Zloty.

So ein Lump, ging es mir durch den Kopf, deshalb also war er so freundlich, von wegen zur Familie, ach, wie war ich dumm! Ich haderte mit meinem Herrgott: Wenn dies die beste aller Welten ist, dann möchte ich die anderen nicht kennen.

Ich erspüre noch, wie damals so viel Schmerz und Angst in mir war, dass ich kaum atmen konnte. Die Hilflosigkeit und das Ausgeliefertsein, die Furcht, vor dem, was kommen würde und dass mein Leben nichts wert war – Todesangst!

Heute ist es nur Wut, die ich empfinde. Wie war das damals nur möglich, wie konnte man nur so mit einem Kind, mit mir, mit uns umgehen? Ich könnte schreien vor Zorn, aber es geht nicht, ich kann nicht!

Das Anwesen bestand aus einem Vorder- und Hinterhaus, vorne wohnten die Mutter und zwei ledige Schwestern des Händlers und hinten er, seine Frau und ihre zwei und vier Jahre alten Kinder. Die hatten mich sofort wie eine erwachsene, starke Magd in Beschlag genommen. Ich musste die ganze Wäsche machen, die Kinder versorgen, Kühe melken und ständig putzen und vieles mehr. Die Frau war ein böses, schlimmes Weib, drangsalierte mich unentwegt, und der Mann war fast nie da, immer unterwegs – und ich hatte doch vom Arbeiten keine Ahnung, hatte doch nie etwas machen müssen.

Ich strengte mich trotzdem an, wollte es der blöden Kuh beweisen, und als ich merkte, dass auch die Schwiegermutter und die beiden Schwägerinnen sie nicht leiden konnten, freundete ich mich dort ein wenig an, und sie halfen mir dann und wann. Dieses Intrigenspiel machte manchmal sogar Spaß, und auch das Essen gefiel mir – an Sonntagen ganz herrschaftlich mit Messer und Gabel und mit Tischdecke, richtig vornehm, so hatte ich es ja gerne. Die seltenere Aufgabe, mit den Kindern spielen zu dürfen, nahm ich nach den Erfahrungen in Grabow gerne wahr und manchmal, wenn die „Herrin" vorne im Geschäft war, machte ich auch Tänzchen mit ihnen und tanzte ihnen etwas vor. Wir sangen und klatschten sachte dazu, ich tanzte mich ein wenig davon und mein kleines Publikum war begeistert und wollte mehr und mehr. Doch ich musste auf der Hut sein, wenn die Herrin mich erwischte, gab es bestimmt wieder Schläge. Je besser mein Verhältnis zu den Kindern wurde, je anhänglicher sie wurden, desto mehr piesackte und drangsalierte mich ihre Mutter. Ich glaubte, sie war eifersüchtig. Ab und an durfte ich im Laden helfen, ein- und umräumen, abstauben oder putzen und ganz selten, wenn viele Kunden da waren, auch bedienen. Das machte mir Spaß, ich fühlte mich wichtig und spürte geradezu, wie ich wuchs, und wenn man mir eine kleine Münze Trinkgeld zusteckte, war ich ganz hin und weg. Auch durfte ich dann und wann kleinere Botengänge machen und Waren austragen, so lernte ich die Umgebung ein wenig kennen und hatte Gelegenheit meine nun doch langsam aufkommenden Fluchtgedanken ein wenig zu planen und Straßen- und Eisenbahnfahrpläne zu studieren. Die Sorge um die Meinen und deren Ungewissheit, wo ich wäre und mein Heimweh und die Sehnsucht wurden größer und größer. Nächtelang lag ich wach und zermarterte mir den Kopf, was ich tun, wie ich mich „retten" könnte. Ich bat immer wieder, bis eine der Schwestern unserer Anni in Lentschütz eine Nachricht zukommen ließ, damit sie wenigstens wussten, dass ich lebte und wo ich war. Vor dem Geschäft befand sich ein kleiner Platz mit einer Straßenbahnhaltestelle und gegenüber ein Rat- oder Behördenhaus, das eine gewisse Anziehung auf mich ausübte und unbestimmte Hoffnungen nährte, mir in meiner Not helfen zu können. Manchmal strich ich dort ein wenig herum, wusste mir aber nicht wirklich einen Rat.

Ein paar Wochen später, als die Herrin und die Kinder nicht im Hause waren, hielt ich es nicht mehr aus, ich schnappte meine Sachen, auch etwas Geld, das ich mir durch die Mithilfe im Geschäft verdient hatte, rannte vors Haus, wo sich eine Straßenbahnhaltestelle befand und fuhr bis zur Endhaltestelle Richtung Norden. Die Route und Richtung hatte ich schon seit vielen Tagen ausgekundschaftet. Dort suchte ich einen Bahnhof, kaufte mir ein Billett der dritten Klasse und fuhr nach Lentschütz, wo ich zu Anni wollte. Angst und Erleichterung rangen in mir, mein Herz pochte wie wild, endlich ein bisschen frei und doch fast ohne Hoffnung auf wirklichen Erfolg. Ich versuchte, nicht ängstlich zu erscheinen und strengte mich an, offen und fröhlich zu wirken, verkroch mich nicht in den Winkeln, sondern zwang mich, zu den Mitreisenden zu sitzen. Ich fiel nicht weiter auf, nur als der Schaffner kontrollierte, bemerkte ich meine Anspannung und meine zittrigen Hände. Anni arbeitete ja wohl noch für die Näherei beim Landratsamt. Ich wusste gar nicht wie, aber ich fand sie in einem Kellerzimmer, wo sie mit mehreren anderen Frauen wohnte. Welch ein Wiedersehen, welch eine Freude! Doch dann erzählte mir Anni, dass sich in Grabow nach meinem Weggang bittere Stunden zugetragen hatten. Der Polizist hatte mein Verschwinden angezeigt und angegeben, dass ich abgehauen, geflohen sei. Um meinen Aufenthaltsort herauszubekommen, wurden Hella und Viktor geholt und verhört, und da sie nichts wussten, schlug und misshandelte man sie. Hella verlor vier Zähne und der neunjährige Bruder wurde zusammengeschlagen, bis er sich blutüberströmt nicht mehr rührte.

Nach kaum zwei Stunden bei Anni – wir wollten gerade etwas essen – hörten wir Schritte. Stiefel gingen am Kellerfenster vorbei, es klopfte an der Tür und ein Geheimpolizist trat ein. Er fragte eine der Frauen, ob hier ein fremdes Mädel wäre und als diese antwortete: „Ja, aber die ist nicht fremd, sie ist die Schwester von Frau John, die hier in der Näherei arbeitet“, packte mich schon seine Hand, er zerrte mich zur Tür, und bevor ich recht zur Besinnung kam, war ich draußen und festgenommen. Der Polizist brachte mich mit Zug und Straßenbahn zurück und während der ganzen Fahrt bearbeitete er mich und versuchte mir Angst zu machen. Wenn ich nochmals wegliefe, käme ich ins Gefängnis. Blödmann, dachte ich, wo bin ich denn?

Nach der Rückkehr wurde alles noch viel schlimmer, alles machte ich falsch und ich fragte mich: „Was kann man machen, wenn man nichts recht macht?“

Ich durfte das Vorderhaus nicht mehr betreten, ständig gab es Schelte und Schläge. Dazu kam ein weiterer Grund für Angstzustände. In diesem Winter – der Hausherr war bei Schnee und Eis öfter daheim – bemerkte ich, dass der Mann mir nachzustellen begann. Wenn ich mich wusch, erschien er oft wie zufällig, und wenn er sich anfangs noch zurückzog, blieb er nun immer länger, fing an, mich streicheln und betatschen zu wollen und wurde immer aufdringlicher. Besonders, wenn die Herrin vorne im Geschäft war, versuchte ich, mich immer bei den Kindern aufzuhalten, um vor ihm sicher zu sein. Ich hatte Angst vor dem Mann, ich hatte Angst vor seiner Frau, die, wenn sie was merkte, ich weiß nicht was, mit mir machen würde. Trotz aller Drohungen trug ich mich bald wieder mit dem Gedanken, davonzulaufen. Ich musste etwas unternehmen, denn immer wieder umfing mich eine Leere, ein Nichts, schlimmer als die Angst. Ich zwang mich dann zu Wachträumen, stellte mir diese und jene Möglichkeit vor, baute Luftschlösser und fand mich doch morgens in der kleinen, kalten Kammer wieder. Der Gedanke, dass es so nicht ewig weitergehen konnte, erfasste mich mehr und mehr.

Eines Tages, ich hatte wieder, einfach so, Hiebe bekommen, war gekränkt und im Stolz verletzt, marschierte ich raus, vorbei an der Haltestelle, schräg über den Platz und schnurstracks in das Behördenhaus hinein. Dort stürmte ich in das nächste Zimmer. Am Schreibtisch saß ein älterer Mann. Er schaute erstaunt auf, und ich schilderte ihm weinend und schluchzend meine Lage. Ich wunderte mich über mich selbst, wieso ich ihm das erzählte, ihm vertraute, einem Wildfremden. Konnte das gut gehen?

Ich schien Glück zu haben. Er war die Güte selbst, erzählte, dass er eine kleine Landwirtschaft habe, dass seine Kinder studierten und nur am Wochenende heimkämen und da seine Frau ziemlich krank war, sie eine Hilfe gut gebrauchen könnten.

„Morgen Abend, wenn es dunkel ist, kommst du unauffällig hierher, dann nehme ich dich mit." Ich bedankte mich ganz herzlich, und während ich schnell und hoffentlich ungesehen zurückschlich, war ich einerseits froh und glücklich, andererseits plagten mich Zweifel und Furcht, ob er auch ehrlich war und alles klappen würde. Zum Glück hatte niemand meine Abwesenheit bemerkt. Alles blieb ruhig und nachts lag ich in meiner kleinen Kammer noch lange wach. Es war eisig kalt, das winzige Fensterchen war mit Eisblumen ganz bedeckt und während ich daran dachte, dass ich morgens lange hauchen und kratzen müsste, bevor ich nach draußen schauen konnte, bangte ich um mein Wegkommen. Einerseits jauchzte ich innerlich vor Freude, andererseits war da wieder diese Angst.

Ach, was soll's, ich bin jetzt 16 Jahre alt, der Krieg ist fast drei Jahre vorbei, ich habe die Nase voll, ich lass mir das nicht mehr gefallen, so oder so, ich muss nach oben, endlich atmen, sagte ich mir, und wenn es nicht Nacht und alles so still gewesen wäre, wäre ich aufgestanden und hätte richtig fest und trotzig mit dem Fuß aufgestampft!

Josef, Bernwards älterer Bruder, schon seit seiner Einberufung zur Wehrmacht von der Familie getrennt, lebte seit Kriegsende in der sowjetischen Besatzungszone in Ostdeutschland. Alle anderen Flamms waren weiterhin in Weglowice auf dem großen, vorher volksdeutschen Gut, wo sie immer noch in dem Hühnerstall hausten und in den ersten Wochen und Monaten auch von diesem und jenem Polen zur Arbeit geholt wurden. Später wurde das Gut verstaatlicht, teilweise unter die polnischen Arbeiter aufgeteilt. Flamms mussten als Hilfskräfte weiter dort arbeiten und versuchten, zu überleben. Fina war bei der Feld- und Gartenarbeit, Mutter Rosalia in Küche und Haushalt des Verwalters, Bernward und Johann bei den Pferden und überall, wo Hilfe gebraucht wurde und die kleine Anni wuselte um die Mutter herum. Im Herbst 1946 wurde Bernward nach Ktery gebracht, einem anderen großen Gut, das einige Kilometer nach Osten, Richtung Russland lag, und wurde dort Pferdeknecht. Er schlief im Stall bei den Tieren und hungerte oft tagelang. Nach kurzer Zeit, wenige Tage vor Weihnachten, erschien ein Polizist aus Witonia und suchte nach ihm.

Das kann nichts Gutes bedeuten, dachte er, und für einen Moment hatte er den Gedanken wegzulaufen, doch dann meldete er sich, vielleicht war ja auch etwas mit der Familie passiert. Er war froh und erleichtert, als er erfuhr, dass er als Kutscher und Pferdeknecht auf die Polizei nach Witonia mitkommen sollte, nicht ahnend, was ihn dort erwartete.

Wieder schlief er im Stall, kümmerte sich um die Pferde, die ihm mehr und mehr Kamerad und Freund wurden, musste ständig Fahrten machen und den Chef der Miliz herumfahren. Sein Vorgänger, ebenfalls ein deutscher Flüchtling, war getürmt und die Polizei mächtig unter Druck. Wie konnte es sein, dass so einer abhauen konnte, und das noch bei der Polizei? Außerdem war der Chef ein brutaler Menschenquäler, besonders wenn er besoffen war, war keiner vor ihm sicher und natürlich niemand ihm so ausgeliefert wie sein Fuhrknecht. Wenn Bernward in diesem Winter nachts Wärme suchend bei seinen Pferden lag, hörte er häufig die Soldateska grölend und saufend sich vergnügen. Zitternd hoffte er dann, dass er nicht hinübergeholt würde, um gedemütigt, verprügelt oder gar mit dem Tode bedroht zu werden. Mehrmals schon war das geschehen und zweimal hatte der Polizist ihm die Pistole an den Kopf gedrückt und sich einen Spaß daraus gemacht, ihm Todesangst einzujagen. Er war so hilflos, fühlte sich so ohne jeden Schutz und Hilfe wertlos. Auch während einer nächtlichen Heimfahrt von einem wüsten Saufgelage, der Pole lag besoffen im Wagen, fluchte und stieß die schlimmsten Drohungen aus, trat nach Bernward und verkündete ihm, ihn im nächsten Wald zu erschießen, durchlebte dieser wieder Todesängste. War es Glück oder Fügung, der Wüterich schlief ein und so kam er bei der Ankunft an der Station mit ein paar Fußtritten davon.

Sogar an den Sonntagen ließ sich der Milizionär von Bernward kutschieren, besuchte Saufkumpane oder auch die Sammelhöfe der deutschen Gefangenen, um dort die Frauen und Kinder zu drangsalieren und zu bedrohen.

Nach vier Monaten Quälerei, Angst und Erniedrigung kam die Erlösung: Die Polizei erhielt Fahrräder, die Pferde wurden abgeschafft und Bernward kam zum stellvertretenden Bürgermeister in Witonia, zu drei noch ledigen Brüdern und ihrer Mutter. Er hatte wieder überlebt, doch sein Seelenzustand war äußerst labil – allein und einsam und ständig diese Bedrohung. Sein Motto war nun, nur ja das zu tun, was man von ihm erwartete, eher noch mehr.

In der neuen Stellung ging es ihm besser, er durfte am Tisch essen, schlief in der Scheune, und war bei allen Arbeiten, die in der Landwirtschaft anfallen, im Einsatz. Er ackerte mit den Pferden, mähte und band die Frucht, lud den Mist und ganz besonders die Pflege und der Umgang mit einem wunderschönen Hengst machten ihm Spaß. Er war ganz vernarrt in das schöne Tier und stolz, es versorgen und reiten zu dürfen. Einer der Brüder versuchte dennoch, ihn immer wieder zu verprügeln und als die Mutter dies bemerkte, gab sie dem Sohn zwei Ohrfeigen und ließ Bernward nun in einer Art Durchgangskammer, in einem Regal schlafen, damit er den Nachstellungen des nachts oft betrunken heimkehrenden Sohnes nicht so ausgesetzt war.

Nach knapp zwei Jahren entschloss er sich zu fliehen. Er wollte einfach mit der Mutter und den Geschwistern zusammen sein und da er wusste, dass Polen privat eigentlich gar keine Deutschen mehr haben sollten, sah er mittlerweile auch keine großen Gefahren. So nutzte er eine günstige Gelegenheit, während er alleine draußen auf dem Feld war, um die Flucht zu ergreifen und nach Weglowice zu marschieren. Und tatsächlich, niemand stellte ihm nach, und auf dem Staatsgut, bei der Familie, war er nun sicherer.

Nach einem weiteren kurzen Aufenthalt in der Landwirtschaft eines staatlichen Altenheims wollten Flamms dann auf ein Staatsgut in Koryta, wo bereits einige Verwandte und auch Bekannte aus Ottenhausen waren und die Möglichkeiten zur Ausreise nach Deutschland am aussichtsreichsten sein sollten.

Wo ist Bernward eigentlich, warum ist er nicht bei mir? Wahrscheinlich ist er wieder bei den Alten im Pfarrheim. Er könnte mir etwas zu trinken bringen, habe wieder furchtbaren Durst.

1948

In der Nähe von Lodz

Der ältere Mann hielt Wort, da er aber ein Fahrrad hatte und noch ziemlich viel Schnee lag, stapften wir zusammen los und nach ungefähr fünf Kilometern Marsch kamen wir über einen Feldweg endlich an sein Häuschen. Am Nachmittag schon hatte ich, als die Herrin im Geschäft war, heimlich meine Sachen und die Schuhe zu ihm aufs Rathaus hinübergebracht, damit ich abends unauffällig verschwinden konnte. Mein Döschen hatte ich inzwischen in das Futter meines Mantels genäht, so war es immer dabei. In der Stube war es warm, auf dem gusseisernen Öfchen stand ein Topf mit heißer, dampfender Kartoffelsuppe. Sie schmeckte herrlich, und ich spürte sofort, hier war es gut, auch ohne Tischdecke und schönem Besteck. Hier gab es ein wenig Herzenswärme, und obwohl alles ärmlich war, oder gerade deshalb, nahm ich mir vor, weniger hoffärtig zu sein. Ich erzählte dem Mann und seiner Frau von mir und meiner Familie, und sie zeigten mir das Häuschen. Die beiden lebten, kochten und schliefen in dem einen größeren Zimmer, in einer ganz kleinen weiteren Kammer standen zwei Betten und ein Schrank, das war das Zimmer der Kinder, hier durfte ich in dem einen Bett schlafen, musste es mir aber am Wochenende, wenn die Studenten heimkamen, mit Janina teilen.

Es machte mir nichts aus, sie war nett, überhaupt fühlte ich mich von den Leuten angenommen und wurde gut behandelt. Ich war ihnen dankbar und schöpfte wieder ein wenig Mut, auch wenn die Sehnsucht nach den Meinen mich weiter quälte. Manchmal saßen wir sonntags draußen hinterm Haus, Janina erzählte von ihren Freundinnen, von der Stadt und der Universität und auch Stanislaw, der mich immer neckte, saß dabei, und ich fühlte mich in ihrer Gesellschaft wohl und ein wenig erwachsen. Arbeit gab es genug, zwei Kühe, zwei Schweine und Hühner waren zu versorgen, die Frau war kränklich, ich kochte und mehr und mehr machte ich fast alles im Haus. Es machte mir zunehmend Spaß, samstags einen Kuchen oder Plätzchen zu backen und den Hausleuten und den Studenten eine Freude zu bereiten. Sie lobten mich, und ich sollte mich eigentlich freuen, aber mit der Zeit fiel mir das immer schwerer. Ich spürte, dass unser Verhältnis zu gut wurde und dass ich ein schlechtes Gewissen bekam. Ich sollte, ich musste ihnen dankbar sein, doch wie sollte ich es eines Tages schaffen, von hier wegzugehen, sie zu enttäuschen? Leider blieb nämlich immer diese verfluchte Angst, die Furcht vor Entdeckung, vor der Geheimpolizei, vor Strafen und richtigem Gefängnis. Trotz aller Besserung, und meinen Vorsätzen, frecher und fordernder zu sein, getraute ich mich nicht, Kontakt zu meinen Geschwistern aufzunehmen, auch, weil ich es mit meinen Hausleuten nicht verderben und nicht undankbar erscheinen wollte. Ich wusste inzwischen, war mir sicher, ich überlebte, ich stand das durch. Aber ich wollte nicht nur einfach warten, mir fehlte die Geduld und ich hatte zunehmend das Gefühl, die Zeit liefe mir davon. Was sollte ich nur machen?

Es belastete mich mehr und mehr, daran zu denken, dass die Meinen nichts von mir wussten und ich nichts von ihnen. Wo waren sie?, wie ging es ihnen? Der Mann hatte mir erzählt, dass er auf dem Rathaus schon gehört hatte, dass deutsche Zivilgefangene in bestimmten Fällen die Möglichkeit zur Ausreise erhalten konnten. Mein Gott, schoss es mir durch den Kopf: Vielleicht waren Mutter und die Geschwister schon in Deutschland?

Dann, eines Tages, im November 1948, brachte mir der Mann einen an mich adressierten Brief, an Mela Rau!!

Was Gutes oder Schlechtes, fragte ich mich, da er von Hand geschrieben war, konnte er wohl nicht „vom Amt" sein, was ich als gutes Zeichen wertete. Mit zittrigen Händen öffnete ich und hielt eine Nachricht von Hella in der Hand. Herrje, wie schön, endlich Nachricht, endlich Verbindung. Sie schrieb, dass sie mittlerweile bei einem Apotheker in Grabow in Dienst war und dort die Möglichkeiten hatte und nutzte, über das Rote Kreuz nach Vater und Josef suchen zu lassen und schriftlich mit Anni in Lentschütz und der Witwe in Piascy, wo Mutter war, Verbindung zu halten. Endlich hatte sie über den Polizisten den Händler in Lodz ausfindig gemacht, und meinen Aufenthaltsort erfahren. Mein Hausvater erzählte, dass der Händler den Brief tatsächlich zu ihm zur Behörde brachte und er ihn dort nach einigen Tagen unbemerkt an sich genommen hatte. Hella schrieb, sie hoffte, der Brief erreichte mich und ich sollte mich zurückmelden. Mein erstes Glück seit Jahren, so etwas Schönes war mir schon lange, lange nicht mehr passiert. Ich war ganz ergriffen und zugleich überkam mich ein Heimweh und eine Sehnsucht nach Mutter und Geschwistern, dass ich mich tränennass, schluchzend und am ganzen Körper bebend auf mein Bett warf und mich lange nicht beruhigen konnte. Irgendwie quoll all das heraus, was sich in monatelanger Einsamkeit an Schmerz und Enttäuschung angesammelt und aufgestaut hatte, seit ich wie ein Stück Vieh von dem Polizisten verkauft worden war. Und wenn ich daran dachte, wie Hella und Viktor meinetwegen gequält und geprügelt worden waren: mein Gott, wie ungerecht, was für eine Welt?

Man erlaubte mir, Hella eine Nachricht zu senden und bald darauf schrieb sie mir ein zweites Mal und forderte mich auf, mich zu bemühen, nach Koryta, auf ein großes Staatsgut zu kommen, wo wir alle zusammen sein könnten und von wo Transporte nach Deutschland möglich sein sollten. Dort waren schon andere deutsche Zivilgefangene, auch aus der Bekanntschaft. Denn so verstreut, wie wir waren, schafften wir es nie, eine Ausreisegenehmigung zu erhalten. Das Gut lag ungefähr 15 Kilometer westlich von Romartow, also etwa 50 Kilometer entfernt, Richtung Westen.

Ja, Deutschland, immer stärker, immer fordernder wurde der Wunsch, der Zwang, nach Deutschland zu kommen – das war jetzt das Ziel meiner, unserer Träume. Für uns, weit weg von Heimat und Freiheit, verloren, weggerissen und umhergespült, gab es nun nur einen Traum: Deutschland! Nur dort konnte unsere Zukunft sein und man kann sich nicht vorstellen, welche Sehnsucht der Wunsch nach Heimat und Geborgenheit auslöst, wenn man beides nicht hat. Nun war für mich klar, ich musste hier weg, musste eine Möglichkeit suchen, nach Koryta zu kommen. Ich traute mich nicht, den Hausleuten etwas zu sagen. Ich hatte Angst, sie würden mich nicht fortlassen, wären enttäuscht von mir, weil ich undankbar wäre. Bin ich undankbar, nur weil ich nicht immer dankbar sein kann, weil ich an mich denke?

Ich war fest entschlossen, mein Schicksal selbst in die Hand zu nehmen. An einem Samstag im Dezember bat ich sie um die Erlaubnis, am Sonntag meine Schwester in Lentschütz besuchen zu dürfen und sie stimmten zu. Ich backte ihnen den schönsten Kuchen und verließ sie mit furchtbar schlechtem Gewissen ganz früh am Morgen – es war noch dunkel und alle noch in den Betten – und marschierte Richtung Lentschütz und Koryta. Wenigstens das falsche Verabschieden blieb mir so erspart. Spät am Abend, es war schon dunkel, kam ich bei Anni an. Hella hatte ihr auch geschrieben gehabt und sie darauf vorbereitet, dass ich hoffentlich bei ihr auftauchen würde. Ich war ganz überwältigt, endlich wieder jemand drücken und in den Arm nehmen zu können. Anni war ebenfalls ganz gerührt, und auch die anderen Frauen in der Unterkunft freuten sich mit uns. Trotzdem war Anni misstrauisch und flüsterte mir zu, unser Ziel nicht zu verraten. Sie sagte, wir gingen nach Grabow zu Hella und nach einer kuscheligen Nacht, zu zweit auf Annis Liege, machten wir uns schon ganz früh am nächsten Morgen auf den Weg, noch bevor eine der Frauen die Unterkunft verlassen und uns womöglich verraten konnte. Es war angenehm trocken und sonnig, ich war gut gelaunt und fühlte mich wohl und geborgen, irgendwie frei und im Schutz der großen Schwester. Alles ging gut, und gegen Abend, die Sonne versank gerade über dem Gut, kamen wir dort an.

Hier trafen wir Gerles, unsere Nachbarn aus Ottenhausen, Bäckers und andere Verwandte von Flamms – es war unglaublich und so überwältigend. Monatelang ganz allein und verloren und jetzt – ach Gott, wie schön. Am nächsten Morgen meldeten wir uns auf dem Büro und fragten, ob ich, Anni, Rudolf und Viktor hier auf dem Gut arbeiten und leben könnten. Hella ging es beim Apotheker einigermaßen gut, und da sie dort über die Tochter auch Verbindung zum Landratsamt hatte, wollte sie bleiben und die Beziehungen nutzen, damit wir irgendwann vielleicht doch ausreisen könnten. Anni und ich wurden angenommen, Rudolf und Viktor aber nicht. Sie durften zwar kommen, bekamen aber keine Anstellung und Verpflegung, mussten also von unseren Essensrationen mitversorgt werden. Tage später waren wir alle, außer Hella, in Koryta vereint, nur Mutter bekamen wir von Piasky nicht weg, wo sie schon seit 1945 bei der Wittfrau war. Immer wieder dachte ich auch an meine Hausleute bei Litzmannstadt. Es drängte mich, ihnen zu schreiben, mich zu bedanken, mich für mein Verschwinden zu entschuldigen, aber meine Angst und mein Misstrauen waren zu groß: Wenn sie wissen, wo ich bin, zeigen sie mich vielleicht bei der Polizei an, wollen sie mich vielleicht zurück?, dachte ich und traute mich einfach nicht.

Ich durfte im „Palast" arbeiten, dem Verwaltungs- und Wohnhaus des Direktors, half dort in der Küche und bei der Wäsche, und wir alle lebten und schliefen zusammen mit vier Familien, 15 Personen, nur Frauen und Kinder, in einem Raum. Er befand sich in einer großen Holzbaracke, im zweiten Stock, unten gab es einen Kessel zum Kochen, aber weder Waschmöglichkeit noch Abort. Zur Notdurft saßen wir draußen im Freien, und gewaschen wurde mit einem Eimerchen im Zimmer. Das Wasser musste vom Brunnen, draußen im Hof geholt werden. Auf zwei aufgelegten Brettern und mit einer alten Bank wurde gegessen, und sonst kämpften wir auch einen ständigen, aussichtslosen Kampf mit Flöhen, Läusen, und Wanzen, unseren unausrottbaren Mitbewohnern. Wir hatten keine Seife, kaum Kleidung zum Wechseln, und wenn abends das Licht ausging, waren sie da, saugten Blut und stanken wie die Pest, furchtbar. Auch Ratten machten mir wieder zu schaffen und ängstigten mich, schlimm und eklig. Albträume mit Bildern von Tod und Zerstörung quälten mich fast jede Nacht und belasteten mein Gemüt.

Im zeitigen Frühjahr 1949 gab es dann eine besondere Überraschung: Als ich abends vom „Palast" zurückkam, stand Bernward Flamm vor unserer Baracke.

Mensch, ist der lang, dachte ich, wie er furchtbar dünn und abgemagert so dastand. Mein Herz klopfte wie wild, es war beglückend, ihn zu sehen, vertraut und doch fremd. Ich hatte sofort das Gefühl, es war etwas zurück, ein Stück von meinem Paradies, meiner Kindheit, und die Erinnerungen und Emotionen durchdrangen meine Seele. Ich freute mich, in seiner Nähe zu sein und ich spürte eine Erregung, die neu und überraschend in mir aufstieg und mir wohl heiß die Röte ins Gesicht trieb. Ich war ganz verlegen, und nachdem wir uns schüchtern begrüßt hatten, fand ich in unserem Zimmer den Rest seiner Familie, nochmals fünf Personen; nun lagen wir wie die Heringe. Trotzdem freute ich mich wahnsinnig, Bernward und seine Familie zu sehen. Ich bemerkte, dass unsere frühere kindliche Vertrautheit zwar verloren gegangen war, aber unser völlig unerwartetes Wiedersehen mich in einen lange nicht erlebten Zustand von Glücksgefühl und Zuneigung brachte. Ich konnte es kaum erwarten, ihr

Schicksal zu erfahren und während abends dann erzählt und „geredd“ wurde, und ich leider auch erfuhr, dass unser Josef tatsächlich beim Transport nach Sibirien dabei gewesen war, aber immerhin noch lebte, schaute ich immer wieder, eigentlich unentwegt, zu Bernward und saugte sein Gesicht, seine Hände, seine Gestik auf. Mir war ganz mulmig, ich war aufgedreht und etwas benommen. Ich glaubte, er schaute auch ab und zu länger zu mir, und wenn sich unsere Blicke begegneten, war es warm und schön, ich fühlte mich wohl, und es kribbelte im Bauch. Doch ich erspürte auch, dass er viel durchgemacht haben musste. Er wirkte scheu, traurig, unsicher und niedergeschlagen. Lange durften wir ja nicht reden, nach dem Löschen des Lichts, musste Ruhe sein. Seit dem Weggang aus Ottenhausen hatte ich nicht mehr ein solch gutes Gefühl gehabt, selig schlupfte ich unter die Decke.

Auch bei den Meinen brachten die nächsten Wochen Veränderungen. Hella hatte von Grabow aus mittlerweile sogar Verbindung mit Tante Irene Kammer, der Hebamme, bekommen. Ihr war 1945 die Flucht bis nach Schlesien gelungen. Ihr Mann, Onkel Peter, Bruder von Mutter, war, wie auch die einzige Tochter, auf der Flucht umgekommen. Nun war sie schwer erkrankt und bat unsere Anni, ihre verwitwete älteste Nichte, zu kommen, um den Hof zu übernehmen. Anni stellte einen Antrag, und nachdem ihr Irene eine behördliche Bestätigung der Notwendigkeit zur Umsiedlung besorgt hatte, erhielt sie die Genehmigung und verließ uns im März. Ich blieb mit den jüngeren Brüdern zurück. Mit Rudolf und besonders mit unserem Viktorche gab es öfter Probleme, und ich bekam dann Schwierigkeiten und musste auf der Verwaltung Rede und Antwort stehen. Ständig händelten sie mit den Buben der polnischen Vorarbeiter herum, wollten sich nicht alles gefallen und sich nicht schikanieren lassen. Sie drückten sich vor den Arbeiten, und als sie nach der Ernte im Herbst die Krähen von den Getreideschobern verjagen sollten, weigerten sie sich, schnappten ihre sieben Sachen und hauten ab, zu Anni nach Schlesien. Ich konnte sie nicht aufhalten, obwohl ich sie unbedingt dabehalten wollte, schon um nicht wieder allein zu sein. Ich hatte gar keine Möglichkeit, mit ihnen zu reden, morgens erzählten sie von ihrem Vorhaben, und als ich abends zurückkam, waren sie schon weg. Sie kamen tatsächlich durch, keiner suchte sie, keiner fragte nach ihnen, sie waren ja auch nicht richtig angemeldet gewesen, und so war ich nun wieder die einzige Rau in Koryta, zusammen mit vielen Menschen und doch allein, oder?

Irgendjemand schafft um mich herum, mit wem reden die? Ich werde wie gehoben, gekippt, aufgerichtet, gesetzt, mir wird übel. Ich bin müde, will schlafen, zurücksinken: „Lasst mich in Ruhe!“, ich bin noch nicht soweit.

1948–1951

Staatsgut Koryta

Wenn ich morgens aufwachte, warf die heraufziehende Sonne oft ihr weiches, warmes Licht durch das Fenster in den Raum. Die Schatten und Bilder, die an der Wand und über der Tür erschienen und sich vergrößernd und verändernd weiterwanderten, schienen meine Träume zu verlängern. Es war herrlich, in dieser Phase der Sorg- und Schwerelosigkeit, dies und das zu erkennen, zu dösen, die Gedanken wandern zu lassen, Pläne zu schmieden und dann doch langsam erwachend, auf den Gong der großen Glocke zu warten, die vom Kuhstall drüben, vorbei am Getreidespeicher, jeden Morgen mit ihrem Schlagen das Zeichen zum Aufstehen für die polnischen Arbeiter und die deutschen Zivilgefangenen des Gutes gab.

Manchmal hatte ich meinen Tagtraum der Tänzerin, wie ich mit dünnem, weißen Kleid, umhüllt wie mit einem Schleier, mich drehend und schwebend in leichte, wolkige Welten voller Glück und Wohlgefühl tanzte, wohlig schaudernd wie daheim in der Stube meines Paradieses, bis mich die Glocke jäh in die raue Wirklichkeit zurückholte.

Ein anderes Mal horchte ich mich in die Atemgeräusche der Mitschläfer hinein. Da wurde ruhig und gleichmäßig geatmet, gezischt und geblasen, geschnarcht und gepfiffen – unglaublich vielfältig und ich versuchte, die Geräusche zu unterscheiden und zuzuordnen. Zunehmend war auch Bernward Teil dieser Tagträumereien. Er war mein Bindeglied zum früheren Leben, und ich stellte mir vor, wir kämen uns näher und verliebten uns, gingen zusammen spazieren, umarmten und küssten uns – ach, wie aufregend. Und dann erst die anderen, wie sie neidisch schauten und tuschelten, und ich mich stolz und wohlig in unserer Zweisamkeit vorführte. Dann wieder war ich auf einer gewendelten Treppe, um mich herum stockdunkle, bedrohliche Nacht und von oben kam Licht. Ich stieg, zuerst langsam und vorsichtig, dann immer schneller die Stufen hinauf. Ich hastete und sprang, ich rannte wie um mein Leben, aber ich kam dem Licht nicht näher, es war zum Verzweifeln.

Himmel, Hölle und Fegefeuer, wo bin ich, wie lange noch? Ewig, wie lang ist ewig?

Ja, diese Traumzeiten sind mir wirklich noch lebhaft in Erinnerung, irgendwie waren sie vorbestimmend für den Tag. Wohlig oder bedrückend, freudig oder betrübt, je nach Stimmung und Ziel und oft versuchte ich mit aller Kraft, die Gedanken zu steuern, aber nicht immer wollte es gelingen.

Wenn ich aufstand und mich reckend und streckend vor das sonnendurchschienene Fenster stellte, fiel mein Blick hinüber auf die Häuschen und Baracken der polnischen Landarbeiter und ich konnte sehen, dass auch die schon auf waren und manche sich schon mit ihren Schweinen in den Ställen dahinter beschäftigten.

Kurze Zeit später war Antreten, Appell für uns alle, und in Reih und Glied aufgeperlt, empfingen wir die Arbeiten für den Tag, wurden registriert und eingeteilt. Neben der Arbeit im Palast musste ich auch immer wieder zur Feldarbeit und die fiel mir schwer. Ich konnte die sommerliche Hitze und Sonne nicht vertragen und nun rächte sich vielleicht auch, dass ich in meiner Kindheit in Ottenhausen und Romartow und auch in den Jahren nach dem Krieg, nur selten auf den Feldern hatte arbeiten müssen. Auch körperlich konnte ich, klein und schmächtig, mit den anderen nicht mithalten. Die Arbeiten waren hart, ich musste oft schuften und immer war ich im Verzug, oft gab es Schelte. Bei der Kartoffelernte, wenn die ausgemachten Krummbeeren nach Speise- und Saukartoffeln in die großen Körbe sortiert waren, war ich kaum in der Lage, diese zum Wagen zu schleppen und dort über die hohe Brüstung zu schütten. Ich musste mich dabei furchtbar schinden und hatte abends oft schlimme Schmerzen, vor allem im Unterleib.

Das Rübenhacken auf den riesigen, endlos scheinenden Feldern war für mich ebenfalls eine Qual. Zehn bis zwölf Stunden am Tag, oft tage- und wochenlang, in immer derselben gebückten Haltung in häufig sengender Sonne, furchtbar. Die Zunge klebte am Gaumen, die Lippen dörrten aus, der Rücken schmerzte und ich bekam schlimme Kopfschmerzen und der immer wieder unterdrückte Blick nach dem Ende der Zeile brachte dann doch regelmäßig das niederschmetternde Ergebnis: kein Ende in Sicht!

Im Herbst, nach der Kartoffel- und Rübenernte, begann dann das große Mistfahren. Während Bernward den Dung aufladen musste, mussten wir Frauen ihn auf den Äckern mit den Gabeln zu kleineren Haufen vom Wagen herunterwerfen und später auf dem Feld verspreiten. Oft war es schon bitterkalt und nach einiger Zeit war der Mist gefroren und die Schinderei umso schwerer. Auch das war für mich, mit meiner geringen Statur, Knochenarbeit und abends war ich völlig erschöpft.

Kurz, nachdem Bernward zu uns nach Koryta gekommen war, hatte er eine schwer vereiterte Blinddarmentzündung und wurde im Spital in Lentschütz operiert. Nur örtlich betäubt, konnte er zuschauen, wie seine Gedärme herausgelegt und dann wieder an Ort und Stelle verbracht wurden. Anschließend ging es eigenfüßig herunter vom Tisch und zurück ins Krankenzimmer. Doch alles ging gut und nach wenigen Tagen war er wieder zurück. Ich hatte mich gesorgt, aber nicht getraut, diese Sorge zu zeigen, ich war mir der Zuneigung Bernwards nicht sicher, und bisher gab es auch kaum Gelegenheit, sich näherzukommen. In dieser Hinsicht fehlte mir auch mein sonst vorhandener Schneid, oder ich war zu stolz und bockig, den ersten Schritt zu machen.

Überhaupt war Bernward immer voller Eifer bei den Arbeiten, er hatte einen unheimlichen Ehrgeiz überall der Erste und Beste zu sein, es allen, besonders der Lagerleitung, recht zu machen. Wenn zwei Polen einen Mistwagen luden, dann musste er es allein genau so schnell schaffen; er funktionierte nun auch ohne den Vater! Für mich grenzte das manchmal schon an Unterwürfigkeit und Selbstverleugnung. Ich war da eher bockig, aufmüpfig und machte nur, was sein musste.

Er übernahm bald die Aufgaben eines Fuhrknechts. Ich wusste nicht, hatte er sich dafür beworben oder hatten die polnischen Vorarbeiter bemerkt, dass Pferde seine große Leidenschaft waren, jedenfalls wurde es seine Arbeit.

In jeder freien Minute war er bei den Pferden, striegelte und pflegte sie, redete mit ihnen, ritt vom Stall zur Tränke und bereitete sie auf die täglichen Fahrten vor. Ganz besonders widmete er sich seinen zwei Füchsen, die er jeden Morgen gegen sieben am Brunnen und an der großen Krippe zwischen Pferde- und Kuhstall tränkte und fütterte. Um halb acht begann er, die großen Milchkannen an der Rampe vor dem Kuhstall auf seinen Wagen zu laden. Zwischen 800 und 1.000 Liter Milch kamen jeden Morgen zusammen, und dann ging die Fahrt in eineinhalb Stunden nach Lentschütz zu einer großen Molkerei, wo er die Milch ab- und die geleerten Kannen wieder auflud. Viele Kannen wurden auch mit Molke gefüllt, die auf dem Gut an die Schweine verfüttert wurde. Manchmal hatte er eine viertel oder sogar halbe Stunde Zeit. Dann erlaubte und traute er sich, an einer Art Kiosk neben der Molkerei ein Brötchen, dick mit Butter bestrichen, zu erbetteln und mit einem Glas Buttermilch, ebenfalls von der Molkerei, „schlemmte" er und genoss einen Hauch von Luxus und Freiheit. Wenn er gegen ein Uhr in Koryta zurück war, versorgte er Wagen und Pferde und am Nachmittag musste er dann meist Grünfutter für die Kühe holen oder die Frauen bei der Feldarbeit unterstützen. So bekam er auch mit, dass ich dort öfter Schwierigkeiten hatte. Da wir sonst kaum Zeit fanden oder einfach erst mit unserer neuen Situation zurechtkommen mussten, waren es diese Nachmittage im Sommer 1949, an denen wir uns dann langsam näherkamen, und Bernward mir erst ganz zaghaft, und als niemand Anstoß nahm, mehr und mehr half, meine Arbeiten zu bewältigen und wir so etwas zusammen sein konnten. Er suchte nun doch meine Nähe und Aufmerksamkeit, das war Labsal für meine Seele. Seit Jahren hatte ich von niemandem ein liebes Wort, keine Zärtlichkeit, keine Umarmung, keine Wärme erfahren. Ich freute mich fast auf die Feldarbeit, erwartete voller Ungeduld sein nachmittägliches Erscheinen. Kleine Unterhaltungen, kurze, heimliche Berührungen waren aufregend und oft, wenn dies geschah, hatte ich ein herrlich angenehmes Kribbeln im Bauch. Ich hätte gern mit jemand darüber geredet, aber ich hatte ja niemanden und so blieb ich mit meinem Verliebtsein allein.

Abends schafften wir bis zur Dunkelheit, sodass Freizeit eigentlich auf den Sonntag beschränkt war. Da saß man ein wenig zusammen, ruhte sich aus, ich dachte an meine Mutter und die Geschwister, trauerte über mein Schicksal und mein Alleingelassensein, trauerte um Vater und Josef, die mir sehr fehlten und manchmal, wenn ich schlimme Geschichten über das Schicksal der Verschleppten hörte, dachte ich, und erschrak dabei über mich selbst, vielleicht wäre es besser, sie waren tot, als jahrelang gefoltert, gequält und geschunden worden zu sein.

Sonntagnachmittags und gegen Abend saßen wir oft in der „Chnotnia" zusammen. Das war ein größeres Haus neben unserer Baracke, in dem wohl 35 weitere deutsche Zivilgefangene wohnten. Dort gab es in einem Raum unterm Dach einen großen Tisch, wir stellten Stühle zusammen und sangen polnische und deutsche Volks- und Heimatlieder, inbrünstig und manchmal herzzerreißend, so schön und meist so traurig. Dies war der einzige Ort, wo wir uns immer wieder fanden, und ob Bäckers oder Schröders, ob Hinzes oder Flamms und natürlich Bernward, hier wurde geträumt und unsere Seele genährt und gestärkt.

Ja, das war schön! Ein wohliges, warmes Bauchgefühl spüre ich noch heute, wenn ich an die Stunden denke. So für uns, so losgelöst von der Welt draußen um uns rum und die Gefühle für Bernward, herrlich warm und bauchkribbelig.

Ab und zu, wenn wir uns sicher fühlten, tanzten wir Mädchen auch auf leisen Sohlen, damit uns keiner hörte und wenige Male gelang es mir, auch Bernward zu überreden oder eher zu überrumpeln, mit mir einige Schritte zu machen. Während ich stolz und wohlig in Seeligkeit schwelgte, genierte er sich, weil er nicht tanzen konnte und überhaupt, wozu tanzen und so vor den anderen, das machte man nicht, war ihm peinlich. Auch wenn es mal ein wenig lustig wurde, war er seltsam unbeteiligt, als ob es etwas Schlechtes wäre, er das nicht wollte. Doch ich dachte mir weiter nichts dabei.

Dann zeichnete er manchmal auf irgendwelche Papierfetzen mit einem Bleistift Bilder und Skizzen und immer beschäftigte er sich dabei mit seinen geliebten Pferden, die er auch wirklich sehr treffend darstellen konnte. Ich glaubte, die Pferde waren nun seine Kaninchen.

Er durfte mittlerweile sogar Einkäufe für die Verwaltung machen, bekam einen Haufen Geld anvertraut, und wenn er in Lentschütz war, musste er in der Schlachterei oft größere Mengen Fleisch kaufen. Mit der Zeit kam ihm der Gedanke, die Ware in mehreren Packen abwiegen zu lassen. Nach der Heimkehr wog er es nach, und da häufig das Gesamtgewicht manchmal auch deutlich übertroffen wurde, blieb etwas übrig. Das zweigte er ab und versorgte seine Familie und zunehmend auch mich mit etwas Zusatznahrung.

Das Staatsgut, auf dem wohl 60 polnische Landarbeiter, einige Mitarbeiterinnen auf dem Büro und 50 deutsche Zivilgefangene lebten und arbeiteten, hatte riesige Felder und Wiesen, und, wie Bernward meinte, einen wundervollen, dunklen und fruchtbaren Boden. Alles war topfeben, kein Wald und fast keine Bäume begrenzten oder behinderten den Blick. Hier waren wir vor Willkür und der Gewalttätigkeit Einzelner doch geschützt, und der Tagesablauf war geregelt, auch wenn die Arbeit schwer und die Verpflegung knapp und sehr eintönig war und natürlich gab es keinerlei Entlohnung. Das Gut bestand aus vielen Gebäuden, deren Mittelpunkt der Getreidespeicher war, östlich davon stand unsere Baracke und noch etwas weiter, über dem Weg, waren die Häuschen der polnischen Arbeiter mit den dazugehörigen Schweineställen. Nördlich neben unserer Baracke war die Chnotnia und im Norden und Westen schlossen sich die Stallungen für die Rinder, die Pferde, Schweine und Kühe an. Im Westen wurden die Gebäude mit den Scheunen abgeschlossen und nach Süden lagen der Palast und eine große Weide.

Auf den Feldern wuchsen Zuckerrüben, Frucht, Weizen, Kartoffeln, Gelbe Rüben, Lupinen und herrlicher Klee erblühten im Frühsommer auf den unendlichen Wiesen. Der Klee wurde in großen Schobern getrocknet, mit Strohbahnen abgedeckt und vor Regen geschützt und wie Heu, aber in Schichten, abgestochen und verfüttert. Bernward konnte manchmal richtig schwärmen, ich hatte dafür kein Interesse und hörte nur halb zu.

Nicht nur ich, da ich als Einzige hier ganz ohne Familie war, bestimmt auch alle anderen wünschten und hofften, es müsse etwas geschehen, so konnte doch unser Leben nicht immer endlos und aussichtslos weitergehen. Die Uhr tickte, die Zeit lief, Tage und Wochen vergingen, wie betäubt, ruhiggestellt. Ich bemerkte auch bei den anderen so eine Stumpfheit, eine Gehirnleere, die das Leben hier im Lager mit sich brachte. Wir hatten keine Verantwortung, konnten keine Entscheidungen treffen, nichts unternehmen. Nichts hing von uns selber ab, nicht einmal unser eigenes Schicksal? Ich musste Hella wieder schreiben, sie musste Druck machen.

Es war dann gar nicht schwer, wegzukommen. Schon beim Appell klagte ich über Bauchweh und nach kurzem Arbeitseinsatz krümmte ich mich vor Schmerzen und wurde dann in die Baracke geschickt. Dort hielt sich jetzt niemand auf und ich konnte ungestört mein Bündelchen packen, bevor ich im Schatten der Baracke zum Bewässerungsgraben schlich. Entlang der Büsche flüchtete ich aus dem Gut, alle Gefangenen und die polnischen Arbeiter waren auf den Feldern, ich musste nur den Palast im Auge haben. Kurz nach der Wegkreuzung nach Lentschütz wartete ich in einem Kukurutzfeld, bis Bernward, auf seiner morgendlichen Fahrt zur Molkerei, vorbeikam. Er nahm mich auf, ich versteckte mich zwischen den Milchkannen und wir fuhren gemeinsam nach Lentschütz, wo wir das Gespann irgendwo abstellten, zu Fuß zum Bahnhof liefen und mit einem Zug Richtung Westen fuhren, einfach Richtung Freiheit.

Manchmal, besonders seit Rudolf und Viktor abgehauen waren, stellte ich mir vor, träumte ich davon, zu flüchten und immer war Bernward dabei. Ich wusste, es war unmöglich, wir hatten keine Papiere, kämen durch keine Kontrolle, hatten kein Geld und überhaupt, was würde Bernward wohl dazu sagen? Ich wusste, es war Blödsinn, und ich schämte mich auch ein bisschen und würde es nie jemand erzählen, aber schön war es doch, es zu denken!

Manchmal starrte ich abends über den Getreidespeicher hinüber in die versinkende Sonne und dann ballte ich die Fäuste und nahm mir vor, zu kämpfen und alles zu versuchen, diesem Gefängnis zu entkommen, mit Mutter, Anni, Hella, den Buben und Bernward nach Deutschland zu fahren und ein neues Leben zu beginnen. In Ottenhausen waren ja die Russen, da gab es kein Zurück. Oft war ich aber auch mutlos, haderte und zweifelte an Gott und der Welt, alles war so ungerecht, tat weh, war schlimm. Dann stand ich da, voller Trauer und Verzweiflung, ich heulte und schlich mich später fast ohne jede Erwartung auf Änderung auf meine Pritsche und bemitleidete mich selbst, bis ich darüber einschlief. Manchmal versuchte ich auch, fast gewaltsam, aus Angst, Wut und Traurigkeit trotzdem einige Tropfen Hoffnung und Zuversicht zu pressen.

Ab April arbeiteten Bernward und ich nachmittags auf den Feldern fast immer zusammen. Er half mir weiterhin, ich legte es mittlerweile geradezu darauf an, dass er mir helfen musste und unsere Beziehung wurde wohl offensichtlich und bald wurde ich von den anderen schon geneckt: „Hast du den Liebsten wieder dabei“ oder „So eine nette Hilfe hätt ich auch gern“ und Ähnliches mehr. Ich wusste schon, dass das Letztere stimmte, klar hatte ich schon öfter mitbekommen, dass er von vielen der Frauen und Mädchen gern gesehen wurde und die eine oder andere ihm auch schon Augen gemacht hatte. Er war ja auch schon etwas Besonderes, groß, blond und wirklich gut aussehend und der einzige junge Mann. Bisher hatte mich das eigentlich nicht gestört, aber nun spürte ich, dass es mir missfiel. Es ärgerte mich und machte mich wütend, und ich merkte, das musste Eifersucht sein und stellte fest: blödes, sehr blödes Gefühl. Auch bei ihm konnte ich Eifersucht erkennen, sobald ich mit einem der polnischen Arbeiter redete oder gar etwas vertrauter war, schon sprach er mich an, fragte nach und bohrte und ich fühlte seine Erregung, sein Misstrauen und Unwohlsein oder auch Wut. Im Mai dann sprang ich eines Tages auf dem Feld vom Mistwagen herunter, knickte um und erlitt wohl einen Bänderriss, der Knöchel schwoll furchtbar an und ich musste mehrere Tage im Bett verbringen. Dort war ich tagsüber allein mit mir, meinem Knöchel und meinen Gedanken, als er plötzlich erschien, sich zu mir ans Bett setzte, meine Hand nahm und mich unvermittelt küssen wollte. Wirklich erschrocken drehte ich mich weg, ich hatte einfach nicht damit gerechnet. Eigentlich wollte ich es auch, aber vielleicht wollte ich gefragt werden, vielleicht befürchtete ich auch, er wollte meine Situation ausnutzen, was wusste ich? Natürlich war er beleidigt, und erst als ich seine Hand wieder nahm und ihn ein wenig zu mir herzog, schaute er mich an und fragte: „Willst du mit mir gehen?"

Mein Gott, natürlich wollte ich, seit Monaten wartete ich darauf, und nun endlich kriegte er den Mund auf. Ich nahm seinen Kopf in meine Hände und wir küssten uns aufgeregt zum ersten Mal. Ein Geräusch vor der Baracke erschreckte uns, und mit einem festen Händedruck schlich er sich davon. Ich will nicht sagen, dass sich die Welt nun schlagartig veränderte, nein, aber seit diesem Tag bekam mein Leben langsam und Schritt für Schritt eine neue Bedeutung, einen neuen Sinn, neue Gefühle und neue Ziele. Unser Zusammensein wurde wichtiger, nach außen hin wurde ich selbstbewusster und die Zukunft für uns beide drängender. Ich fühlte mich noch mehr zu ihm hingezogen. Ich war so froh, endlich wieder jemanden zu haben, Tage und Träume zu teilen, nicht mehr allein und verloren zu sein, von jemand beachtet und erwartet zu werden. In der folgenden Zeit kamen langsam kleine Tagträumereien zurück: wir beide als Paar, Hochzeit, Familie, Tanzen, wie und wann kann es ein normales Leben für uns geben ...

Das Zusammenleben in einem Raum mit 15 Personen, ohne jede eigene Rückzugsmöglichkeit, bekam für mich eine völlig neue Bedeutung, und die Zeit der Trennung, vom Morgen bis zur nachmittäglichen Feldarbeit, wurde ungeahnt lang. Voller Ungeduld wartete ich auf unsere Zusammentreffen.

Das seltene Singen wurde mir immer wichtiger und neben Bernwards schöner Stimme fühlte ich mich wohl und zunehmend stolz, „mein" Bernward. Wir kannten wunderbar melancholische polnische Lieder, auch Liebeslieder, die wir inbrünstig gemeinsam sangen. Es waren schöne Stunden, die schönsten seit Ottenhausen.

Wir haben später eigentlich kaum mehr gemeinsam gesungen. Nur als unser Sohn mal zu Weihnachten ein Tonbandgerät von uns geschenkt bekam, ich glaub, er war 14, haben wir gleich an Heiligabend tatsächlich die alten polnischen Lieder darauf geträllert. Ich weiß noch, wie fremd es war, unsere Stimmen dort zu hören, schön war es aber auch.

Polnisch gesprochen haben wir dagegen oft, wann immer die Kinder uns nicht verstehen sollten.

Sonntags gingen wir nun miteinander, uns mehr und mehr an den Händen haltend, im Lager spazieren und bald machten auch die vor unserer Baracke und der Chnotnia sitzenden älteren Frauen entsprechende Bemerkungen und Neckereien. Mich freute es mehr, als es mich ärgerte. Es waren schöne Stunden, Momente voller kleiner Glücksgefühle, warm und zärtlich und die Welt um mich, um uns, erschien bunter, fröhlicher. Die Schatten des Alltags verkürzten sich und verschwanden sogar für Augenblicke der verliebten Zweisamkeit. Vielleicht erträumte ich in Bernward auch meinen neuen Fels, der mir so unendlich fehlte. Sonntagnachmittags suchten wir Gelegenheiten, uns an abseitigen Plätzchen zu treffen, um allein mit uns zu sein, zu träumen und über dies und jenes zu sprechen. Ich suchte die körperliche Nähe, er blieb aber spürbar befangen und gehemmt. In den Gesprächen spielten immer wieder sein Vater und die Hitlerjugend eine Rolle. Er sprach von Strenge und Disziplin, von Ordnung und Arbeit, er war ernst und ich vermisste Fröhlichkeit und Freude. Als er dann sogar in Betracht zog, freiwillig hier auf dem Gut zu bleiben, wurde es mir doch zu bunt:

„Ich glaube, du spinnst, womöglich um den Polen hier noch zu beweisen, wie du schuften kannst?“ Aber ich hoffte, war mir sicher, das war nur Gerede, das konnte nicht sein Ernst sein.

An einem Sonntag im Oktober war in Jablona ein Fest. Wir wagten, dort hinzugehen und uns ein wenig umzuschauen und uns vielleicht auch ein bisschen vorzuführen.

Ich fühlte mich gut und geborgen, und als ich in den Himmel schaute, meinte ich dort das Blau von Ottenhausen zu erkennen; jedenfalls waren meine Gefühle so wie damals, so leicht und froh und unbeschwert.

Wir gingen auf der Festwiese ein wenig herum, es gab Lose zu kaufen, Süßigkeiten, ein Karussell und eine Schießbude, all das hatten wir noch nie gesehen. An der Schießbude blieben wir stehen; Bernward war ganz fasziniert und erzählte von seinen Schießkünsten bei der Hitlerjugend, und wenn es nichts gekostet hätte, wer weiß? Ich zog ihn weiter, ich wollte so gerne auf den Tanzboden, aber er weigerte sich, „wozu tanzen, um was?" Auch wäre das zu auffällig und könnte uns in Schwierigkeiten bringen. Mir wäre das egal gewesen, wenn ich nur tanzen, mit ihm hätte tanzen können, alle könnten es sehen, alle sollten es sehen.

Und dann entdeckte ich einen Fotografen, bei dem man sich abbilden lassen konnte. Wir schauten scheu eine Weile zu, und als immer wieder junge Pärchen sich dort in einen geschmückten Kreisausschnitt stellten und ein gemeinsames Bild entstand, konnte ich ihn endlich überreden. Wir kratzen unser bisschen Geld zusammen, und so gab es unser erstes Foto: ich und er, Mela und Bernward. Nach einer Stunde konnten wir das Bild abholen und mit diesem kleinen Schatz machten wir uns dann auf den Heimweg, ein Hauch von Glück umschwebte uns und unsere Sinne. Eng umschlungen, die Zweisamkeit auskostend, wandelten wir als Liebespaar der Abendsonne und dem Lager entgegen.

Kurz vor Koryza wurde er immer drängender und zutraulicher, und ich merkte, dass er nun mehr wollte. Wir küssten uns, er drängte mich sacht vom Weg ab zu einer

Baumgruppe und hinter ein Gebüsch, und seine Hände waren da und dort und begannen mich zu entkleiden. Ich war ganz umnebelt, auch überrascht, ungeahnte Gefühle durchströmten meinen Körper, mein Herzschlag galoppierte, Bedenken und Angst rangen mit Lust, Neugier, Zuneigung und Zärtlichkeit, und als ich mich doch zierte, war er beleidigt und sagte, dass er dann eben alleine zurückginge. Es tat mir leid, und als er sich ein paar Schritte entfernte und ich daran dachte, dass ich allein an den alten Frauen vor der Baracke vorbeigehen würde und die mich dann foppten: „Wo ist denn dein Bernwardche", gab ich nach, lief zu ihm, schlang, mich auf die Zehenspitzen stellend, meine Arme um seinen Hals, wir küssten uns und wir liebten uns zum ersten Mal. Auf dem weiteren Weg schlich sich dann sacht ein bedrückendes Gefühl ein, das schlechte Gewissen. Ich dachte an meine Mutter, an Sünde und überhaupt, oh weh! Wir gingen schweigend nebeneinander her, und ich spürte, dass es auch ihn bedrückte. Hoffentlich war nichts passiert.

Als wir an den alten Frauen vor der Baracke vorübergingen, und sie wieder ein paar neckische Bemerkungen machten, meinte ich geradezu, dass sie uns das Geschehene ansehen konnten, und beeilte mich, an ihnen vorbei und hinauf in unser Zimmer zu kommen. Dort verkroch ich mich auf mein Lager und schickte mehr als ein Stoßgebet zur Muttergottes, mit Gott stand ich ja etwas auf Kriegsfuß: „Heilige Muttergottes, hilf, dass nichts passiert ist!"

In den nächsten Tagen fühlte ich, dass unsere Beziehung wieder eine andere Wertigkeit erhalten hatte, trotzdem hielten wir etwas Abstand, gerade so, als ob eine jetzt uns selbst auferlegte größere Distanz als Ausgleich und Buße für das

Geschehene hätte dienen können. Ich spürte, auch Bernward plagte ein schlechtes Gewissen. Die Angst vor einer Schwangerschaft, hier in unserer Situation und unserem Alter, lastete doch auf unseren Seelen. Dann wieder bestärkte ich mich selbst: Mein Gott, hast mich so allein, seit Jahren in der Welt herumschubsen lassen, da ist es doch mein Recht, mich einem Menschen zu nähern, Zuspruch und Wärme zu suchen, zumal einem, dem es nicht viel anders geht, wir brauchen einander doch. Ich versuche doch nur, das Leben zu leben. Nach all dem Grauen spürte ich Hunger und Verlangen, auch nach körperlicher Nähe und Zuwendung.

Als ich im November feststellte, dass ich schwanger war, hatte ich fast schon damit gerechnet und mein Erschrecken hielt sich in Grenzen. Irgendwie war ich sogar ein wenig stolz und trotzig. Ich wartete noch einige Tage, besprach mich mit Bernwards älterer Schwester, die damit als Erste davon erfuhr, und am letzten Sonntag im November, als wir auf dem Gut spazieren gingen, drehte ich Bernward zu mir, schaute ihn, wie fragend an, und ich sah, wie, nach einer Sekunde der Überraschung, alle Farbe aus seinem Gesicht wich und er bleich und blass wurde. Ohne weitere Worte wusste er Bescheid. Er fragte, ob ich sicher sei, und wollte wohl anfangen, zu jammern und lamentieren. Da fasste ich ihn an den Armen, schüttelte ihn, und er besann sich, nahm mich halbherzig in den Arm, drückte mich dann an sich und sagte: „Gut, wenn es so ist, dann ist es so, dann werden wir damit leben!"

Wir gingen weiter bis hinter die Kleeschober, wo wir uns, wegen der Kälte unter eine hochgehobene Strohmatte in den trockenen, wärmenden Klee setzten und über die Zukunft sprachen. Uns war schon klar, wir wollten heiraten, aber ich wollte auch raus hier, wollte weg, wollte nach Deutschland und ich spürte, es war Leben in mir. Gerade in den letzten Wochen wurde ständig von Genehmigungen, vom Ausreisen geredet, Hella hatte, auch auf mein Bitten hin, schon mehrere Anträge gestellt, natürlich für uns Raus, sie konnte aber über die Tochter des Apothekers auch versuchen, Flamms zu helfen. Ich bedrängte Bernward und bat ihn, sich mit seiner Familie um das Nötige zu bemühen.

Doch kamen wir überhaupt raus, wenn ja, wann? Sollten wir möglichst schnell heiraten? Das Aufgebot dauerte Wochen, Bernwards Familie hatte keinerlei Papiere, er war ein Niemand, also keine Heirat. Ich war schwanger, wenn das bekannt wurde, durfte ich dann ausreisen? Fragen über Fragen.

Als wir über unsere Zukunft sprachen, fiel mir auf, wenn ich von Gefühlen, ja Liebe redete, war ihm das irgendwie peinlich. Gefühle machten ihm Probleme, Gefühle zeigte man nicht, Gefühle unterdrückte man. Ich war enttäuscht, wollte aber nicht streiten, ich konnte nicht. Der Kopf schwirrte mir – ich brauchte ihn doch, wir waren doch aufeinander angewiesen.

Ein, zwei Tage später erfuhr ich dann von Hella, die Chancen einer Ausreise wären gut, die Papiere in Vorbereitung, ich sollte mich anständig und ruhig verhalten, sie schrieb Anni wegen Rudolf und Viktor nach Schlesien und der Witwe wegen Mutter nach Piasky. Auch bei Bernward und seiner Familie und anderen tat sich was. Ab kurz vor Weihnachten herrschte eine aufgekratzte, nervöse, erwartungsvolle Stimmung unter uns Deutschen des Gutes, und das nicht wegen des bevorstehenden Festes.

Ich musste mich um Mutter kümmern, sonst blieb die womöglich noch zurück. Ich hatte sie seit fünf Jahren nicht gesehen, vielleicht unglaublich, aber es war ja nicht möglich, einfach irgendwohin zu gehen, wie man wollte. Ich wusste, sie würde alleine nicht zurechtkommen und so fasste ich mir, trotz der Mahnung von Hella, nicht aufzufallen, ein Herz und fragte beim Direktor um Erlaubnis, an Weihnachten nach Piasky zu gehen, um meine Mutter zu besuchen.

Ich war aufgeregt und ängstlich, zum ersten Mal eine solche Bitte vorzutragen und in dem Büro hatte ich das Gefühl, klein und mickrig zu sein und ich hörte selbst meine zittrige Stimme. Er war ernst, aber freundlich, und nachdem er hörte, dass ich Mutter schon so lange nicht mehr gesehen hatte und ich hier und sie dort alleine und ohne weitere Familie war, gab er die Erlaubnis und stellte mir sogar einen Passierschein aus. Da er wohl wusste, dass Bernward und ich ein Paar waren und Bernward ja täglich mit den Pferden zu tun hatte, sollte ich ihm ausrichten, dass er einen kleinen Schlitten und den hellen Fuchs nehmen und mich sogar fahren sollte. Ich war ganz sprachlos, so etwas hat es ja noch nie gegeben. War es wegen Weihnachten oder wusste der was von meinem Zustand? Egal, am Weihnachtsfeiertag, schon früh am Morgen, fuhren wir stolz und doch auch ängstlich los und nach mehr als dreistündiger Fahrt erreichten wir gegen Mittag Piasky, das mindestens 20 Kilometer entfernt lag. Ich fragte uns durch und dann stand ich vor Mutter.

Sie war alt geworden, noch bedrückter und schwermütiger als schon vor Jahren und ihre große Freude, mich zu sehen, war gleich überlagert vom wohl unveränderten Schmerz und der Trauer um Vater und ihren geliebten Sohn Josef. Ich sah und spürte, sie war doppelt gefangen! Sie konnte den Verlust nicht verkraften, und wie ein Schleier vernebelten die Trauer und Niedergeschlagenheit ihren Blick für das Jetzt und ihre übrig gebliebene Familie. Ich musste sie regelrecht herausziehen aus ihrem Schutzraum aus Schmerz, Schicksals- und Gottergebenheit und erst als ich ihr von Bernward und mir berichtete, erkannte sie den jungen Flamm und interessierte sich ein wenig für uns.

Ich erinnerte sie daran, dass wir ausreisen wollten und war froh, dass die Wittfrau durch die Briefe von Hella Bescheid wusste und uns glaubhaft versicherte, dass sie dafür sorgen werde, dass Mutter, wenn eine Ausreise bevorstehe, nach Koryta zu mir komme. Sie schien eine ordentliche Frau zu sein, wir bekamen auch etwas zu essen und ich bedankte mich herzlich. Ich hatte es mir lange überlegt, ob ich Mutter von meiner Schwangerschaft erzählen sollte, dann aber doch, zusammen mit Bernward, beschlossen, es nicht zu tun. Zum einen wollte ich sie nicht beunruhigen, zum anderen hatten wir Angst, dass sie es ausplaudern und es Schwierigkeiten geben könnte. Umso größer dann meine Überraschung, als sie kurz vor dem Abschied, Bernward war schon draußen bei Schlitten und Pferd, mich zur Seite nahm und fragte: „Bist du schwanger?“ Völlig überrascht, dass man, besonders sie, darauf kommen konnte und peinlich berührt und in Erwartung von Schimpf und Schelte wegen Sünde und Gott, nickte ich bejahend, doch sie strich mir über den Kopf, griff unter ihre Bluse und reichte mir unser altes Familienmedaillon: „Da nimm, du kannst es brauchen, bete und sie wird dir helfen." Ich war sehr betroffen und gerührt, das hatte ich von Mutter nicht erwartet, ich freute mich über sie und über das Amulett und war nicht wenig stolz, dass ich es nun besitzen durfte. Wir verabschiedeten uns gerührt und mit doch großer Hoffnung auf baldiges Wiedersehen und die Ausreise nach Deutschland. Mutter kam mir nun viel wacher und froher vor, und ich war erleichtert.

Auf dem Schlitten erzählte ich Bernward von Mutters Ahnung und zeigte ihm das Medaillon. Es war ganz abgenutzt und abgeflacht, die Muttergottes kaum mehr zu erkennen. Wie viele tausend Mal hatte Mutter, hatte Vater, hatten alle Raus, seit vielen Generationen es berührt, sind Hände und Finger darüber geglitten. Von Tirol in die Pfalz, von der Pfalz nach Galizien, von dort nach Polen und nun hoffentlich auch zurück nach irgendwo in Deutschland. Zusammen mit meinem Döschen hatte ich nun alles, was es noch von uns gab in meinen Händen, Erinnerung und Hoffnung, denn ewig konnte die Erde nicht eingesperrt bleiben.

Doch dann, noch während der Fahrt, kam mir plötzlich der Gedanke: „Warum ich, warum nicht Hella? Wegen der Schwangerschaft vielleicht, oder gibt es einen anderen Grund?"

Noch vor Silvester bekam ich die Aufklärung, auf dem Büro der Verwaltung erhielt ich einen Brief von der Apotheke in Grabow und Hella schrieb, dass unsere Papiere für die Ausreise in Vorbereitung wären und wohl im Januar eintreffen würden. Sie hatte sich entschieden, wenn sie die Ausreisepapiere habe, zu Anni, die mittlerweile wieder verheiratet war, nach Schlesien zu gehen. Ich sollte mit Mutter, Rudolf und Viktor nach Deutschland. Sie wollte Anni nicht alleine in Polen lassen, zumal die schon nach mir gefragt hatte, weil sie für mich dort einen Mann habe. Da Hella aber wusste, dass ich und Bernward bereits ein Paar waren, hatte sie Anni angeboten, nach Schlesien zu kommen, um ihr Schicksal zu teilen.

„Kann Mutter hellsehen“, fragte ich mich, und davon abgesehen, ärgerte es mich und machte mich traurig, dass Hella und Anni hier bleiben wollten. Warum gingen wir nicht alle, was hielt die hier, ich fand das nicht gut, ich wollte das nicht!

Ich dachte auch immer wieder an das Gespräch im Kleeschober und meine Enttäuschung konnte ich mittlerweile fast schon verdrängen. Wir hatten nicht mehr davon gesprochen, und ich wollte glauben, es würde alles gut.

Das neue Jahr begann mit einer unerträglichen Spannung. Jetzt oder nie, alle redeten von Papieren und Genehmigung und Ausreise und Gerüchte und Behauptungen schwirrten durch das Gut. Dann, am 3. Januar, sollten tatsächlich alle Deutschen zum Palast kommen, eine wichtige Bekanntmachung stünde bevor. Herzklopfen bis zu den Haarspitzen, ja oder nein? Würde wahr, worauf wir seit Jahren hofften, gingen unsere Träume in Erfüllung, waren wir dabei oder gab man uns nur bekannt, dass all das Gerede nicht stimmte, dass niemand fortkam? Dann die Erlösung, der Direktor teilte mit, dass die Familien so und so, und Flamm und auch ich in den nächsten Tagen die Ausreisepapiere erhalten sollten. Bis dahin musste die Arbeit aber wie bisher und – den Rest hörte ich nicht mehr, ich fiel Bernward um den Hals, drückte Fina, Johann, Mutter Rosalia und die kleine Anni und alle hopsten herum, und erst als die

Glocke läutete, kamen wir wieder zur Besinnung. Am Abend nach der Arbeit rannte ich gleich schnell hinauf ins Zimmer, griff das Amulett und drückte es ganz fest und mit zitternden Händen.

„Lieber Gott, heilige Muttergottes“, flehend betete ich, und eine innige Berührung der Lippen sollte Stärkung und Zuversicht geben und gleichzeitig Bitte und Gebet zur Forderung erheben: „Nun musste es gelingen, jetzt durfte nichts mehr schief gehen.“

Jetzt nur nicht noch auffallen, es durfte nichts passieren, was unsere Ausreise verzögern oder gar verhindern konnte. Wir hatten schon so viele Enttäuschungen und Schicksalsschläge erlitten, dass jeder noch so kleine Lichtblick sofort mit der Angst verbunden war, man freute sich zu früh, es werde bestimmt wieder etwas schief gehen. Niemand durfte die Schwangerschaft bemerken, wer wusste, was sonst geschah?

Noch einmal berührten meine Lippen das Medaillon und mein Blick ging hinaus, ging hinweg über den Getreidespeicher, hinüber nach Westen, hinein in das lockende, warm und heimelig schimmernde Abendrot, dort lag Deutschland, das Ziel all unserer Hoffnungen.

Es war der 7. Januar 1951, als die Papiere wirklich ankamen und der 18. Januar als Ausreisetag festgelegt war.

„Oh Gott, noch elf Tage, bitte, lass alles gut gehen!“

Da, wieder dieses Rufen: „Hören Sie mich, Frau Flamm, hören Sie mich?“ Was wollen die von mir, jetzt nicht, jetzt doch nicht, gerade jetzt nicht!

1951

Westwärts

Und wieder war tiefster, bitterer Winter, wieder Januar, wieder Schnee und Frost, doch diesmal waren die Vorzeichen günstig, dieses Mal musste es gut werden.

Am 14. Januar kamen Rudolf und Viktor tatsächlich in Koryta an. Sie waren drei Tage mit Zügen unterwegs gewesen, hatten auf Bahnhöfen geschlafen und waren von Lentschütz zu Fuß hergestapft, und als einen Tag später auch Mutter mit einem Fuhrwerk gebracht wurde, hatte meine ständige Angst, meine Familie zurücklassen zu müssen, ein Ende. Nachts hatte ich wieder geträumt, dass uns die Behörden im letzten Moment doch nicht ausreisen ließen, und war ganz aufgelöst gewesen, war in Panik aufgewacht und hatte erst nach Sekunden erleichtert begriffen, dass alles nur ein böser Traum gewesen war.

Am 17. Januar hatten wir schnell unsere Sachen in zwei Kartons und einen Sack zusammengepackt. Mit einer Schnur zusammengebunden, trugen wir sie am frühen Morgen des nächsten Tages zum Hof vor die Ställe, um von dort mit dem Pferdefuhrwerk nach Lentschütz zum Bahnhof gefahren zu werden. Mit dabei natürlich mein Döschen, das durch das viele Betasten und Reiben mittlerweile an den Kanten fast ohne Farbe und ganz blank geworden war.

Herrjeh, das Döschen; so viele Jahre trug ich es mit unserer Heimaterde bei mir. Unser Boden, wo wir wurzeln und den ich gerettet habe, bis fester Grund neue Heimat versprach – es hat mir sehr geholfen.

Jetzt, als wir Koryta verließen, ich konnte es kaum fassen und ärgerte mich auch darüber, kam sogar so etwas wie Wehmut auf, nun war es doch wie ein bisschen Zuhause, gewohnte Umgebung, die wir zurückließen.

„Ja, bin ich denn bekloppt", schimpfte ich mit mir, „weg, nur weg hier", hier und überall wurden wir geschunden, erniedrigt und ausgebeutet, wofür und warum?

Es war wieder einmal bitterkalt, dichte Atemwolken entstiegen den Nüstern der Pferde und bildeten sich auch vor unseren Gesichtern. Dick eingemummt in alles, was wir an Klamotten hatten, stiegen wir auf und knirschend und knackend rollten die eisenbereiften Räder über das splitternde und krachende Eis, das sich in der Nacht auf Wegen und Pfützen gebildet hatte. Auch auf der Fahrt nach Lentschütz, wir saßen mit Flamms auf dem hinteren der beiden Wagen, immer und immer wieder der Gedanke, es könnte noch etwas passieren, immer wieder ein ängstlicher Blick zurück und der bittende Griff zum Medaillon, noch immer die Angst, es werde nicht klappen: „Verflucht, es macht mich noch wahnsinnig."

Nach fast zwei Stunden eiskalter Fahrt erwartete uns am Bahnhof eine große Überraschung, Hella war da. Für einen Moment blitzte der Gedanke auf, dass sie doch mitkäme, leider war dem aber nicht so. Sie hatte vom Apotheker die Erlaubnis erbettelt, Mutter und uns Geschwister zu verabschieden und so war es eine große Freude und ein mindestens ebenso großer Schmerz, sie doch zurückzulassen. Wir herzten uns, ich hielt fast die ganze Zeit ihre Hand, dann mussten wir einsteigen. Ich raunte Hella noch zu, dass ich schwanger sei. Sie schaute mich kurz an, dann flüsterte sie: „Kannst es wieder mal nicht erwarten, musst sogar schneller als deine großen Schwestern sein", und mit einem lieben Kuss auf die Stirn schob sie mich zur Tür hinauf.

Wir alle aus Koryta waren in einem Waggon, und Bernward wurde von einem Beamten zum Verantwortlichen gemacht. Er musste aufpassen, dass alles ruhig war und sollte mit Kohlen, die abgeholt werden konnten, einen kleinen eisernen Kanonenofen feuern, um die grimmige Kälte zu lindern. Der Zug ruckte los, wie 1940, bei unserer Umsiedlung, kam es mir plötzlich in den Sinn, nur die Eisblumen fehlten an den Fenstern, sonst wieder Unsicherheit, Ungewissheit und Angst. Ich schaute noch hinaus, winkte und heulte, heulte und winkte: „Ach Hella, wann werden wir uns wiedersehen?" Ich wollte nicht, dass sie in Polen blieben!

Draußen zogen endlose Schneelandschaften vorbei, rhythmisch zerhackt durch die vorbeihuschenden Telegrafenmasten und dann und wann unterbrochen oder belebt durch ein dahingeducktes Gehöft oder Dorf. Monoton und einschläfernd dampften wir nach Westen, immer unter der Last der Ungewissheit, wie unsere Zukunft aussehen sollte. Am Abend erreichten wir Posen, mussten den Waggon verlassen und übernachteten in einer Art Gefängnis in der Nähe des Bahnhofs. Es gab sogar etwas zu essen, aber bald machten geflüsterte Gerüchte die Runde, wir kämen gar nicht nach Deutschland, die brächten uns in Arbeitslager und dann, „gute Nacht".

Nach einer unruhigen Nacht, kaum jemand, außer den Kindern, hatte wirklich geschlafen, dann die Gewissheit: immerhin, es ging weiter. Kurz nach der Abfahrt entdeckte Bernward einen Posten, den er aus Lentschütz kannte, er kam an meine Seite und ich spürte seine Angst und Erregung: „Was macht der hier im Zug, das gefällt mir gar nicht“, flüsterte er mir zu.

Doch nichts Schlimmes passierte, wir überquerten die Oder und waren endlich in Deutschland, zwar nicht im Westen, wo wir hinwollten, aber raus aus Polen, raus aus unserem Gefängnis. Alle waren froh, alle waren glücklich, aber keiner gab einen Laut, keiner jubelte. Zu groß war die Angst, zu unbekannt das Gefühl von Freiheit, groß immer noch die Furcht, dass man uns reinlegte und alles nur ein böses Spiel war. Und trotzdem, ich hatte in den letzten Jahren oft Herzklopfen und Bauchsummen gehabt, leider fast nie aus Freude und so war es ein herrliches, fast verloren gegangenes Empfinden, ein in sich Hineinjauchzen, ein Frohsein, ein Gefühl von Glück und Befreiung, einfach schön, einfach nur schön. Auch draußen veränderte sich das Bild, immer weniger Schnee, kaum Frost.

Wenn ich da an die Fernsehbilder im November 1989 denke, als die Ostdeutschen mit den Zügen aus Prag kamen, als die Mauer fiel, welch ein Jubel, welch eine Freude! Ich habe tagelang am Fernseher gesessen, ergriffen und eingetaucht in die Vergangenheit und doch, wenn ich zurückdachte, kein Vergleich!

Dann waren wir in Eisenach, stiegen wieder aus und wurden von dröhnenden Lautsprechern empfangen: „Landsleute, liebe Volksgenossen, herzlich willkommen in der Deutschen Demokratischen Republik ...". Wir wurden eingeladen, nein, gedrängt, uns da und dort zu melden, um hier im Arbeiter- und Bauernstaat, und, und, und ... Wir wollten davon eigentlich nichts hören, die Jahre im polnischen Kommunismus oder was wir davon mitgekriegt hatten, reichten uns, wir wollten in den Westen, auch wenn wir nur vage Vorstellungen davon hatten. Hella hatte mir vor der Abfahrt einen Zettel mit den Adressen von Verwandten in Schleswig zugesteckt, die sollten wir immer angeben.

Wieder übernachteten wir, diesmal in Baracken, aber es war wenigstens warm und wir hatten richtige Bettgestelle und Waschgelegenheit. Als es nach einigen Tagen weitergehen sollte, hatte Bernwards Bruder Josef, der mittlerweile in der DDR verheiratet war, die Verwandten, wie auch immer, ausfindig gemacht und erschien morgens am Bahnhof. Sie besprachen sich wohl, und auch Josef riet ihnen, nicht in der DDR zu bleiben. Doch die Lagerleitung gab Flamms keine Erlaubnis zur Weiterfahrt, und so mussten wir uns wieder trennen.

Ich war ganz niedergeschlagen. Kaum waren wir in Freiheit, wurde schon wieder über uns bestimmt, auch hier konnten wir nicht zusammen sein, es so einrichten, wie wir uns das vorstellten. „Was sollte ich machen, auch bleiben, oder doch in den Westen fahren und hoffen, dass Bernward und seine Familie nachkommen dürften?"

Flamms hatten Verwandte auf der Insel Rügen und da auch Josef, der älteste, mit seiner Frau Liselotte in der DDR lebte, war die Möglichkeit nicht von der Hand zu weisen. Ich hatte schon etwas Angst, dass Bernward, um bei Mutter und Geschwistern zu sein, sich vielleicht für das Bleiben entschied und dann? Sollten wir dann auch, oder sollte ich mich von meiner Familie trennen oder sollte ich mit dem Kind und ohne Vater ...?

Verdammt, dachte ich, schon wieder Probleme, noch nicht mal angekommen, ging es schon wieder los!

Wir saßen zusammen und kamen zu dem Entschluss, dass ich in den Westen fahren sollte und er alles versuchen würde, mit seiner Familie nachzukommen. Ich war schon etwas enttäuscht, dass er nicht mit mir ging, aber was sollte ich machen, er wollte bei der Familie bleiben. Ich würde im Durchgangslager Friedland der Lagerleitung unsere Situation angeben und darum bitten, ihm beim Erscheinen meinen nächsten Aufenthaltsort mitzuteilen. Dann ging alles so schnell und lief so ungünstig, dass wir uns nicht einmal richtig verabschieden konnten.

Über Heiligenstadt brachte uns der Zug dann am siebten Tag nach Friedland, ins „Paradies", wie Mutter staunend bemerkte. Sauberkeit und Höflichkeit, wie wir sie nicht gewohnt waren. Jeder wurde untersucht und registriert, bekam fünf Deutsche Mark und Bekleidung. Die Baracken waren sauber, wir konnten baden und wurden auch sonst gut versorgt. Wir kauften gleich einen Koffer und sahen nun tatsächlich wie „Reisende" aus. Ich ging zu einem der Büros und gab dort an, dass mein zukünftiger Mann, der Vater unseres ungeborenen Kindes, Bernward Flamm heißt und noch in Eisenach zurückgeblieben war. Ich ginge davon aus, dass er demnächst hier die Grenze übertreten werde und bat, ihm dann meinen Aufenthaltsort mitzuteilen. Obwohl man mir zusicherte, das zu erledigen, blieb ich unsicher, zum einen, ob Bernward überhaupt käme, kommen könnte, zum anderen, ob er meinen Aufenthalt in Erfahrung bringen würde und wir überhaupt zusammenkämen.

Nach zwei Tagen ging es dann plötzlich weiter, und unser nächstes Ziel hieß Freiburg im Breisgau, ganz im Süden der Bundesrepublik, fast in der „Schwizz“, wie uns ein Bähnler auf Nachfrage erzählte. Trotz der Verwandten in Schleswig also genau die Gegenrichtung. Wir mussten uns fügen, ich wusste nicht, was das sollte, welcher Sinn dahinter steckte.

Eine Zugfahrt durch Deutschland also, ich sah eine abwechslungsreiche Landschaft, die wohl dicht besiedelt war, in den Städten gab es aber noch viele Ruinen entlang der Schienen und Bahnhöfe. Immer mehr Grün, bald war das Land ganz schneefrei, es schien, wir fuhren in den Frühling, mitten im Winter. Ich war müde, schrecklich müde.

Einzelne Regentropfen trafen die Scheiben, perlten, vom Fahrtwind getrieben, schräg über die Fenster. Der Regen wurde stärker, immer mehr Tropfen trafen zusammen, vereinigten sich, bildeten Rinnsale und flossen in kleinen Bächen die Fenster hinab und zersprühten am Rahmen. Hinter den nassen Scheiben war die Landschaft jetzt kaum mehr zu erkennen, sie verschwamm und mich erfasste bleierne Müdigkeit. Ich schlief und döste vor mich hin, nach all der Anspannung und Angst war ich ganz ausgelaugt und unendlich müde.

In Freiburg wurden wir in einem Auffanglager im Osten der Stadt, in der Nähe der Ganter-Brauerei und des Schlossbergs, in Holzbaracken untergebracht. Drei Familien bewohnten einen Raum. Mit dazwischen gehängten alten Wehrmachtsdecken versuchten wir, wenigstens eine Sichtabgrenzung zu schaffen.

Dort hatte ich an einem Samstag meinen 19. Geburtstag, war in Freiheit und doch war mir nicht nach feiern zumute. Wir waren in Deutschland und doch im Lager, wieder mit anderen zusammengepfercht, ich hatte Angst vor der Zukunft. Das Kindchen unter dem Herzen, vom Vater getrennt, würde Bernward kommen, werden wir heiraten? Was werden wir tun, ohne Schule, ohne Beruf, ohne Wohnung, wo werden wir landen? Wovon sollten wir leben, was würde aus Mutter und den jüngeren Brüdern?

Alles war so ungewiss, so unbekannt, nach all den vielen Jahren der „Verbannung“ und Gefangenschaft alles wie unterentwickelt, verkümmert, abgestorben, verkrüppelt – Zweifel und Unsicherheit, furchtbar.

Wir Frauen halfen tagsüber in der Küche und beim Saubermachen, doch oft saßen wir herum und grübelten, hingen den Gedanken nach, und ich versank immer wieder in meiner Vergangenheit, träumte von meinem Kinderparadies in Ottenhausen, sehnte mich nach den Gerüchen, Bildern und heimeligen Gefühlen. Dann ärgerte ich mich wieder und war zornig auf Gott und die Welt – warum dies alles verloren gegangen war, uns so viel Schlimmes widerfuhr und alles irgendwie immer noch kein Ende nahm. Die Erlebnisse der vergangenen zehn, elf Jahre hingen wie Klötze an mir, verhinderten das Handeln, behinderten das Denken und waren nicht abzuschütteln.

Mein Bäuchlein war nun nicht mehr zu übersehen und trotz aller Widrigkeiten und Probleme freute ich mich auf das Kind und war sogar irgendwie ein wenig stolz. Auch die dann und wann bemerkbare Rücksichtnahme auf die „Schwangere", das „arme, junge Ding", tat mir gut, und ich freute mich über meine Sonderstellung. Trotzdem beunruhigten mich auch Äußerungen der Frauen und auch mein zunehmendes Gefühl, dass all das, was ich erlebte, auch mein Kindchen erlebte. Wenn die Qualen und Ängste, die Unsicherheit und Trauer den kleinen Wurm bestürmten und er all dem so hilflos und unschuldig ausgesetzt war, dann musste er dies mittragen, und ich fühlte Mitleid und innige Gemeinschaft. Oft streichelte ich über den Bauch und versuchte, mit ihm sprechend, mein Kind und auch mich zu beruhigen und zu besänftigen, und das doch in der Gewissheit, die nächste Attacke nicht verhindern zu können.

Wütend machte mich, wenn ich hörte, dass man uns als „Polaken" und „Gesindel" bezeichnete. In der Stadt, als ich beim Schwabentor den Weg zum Krankenhaus wissen wollte, wurde ich gefragt, ob ich aus „Bolschewikien" käme, wie unser Lager wohl auch genannt wurde. Das ärgerte mich und machte mich zornig und ich nahm mir vor, mich nicht mehr ohne Gegenwehr einfach herumschubsen und schikanieren zu lassen. In Polen waren wir die „Deutschen" gewesen, die „Hitlerrofze", hier waren wir die „Polaken", es war so ungerecht!

Manchmal, im heraufziehenden Frühling, überredeten mich andere Frauen, besonders Martha Blume, und nahmen mich mit zu kleinen Spaziergängen am Schlossberg. Ich musste zugeben, das Gehen in der Natur tat gut. Die knospenden Bäume und Sträucher, die frische Luft und der herrlich weite Blick hinaus in die Rheinebene und über die vom Münster behütete Stadt brachten neue Gedanken und irgendwie war ich hinterher wie erfrischt und schaute wieder hoffnungsvoller in die Zukunft.

Während Rudolf in einer Gärtnerei arbeitete und so das erste Geld verdiente, saß Viktor herum oder erkundete mit einigen anderen Buben in seinem Alter die nähere Umgebung und die Stadt. Nach ein paar Wochen erhielten sie von der Lagerleitung einige alte Schulbücher und begannen, unregelmäßig, aber immerhin, damit zu lernen und ihre äußerst lückenhafte Schulbildung ein wenig zu verbessern. Auch Rudolf hockte abends manchmal dabei, aber mit richtigem Unterricht war das alles natürlich nicht zu vergleichen.

An Ostern gingen wir zusammen zum Hochamt ins Freiburger Münster – ein großes Erlebnis! Schon früh waren wir gerichtet und auf dem Weg wurde mir bewusst, dass ich noch nie eine andere Kirche als die in Weißenberg besucht hatte, und dass das schon mehr als zwölf Jahre her war. Meine Brüder konnten sich überhaupt nicht an Kirchenbesuche erinnern. Auf dem Weg sahen wir noch viele Kriegsschäden an Gebäuden. Die mächtige Kirche mit dem herrlichen Turm beeindruckte mich sehr, und die vielen Spitzchen und Türmchen, die Figuren und Wasserspeier zogen immer wieder unsere Blicke an. Wir gingen an der Südseite entlang, um das Gotteshaus durch den Haupteingang zu betreten. Gedämpftes, schummriges Licht und kühle, angenehme Luft empfingen uns im Innern. Ich hatte noch nie so einen riesigen Raum erlebt, weit, weit vorne war der Altar, und mächtige, hohe Säulen strebten hinauf in luftige Höhen – es war überwältigend. In dem dunklen Gestühl ließen wir uns ehrfürchtig nieder und erlebten eine feierliche, uns völlig in ihren Bann ziehende Messe mit einem leibhaftigen Erzbischof. Als Mutter und ich von der Kommunionbank zurückkamen, galt mein Gebet meinem ungeborenen Kind und dem Zusammenkommen mit Bernward, von dem ich immer noch nichts gehört hatte. Durch die herrlichen und in tausend Farben leuchtenden Glasfenster der Südseite fiel mittlerweile ein wärmendes, stärkendes Sonnenlicht. Unendlich gebrochen, verstärkt und zu allen nur möglichen Farben vermischt, bestrahlte es Säulen, Bänke, Boden und Gläubige. Ich erkannte in den Fenstern Szenen aus der Bibel, Abbildungen der mittelalterlichen Stifter und Spender und ich dachte an die Stelle aus der Schöpfungsgeschichte, wo es hieß: „Es werde Licht." So etwas Schönes hatte ich noch nie gesehen.

Ende April teilte uns die Lagerleitung mit, dass wir am übernächsten Tag in ein anderes Lager nach Altschweier gebracht werden sollten. Ich erkundigte mich sofort und erfuhr, das läge bei Bühl, ungefähr 100 Kilometer nördlich von Freiburg, aber keiner wusste, warum und wieso. Ich fragte, warum wir nicht endlich in Wohnungen außerhalb von Lagern kämen, wo wir selbst verantwortlich wären und dieses verfluchte Lagerdasein, gefangen, eingepfercht und ohne Privatleben, ein für alle Mal hinter uns lassen könnten.

„Das geht nicht, sie müssen sich an die Anordnungen halten, Wohnungen müssen zugewiesen werden", bekam ich zur Antwort. Auch befürchtete ich wieder, dass dadurch ein Zusammentreffen mit Bernward noch schwieriger werden könnte und nervte auf dem Büro herum, dass mein zukünftiger Mann nach mir suchte und sie bitte, bitte dafür sorgen sollten, dass er über Friedland oder wie auch immer Nachricht bekam.

In Altschweier steckte man uns in eine leer stehende Fabrik, wo jede Familie einen durch provisorische Wände abgetrennten Verschlag in einer größeren Halle zugewiesen bekam.

Nach einigen Wochen, Mitte Mai, stand eines Tages, wie aus dem Nichts, Bernward vor der Tür. Ich konnte es kaum fassen, war ganz benommen vor Überraschung und Glück. Ich freute mich riesig, er konnte aber nicht bleiben. Wir gingen zusammen auf dem Fabrikgelände etwas spazieren, und ich erfuhr, dass sie nach zwei Wochen in Eisenach, dann doch über Friedland, wo er meine Adresse erfahren hatte, nach Kornwestheim bei Stuttgart gekommen waren. Dort wohnten sie in einem Lager in Räumen der großen „Salamander-Schuhfabrik", müssten aber auch in wenigen Tagen weiter in ein Lager nach Malmsheim, auch in der Nähe von Stuttgart. Ich bearbeitete ihn mit allem Nachdruck, ja alles zu versuchen, um baldmöglichst zu uns zu kommen. Als er ein paar der jüngeren Mitbewohner sah und wir uns freundlich grüßten, wurde er eifersüchtig. Misstrauisch fragte und bohrte er, meine offene Art, meine Lockerheit war ihm verdächtig, ich war ihm nicht zurückhaltend genug, fast gerieten wir in Streit.

Er musste nachmittags wieder zurück und versicherte, alles in die Wege zu leiten, alles zu tun und zum Abschied strich er mir über den dicken Bauch und meinte: „Vielleicht bin ich bis zur Geburt schon da." Nicht nur wegen des Wetters, ein schöner Tag!

Nach etwa vier Wochen ging es schon wieder weiter, wir wurden wieder verschoben, nächste Station war nun das Lager Badenia in Offenburg, einer Kreisstadt in Mittelbaden, am Fuße des Schwarzwalds. Gegenüber vom Bahnhof waren wir im zweiten Stock, im großen Eckzimmer des ehemaligen Hotels untergebracht, fünf Familien mit Stockbetten in einem Raum. Die Essensversorgung durch die Küche war ordentlich, aber das Zusammenleben von 15 Personen auf so engem Raum, ohne jede Rückzugsmöglichkeit war eine Katastrophe, und Nörgeleien, Eifersüchteleien und Streit waren fast ständige Begleiter. Das nun schon monatelange Lagerleben, die Aussichtslosigkeit und das Gefühl, nur hin- und hergeschoben zu werden und nie ein selbstbestimmtes Leben führen zu können, machte uns mürb. Ich war nun im 9. Monat schwanger, was sollte mit dem Wurm nur werden, in diesem Tohuwabohu?

Am 16. Juni, ich war vormittags noch in der Stadt auf einem Amt, setzten nach Mittag die Wehen ein, und ich wurde ins Krankenhaus gebracht, wo ich am Abend ein langes, dünnes Kerlchen zur Welt brachte, ganz wie der Papa. Leider hatten wir es nun doch nicht geschafft, vorher zu heiraten, und so wurde der Säugling ein paar Tage später in der Krankenhauskapelle getauft und mit dem Namen Rau ins Standesamtsregister eingetragen.

Warum ruft er eigentlich nicht an, ich habe schon lange nichts von ihm gehört. Er könnte ja auch wirklich mal vorbeikommen, einfach so. Obwohl, ich weiß ja, dass er viel zu tun hat, warum muss er auch so viel machen, Schule, Politik, der macht sich noch kaputt. Ob ich mal anrufen soll?

Im Krankenhaus träumte ich von dem Getreidehändler in Lodz, von einem Verschlag zwischen Vorder- und Hinterhaus, wo hinter einem Drahtgeflecht ein Vogel eingesperrt war. Er piepste erbärmlich, flatterte und sprang gegen den Draht. Er dauerte mich und trotz meiner Angst vor den Hausleuten öffnete ich das Türchen, um ihn zu befreien. Und was passierte? Er flog nicht weg, sondern hüpfte und flügelte herum, schrie alles zusammen und flatterte nicht davon. Ich versuchte ihn zu fangen, er rannte durch den Zaun in Nachbars Gebüsch und war weg.

Oh Gott, den frisst bestimmt die Katz, ging es mir durch den Kopf, jetzt war er frei und konnte nicht fliegen!

Wieder in der Badenia begann für mich eine harte Zeit. Das Kind fand kaum Ruhe, weinte viel und ich war der ständigen Kritik und der Besserwisserei der Älteren ausgesetzt. In den unruhigen Nächten, oft mehr dösend als schlafend, plagten mich Gedanken und Träume und manchmal schreckte ich hoch, wenn wieder ein Traumbild mich ängstigte. Mehrmals schon hatte ich von Matrjoschkas geträumt, die mich zeigten, mein Gesicht hatten. Aber immer wenn ich eine öffnete, kam eine andere heraus, mal eine lustige, farbenfrohe Tänzerin, mal eine, traurig und düster und sie waren eingesperrt, gefangen, jede in sich selbst, sie machten mir Angst. Schaudernd und erschreckt wachte ich auf, war ganz durcheinander und brauchte lange, um mich zu beruhigen.

Oft war ich bei der Verwaltung, um Druck zu machen und die Suche nach einer Wohnung, irgendwo in der Nähe, zu beschleunigen. Ich versuchte, Kraft zu finden in den Erfahrungen der letzten Jahre, dass man selbst etwas tun, sich einmischen, sich selbst unterstützen muss. Ich war dreimal davongelaufen, hatte mich auch durch Verhaftung nicht einschüchtern lassen und war einfach nicht bereit, das Schicksal so ergeben hinzunehmen. Aber wo gab es in diesen Zeiten schon freie Wohnungen? Doch ich musste kämpfen, auch wegen dem Kleinen, er brauchte endlich Ruhe und Sicherheit, ich fürchtete, dass er bisher schon genug mitgemacht hatte.

Bernward versuchte, zu uns zu kommen, aber er erhielt keine Erlaubnis. Ich hätte zu ihm nach Malmsheim ins Lager können, er aber nicht zu uns nach Offenburg: Nur wenn wir eine eigene Bleibe hätten, dürfe er zuziehen. Ich konnte meine Mutter und die jüngeren Brüder nicht alleine lassen, das brachte ich nicht fertig, also warten, beten, bitten, hoffen, aber auch kämpfen und ständig bei der Verwaltung und auf den Ämtern vorstellig werden und nerven und plagen.

Im August besuchte Bernward mich ein zweites Mal, nun als junger Papa, er war unbeholfen und unsicher im Umgang mit dem Kleinen, und als der auch noch schrie, sobald ich ihn ihm auf den Arm gab, wollte er ihn nicht mehr halten, und die beiden kamen sich nicht wirklich näher. Ich war enttäuscht, es tat mir für beide sehr leid. Ich bemerkte auch, er schämte sich vor den anderen und hatte kein Gespür, kein Gefühl für das Kind, er blieb uns seltsam fremd und ohne Herzlichkeit, wich der körperlichen Nähe fast aus. Auch war er wieder eifersüchtig, sah Gespenster und wollte mir fast mit Gewalt irgendwas andichten. Ich ermahnte ihn sehr ernst, endlich mit dem Zeug aufzuhören, und er erzählte dann, dass er in Malmsheim bei einer Baufirma arbeitete, dort ganz zufrieden und sehr stolz war, sein erstes eigenes Geld verdiente, das war ihm wichtig.

Wieder hoffte ich beim Abschied, dass dies der letzte Besuch gewesen war, und wir das nächste Mal für immer zusammenkämen. Ich winkte ihm vom Fenster noch nach und mich beschlichen doch Zweifel, ob er kommen können würde, ob unsere Liebe stark genug wäre oder ob es für ihn nur um die drückende Verantwortung, um die Pflicht, um die Leute ginge. Schaffte er es, sich von seiner Mutter und seinen Geschwistern zu trennen? Würde er, würde ich später damit zufrieden sein? War er mein Fels? Ich wusste keine andere, wollte und konnte mir keine andere Lösung vorstellen!

Vom Eckfenster der Badenia hatte ich den Blick zum Haupteingang des Bahnhofs, und wenn ich, meinen Kleinen im Arm, ein Schlafliedchen summend, herumging, blieb ich oft dort stehen. Mir gefiel das rege Treiben da unten, die vielen Menschen, die ein- und ausgingen, mit und ohne Gepäck, mit viel und mit wenig, gut und schlecht gekleidet, auf kurzen und auf langen Reisen unterwegs oder nur als Abholende oder Verabschiedende.

Die Leute haben es gut, können reisen, wohin sie wollen, ist das nicht wunderbar?, dachte ich. Ich verband damit Freiheit und Freizügigkeit, neue Ziele, neues Glück und ich wollte auch endlich frei sein, eine eigene Familie, eine eigene Wohnung haben und das Leben selbst gestalten können, jawohl, das wollte ich, aber wo war mein Bahnhof, wann und wohin fuhr mein Zug?

Ich bin auch später nie Zug gefahren, habe nie einen Führerschein gemacht. All die Wünsche und Träume sind dann verloren gegangen, im Alltag verschwunden, vergessen worden, aufgeschoben, weggeschoben, verdrängt – später!

Dann, endlich, Ende Oktober, die erlösende, für mich so lang ersehnte, gute Nachricht. Eine andere Familie, die in einem alten, fast unbewohnbaren Haus in Windschläg, wenige Kilometer von Offenburg entfernt, untergebracht war, kam mit den Eigentümern nicht zurecht, hatte dort ständig Händel, die Buben sollten stehlen, und sie musste deshalb zurück ins Lager. So ergab sich für uns glücklicherweise die Gelegenheit, an ihrer Stelle diese Unterkunft zu erhalten. Bernward würde zu uns kommen können, wir könnten heiraten und endlich eine Familie sein. Ich war nun froh, ständig bei der Verwaltung und den Ämtern vorgesprochen und gedrängt zu haben und dankbar, dass man uns die Möglichkeit bot, vielleicht hatten auch meine Probleme mit dem Säugling, dazu beigetragen. Am Samstag, den 3. November 1951, fuhren wir mit einem kleinen Wagen nach Windschläg und zogen in das alte Haus ein. Viel einzuziehen gab's ja nicht, die paar Sachen waren schnell eingestellt, aber, immerhin, endlich, endlich raus aus den Lagern, endlich, nach so vielen Jahren, in einem „eigenen" Zuhause, nur für uns.

Es war ein schon ziemlich heruntergekommenes Bauernhaus, nur in der Küche mit einem Herd heizbar und in der Stube war sogar ein Teil der Decke heruntergebrochen und gab den Blick nach oben frei. Trotzdem freute ich mich, ein erster großer Schritt in ein selbst bestimmtes Leben und eine neue Zukunft, ich wollte daran glauben!

Für den Kleinen hatte ich von der Mondwirtin einen weidenen Wäschekorb bekommen, der ihm als Wiege diente und der Tag und Nacht in der Küche stand, wegen der Wärme, weshalb auch ich dort schlief. Es waren unruhige Nächte, noch immer voller Träume und Schrecken, voller

Schatten, und manchmal fürchtete, ahnte ich, dass es nie aufhören würde.

Zum Anwesen gehörte eben auch das Gasthaus „Zum Halben Mond“, wo Mutter und ich manchmal in der Küche helfen konnten. Und auch die Leute der schräg über der Straße gelegenen Bäckerei, besonders „s’Becke Klärle“ und „s’Becke Rosa“ waren uns in diesen ersten Tagen behilflich, worüber ich mich sehr freute, denn Fremdheit und Angst vor all dem Neuen und Ungewissen lähmten doch mehr als gedacht. Alles um uns herum war fremd, schon der Dialekt machte mir Probleme, und ich schämte mich, in der Nachbarschaft doch nach diesem und jenem fragen zu müssen. Nicht überall fanden wir Verständnis, einige begegneten uns mit Misstrauen, und ich spürte manchmal auch Ablehnung; es verunsicherte mich, machte mich noch kleiner.

Schon gleich von Offenburg hatte ich Bernward einen Brief geschrieben und ihm unsere neue Adresse mitgeteilt. Er leitete tatsächlich sofort alles Nötige in die Wege, besorgte sich die Papiere und schon bald, kurz vor Weihnachten, kam er zu uns und noch vor den Feiertagen bestellten wir das Aufgebot für die Hochzeit. Ich war erleichtert, alles würde gut, es musste!

Am Tag vor Heiligabend lief ich zum Metzger, um ein wenig einzukaufen, auf dem Rückweg ging ich noch unten beim Kirchenbuckel am Dorfbach vorbei, wo neben der Brücke eine gepflasterte Abfahrt hinunter ins Wasser führte. Hier wurden Pferde getränkt oder auch gewaschen und im Übergang von Pflaster und Wasserrand lag auf angeschwemmtem Sand und Kies mancherlei Angespültes, Zweige, Äste und andere Hölzer. Wie ich so schaute, fiel mir ein abgeschabtes, hell gescheuertes Holz ins Auge und erinnerte mich an meine Gedanken damals in Romartow, als ich beim Ackern mit dem Ochsen am Graben gesessen und ein solches Holzstück im braunen, wirbelnden Wasser beobachtet hatte, und wieder kam mir unser Schicksal in den Sinn. Wie „Treibgut" waren wir, weggeschwemmt, mitgerissen, vielleicht irgendwo angelandet. So wie dieses Holz da vor mir, sicher auf dem Sandrücken lag, weit über dem Wasserspiegel, wünschte ich, dass auch wir hier endlich unsere „Anlandung" gefunden hätten, hier sicher waren und uns nichts, auch kein kommendes Hochwasser, wieder wegreißen könne.

Ich ging vorsichtig hinunter, griff das leichte, knochige Stück Holz und brachte es in „Sicherheit", ich nahm es mit, „rettete" es, und legte es daheim in der Stube auf die Fensterbank. Es war ein schönes Gefühl, fühlte sich an wie eine gute Tat. Ich hatte etwas geborgen, hatte jemand geholfen, auch mir, uns selbst? Es gefiel mir, irgendwie empfand ich das Ganze als gutes Omen, ich war gut gelaunt und erzählte meine Gedanken sogar Bernward und Mutter und mit einem lange nicht erlebten Gefühl von Glück und Hoffnung sah ich unserer ersten gemeinsamen Weihnacht in Windschläg entgegen.

Heiligabend machte Mutter Birogi und ich besorgte in der Nachbarschaft etwas Dörrobst für den Nachtisch, während die Männer, wie alle hier, sogar ein kleines, ziemlich mickriges Fichtchen organisierten und mit ein paar schrumpligen Äpfelchen schmückten. Das stand dann auf einem Hocker inmitten der Stube, direkt unter dem heruntergebrochenen Loch in der Decke. Mutter beklagte den Verlust unserer Krippe und der Figuren: „Wie schön wäre es jetzt, diese hier zu haben“ meinte sie. Auch das immer noch völlig ungewisse Schicksal unserer Väter und von Josef wurde uns wieder bewusst und legte sich ein wenig belastend auf unsere Seelen. Tatsächlich war unser altes, abgenutztes Holzamulett das Einzige, was wir gerettet hatten. Es war alles, was an die Heimat und die Vorfahren erinnerte, alles andere hatten wir unwiederbringlich verloren – mein kleines „Heimaterdegeheimnis“ kannte nur ich.

Nach dem Essen machten wir eine kleine Bescherung, ein paar Wenigkeiten, Handschuhe, für Mutter ein Kopftuch, einen Gürtel für Bernward und ein Lumpenpüppchen für den Kleinen. Alles nichts Besonderes, aber doch ein völlig neues Gefühl der familiären Geborgenheit, des irgendwie Angekommenseins, wir waren für uns und so war es gut.

Es ist so hell, woher kommt das Licht, es ist doch Nacht, oder schlafe ich auch tagsüber?

Viktor blieb mit dem Säugling daheim, während wir anderen hinüber zur Kirche gingen, um erstmals seit zwölf Jahren eine Christmette zu feiern. Freude und Hochstimmung wechselten mit Trauer und Wut, wenn ich an die vergangenen, verlorenen Jahre dachte, seit wir aus meinem „Paradies“ gerissen und in der „Weltgeschichte herumgespült“ worden waren. Ich haderte immer noch mit dem Herrgott, aber die Gemeinschaft der Gläubigen gab Mut und Halt und vermittelte ein Gefühl der Zusammengehörigkeit. Ich dachte an die weihnachtlichen Schlittenfahrten in die Weißenberger Kirche, an die Großeltern und wieder an Vater und Josef.

Wo waren sie, vielleicht lebten sie noch, aber wahrscheinlich waren sie tot, gequält, erschlagen, verhungert. Sie fehlten mir und ich wusste, Mutter würde darüber nie hinwegkommen, sie würde den Rest ihres Lebens schwer daran tragen.

Kein Grab, kein Kreuz, kein Stein, kein Abschied, nichts! Einfach weg, spurlos. Wir haben von den Vätern nie mehr etwas gehört, totgeschlagen, liegengelassen, verscharrt, irgendwo in den Weiten des russischen Ostens. Der Suchdienst des Roten Kreuzes meldet uns später, dass mein Bruder Josef 1948 zwanzigjährig in einem Lager in Sibirien verhungert ist. Mir blutet das Herz, wenn ich daran denke.

Auch das Zusammenleben war nicht leicht, schon die ersten Tage ließen mich erkennen, dass wir alle einem normalen Leben ganz entwöhnt waren. Entscheiden und handeln hatten wir nicht gelernt, und alles Neue verunsicherte uns. Wir waren ohne Väter, ohne Hilfe ganz auf uns allein gestellt, in einer neuen, fremden Welt. Mir wurde angstvoll bewusst, dass nicht gefangen sein und Freiheit nicht dasselbe war, und ich fragte mich auch: Kann man soviel unterwegs gewesen sein und doch nie ankommen? Es beschlich mich die Befürchtung, es war zu viel geschehen, zu viel verschüttet. Die Gedanken machten mir Angst.

Doch dann dachte ich an unseren Sohn, er sollte, er musste es besser haben. Ich sah auch das große, lichte Gotteshaus um mich herum, spürte Glaube und Zuversicht bei den Betenden und war froh, dass sein Vater endlich da war, wir bald heiraten würden und wir endlich eine eigene Zukunft vor uns hatten – es musste schon werden, bestimmt!

Voller Hoffnung griff ich nach dem Amulett, das uns nun seit Generationen begleitete und ein Stoßgebet zur Gottesmutter beendete meine Gedanken.

Am 12. Januar 1952 heirateten wir in der großen Windschläger St. Pankratiuskirche. Es war ein Samstag und Schwiegermutter Rosalia, Schwägerin Fina und ihr zukünftiger Mann Franz waren aus Malmsheim zur Hochzeit angereist. Mit geliehenem Brautkleid und Anzug standen wir vor dem Altar und wurden Mann und Frau.

Es waren nur wenige andere dabei, wir waren ja noch Fremde im Dorf, nur von „s'Becke" und vom „Mond" waren eine Handvoll Leute gekommen, um die „Flichtling" zu sehen und die Trauung zu erleben. Mir kam vor dem Altar die Hochzeit von Hedwig in Weißenberg in den Sinn, die einzige „richtige", die ich bis dahin erlebt hatte, und ich dachte ein wenig wehmütig an das große, mehrtägige Fest mit dem ganzen Dorf. Wieder einmal wurde mir bewusst, all das war weit zurück, lange vorbei, wie aus einem anderen, früheren, schöneren Leben. Erinnerung, Sehnsucht und Heimweh wollten mich niederdrücken, doch ich schaffte es gerade noch, wieder in die Gegenwart zurückzukehren. Mit einem festen Ja und dem unbedingten Willen, miteinander ein eigenes, ganz neues Leben zu beginnen, steckten wir uns die Ringe an und traten hinaus in die neue Zeit.

„Gefeiert" wurde in unserer Stube, Mutter machte Käse- und Krautbirogi, auf im „Mond" ausgeborgtem Geschirr wurde gegessen und mit ein paar Flaschen Bier stießen wir auf unser Glück und eine gute Zukunft an. Ein wenig kam ein Hauch der Fröhlichkeit zurück, wie ich sie von daheim in Ottenhausen kannte und schon so lange vermisste.

Kurz darauf ließen wir den Kleinen auf dem Rathaus umschreiben. Er hieß nun auch Flamm und unsere Familie bestand jetzt aus sechs Personen, drei Raus und drei Flamms.

Nun sollte ein neues Leben beginnen, immerhin waren wir nun für uns und ich hoffte auf ein wenig Glück, vom Gegenteil hatte ich wahrlich mehr als genug gehabt!

Puh, geschafft, jetzt ist es gut, es fühlt sich fein an, behaglich, warm, sogar die Füße. Jetzt ausruhen, einfach liegen, noch ein bisschen liegen bleiben.

Wo ist der Laich, wo sind die Krötchen?

Sie schlitzt die Augen, blinzelt. Weg, einfach weg, sie erschrickt, wann, wohin? Jetzt sind die doch abgehauen und sie hat es wieder verpasst, sie wollte doch auch mal „Kröte“ machen, frei sein. Schnell schließt sie die Schlitze, sie ärgert sich, ist enttäuscht, fast zornig.

Sie fühlt sich ein wenig wie entblößt und doch auch erleichtert. Sie versucht sich zu bewegen, es funktioniert was, die Finger links, der Kopf, sie kann ihn drehen.
Dann könnte sie aufstehen, glaubt sie, aber will sie überhaupt? Eigentlich schon, sie hat jetzt was zu berichten und sie will, sie muss nach den Krötchen suchen!

Es ist so laut. Was wollen die Leute hier, mit wem reden die? Wieder so hell, sie getraut sich nicht, die Augen zu öffnen. Ihr Rücken schmerzt, ihr ist heiß, sie will hier raus, will weg, sie braucht ja das Rohr, den Schlapper, das alles jetzt nicht mehr – doch nichts geht.

Was zieht da an ihrem Arm? Der Schreck öffnet den Kokon und ungehalten, etwas bockig, wie immer, wenn sie sich in ihrer Freiheit eingeschränkt fühlt und beeinträchtigt nun durch plötzliche Kopfschmerzen und einen völlig ausgetrockneten Mund, eklig rau und rissig, umgeben von Apparaten, Schläuchen und grünlich-weißen Stellwänden, wird ihr allmählich bewusst, dass sie im Krankenhaus auf einer Intensivstation liegt.

Nein, nicht schon wieder!, denkt sie erschrocken. Wie durch eine Wand hört sie von weit entfernt Worte wie Schlaganfall und Koma.

Gott, dann ist das Fest ja vorbei, dann war all die Aufregung, aller Ärger umsonst, schießt es ihr durch den Kopf.

Als sie gleich darauf von einem hinzukommenden Arzt befragt und neurologisch getestet wird, fällt ihr das Antworten schwer und sie bemerkt geschockt, dass sie den rechten Arm nicht kontrollieren kann und ihre Aussprache verwaschen ist, sie Worte sucht und nicht findet.

Nein, denkt sie, *nie richtig schreiben gelernt und nun kann ich vielleicht auch nicht mehr richtig sprechen, bin sprachlos, jetzt wo ich etwas zu erzählen habe.*

„Guten Morgen“, mit lebhaftem Gruß betritt eine ganze Schar weiß- und grüngewandeter Ärzte und Schwestern das Zimmer und unterbricht Melas Sinnen. Die Ärzte besprechen sich, reden auf sie ein, sie möchte eigentlich nach Bernward und den Kindern fragen, aber sie ist so müde, so unendlich müde, ihr gelingt kein Wort. Die sollen weg, sie will zurück, zurück unter ihren Laich.

Wieder allein, versucht sie dämmernd in die unterbrochenen Gedanken zurückzufinden, zurück ins Rohr und sie liegt still und horcht in sich hinein. Sie erinnert sich an ihre Hochzeit vor sechzig Jahren, an die Träume vom ganz normalen Glück, welches sie und Bernward sich dann nie gegönnt, nie erreicht, nach dem sie nie wirklich gegriffen haben. Schmerzlich wird ihr klar, dass damals schon manches unmerklich verschwunden war und sie fragt sich: *Kann man stückweise sterben?*

Plötzlich spürt sie ihre Hand, da ist was, sie zuckt zusammen, der Vorhang reißt und die Augen öffnend, erkennt sie Bernward, der ihre Hand hält und neben ihrem Bett steht.

„Ach, das haben wir jetzt davon“, will sie sagen und sie hört sich selbst langsam, mit schwerer, lallender Zunge, wie in Zeitlupe und die Worte krampfhaft hervorpressend. Sie meint die Diskussionen und Streitereien, auch wegen der Diamantenen Hochzeit, die nun wohl vorbei ist, und sie denkt an so viele verpasste Chancen, als die Kugeln noch rollten.

„Ich habe dir dein Amulett mitgebracht“, hört sie Bernwards Stimme und er zieht das Holzmedaillon aus seiner Brusttasche. Das uralte, abgegriffene und speckige Marienbildnis ist ihr heilig, mittlerweile nicht mehr nur als christlicher Heilsbringer, sondern viel mehr noch als einziges, letztes Erbe. Zärtlich nimmt sie es entgegen, und während sie es in ihre Hand einschließt, nickt sie ihrem Mann zu und denkt: *Schön, dass er daran gedacht hat.*

Nun fällt ihr das Döschen ein, ihre Heimaterde. Sie fühlt Wehmut und Stolz, wenn sie daran denkt, wie sie 1963, nach 23 Jahren unterwegs, im Frühjahr nach dem Einzug ins neue Haus am Muhrberg in Windschläg, ihre so lange behütete Heimaterde in den Garten streute und so Pfalz, Galizien und Baden mischte, um der Familie wieder Boden zu geben, damit neue Heimat entsteht. Ihre Mutter war noch dabei, ohne zu verstehen. Und was niemand weiß: In ihrem Testament hat sie bestimmt, dass das alte Döschen mit neuer Gartenerde mit in ihr Grab kommt: nie mehr ohne Heimat!

Sie mag nicht sprechen, es strengt sie an und deprimiert sie. Sie liegt still und mit geschlossenen Augen, Schläfrigkeit schleicht sich wieder ein, und während sich die Worte Bernwards mehr und mehr verlieren, sinkt sie wieder zurück in die vergangenen Zeiten.

Alles war doch gut, das Leben war zurückgekommen und es ging voran, wie überall im Land. Und doch, versteckt, verborgen begleiteten sie die dunklen Schatten. Traurige Gedanken durchströmen sie und bitter überkommt sie das Gefühl des Versäumten: *Wir waren in Freiheit und blieben doch eingesperrt, eingesperrt hinter den Gittern in unseren Köpfen und einen Schlüssel suchten und fanden wir nicht – und meinen Zug habe ich auch verpasst, oder habe ich den falschen genommen?*

Als die Nachtschwester leise das Krankenzimmer betritt, kauert Mela Flamm zusammengesunken und einsam in ihrem Bett. Ihre Hand liegt an ihrem Mund und das Amulett darin berührt ihre Lippen und ein dünnes Lächeln umspielt ihr Gesicht.

Die Pfalz – ein Auswandererland

Abgesehen von einer kurzen Periode nach dem Dreißigjährigen Krieg, als Siedler vor allem aus Tirol als Einwanderer in die entvölkerte Pfalz kamen, ist das Gebiet im Südwesten der heutigen Bundesrepublik im 18. und 19. Jahrhundert durch massenhafte Auswanderungen gekennzeichnet.

Ständige Kriege und Besetzungen durch meist französische Truppen, die Kleinstaaterei und Herrscherwillkür ebenso wie die unsicheren politischen Verhältnisse sorgten zusammen mit Missernten und Hungerkatastrophen für die Verarmung großer Teile der Bevölkerung.

Für viele der verzweifelten Menschen erschien die Emigration als einziger Ausweg. Schon ab 1709 wurde Amerika das große Ziel für Tausende, später auch Brasilien und Osteuropa.

Galizien als neu gewonnener Teil Österreich-Ungarns war besonders in den Jahren von 1782 bis 1786 während der sogenannten josefinischen Kolonisation (Josef II, Sohn Maria Theresias) das Traumland und 15.000 Pfälzer machten sich auf den langen Weg, im Kronland Galizien (heute Ukraine) eine neue Heimat zu finden. Verstärkt durch Saarländer und wenige andere südwestdeutsche Siedler, stieg die Zahl der Deutschen bis 1851 auf 93.000 Seelen an, obwohl viele auch in die Bukowina oder nach Russland weiterzogen oder gar nach Amerika fuhren.

Nicht eingehaltene Versprechen der kaiserlichen Verwaltung, schlampige und korrupte Beamte und der frühe Tod des Monarchen zählen zu den Gründen, warum Viele kapitulierten und weiterzogen. Bis 1900 sank die Zahl auf etwa 60.000 und kurz nach der Jahrhundertwende folgten weitere 10.000 evangelische Gläubige dem Ruf preußischer Werber in neupreußische Gebiete.

Nach den Zugeständnissen der Wiener Regierung an die nach Autonomie strebende Mehrheit der Polen im Land wurde das öffentliche Leben der deutschen Minderheit ab 1862 deutlich eingeschränkt. Gottesdienste und Schulunterricht, Theater und Zeitungen, der Gebrauch der deutschen Sprache in Verwaltung und Ämtern und auch Sitten und Gebräuche wurden erschwert und teilweise verboten und nach der Eingliederung Galiziens ins neu entstandene Polen 1920 wurden die Deutschen zu polnischen Staatsbürgern.

Trotzdem oder gerade wegen des äußeren Drucks hielt die deutsche Landsmannschaft bis zur Umsiedlung 1940 in großen Teilen und in erstaunlichem Umfang am Deutschtum und der „Pälzer Sproch“ im heimischen Gebrauch fest, sodass viele, besonders die Frauen, nur schlechtes Polnisch sprachen. Auch die Sitten und jahreszeitlichen Bräuche wurden weiterhin gehalten.

Bei der Umsiedlung der Volksdeutschen aus Galizien in das von den Nazis geschaffene Wartheland in Mittelpolen, die nach den Bestimmungen des Hitler-Stalin-Paktes zum 1. Januar 1940 durchgeführt wurde, ließen sich 55.000 Menschen registrieren; was annähernd der Gesamtheit der deutschstämmigen Bevölkerung entsprach.

Der von Deutschland annektierte und besetzte Teil Mittelpolens, der nun Warthegau hieß, wurde für fünf Jahre die fast erzwungene neue Heimat, da die Parole, man käme „heim ins Reich“ nicht eingehalten und die Galiziendeutschen als „Wehrbauern“ dort angesiedelt wurden. Mit der

Flucht vor der Roten Armee im Januar 1945 endete dann die Zeit der Galiziendeutschen in Mittelpolen und diese reihten sich ein in den unendlichen Zug der deutschen Flüchtlinge, die der Krieg nun vor sich her und nach Westen trieb. Manche kamen durch, andere wurden zurückgeholt und sahen einem ungewissen Schicksal in gewalttätigen und von Rache bestimmten letzten Kriegstagen und im Nachkriegspolen entgegen.

So endet die Auswanderung der pfälzischen Siedler nach Galizien 160 Jahre später im Inferno des Zweiten Weltkrieges und der Zeit des Kalten Krieges.

Stammbaum der Familien Rau/Flamm

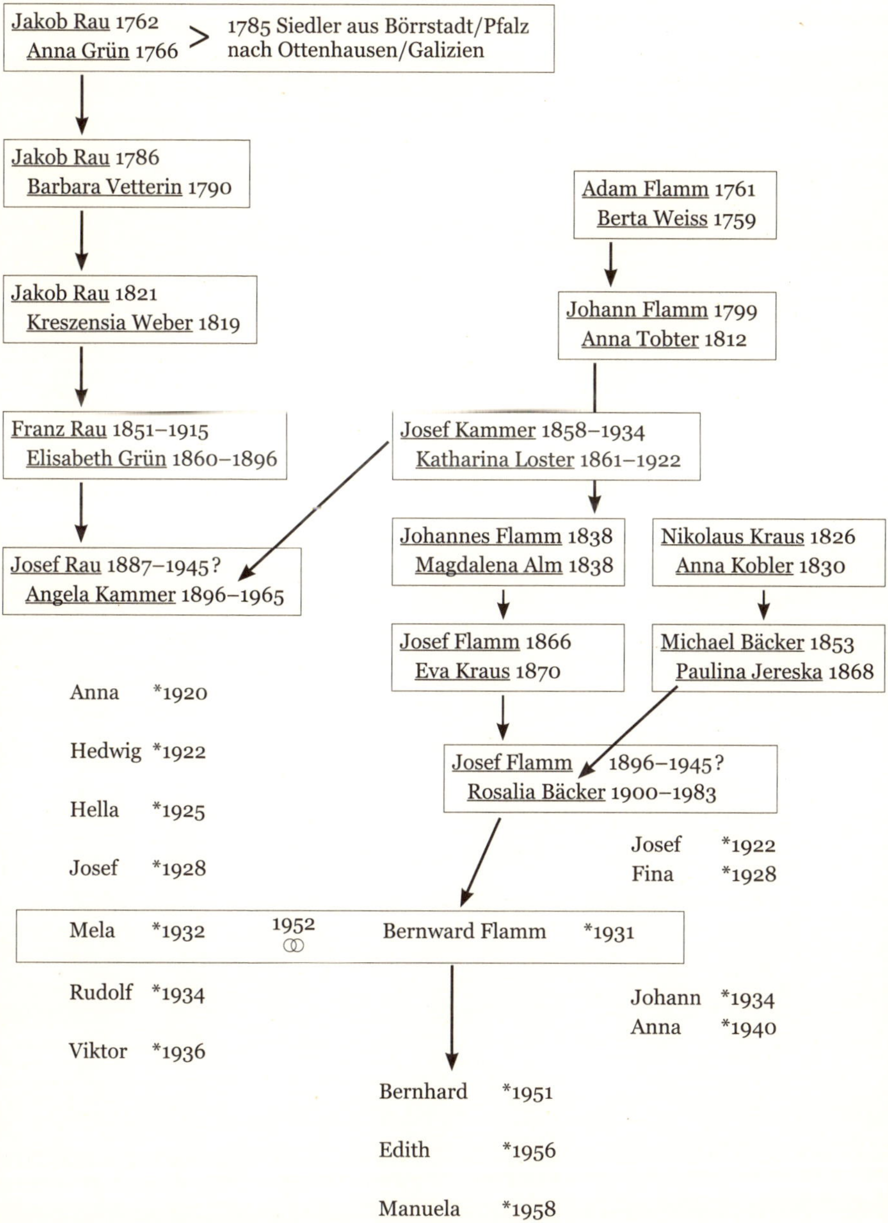

Zeittafel

Galizien wird Teil von Österreich-Ungarn, Maria Theresia und Josef II. werben Auswanderer	**1772**		
		1785	Jakob Rau wandert aus Börrstadt aus. Ottenhausen entsteht als rein deutsche Siedlung mit 27 Hofstellen
Französische Revolution	**1789**		
		1800 – 1820	Viele Siedler verlassen Galizien, gehen nach Preußen, in die USA und nach Kanada, ihre Höfe werden von Polen und Ukrainern übernommen. Die Raus bleiben.
Rußlandfeldzug Napoleons	**1812**		
Revolution in Baden und anderen deutschen Ländern	**1848**		
Gründung des Dt. Reiches unter Bismarck	**1871**		
Beginn des 1. Weltkrieges	**1914**	**1914**	Josef Rau heiratet Angela Kammer. Ottenhausen liegt von Beginn im Kampfgebiet. Josef Rau wird in das österreichische Heer eingezogen.
		1915	Brandschatzung Ottenhausens, Verschleppung der Einwohner
			Josef Rau im Alpenkrieg in den Dolomiten
Revolution in Rußland	**1917**		
Kriegsende	**1918**		Heimkehr von Josef Rau
Krieg um Galizien zwischen Polen und Ukrainern	**1919/20**	**1919**	Galizien wird dem neuen polnischen Staat zugeschlagen. Galiziendeutsche sind keine Österreicher mehr, werden Polen.
		1932	Mela Rau wird geboren. Kindheit in Ottenhausen

Weltgeschehen	Jahr	Jahr	Familiengeschichte
Mit dem Polenfeldzug beginnt der 2. Weltkrieg	1939	1940	Umsiedlung der Galiziendeutschen nach Mittelpolen (Warthegau) aufgrund der Festsetzungen des Hitler-Stalin Paktes. 45 deutsche Familien mit 220 Personen (insges. 55 600 Personen) „Heim ins Reich"-Aktion
		1940	Januar bis Juni: Leben in Lagern in Frankfurt/Oder, Spremberg, bei Litzmannstadt Juni: Zuteilung im Warthegau Raus nach Romartow Flamms nach Weglowice
Niederlage der Wehrmacht in Stalingrad, „Anfang vom Ende"	1943	1943	Mela feiert heimlich in Litzmannstadt 1. Kommunion.
Im November erobert die Rote Armee Warschau.	1944		
		1945	Januar: Flucht vor der Roten Armee ab Februar: Internierung als Zivilgefangene in verschiedenen Orten und Lagern im Kreis Leutschnitz in Mittelpolen
		1948–1951	Auf dem Staatsgut in Koryta
BRD und DDR werden gegründet.	1949		
		1951	im Februar: Grenzübertritt in die Bundesrepublik bis November in verschiedenen Lagern November: Zuzug nach Windschläg bei Offenburg/Baden
		1952	12. Februar: Melas Heirat mit Bernward Flamm

Aus der Pfalz nach Galizien – die Auswanderung der Familie R

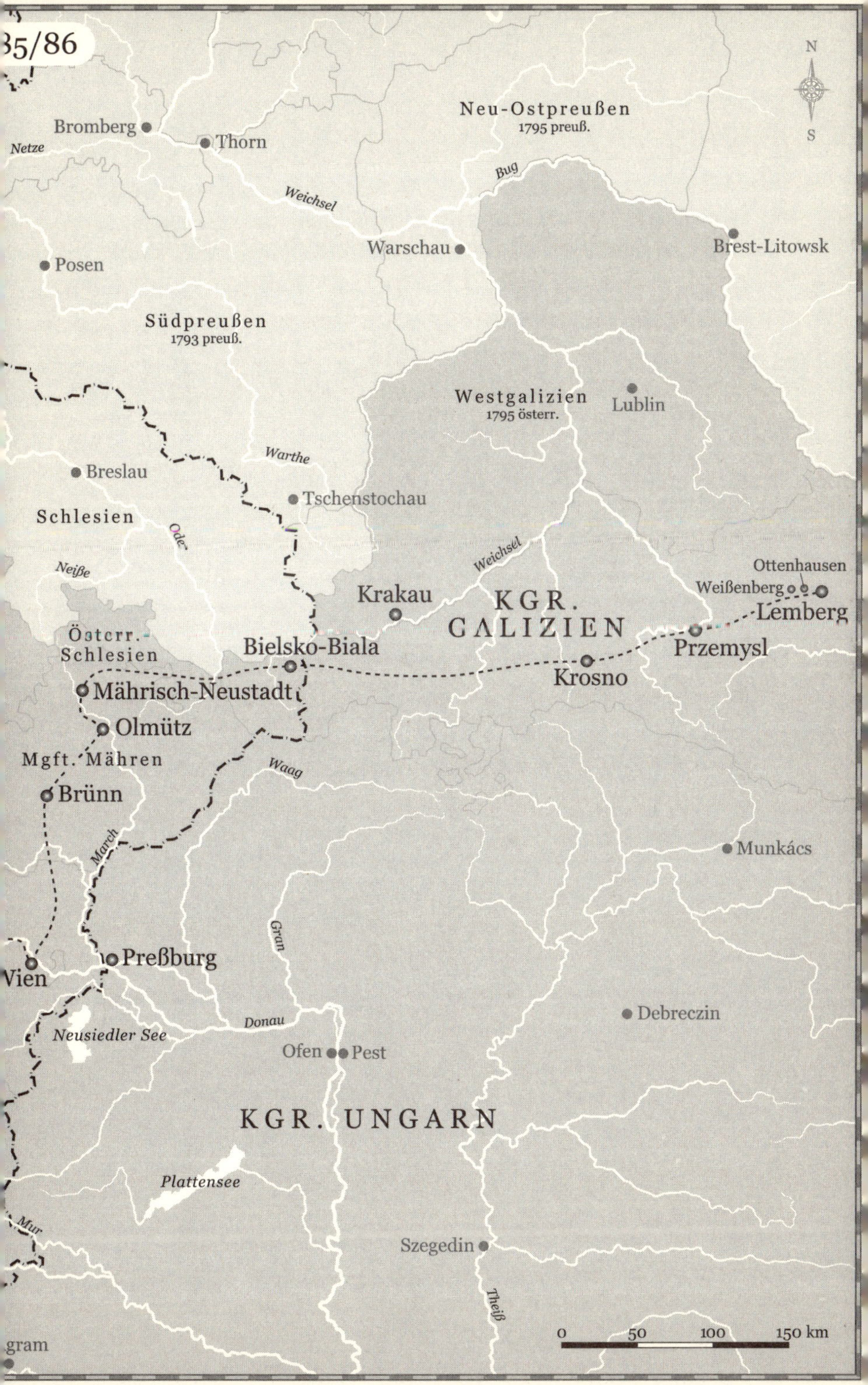

85/86
N
S
Neu-Ostpreußen
1795 preuß.
Bromberg
Thorn
Netze
Weichsel
Bug
Warschau
Brest-Litowsk
Posen
Südpreußen
1793 preuß.
Westgalizien
1795 österr.
Lublin
Warthe
Breslau
Tschenstochau
Schlesien
Oder
Neiße
Weichsel
Ottenhausen
Weißenberg
Krakau
KGR. GALIZIEN
Lemberg
Österr. Schlesien
Bielsko-Biala
Przemysl
Krosno
Mährisch-Neustadt
Olmütz
Mgft. Mähren
Waag
Brünn
March
Munkács
Gran
Preßburg
Wien
Debreczin
Donau
Neusiedler See
Ofen
Pest
KGR. UNGARN
Plattensee
Mur
Szegedin
Theiß
0 50 100 150 km
Agram

Weg in die Freiheit – Rückkehr in den deutschen Südwesten 19

Ostpreußen
Westpreußen
Bialystok
N
S
Netze
Bydgoszcz
(Bromberg)
Toruń
(Thorn)
Bug
Weichsel
Brest
Poznań
(Posen)
POLEN
Warschau
[REICHSGAU
WARTHELAND]
Posen
Koryta
Romartow
Tuschinerwald
Łódź
(Litzmannstadt,
Lodsch)
Lublin
Warthe
Wrocław
(Breslau)
Częstochowa
(Tschenstochau)
[GENERALGOUVERNEMENT]
iederschlesien
Oder
Neiße
Weichsel
Lviv
(Lemberg)
Ottenhausen
Gródek
Gleiwitz
Katowice
(Kattowitz)
Kraków
(Krakau)
Przemysl
Westgalizien
Ostrava
(Ostrau)
Olomouc
(Brünn)
Ost-
galizien
Mähren
Waag
Zips
Levoča
(Leutschau)
Brno
(Olmütz)
TSCHECHOSLOWAKEI
Košice
(Kaschau)
Karpato-
Ukraine
March
Kremnica
(Kremnitz)
Gran
Wien
Bratislava
(Preßburg)
Neusiedler
See
Donau
Debrecen
Budapest
UNGARN
Plattensee
RUMÄNIEN
Mur
Szeged
Unter-
eiermark
Schwäbische
Türkei
Theiß
Grenzen von 1937
Grenzen von 1945
ram

Peter Hakenjos
Nur der Tod vergisst
Roman

224 Seiten
Format 13,5 x 20,5 cm,
Klappenbroschur
€ 14,95

978-3-7650-8646-5

• E-Book
€ 11,99

978-3-7650-2108-4

Pforzheim, 1944. Der 17-jährige Ulf Lahner meldet sich freiwillig zur Waffen-SS. Doch an der französischen Front zerplatzt sein Traum vom ehrenhaften Kampf und Heldentod fürs Vaterland. Seine schlimmen Erlebnisse verfolgen ihn von nun an.
Er überlebt die Pforzheimer Bombennacht, gerät in englische Kriegsgefangenschaft und flieht durch das zerstörte Nachkriegsdeutschland über den Brenner nach Italien, schifft sich in Genua ein – Destination Buenos Aires, Argentinien, Südamerika. Er lernt Pilar kennen, eine Rapanui, die seine Sicht der Dinge verändert.
Doch sein Gewissen kommt nicht zur Ruhe.

Ein packender Roman, der den Leser bis kurz vor Schluss im Dunkeln lässt, mit welch schwerer Schuld sich Ulf Lahner beladen hatte.

www.gbraun-buchverlag.de G. BRAUN

1

Normandie, Juli 1944

In der Ferne war das Brummen schwerer Motoren zu hören. Sie kamen näher. Das Gesicht nur knapp über der vom Morgentau noch feuchten Erde, spähte Ulf aus dem schmalen Schlitz zwischen seinem Helm und dem Wall des hastig aufgeworfenen Schützenloches. Die Panzerfaust lag an seiner Seite. Die Zünder von vier magnetischen Sprengladungen für den Panzernahkampf hatte er eingedreht und drei der Haftminen mit ihrem langen Stiel zuvor außerhalb seiner Deckung deponiert. Er wusste, woher der Feind kommen musste. Eine dicke Lehmschicht verbarg die SS-Runen seines Stahlhelmes. Ihm blieb nur das Warten. Im milchigen Licht der Morgendämmerung war Ulf kaum auszumachen. Er würde sterben. Noch war es kühl, doch die Hitze des Julitages war schon zu ahnen. Die weiten, gewellten Ebenen der Normandie, parzelliert von Mauern aus grauen Bruchsteinen und endlosen Hecken, trugen die Pockennarben des Krieges: Gräben, ausgehoben von Soldaten, die in ihnen verblutet waren und tiefe Trichter in der fruchtbaren Erde, aufgerissen vom Granatfeuer. Panzerspuren, eingegraben im lehmigen Boden und niedergemalmte Sträucher und Bäume zeugten davon, dass die Wiesen und Felder um Caen mit allem Fanatismus umkämpft wurden, die der Weltkrieg zu bieten hatte.

Es war ein guter Tag, um alles hinter sich zu lassen.

G. Braun Telefonbuchverlage GmbH & Co. KG, Karlsruhe

Lektorat: Petra Wägenbaur, Tübingen

Karten: Peter Palm, Berlin

Satz, Layout und Umschlaggestaltung:
röger & röttenbacher GbR, r² | Büro für Gestaltung,
www.roeger-roettenbacher.de

Umschlagbilder:
Hintergrund: caesart/shutterstock.com
kleines Foto mit Kindern im Vordergrund links:
Elzbieta Sekowska/shutterstock.com
Foto vorne rechts und hinten links: Privatbesitz Autor

Druck: Orga-Concept e. K., Filderstadt

ISBN: 978-3-7650-8654-0

Dieser Titel ist auch als E-Book erschienen:
ISBN: 978-3-7650-2109-1

Besuchen Sie uns im Internet www.gbraun-buchverlag.de
und auf www.facebook.com/G.BraunBuchverlag